BERND HESSE

Rubel, Rotlicht und Raketenwerfer

SEX. SUFF. STALINORGEL. Für Privatdetektiv Sven Rübel wird's langsam eng: Während der Alkoholkonsum stetig steigt, tendiert die Auftragslage gegen null. Plötzlich erscheinen an einem Tag gleich zwei Klienten: Er soll die Zerstörung von Biberburgen im Oderbruch und das Verschwinden eines Obdachlosen ermitteln. Leicht verdientes und dringend benötigtes Geld. Dass beide Fälle zusammenhängen und er in den Dunstkreis der russischen Mafia gerät, merkt Rübel viel zu spät …

© Marco Kümpfel

Bernd Hesse wurde 1962 in Bad Saarow geboren. Er ist Kulturwissenschaftler und Jurist, hat zwei Mal promoviert, ohne zu plagiieren – so jedenfalls Eigenauskunft des Autors. Als Strafverteidiger taucht er von Zeit zu Zeit tief in die Abgründe der Organisierten Kriminalität ab, kehrt aber abends ganz bürgerlich zu seiner Ehefrau und mittlerweile vier Kindern zurück. Allesamt glücklich. Ebenfalls Eigenauskunft des Autors.

BERND HESSE

Rubel, Rotlicht und Raketenwerfer

Privatdetektiv Rübels erster Fall

SPANNUNG

Besuchen Sie uns im Internet:
www.gmeiner-verlag.de

Print-Erstausgabe:
2018 – Gmeiner-Verlag GmbH
Im Ehnried 5, 88605 Meßkirch
Telefon 07575/2095-0
info@gmeiner-verlag.de

Herstellung: Mirjam Hecht
Umschlaggestaltung: U.O.R.G. Lutz Eberle, Stuttgart
unter Verwendung eines Fotos von: © 2mooar/photocase.de
Druck: CPI books GmbH, Leck
Printed in Germany
ISBN 978-3-8392-2251-5

*Personen und Handlung sind frei erfunden.
Ähnlichkeiten mit lebenden oder toten Personen
sind rein zufällig und nicht beabsichtigt.*

1. KAPITEL: EIN GANZ GROSSER FISCH

Horst Arndt ging mit den zögerlichen Schritten eines gebrochenen Mannes, der über Jahre die ständige Erfahrung von Ablehnung und Unverständnis ertragen hatte, in Richtung des sich selbst öffnenden Supermarkteingangs. Schon heftete sich unerbittlich ein Augenpaar auf ihn. Jeder durchschnittliche Typ konnte gelassen durch die Schranke gehen und dabei so unauffällig wirken, wie er wirklich war oder im Moment aussehen wollte. Ein Obdachloser hingegen, in verschlissener Kleidung, gebeugter Haltung und mit ungepflegtem Aussehen, war immer zu erkennen, ob er es wollte oder nicht.

Wie alle seiner gegenwärtigen Bekannten war er nicht immer ein mittelloser Trinker gewesen; er hatte in seinem Leben schon bessere, viel bessere Tage erlebt und noch nicht völlig die Hoffnung verloren, dass es sein Schicksal wieder gut mit ihm meinen würde. Er hatte einmal gelesen – als er noch las –, dass das Schicksal nicht an die Tür klopfe, sondern man es suchen müsse, oder so ähnlich; wo er das gelesen hatte, wusste Horst nicht mehr, aber auch nicht so recht, wo er nach dem Schicksal suchen musste. Wie nahe er einem dramatischen Wandel aller seiner Lebensumstände stand, davon konnte Horst trotz seiner Hoffnung nichts ahnen. *Gibt es in Deutschland mehr Lottogewinner oder mehr Obdachlose, denen die Rückkehr in ein bürgerliches Leben gelungen ist?*, überlegte Horst Arndt.

Er hätte die Frage gerne gegoogelt. Leider hatte er sich auch die Zugänge zu öffentlichen Computern in der Stadtbibliothek und der Universität durch Hausverbote verbaut, die ihm gegenüber ausgesprochen worden waren. Sicher, diejenigen, die diese Verbote aussprachen, meinten, dass er sich das durch sein Verhalten selbst zuzuschreiben hatte. Horst Arndt sah das anders: Häufig hatte er nur reagiert. Die zerberstende Tastatur auf dem Schädel dieses schnöseligen Studenten im Anzug, der ihn als versoffenen und nach Pisse stinkenden Penner beleidigt hatte, war ein Bild, das noch heute ein Lächeln auf sein Gesicht zu zaubern vermochte. Auch das Gesicht des Professors war nicht zu verachten, in dessen Vorlesung er sich eigentlich nur aufwärmen wollte. Da musste er doch laut seine Meinung sagen, als der die jungen Studenten anlog, von wegen Sozialstaatsprinzip und so. Ein paar besonders eilfertige Studenten hatten ihn dann auch schnell ›entsorgt‹. Er hatte schon zuvor so ein seltsames Gefühl gehabt, das ihm bedeutete, nicht in eine Vorlesung von Juristen zu gehen. Wäre er mal besser zu den Literaturwissenschaftlern gegangen: Die Vorlesungen dort fand er interessanter, verstand auch mehr davon als von der trockenen Juristerei, auch wenn diese Studenten wegen seines Geruchs ebenfalls von ihm abrückten. Trotzdem fand er sie sympathischer. Bei den Literaturwissenschaftlern waren selbst die Professoren so gekleidet, dass sie gut als Hausmeister durchgehen konnten; zugegeben, als gut gekleidete Hausmeister in unbefleckter Arbeitsmontur. Die Studentinnen sahen in der sommerlichen Farbenpracht ihrer Kleidung aus wie Blüten. Sie hätten gut auf die Wiese des Wappens ihres Fachbereichs gepasst; die Literaturwissenschaftler gehörten dem Fachbereich Kulturwissenschaften an, für den die Abkürzung KuWi gefunden worden war. Was lag bei KuWi näher, als sie durch eine Kuh, die auf einer grünen Wiese stand, zu symbolisieren? Dieser Grad an Selbstironie und Kreativität widersprach dem der Juristen, die für sich ein schwarzes Paragrafenzeichen auf weißem Grund gefunden hatten. Die Juristen zeichneten sich

Horsts Beobachtungen zufolge auch durch ein entgegengesetztes Bekleidungsverhalten aus; je höher die Studenten in den Semestern stiegen, desto konservativer kleideten sie sich, desto ähnlicher wurden sie ihren Professoren. Sicher gab es bei den Juristen Prüfungen, von denen nur die naiven Studenten glaubten, es ginge um die Lösung juristischer Fälle. In Wirklichkeit wurde notiert, welche Studenten sich zu bunt, zu schrill, überhaupt zu auffällig kleideten; diese waren dann schon durch die Prüfungen gefallen, ohne es zu wissen. Horst erkannte, dass für ihn profane Fragen wie die der Bekleidung einen steigenden Stellenwert gewannen, je nachlässiger, schmutziger und verschlissener seine eigene Kleidung wurde.

Dann sah er einem Studenten über die Schulter, der sich auf YouTube einen Mann ansah, der einem Obdachlosen ähnelte, den er kannte. Sie nannten ihn einfach den Bärtigen oder Hammer, da er in nüchternen Tagen Boxer gewesen war und einen mächtigen Schlag gehabt haben sollte. Ihn ereilte ein mächtiger Schicksalsschlag, er geriet ins Wanken und fiel in die Gosse. Der Mann mit dem ungepflegten Bart, den etwas längeren Haaren und dem einfachen T-Shirt war ein Philosoph, wie er später las, einer der innovativsten Denker der Gegenwart. Horst lauschte seinen Erzählungen, die für ihn Offenbarungen waren. Dieser gläubige Atheist war ein Messias. Seine Bücher verschlang Horst, ohne seinen Saufkumpanen auch nur ein Wort darüber zu sagen. Die Gefahr war zu groß, dass der Abstand zwischen ihnen zu offensichtlich wurde und sie ihn ausgrenzten, weil er anders war. Obdachlose waren in dieser Beziehung genauso intolerant und spießbürgerlich wie die kleinkariertesten Hauseigentümer. Als Gerry, eigentlich Gerald, ein stark tätowierter Obdachloser, ihn einmal beobachtete, wie er in die Universität ging, war dies ungefähr so, als ob er freiwillig in das Polizeirevier gegangen wäre; in beiden Gebäuden hatte ein Obdachloser freiwillig nichts zu suchen. Als Gerry ihn dazu misstrauisch befragte, meinte Horst nur, dass er dringend pissen musste und man ihn dort auf die Toilette ließe. Dies war für Gerry Erklärung genug. Gegen die Obdachlosen wurde ein Ordnungsgeld verhängt, wenn sie im Stadtzentrum urinierten. Für das sich selbst reinigende Hightech-Klo am Zehmeplatz im Zentrum der Stadt hatte er kein Geld und die Toiletten in den Einkaufszentren waren wegen der auch dort gegen ihn ausgesprochenen Hausverbote unerreichbar.

Jetzt fehlten ihm die Zeiten in der öffentlichen Bibliothek der Universität und der Stadtbibliothek, weg von den anderen Trinkern, jedenfalls von den obdachlosen Trinkern, versunken in einer eigenen Welt, Bücher in Papier oder auf den Bildschirmen im Lesesaal. Jeder hatte seine bösen Geister. Die seinen dürstete es nach einem kleinen Schluck Bier. Nicht viel, nur ein kleines Schlückchen, versicherten sie. Hatte er seine Dämonen getränkt, wurden sie kräftiger und lauter, zwangen ihn, ihnen weiter zu dienen, und schnell glaubte er, dass er es auch selbst wollte, und trank, trank, bis die Welt um ihn schwand. Das erlöste ihn von den anderen Geistern, von den Spießern, die ihn verächtlich oder mitleidig mit immer größer werdenden Augen anglotzten oder taten, als wäre er Luft.

Im Eingangsbereich des Supermarktes kam von der anderen Seite eine Mutter mit einem kleinen störrischen Jungen daher, den sie nur mühevoll an der Hand halten konnte.

»Du bleibst jetzt mal bei mir! Wenn ich dich verliere, finde ich dich hier nie wieder.«

Sicher nicht das Schlechteste, was der Mutter passieren könnte, dachte Arndt bei sich und seine Gedanken glitten ab, hin zu seiner Tochter und seinem Enkel.

»Guck mal, hier ist die Information. Hier gehst du hin, wenn wir uns verlieren. Was sagst du der Dame an der Rezeption?«

»Dass ich naschen will.«

»Nein, deinen Namen.«

»Ich habe von der Tante was zu naschen bekommen.«

»Ja, aber sie wollte dich damit bloß trösten, weil du dich verlaufen hattest.«

»Ich will aber was naschen.«

»Nein, jetzt nicht.«

»Dann laufe ich wieder weg.«

»Wehe!«

Die Mutter mit ihrem Jungen stieß beinahe mit dem gedankenverlorenen Horst zusammen, als sie auf die Türe zugingen. Für Horst war klar, dass er riskierte, nun doch in den Knast zu gehen. Die Bewährung der Bewährung der Bewährung würde es für ihn nicht geben. Schließlich war er kein Bundespolitiker oder italienischer Ministerpräsident. Als Horst erkannte, dass er gleich mit der Mutter und dem Jungen zusammenstoßen würde, schreckte er zurück. Auch die Mutter schreckte zurück.

Der Junge verkündete lauthals: »Iih, der stinkt ja.«

»Sei ruhig«, gebot ihm die Mutter zischend.

»Hat der Mann eingepullert?«

»Pst!«

Marktdetektiv Petruschke hatte die drei Neuankömmlinge schon im Visier, wobei ihm sein geschulter Blick verriet, dass sein Interesse dem heruntergekommenen Typ zu gelten hatte, ebenso wie einigen sich hier noch herumtreibenden Parasiten. Sicher wieder so ein Alki, der Suff klauen wollte, der deshalb seine Aufmerksamkeit verdiente und er genauer hinzuschauen hätte, um sich seine Fangprämie nicht durch die Lappen gehen zu lassen. Kaum einer seiner Kollegen konnte so viele Festnahmen von Marktdieben verzeichnen wie er. Er erkannte es sofort, dieses stinkende, diebische Pack, welches herumjammerte, weil es ihm ach so schlecht ginge, es am Rande der Gesellschaft lebte, ihm keine Teilhabe am gesellschaftlichen

Leben zuteilwürde, aber nicht früh aufstehen konnte, um zu arbeiten und sein Leben in die eigene Hand zu nehmen. Er war doch auch nicht reich, mühte sich aber und arbeitete stetig daran, Geld zu verdienen, ordentlich zu verdienen, um sich seine Wünsche und Ziele zu erfüllen. Nur die Hände in den Schoß legen, Hartz IV abgreifen und saufend denjenigen auf der Tasche liegen, die den ganzen Tag ehrlich schufteten, dafür hatte er kein Verständnis. Wenn es nach ihm ginge, würde man so ein verachtenswertes Gesocks zur Arbeit zwingen. Ohne Suff, da würden die auch schnell dahinterkommen, dass es sich für sie lohnte, Müll wegzuräumen, statt ihre Abfälle überall herumliegen zu lassen. Gerne verpasste er so einem Parasiten bei der Festnahme noch eine in die Nieren oder stieß ihn so, dass er fallen musste. Wenn er sich mit seinem massigen Körper dann noch auf die Opfer warf, genoss er es, wenn sie vor Schmerz einen gellenden Schrei ausstießen. Nur ihr Gestank und Petruschkes Angst vor vermeintlichen Ansteckungen bewahrten sie vor übermäßiger körperlicher Gewalt. Auf dem Schießstand stellte sich Petruschke gelegentlich vor, es so einem Parasiten so richtig zu geben.

»Sie wissen doch, dass Sie hier Hausverbot haben«, fasste der Filialleiter der Supermarkt-Filiale kurze Zeit später seine Gedanken in Worte; weniger als Frage denn als Vorwurf.

Horst Arndt, sich weiter das rotgetränkte Taschentuch vor die Nase haltend, reagierte äußerlich nicht. Was sollte er auch antworten? Natürlich wusste er, dass er diesen Supermarkt nicht betreten durfte. Diesen nicht, genauso wie die meisten Märkte im Stadtzentrum von Frankfurt an der Oder. Die Männer im Raum kannte er. Mit denen brauchte er erst gar nicht zu reden. Der Filialleiter war als Machtmensch an seiner Krawatte zu erkennen. Der Privatdetektiv trug keine. Machtfrauen erkannte Horst auch auf den ersten Blick an ihrer Kleidung. Krawattenträger bekennen sich aber nicht offen zu ihrer Sekte; früher hörte er sie sagen: »Glauben Sie denn, in meiner Freizeit laufe ich auch so herum?« In Behörden freute sich Hotte, wie ihn seine Freunde nannten – nur hatte er in Behörden keine Freunde –, wenn er an Sachbearbeiter ohne Schlips geriet. Selbst US-Präsidenten gaben sich gelegentlich volkstümlich in Jeans und ohne Krawatte, dafür aber im kurzen Hemd oder zumindest Polo-Shirt. T-Shirt ging gar nicht. Das wäre ja so wie sein Nachbar in der Wohnung, als er noch eine hatte, bevor ihn seine Tochter aufnahm, die ihn genauso wie der letzte Vermieter dann wieder rausschmiss. Also der Nachbar, der war Polizist und rauchte im Unterhemd am offenen Fenster, nachdem man ihm bei der Morgentoilette zuhören konnte und an den Geräuschen erkannte, wie weit die morgendliche Prozedur vorangeschritten war. Dieser Nachbar trug keine Krawatte.

»Haben Sie nicht gehört, was der Chef gefragt hat?«, spielte Marktdetektiv Petruschke sich auf. »Wissen Sie, dass Sie hier Hausverbot haben?«

Eigentlich hatte Horst immer noch keine Lust auf einen Disput, dennoch schaute er Petruschke an und machte ihm klar: »Ich weiß auch, dass Alkohol mich kaputtmacht. Trotzdem saufe ich.«

Der Marktleiter lächelte, Petruschke glotzte verdutzt.

Horst fuhr fort: »So ist das Leben. Man macht eben Dinge, von denen man weiß, dass man sie besser lassen sollte. Sie zum Beispiel, Sie haben Ihrer Freundin die Treue versprochen und betrügen sie.«

Petruschke stand die Überraschung in sein sonst ausdrucksloses Gesicht geschrieben. »Das tut hier nichts zur Sache«, brüllte er.

»Und wenn sie Sie deshalb verlässt«, ließ Horst nicht von Petruschke ab, »ist das Gejammer groß.«

»Ich muss jetzt eine Anzeige erstatten«, setzte der Filialchef gleich nüchtern hinterher und öffnete die Seite der Internetwache der Polizei des Landes Brandenburg. Arndt nahm wahr, dass sein Gegenüber nicht von seiner Bedeutung oder Macht erfüllt war, nun einen anderen ans Messer liefern zu können. Das kannte er auch anders. Mitleid spürte Arndt von der Gegenseite nicht; das hätte der sich auch schenken können. Der schleimige Typ von einem Privatdetektiv, dessen Ellenbogen angeblich nur bei dem Versuch, ihn aus dem Supermarkt zu bugsieren, mitten in Horsts Gesicht gelandet sein sollte, stand dagegen in Siegerhaltung und in Erwartung einer Kopfprämie im kleinen Zimmer des Supermarktchefs. Der Marktdetektiv rückte merklich von Arndt ab. Ein Verhalten, das Horst selbst von denen bekannt war, die ihm ein paar Almosen zuwarfen, dann doch den Gestank nicht ertrugen und sich gleich abwendeten. Weh tat es nur, wenn er im Gesicht seiner Tochter las, dass sie sich zwingen musste, ihm die Hand zu geben oder ihn zu drücken; für die seit einigen Jahren ausbleibenden Umarmungen der Tochter hätte er viel gegeben, sehr viel, vielleicht sogar alles. Sie war Ärztin geworden und es erfüllte ihn mit Stolz. Früher hatte er das einigen anderen Obdachlosen erzählt, dann wurde er als Lügner beschimpft, schließlich hatte er nicht mehr erwähnt, dass sein kleiner Schatz Ärztin war. Er schämte sich, auch sie immer wieder enttäuscht zu haben, genau wie er alle anderen immer und immer wieder zur Resignation getrieben hatte, einschließlich sich selbst. Sie hatte immer wieder zu ihm gestanden und sogar diesen Sven Rübel engagiert, diesen sympathischen Privatdetektiv, der ebenfalls trank und ihn suchen sollte, damit er nicht jenseits der Oder in Polen unter die Räder kam. Er mochte diesen Detektiv; bei ihm hatte er die Vorbehalte, denen er als Alkoholiker sonst allenthalben begegnete, nicht gespürt. Vielleicht war er diesem Rübel auch nur eine lebende Warnung gewesen: Trink noch etwas mehr und du wirst dort landen, wo Horst Arndt heute ist. Noch konnte Horst nicht ahnen, dass seine Tochter bald wieder allen Anlass haben würde, sich ernsthafte Sorgen um ihn zu machen. Sorgen, die ihren Weg wieder in die Detektei dieses kauzigen Privatdetektivs führen würden.

Oft hatte Horst daran gedacht, seinem irdischen Leid ein Ende zu setzen, den Schlüssel, den er ständig bei sich trug, zu nehmen, und die Tür auf dem Dach des höchsten Gebäudes im Land Brandenburg, dem Oderturm, aufzustoßen und Erlösung im Freitod zu suchen. Selbst als er Charlotte, seine neue Gefährtin, fand, schwand diese Ausweglosigkeit nur für kurze Zeit; wenigstens teilten sie ihre Ängste und Nöte. Charlotte hatte sogar eine eigene Wohnung. Die war zwar lange Zeit nicht renoviert worden, überall lag Unrat und schmutziges Geschirr, aber für ihn war sie wie eine Zuflucht, ein Schlupfloch in die Gedanken aus einer längst vergangenen Zeit in einer angeblich heilen Welt. Nun malten sie sich gemeinsam aus, den allerletzten Schritt im Leben zusammen zu gehen, wenn nichts anderes mehr gehen würde. Seine Tochter war so etwas wie das Licht am Ende des Tunnels: Hoffnung und destruktive Kraft zugleich. Ihm war nicht klar, ob es das Licht eines irgendwie gearteten Auswegs oder eines zerstörerischen, alles mit sich reißenden entgegenkommenden Zuges war. Sein Sternchen, die ihn immer noch liebende Tochter, würde diesen an seiner Seele nagenden Gedanken brüsk von sich weisen. Aber er wusste, dass er für sie nach ihrer gescheiterten Ehe nicht der Vorzeigevater war, den er sich für sie wünschte, und auch für seinen Enkel nicht der Opa war, von dem man seinen Freunden stolz berichtete. Deshalb könnte es auch für die Tochter durchaus einen Sinn ergeben, wenn er diesem irrwitzigen Treiben, welches Leben genannt wurde, endlich einen Schlusspunkt setzen würde.

Wenigstens ließ sich die Tochter ab und zu sehen und wechselte ein paar freundliche Worte. Nicht zu freundlich natürlich, nicht, dass er noch auf die Idee kommen würde, wieder bei ihr einziehen zu wollen. Die Hand reichte sie ihm wie eine Ärztin, die gerne sofort ausgiebig ein Desinfektionsmittel gebrauchen wollte, um den schier unerträglichen Odem der Armut und Obdachlosigkeit wegzuspülen. Horst selbst roch diese penetrante Mischung aus Körperflüssigkeiten und Alkohol, die ihn als Zugehörigen einer anderen Kaste brandmarkten, nicht mehr.

Während der Filialleiter die Anzeige in den PC tippte, brabbelte er »Zeuge?« vor sich hin und wartete, dass der Detektiv seinen Namen nannte. Der kam aber nicht darauf, dass er gemeint sein könnte. Deshalb hakte der Mann vor dem PC nochmals nach und sprach den Detektiv direkt an: »Wie heißen Sie noch mal?«

Endlich klingelte es beim Privatdetektiv. »Petruschke, Kevin Petruschke«, erscholl es gewichtig.

»Ach so! Ja, ja … natürlich«, gab der Marktleiter vor, sich zu erinnern, und hämmerte weiter auf die Tastatur des Computers ein. Er schaute auf den Privatdetektiv und dachte bei sich, diesem nicht über den Weg trauen zu wollen. Er selbst hatte gerade einem anderen Privatdetektiv seine Hausschlüssel anvertraut, damit dieser Ganoven eine Falle stellen konnte, die unter dem Vorwand der Erbringung von polnischen Handwerkerleistungen deutsche Häuser ausräumten. Diesem Detektiv, Sven Rübel, dem vertraute er. Der hatte ihm schon einmal seinen Arsch gerettet und er war ihm dafür dankbar, wie eben ein Mann dankbar sein konnte. Also nicht so mit Blümchen und Pralinenpackung, aber als er ihn neulich fragte, ob er seinen Hausschlüssel für die Aktion haben könnte, da sagte er gleich zu. Selbst wenn es da größere Probleme geben würde, wäre das nicht mehr so schlimm. Das Haus schien ohnehin verloren. Weder er noch seine Frau würden es nach der Scheidung alleine halten können. Eigentlich waren sie in dem Haus glücklich gewesen … eigentlich. Er fand, dass man es einem Haus anmerken konnte, ob die Menschen, die in ihm lebten, glücklich waren oder nicht. Doch in den letzten Jahren hatte sich der Charakter seines Hauses geändert …

So hatten der Filialleiter und Horst Arndt einen gemeinsamen Bekannten, den sie beide achteten, aber voneinander um die Bekanntschaft zu Rübel nichts wussten. Aber dem hier, und der Filialleiter musterte Petruschke, würde er nicht einmal den Schlüssel zum Gartenhäuschen anvertrauen. Der Filialleiter wusste um dessen Freundschaft mit dem Teamleiter der Warensortiererinnen, einem feisten Kerl, der die Frauen gerne angrapschte und laszive Bemerkungen fallen ließ. Er selbst hatte bei dem Werkunternehmer, den der Supermarkt zur Bestückung der Regale beschäftigte, angerufen und sich über das unmögliche Verhalten des Teamleiters beschwert. Man hatte dort die Beschwerde entgegengenommen, geändert hatte sich aber nichts. Aus seiner eigenen Firmenzentrale hatte der Marktleiter einen Anruf bekommen und wurde um Mäßigung gebeten. Das war die Höhe, er wurde um Mäßigung gebeten und nicht der Freund des Marktdetektivs. Man brauche diese Bestücker. »Die Leute wollen billig kaufen, immer billiger, bei den Lieferanten kann im Einkauf kaum noch gedrückt werden, denken Sie an Rhön-Gold, diesen Milchprodukthersteller, der mit den schwarz-weißen Verpackungen im gefleckten Kuhmuster, als der unsere Preise nicht akzeptieren wollte und wir die Verträge nicht verlängerten, da haben wir den in die Knie und Pleite gezwungen, und nun, beim Personal, da wird schon alles gespart und ausgegliedert. Wenn wir nicht die Bestücker im Billiglohnsegment haben, fliegen uns die Kosten um die Ohren. Was für Arbeitsbedingungen erwarten Sie denn da?«

Der Marktleiter dachte an ein Bild aus einem Asterix-und-Obelix-Comic, einem fetten Sklavenantreiber mit Glatze und Peitsche. Das passte. Nur, dass diese Frauen hier weder von Asterix noch von Obelix erlöst werden würden. Vielleicht brauchen wir unsere Helden in Comics, weil es sie in Wirklichkeit nicht gibt. Vielleicht war aber auch die sogenannte Wirklichkeit die eigentlich absurde und groteske Geschichte. Der Chef klickte auf *Enter* und schickte die Anzeige über das Netz hin zur Internetwache.

Kurz darauf verließ Horst Arndt den Markt in Begleitung des Detektivs, der ihn bis zur Tür begleitete und dann gewichtig dreinschaute, wie um sich zu vergewissern, dass Arndt nicht mehr zurückkehrte.

Hotte, wie ihn seine Freunde nannten, ging ein paar Schritte mit schmerzender Nase. Er spürte den arroganten Blick des Privatdetektivs im Rücken. Kurz entschlossen stellte sich Horst an die Hauswand, öffnete seine Hose und begann zu pinkeln.

Kevin Petruschke empörte sich: »Das gibt's doch nicht«, und rannte auf Arndt zu, der sich umdrehte …

Das auflodernde Feuer in Horsts Augen erlosch schnell wieder, als er sich in Richtung Lenné-Passagen bewegte, und wich dem leeren, müden Blick des Obdachlosen. Seine unbestimmte Wut auf alles und jeden ergriff seine Seele mit jedem Schritt mehr und mehr. Wenn die soeben gegen ihn erstattete Anzeige durchginge und es zu einer Verhandlung käme, würde er diesmal während der laufenden Bewährungszeit nicht mehr mit einem blauen Auge davonkommen. Dann müsste ihn seine Tochter im Knast besuchen kommen. Würde sie ihn dort besuchen? Noch gab es in Frankfurt an der Oder eine kleine Justizvollzugsanstalt, in der Untersuchungshäftlinge und solche mit kurzzeitigen Haftstrafen einsaßen. Auch diese Einrichtung sollte der Rotstiftpolitik der Landesregierung zum Opfer fallen. Vielleicht war auch nur ein Beamter, der etwas zu sagen hatte, einem anderen, der vorgab, etwas mehr zu sagen zu haben, nicht tief genug in den Arsch gekrochen, mutmaßte Arndt. Würde seine Tochter ihn besuchen kommen, wenn sie dazu noch das halbe Land Brandenburg durchqueren müsste? Er stapfte so, als ob im Sommer Schnee läge und er festen Tritt erst durch das kraftvolle Auftreten erlangen könne. Seine Stimmung wechselte schnell von Wut zu Resignation und seine Schritte verlangsamten sich und wurden weicher. Ein paar seiner Saufkumpane, darunter auch ein über und über mit Tätowierungen überzogener Obdachloser und einer mit einem ungepflegten Bart vom Typ des Räubers Hotzenplotz, saßen vor dem Aldi auf den Bänken der Lenné-Passagen. Horsts raue Hände waren tief in die Tasche gesteckt. Mit der rechten Hand umklammerte er seinen Schlüssel; seinen Schlüssel, der ihm von dem ganzen Schlamassel befreien konnte. Nur war es noch nicht an der Zeit, diesen Joker zu ziehen.

»Dis hat aber gedauat«, maulte der Tätowierte.

»Scheiße, Mann, mich ham se erwischt«, fiel Horst in den Jargon seiner Gefährten ein.

Der Bunte erkundigte sich: »Beim Klauen?«

Dazu konnte auch der Bärtige etwas sagen. »Mich auch.«

»Nee, mich nich beim Klauen. Aber ich hatte da doch auch Hausverbot. Der Marktdetektiv hat mich erkannt, mir eins auf die Nase gehau'n und mich angeschissen.«

Mitleidlos kommentierte der Tätowierte: »Tolle Ausbeute.«

Der mit dem Bart empörte sich ehrlich: »Was, der hat dich geschlagen? Da kannste den dafür anzeigen, kannste.«

Im Tonfall seines mitleidlosen Kommentars bremste der farbig Tätowierte seinen Saufkumpan: »Langsam, langsam. Dis is so, als ob de 'n Bullen bezichtichst, dass er dich jeschlagen hat, wenn fünfe seiner Kollegen danebenjestanden sind, die bezeugen, dass du gefallen bist, verstehste. Da kriegste selba noch 'ne Anzeige von wegen Falschbeschuldigung, Beleidigung, Widerstand gegen die Polizei und so.«

»Wer kommt?«, interessierte sich Kriminalkommissar Frank Fechner im Bordell namens *Nummer zwei* beim Mann hinter dem Tresen.

»Iwan Blomov ... Iwan der Schreckliche.«

»Wer ist denn so bescheuert und gibt sich einen solchen Namen?«, platzte es aus dem Kriminalkommissar heraus.

Boris Gonscharov stand hinter dem Tresen, putzte mit einer unruhiger wirkenden Hand, als sie ihm sonst eigen war, ein Champagnerglas, prüfte dessen Sauberkeit gegen einen der Strahler, befand sie für ausreichend und erklärte: »Soweit mir bekannt ist, haben seine Feinde ihm den Namen gegeben.«

Mit einem wortlosen Blick forderte Frank eine weitere Aufklärung.

»Wenn der in die Hölle kommt, warten da viele auf ihn, die er höchstpersönlich dorthin verfrachtet hat.« Boris stellte wieder ein im Licht der Strahler blinkendes Glas ab und nahm das nächste. »Heute macht er sich nicht mehr selber die Hände schmutzig.«

Eine junge Frau in schwarzen Dessous und einem Kimono kam auf Boris am Tresen zu und bat: »Boris, machst du mir mal eine Wurst warm?«

Boris war hier auch für das leibliche Wohl der Damen verantwortlich. »Hab vorhin welche aufgesetzt«, meinte er freundlich. »Die müssen gleich fertig sein. Ich sag dann Bescheid.«

»Wie siehst du denn heute aus, Kiara?«, erkundigte sich Frank Fechner.

Kiara schaute an sich herunter. »Meinst du, schwarz steht mir nicht?«

»Doch. Aber deine Augen. Siehst aus wie so ’n Grufti, Gothic-Freak oder Panda.«

Kiara beugte sich vor, schaute in den Spiegel hinter dem Tresen und erklärte ruhig: »Das ist der Scheißmascara, der so schmiert. Ist keine Absicht. War vorhin noch alles in Ordnung.«

Boris mischte sich ein: »Oder hast du geheult? Is was?«

»Nein, wirklich nur der Mascara.« Sie formulierte das so trocken, dass es wirklich so hätte gewesen sein können.

»Der oder die Mascara?«, wollte Fechner wissen.

»Bin ich Deutschlehrer oder was?«, kam als Antwort. Die Panda-Dame lächelte müde und verschwand in dem Halbdunkel, aus dem sie gekommen war.

»Weißt du Konkreteres über diesen Blomov?«, interessierte Fechner sich wieder dienstbeflissen.

»Er ist in Russland in gewissen Kreisen eine lebende Legende ... Nicht so beschränkt wie die Typen, die nur durch ihre Brutalität im Knast und auf der Straße von sich reden gemacht haben und dann zu Geld gekommen sind, wie einige von den *Dieben im Gesetz*.«

»Auch so ein komischer Name«, unterbrach Fechner seinen Gesprächspartner.

Boris klärte den Polizisten auch diesbezüglich mit leidenschaftsloser Miene auf. »Nur eine Frage der Gewohnheit, wie bei allen neuen Wörtern. Bei uns in Russland sind sie schon jedem Kind geläufig.«

»Genau wie die Bedeutung der Tätowierungen, was? Du musst mir bei Gelegenheit auch mal deine ganzen Bildchen erklären.« Frank zeigte mit dem Finger auf Boris’ Arme und Oberkörper.

»Alle?«, fragte Boris und versuchte, mit einem spöttischen Lächeln das Gespräch von diesem heiklen Thema abzulenken.

»Natürlich«, meinte Frank entschieden, überlegte kurz und ergänzte: »Außer Rumbalotte, natürlich.«

Boris runzelte fragend die Stirn.

»Sag bloß, den kennst du nicht?«

»Was … wie, Rumbalotte?«

»Na den Witz, in dem eine russische Frau den Mann fragt, was die Tätowierung ›Rumbalotte‹ auf seinem Ding zu bedeuten hat. ›Das musst du mal sehen, wenn er steht. Ruhm und Ehre der Baltischen Rotbannerflotte.‹«

Boris lachte und log. »Den kannte ich nicht.«

»Bitte?«, fragte Frank ungläubig.

»Ist wohl wieder so ein Russenwitz, der den Russen zugeschrieben wird, den aber keiner in Russland kennt.« Boris freute sich, Frank vom Thema der Tätowierungen abgebracht zu haben. Wie hätte er ihm die Symbole für die Toten erklären sollen, die Kreuze auf den Kirchen, und gleich vier davon, seine Verurteilungen und den Knast?

»Und Blomov, der ist ja nun kein Witz«, versuchte Frank das Gespräch wieder in halbwegs dienstliche Bahnen zu lenken, »weißt du von dem mehr?«

»Der war früher Offizier bei der Armee, auch ein Grund, weshalb er Probleme hatte, von den anderen Gangstern akzeptiert zu werden. Blomov war auch hier in Deutschland stationiert, soviel ich weiß.«

»Verstehe«, gab Fechner vor, »wie euer Präsident.«

»Ex.«

»Du hast doch selbst gesagt, dass der die Fäden im Hintergrund zieht … Und jetzt der hier. Ihr seid ein richtiges Strippenzieherland.«

Ein Lächeln auf sein Gesicht zeichnend, meinte Boris: »Geht bei euch ganz genauso. Ihr fühlt eure Strippen nur nicht mehr. Das ist viel subtiler, wenn man über Menschen herrscht, ohne dass es ihnen ständig bewusst wird. Vielleicht wird es dadurch auch viel gefährlicher.«

Frank Fechner kommentierte das Gehörte nur mit einem

»Hm«. Er mochte Boris und fand dessen Ansichten durchaus interessant. Dennoch war er Informant und Fechner wollte Genaueres über diesen Blomov erfahren. Einen Streit brauchte er nicht. Andererseits sollte Boris auch nicht das Gefühl bekommen, dass Frank ihm nur nach dem Munde redete, um seinen Vorgesetzten sensationelle Informationen präsentieren zu können. Um Sensationen ging es in seinem Job auch eher weniger. Es waren Puzzleteile, die in mühevoller Kleinarbeit zusammenzusetzen waren, damit man bei den Ermittlungen vorankam. Natürlich gab es auch mal einen Glückstreffer, einen nicht vorhersehbaren Zufallsfund, aber so etwas war eher die Seltenheit. Frank wollte das Gespräch wieder auf die dienstlich zu erfragenden Informationen lenken. »Und Iwan der Schreckliche?«

»Nach der Entlassung aus dem Dienst und dem Zusammenbruch der Sowjetunion ging es erst bergab mit ihm. Dann aber war er wieder da, hatte viel Geld, wer weiß woher, und konnte Polizisten und Politiker schmieren. Wer sich ihm in den Weg stellte oder von wem er nur annahm, dass er im Weg stand, der verschwand gänzlich von der Bildfläche oder landete unter fadenscheinigen Gründen im Knast.«

Frank nahm den letzten Schluck aus dem Glas und stieß unmerklich auf. »Das Leben unter Schurken ist hart und brutal, mein Lieber; niemand gönnt dem anderen sein Futter … Al Capone landete im Knast und Richard Nixon stolperte über Watergate … Nein, Verbrechen lohnt sich nicht.«

»So blauäugig heute?«, zweifelte Boris.

»Hast recht. Vielleicht ist es nur ein Zufall, auf welcher Seite wir landen.«

»Seite? Du bist zu lange Polizist, mein Freund. Bei dir ist das Schwarz-Weiß-Muster da oben schon eingebrannt.«

»Ach? Und Leute wie dein schrecklicher Iwan sind toll?«

»Quatsch. Aber die haben hier die Macht.«

»Hier?«, Frank schaute in die Runde. »Dann sind sie aber bald pleite.«

»Ist noch nichts los heute … Mal sehen, ob's noch wird. Die Konkurrenz hinter der Oder macht mir das Geschäft schwer und euer Gewerbeamt … aber das erzähl ich dir später … Die Blomovs, die reden hier überall mit. Keine wichtigen Entscheidungen in deinem Land, egal ob in der Wirtschaft oder den Regierungen, ohne diese Oligarchen. Die haben ihr blutiges Geld in den wichtigsten von euren sauberen Unternehmen.«

»Siehst du, so sind die Russen dann doch wieder die Gewinner in der Geschichte. Früher wurden die Völker für Sklaven, Bodenschätze und Macht in Kriege geschickt. Heute kauft man sich die Konkurrenten.«

»Soll mich das stolz machen?«, fragte Boris mehr zu sich selbst. »Und wo das, was ich dir leichtfertig sage, so überall gelesen wird, das möchte ich erst gar nicht wissen. Zum Glück interessiert das niemanden weiter, was in diesem Nest passiert. Bei euch hat der doch auch seine Leute, bis oben hin.«

»Blomov?«

»Klar doch.«

»Genaueres?«

»Sag ich dir gleich. Wenn ich dir konkrete Namen nenne, kann ich mir schon mein Loch schaufeln. Ich werde dir da ein paar Andeutungen für deinen Vermerk oder ausführlicheren Bericht diktieren. Mal sehen, was dann passiert.«

»Na, hör mal, wenn du da was weißt, dann sag es mir. Den Sumpf kann man nur trockenlegen, wenn man einem mit dem Spaten so richtig eine gibt«, forderte Frank.

»Du, ich hab da jetzt meine eigenen Sorgen, wenn er sich hier sehen lässt.«

»Hier?«, erkundigte sich der Polizist noch einmal und schaute rechts und links auf die mit rotem Leder bezogenen Barhocker. »Was hast du denn mit dem zu tun?«

»Persönlich wird er nicht kommen. Er wird demnächst sein Erbe inspizieren. Da ist einer in Moskau gestorben, der das hier«, dabei vollzog Boris eine ausladende Armbewegung vom Tresen hin zum Raum, in dem die Frauen in Plüschsesseln ruhten, »als sein Eigentum betrachtete.«

»Musst du viel zahlen?«

Boris zögerte mit der Antwort, schaute auf den Wurstwärmer und rief: »Kiara, deine Wurst ist fertig.«

»Komme«, erscholl eine Frauenstimme.

Boris wandte sich wieder an Frank: »Mit dem Obschtschak, das ist erträglich. Solange ich zahle, lassen sie mich wenigstens in Ruhe.«

»Obschtschak, was is'n das?«

»Kennt ihr nicht. Wird in allen deutschsprachigen Dokumentationen falsch übersetzt. Das ist der Beitrag, den man für die Organisation zahlt, für die Hinterbliebenen, also eine Art Sterbe- und Notfallkasse. Natürlich muss für den Dieb im Gesetz noch ordentlich was rausspringen. Aber die Deutschen tun sich sowieso schwer im Verstehen anderer Länder und Kulturen.«

Frank Fechners Polizistenherz war zum Widerspruch herausgefordert: »Jetzt mach aus eurer Kriminalität mal gleich eine Kultur.«

»Du hörst dich an wie die alten sowjetischen und die neuen russischen Politiker, die das nicht wahrhaben wollen und vor aller Welt leugnen. Die Diebe im Gesetz haben eine viel längere Tradition, als es gemeinhin bekannt ist. Schon unter den Zaren während der Leibeigenschaft gab es sie. Sie waren Gesetzlose, die sich dem Schicksal, in Leibeigenschaft und Armut geboren zu sein, nicht beugten und für ihre Freiheit kämpften. Aus dieser Zeit resultiert immer noch so etwas wie Achtung vor den Dieben im Gesetz.«

»Boris, mach mal 'nen Punkt. Du sprichst hier über Kriminelle, denen ein Menschenleben nichts wert ist.«

»Reg dich nicht so künstlich auf. Wir waren bei den historischen Gründen für die Verwurzelung und die Achtung, die den Dieben im Gesetz entgegengebracht wurde und wird. Genau das ist es doch, was ich meine, dass ihr nicht versteht und nicht verstehen wollt.«

»Alles Vorurteile«, meinte Fechner leichthin. »Von wegen wir tun uns schwer im Verstehen anderer. Wir sind richtige Superversteher. Außerdem bist du doch jetzt selber Deutscher.«

»Schon. Aber Versteher? Mein Gott ... Nein, nein ... Denk doch nur daran, was ihr zu den Franzosen beim Einsatz in Mali gesagt habt, die ihn führen, weil sie sich dort so gut auskennen, in der ehemaligen Kolonie. Das ist doch so was von zynisch.«

»Jetzt spring doch nicht von den Russen über die Deutschen zu den Franzosen nach Mali.«

Boris blieb unbeeindruckt: »Weißt du, welche Schuld die Franzosen in Afrika auf sich geladen haben? Das ist so, als wenn jemand sagte, die Deutschen sollen einen Einsatz in Israel führen, weil sie sich so gut mit den Juden auskennen.«

Fechner schluckte.

»Seit ich in Deutschland bin, habe ich den Eindruck, dass die Deutschen auch nur die Deutschen interessieren. Um den Rest der Welt scheren sie sich doch nicht. Hauptsache es geht ihnen gut und es geht immer so weiter.«

»Da ist vielleicht sogar was dran«, bestätigte Frank Fechner. »Aber ist das so schlecht?«

»An sich wohl nicht. Aber es wird nicht immer so weitergehen. Und das ahnt ihr auch. Mehr aber nicht. Ich weiß noch, wie mein Vater, studierter Elektroingenieur, Zeitungen austrug, um uns zu ernähren, und der Verlag, wie viele andere Unternehmen auch, seinen Arbeitern keinen Lohn mehr bezahlen konnte. Da hat er ein paar Stapel Zeitungen extra bekommen, die er verkaufen konnte.«

»Nicht zu glauben. Wenn so etwas hier in Deutschland passieren würde, dann würden die Leute aber streiken.«

»Glaub ich nicht«, widersprach Boris gelassen. »Bevor einer in Deutschland auf die Barrikaden geht, beantragt der doch erst eine Baugenehmigung.« Boris erblickte Franks leeres Glas. »Nimmst du noch einen Schluck?«

Mit einem kurzen »Jau« hielt Fechner dem hinter dem Tresen stehenden Boris das Glas hin und erkundigte sich: »Kommt Stella noch?«

In diesem Moment setzte Kiara sich neben Frank und begann, ihre Wurst zu essen. Sie spürte kurz die Blicke der Männer, schob sich die Wurst, ohne abzubeißen, tief in den Mund, zog sie langsam zurück und wiederholte das lasziv noch einmal. Als Kiara mit einem Knacken kräftig in die Wurst biss, zuckten die Augenbrauen der beiden Männer.

Franks Frage aufgreifend, klärte Boris ihn auf: »Glaub schon. Wenn die Kleine nicht schlimmer krank ist. Die hatte etwas Fieber. Sie wollte sie zur Oma bringen … Findest du es nicht seltsam, Stefanie ›Stella‹ zu nennen?«

Frank klopfte auf den Tresen. »Hier soll ich sie so nennen.«

»Klar«, verstand Boris. »Wie wird es da mit euch weitergehen?«

»Wie?«, spielte Frank den Unwissenden.

Boris nagelte den Polizisten fest. »Du weißt ganz genau, was ich meine. Mit dir und Stella. Deine Vorgesetzten werden es nicht toll finden, wenn du mit einer Prostituierten zusammen bist.«

»Ach, das ist heute alles viel liberaler als noch vor Jahren«, versuchte Frank ein Problem herunterzuspielen, welches ihn und ihre Beziehung schon seit einiger Zeit belastete, »sie zahlt ordentlich ihre Steuern und Kassenbeiträge …«

»… und morgen kommt der Weihnachtsmann«, unterbrach ihn Boris, der an die Beendigung seiner Beziehung denken musste. Für seine Tätigkeit hatte er so ausreichend Freiraum, glücklich hingegen war er nicht. Er sah, welchen Kampf sein Gegenüber auszustehen hatte, und beschloss, das Thema nicht wieder aufzugreifen.

Aus dem Halbdunkel des Raumes rief eine der Frauen: »Bobbele, hast du noch einen Schluck?«

Boris gab zurück: »Sind wir hier in Freiburg? Und wer zahlt? Ist doch kein Kunde in Sicht.«

Frank prostete Boris gekünstelt lächelnd zu: »Auf deine Zahnärztin!«

»Wie kommst du jetzt auf sie?«, interessierte Boris sich skeptisch, goss sich selbst einen Schluck ins Glas, erhob es und trank. Ahnte der Polizist, dass es mit der Zahnärztin ein anderes Bewandtnis hatte, sie sich langfristig darauf vorbereiteten, sich gegenseitig zu helfen, auch in verwickelten Situationen und mit äußerst unorthodoxen Methoden?

»Der Verlust deines Goldzahns ist ja nicht zu übersehen.«

»Hat sie hübsch gemacht, was?«, strahlte Boris mit seinem neuen weißen Schneidezahn und ging davon aus, dass seine Zähne nur auf oberflächliches Interesse gestoßen waren.

»Jetzt musst du dich wohl generalüberholen lassen. Ist da jetzt eine Keramikblende?«

»Sieht doch viel besser aus, oder?«

»Hab ich dir doch schon immer gesagt. Das mit dem Gold sah schon sehr … russisch aus.«

»Hm.«

»Musst du dir jetzt all deine Goldfüllungen machen lassen?«, zog der Kriminalkommissar seinen Informanten auf.

»Und wenn sie mit dir fertig ist und nichts mehr rumzufummeln hat, angelt sie sich dann den Nächsten?«

»Da gibt's schon noch genügend rumzufummeln bei mir …«

»Wenn's bei der Inspektion oder dem Antritt des Erbes durch Iwans Leute Probleme gibt, soll ich dir da helfen?«

»Kannst du als Bulle schlecht. Das kann hart auf hart gehen und für umfassende Polizeimaßnahmen habt ihr nicht genügend gegen ihn in der Hand. Jedenfalls hier in Deutschland. In Amerika hat er sich gerne aufgehalten. Er macht auch lieber Geschäfte in Dollar als in Euro oder Rubel. Aber die Amis haben ihn des Landes verwiesen oder Haft angedroht oder so. Jedenfalls soll er sich dort schon länger nicht sehen lassen haben, und das, obwohl er sich da eine Villa hingesetzt haben soll, die seiner bisherigen auf der Halbinsel Krim bis ins letzte Detail gleichen soll.«

»Das fände ich komisch«, meinte der Polizist, »da schlägst du am Morgen deine Augen auf und weißt nicht, wo du bist, könnte ja genauso gut auf der Krim sein. Eure reichen Ganoven sind schon reichlich seltsam.«

»Weshalb? Hat doch … Madonna, glaube ich, genauso gemacht, ich glaube wegen des Kindes, damit es sich bei dem dauernden Hin-und-her-Gereise so fühlt, als wäre es immer zu Hause.«

»Hat die ein Kind?«

»Glaub schon, sonst gäbe die Geschichte ja keinen Sinn.«

»Mal sehen, vielleicht gibt es gegen den dicken Iwan …«

»Schrecklichen Iwan!«

»Meinetwegen, gegen den dicken, schrecklichen Iwan sogar einen internationalen Haftbefehl. Ich werde das prüfen.«

»Aber dann wärt ihr doch sowieso nicht mehr zuständig.«

»Hört sich so an.« Mit sorgenvoller Miene bot Frank ernsthaft seine Hilfe an. »Wenn es da Ärger gibt, kannst du mich jederzeit anrufen.«

»Weiß mir schon zu helfen«, lächelte Boris, »habe schon Vorsichtsmaßnahmen getroffen.« Boris befürchtete, dass er mit seiner Aussage Franks Interesse geweckt hatte. Er konnte ihm nicht sagen, was er alles vorbereitet hatte. Da dürfte er als Polizist nicht einfach schweigend zusehen.

Fechner schlug wie befürchtet in diese Kerbe: »Was hast du denn da auf dem Feuer?«

»Verschiedenes«, gab Boris vage zurück und überlegte schon, was oder wie viel er Frank im schlimmsten Fall offenbaren durfte. Auch wenn ihr Verhältnis über das zwischen einem Polizisten und einem Informanten weit hinausging, dürfte Frank nicht einfach zusehen, wenn Boris Straftaten beginge, auch wenn dies nur geschehen würde, um sein Leben und das anderer zu schützen. Dem Zufall durfte er bei seinen Landsleuten nichts überlassen. Die waren Gewalt gewohnt, und nicht nur aus dem Fernsehen. Wenn die hierherkämen, weil er einen Befehl nicht richtig ausgeführt oder die Geschäfte nicht in ihrem Sinne betrieben hatte, dann würden sie nicht mit ihm diskutieren wollen oder einen Arbeitskreis einberufen. Er kannte solche Typen aus seinem Leben und aus dem Knast, eine Erfahrung, die er nicht zum Leben hinzuzählte. Er erinnerte sich gut an diese Kerle, die damit geprahlt hatten, wie sie Menschen bedrohten und töteten. Ein großer, kräftiger Kerl hatte im Knast damit angegeben, dass Gläubiger und solche, von denen sein Chef auch nur behauptete, dass sie ihm Geld schuldeten, gleich zahlten, wenn er ihnen mit seiner Axt in der Hand gegenüberstand. Es war selten, dass er sie gebrauchen musste, aber jeder wusste, dass er ohne zu zögern zuschlagen würde. Sie gaben ihm den Spitznamen *Axt*.

Frank Fechner gab sich mit der Antwort seines Informanten nicht zufrieden. »Verschiedenes?«

»Hm … 'n Kumpel«, druckste Boris herum, »ein Privatdetektiv, hier aus Frankfurt, wird mir helfen. Hat die polnische und deutsche Staatsbürgerschaft.«

»Klingt ja noch nicht so richtig nach einem Plan. Wie heißt der denn genau? Ich würde ihn mal gerne checken.«

»Sven Rübel, aber lass ihn bitte aus deinem Bericht raus.«

»Ja«, erklärte Fechner tonlos.

»Versprochen?«

»Ja ist ja. Der Name klingt ja nicht so richtig polnisch.«

»Der Vater ist Deutscher, soviel ich weiß. Früher hat er mal bei der Mutter in Polen und mal beim Vater gelebt. Jetzt hat er hier seine Detektei.« Boris schaute Frank fest in die Augen. »Ich habe ihn selbst gecheckt. Der arbeitet nicht mit irgendwelchen Typen aus der Unterwelt zusammen. Bloß ...«, Boris stockte.

Das war eine Situation, in der Fechner nachfragen musste. Bei Boris war er sich nur nicht sicher, ob das von ihm provoziert wurde. »Bloß?«

»Mit seinem Bruder ist was. Der lebt in Polen und wird dort von der Polizei gesucht. Mit dem hat er aber nichts mehr am Hut.«

Spöttisch meinte Fechner: »Klingt ja alles sehr vertrauenerweckend.«

»Ich kenn ihn, ich vertrau ihm.«

»Hm«, meinte Frank nachdenklich. »Und wie will er dir helfen?«

»Der hat gedient und wirklich Ahnung, lass mal. Der war bei der polnischen Armee Anwärter bei GROM.«

»Is'n das?«

»Au Mann ... Heute würdest du aber bei ›Wer wird Millionär?‹ nicht punkten.«

»Da mag was dran sein«, räumte Frank ein. »Aber kein Grund zur Kritik. In unserer Welt ist der Erfahrungshorizont schon zweier Menschen, die du nebeneinanderstellst, völlig unterschiedlich. Ich wage die These«, formulierte der Polizist gewollt gebildet, »dass es sogar schwer ist, Fragen zu formulieren, die alle Menschen gleichermaßen beantworten können.«

Boris schaute ungläubig, weshalb Frank die Probe aufs Exempel machen wollte: »Jeder deutsche Polizist weiß seit seinem ersten Dienst, was RSG heißt. Du nicht, stimmt's?«

Der Mann hinter dem Tresen überlegte nur kurz: »Rattenscharfe Geisha?«

»Oh Mann, damit kannst du aber auch nicht Millionär werden.«

»Da liegst du richtig. Es muss was mit eurem Dienst zu tun haben. Da tippe ich auf … ruhig schlafen gehen.«

2. KAPITEL: HÄUSERKAMPF

Von Blomov und seinen Leuten war mir zu diesem Zeitpunkt noch nichts bekannt; mit denen würde ich mich noch früh genug herumschlagen müssen. Den Polizisten Frank Fechner zählte ich ebenfalls noch nicht zu meinen Bekannten; ich hatte auch so genügend Ärger am Hals.

»Etwas spannender hatte ich mir deinen Job schon vorgestellt. Ist das immer so langweilig?«, gähnte mich Tobias mit weit aufgerissenem Maul wie ein Nilpferd an, bar jeder Vorahnung hinsichtlich des künftigen Geschehens.

»Was glaubst du denn, was hier passiert?«, stellte ich in ähnlich gelangweiltem Tonfall meine Frage zurück.

Daran hatte Tobias wohl noch keinen Gedanken verschwendet. Er grübelte und teilte mir sein Ergebnis mit knappen Worten mit: »Na ja, ein wenig Action schon.«

Tobias war ein gutmütiger, sehr kräftiger und nicht ganz heller Kleinkrimineller, der mit Autodiebstählen, nein, nicht ganzen Autos, sondern mit Autoradios, CDs und so allerlei, was Autofahrer gerne in ihren Fahrzeugen liegen ließen, mit Laubeneinbrüchen und Zigarettenschmuggel versucht hatte, sich über Wasser zu halten, was nur dazu geführt hatte, dass er in Deutschland und Polen die Gastfreundschaft staatlicher Unterbringungseinrichtungen für rechtskräftig zu Haftstrafen Verurteilte kennenlernen durfte. Er hinkte seiner Zeit immer ein wenig hinterher. Er stahl noch Kassetten aus Autos und Lauben, als alle Welt schon CDs hörte oder die Titel aus dem MP3-Player erklangen. Einen Beruf hatte er wegen seiner unsteten Lebensweise nie erlernt, hatte aber die Aufenthalte im polnischen Knast genutzt, um die polnische Sprache zu erlernen. Er las zu Beginn, was die meisten im Knast lasen, wenn sie lasen: Krimis, Abenteuer, Science-Fiction, Horror und Fantasy, wagte sich aber auch an die polnische schöngeistige Literatur heran und hatte aufgrund mehrfacher Besuche besagter Etablissements fast die gesamte Knastbibliothek bewältigt. So gewann er Interesse an Büchern und las auch in der Frankfurter Knastbibliothek. Als es noch die eigene Gefängniszeitung gab, war er in der Redaktion tätig und schrieb sehr eigene Interpretationen zu Werken von Schiller über Büchner zu Lessing und E.T.A. Hoffmann. Von Letztem behauptete er, dass dieser ein toller Kerl gewesen sei, gerne einen über den Durst trank und sicher ein genialer Verbrecher geworden wäre, wenn ihn sein Schicksal nicht dazu verdammt hätte, als Richter am Kammergericht arbeiten zu müssen; niemand könne seinem Schicksal entfliehen, man müsse sich dem stellen, wie schrecklich es auch sei. Hoffmann hatte schließlich versucht, das Beste daraus zu machen, und in einem Urteil sogar den alten Turnvater Jahn freigesprochen. Die deutsche Ministerialbürokratie hätte sich trotzdem gerächt und Jahn letztlich doch bestraft und Hoffmann kurz vor dessen Tod ein Disziplinarverfahren angehängt; insoweit hätten sich die Zeiten wenig geändert. Als der neue Volleyballplatz in der JVA Frankfurt eingeweiht worden war, wurde dieser von den Insassen »Friedrich-Ludwig-Jahn-Platz« getauft. Als die Entscheidung des Brandenburger Justizministeriums bekannt wurde, die JVA in Frankfurt zu schließen, konnte Tobias das als weiteren Schritt der Reaktion in einem Jahrhunderte währenden Kampf zwischen aufgeklärten Geistern und dem deutschen Amtsschimmel werten. Die Auseinandersetzung mit der Literatur hatte ihn auch dazu befähigt, in seinen letzten Worten im bisher letzten Prozess für die Beteiligten kaum nachvollziehbare Parallelen zwischen seiner persönlichen Entwicklung und der Sozialkritik in Schillers *Räuber* zu formulieren und den für ihn plausiblen Schluss zu ziehen: »Ihr habt mich zu dem gemacht, was ich bin. Bestraft mich, wie ihr euch zu bestrafen hättet.« Für Tobias war dies eine der Sternstunden seiner bisherigen Laufbahn; für das Gericht gab es jedoch keinen Anlass zur Strafmilderung. Im Gegenteil: Hätte er noch länger geplaudert und das Gericht genervt, so berichtete uns in der Kneipe ein in der Verhandlung anwesender Bekannter, hätte dies Tobias beinahe ein paar Wochen mehr eingebracht. Bei diversen Hilfsarbeiten, die im Knast angeboten wurden, zu denen er sich gerne freiwillig meldete, um sich etwas hinzuzuverdienen, zeigte sich sein handwerkliches Geschick, welches er weiterentwickeln konnte. So arbeitete er nun als Deutscher in einer polnischen Zimmerei, für die er neben seiner Handwerkerarbeit in Deutschland Aufträge an Land holte und den Dolmetscher mimte. Seinem polnischen Chef, meinem aktuellen Auftraggeber, hatte ich es zu verdanken, hier mit Tobias im Haus eines ehemaligen Klienten zu warten, um diejenigen dingfest zu machen, die unter dem Namen seiner polnischen Firma zum Schein Zimmererleistungen in Deutschland anboten und dann den Umstand der angeblichen Ausführung der Arbeiten nutzten, um ganze Häuser auszuräumen. Die falschen Zimmerleute hatten sich sogar mit einem dem richtigen Zimmerer angeblich verloren gegangenen Ausweis vorstellen können. Der Ruf der polnischen Firma stand auf dem Spiel. Die polnische Polizei sah sich außerstande, gegen die ausschließlich auf deutscher Seite agierenden Betrüger etwas zu unternehmen, Tobias' Chef traute der deutschen Polizei nicht, und so musste ich als deutscher Privatdetektiv ran. Dass meine Mutter Polin war, ich bis vor einigen Jahren in Polen gelebt hatte und die polnische Sprache sprach, kam mir dabei zugute. Dass ich hingegen auch einen deutschen

Personalausweis besaß, mein Vater Deutscher war und ich meinen Wohnsitz und den Sitz meiner Detektei in Deutschland gewählt hatte, war ihm suspekt.

Tobias hatte mir schon in vielen Situationen geholfen, in denen ich einen zweiten oder dritten Mann brauchte. Ich für meinen Teil hatte ihn das eine oder andere Mal vor dem Knast bewahrt. Er konnte mit Waffen umgehen, hatte sich sowohl im polnischen als auch im deutschen Knast behauptet und auch die Arbeit in der Zimmerei hielt ihn fit; sollte es hier zu einer Auseinandersetzung kommen, würde er ordentlich zulangen können.

»Von wegen Action. Wenn du wüsstest, wie viele Stunden ich mit langweiligem Observieren verplempere«, nahm ich ihm die Hoffnung auf etwas Abwechslung am heutigen Tag.

Das ließ Tobias nicht gelten: »Das ist eben dein Job. Von wegen verplempern. Ich habe im Knast aufgehört, darüber nachzudenken, was man in dieser Zeit alles hätte machen können. Irgendetwas macht man schließlich immer. Ob es gut oder richtig ist, das wissen wir doch immer erst später. Und noch später glaubt man, dass es alles doch wieder ganz anders war. Wir sind doch alle irgendwie … wie … Hamster im Laufrad. Beschäftigen uns irgendwie, denken, es hat einen Sinn, und kommen nicht von der Stelle.«

Ich war geneigt, mein Urteil über Tobias zu revidieren; von wegen nicht ganz hell im Kopf und so. Nur sein Chef schien nicht ganz so pfiffig zu sein. »Verliert der oft seinen Ausweis?«

»Nicht, dass ich wüsste. Seine Frau hat ihn mal mitgewaschen. Das Übliche also.«

Ich konnte mir die Frage nicht verkneifen: »Das Übliche? Also ich lasse meinen Ausweis nicht waschen.«

»Hast ja auch keine Frau … So was passiert schon mal. Ein Ausweis, ein Geldschein oder so.«

»Na, da bekommt der Begriff Geldwäsche doch eine ganz neue Bedeutung«, grinste ich.

Tobias lachte auf. »Oder Papiertaschentücher. Die sind noch besser. Die machen eine Sauerei, sag ich dir.«

»Wenn uns einer zuhört, denkt der, hier unterhalten sich ein paar Hausfrauen übers Wäschemachen.«

»Und dein ehemaliger Klient, der hat dir für unsere Aktion einfach mal so sein Haus hier zur Verfügung gestellt?«, erkundigte sich Tobias ungläubig.

»Einfach mal so nicht gerade«, stellte ich klar. »Ich habe ihm mit meiner Arbeit vor ein paar Monaten aus der Patsche geholfen. Dem wollten sie so ein richtig böses Ding anhängen. Der wäre sonst Job, Familie und das Haus hier losgeworden … Und dafür war er mir noch einen Gefallen schuldig.«

»Trotzdem«, blieb er hartnäckig. »Wenn ich so ein schnuckeliges Häuschen hätte, würde ich doch keinen Fremden alleine darin herumwirtschaften lassen. Auch wenn hier gerade renoviert wird.«

»Hier in der Gegend wurden schon gelegentlich Häuser ausgeräumt«, begann ich, ihm die Sache zu erläutern. »Ich habe dem Eigentümer erklärt, dass wir solchen Ganoven auf der Spur sind und ihnen das Handwerk legen wollen. Was ja so auch stimmt.«

»Trotzdem würde ich niemanden in mein Haus lassen, wenn ich nicht da bin.«

»Mag sein«, plauderte ich so dahin und signalisierte, dass ich keine Lust zu einer vertieften Diskussion darüber hatte, was Tobias machen würde, wenn er ein Haus hätte, das er niemals haben würde. »Schade ist nur, dass er das Haus jetzt loswerden möchte.«

»Was? Wenn's einem zu gut geht … Andererseits … soll er doch verkaufen. Würde ich auch machen. Mir wäre die Gegend hier zu spießig.«

»Die wollen sich scheiden lassen. Und allein für sich kann keiner das Haus halten. Ist noch nicht abbezahlt. Und wenn ein Interessent mitbekommt, dass sie verkaufen müssen, dann versucht der natürlich auch zu pokern und den Preis zu drücken. Damit sie einen ordentlichen Preis erzielen, wollen sie hier alles neu streichen und so.«

»Dann hatte deine Arbeit doch nicht so viel Erfolg.«

»Wie meinst du das?«, empörte ich mich.

»Du hast doch gesagt, dass es ihm die Arbeit, die Familie und so gekostet hätte, wenn du deinen Job nicht ordentlich gemacht hättest, und jetzt scheint er zumindest Familie und Haus trotzdem zu verlieren. Dann war doch deine Arbeit umsonst.«

Wo Tobias recht hatte, hatte er eben recht. »Wie du schon gesagt hast, es kommt auf den Zeitpunkt der Betrachtung an. Für ihn kommen sicher auch wieder bessere Zeiten. Jetzt müssen sie aber erst das Haus günstig loswerden.«

Auch für diese Situation hatte Tobias die passende Lösung. »Dabei könnte ich auch helfen … Anstecken und Feuerversicherung kassieren. Dann können sie sich auch die ganze Renovierung sparen. Du solltest mal den geschäftlichen Kontakt herstellen.« Tobias wusste nicht, welche hellseherischen Fähigkeiten er mit dieser Aussage offenbart hatte. Weder wussten wir, ob die falschen Zimmerleute überhaupt erscheinen würden, noch, wie unser Zusammentreffen eskalieren und völlig außer Kontrolle geraten würde.

»Ich werde mich hüten«, wehrte ich ab. Bei Tobias wurde so ein Hirngespinst schnell zu einer Idee, deren Ausführung ihn flugs wieder in einen Knast bringen könnte.

»Ich glaube, jetzt kommen sie«, mutmaßte Tobias, als er einen weißen Transporter mit polnischer Firmenaufschrift um die Ecke fahren sah. Das Fahrzeug trug zwar die Firmenaufschrift seines gegenwärtigen Arbeitgebers, aber solche Rostlauben fuhren die dort nicht. Da war er sich sicher.

Damit konnte er mir vorerst nur ein »Hm« entlocken und einen Moment später die Weisung: »Nicht so dicht ans Fenster, sonst sehen die uns gleich.« Es sprach einiges dafür, dass wir ihnen endlich auf die Schliche gekommen waren. Sicher konnten wir uns noch nicht sein. Der Transporter mit der Aufschrift der Firma, in der Tobias arbeitete, fuhr vor das Haus unseres Herrn Wüstenrot. Ein besserer deutscher Name war mir im Telefonat mit den Gangstern nicht so schnell eingefallen.

Tobias entschloss sich: »Ich rufe bei der Firma an und gebe Bescheid.«

Ich bestätigte sein Vorhaben mit einem Kopfnicken. Ich hatte in letzter Zeit Scherereien durch den Gebrauch meiner Schusswaffe bekommen. Noch vor einigen Monaten hätte ich in der gleichen Situation sicherheitshalber meine Pistole durchgeladen und gesichert wieder in das Holster gesteckt und der Dinge geharrt, die da auf mich zukommen würden. Jetzt war es aber anders. Ob mir unser Besuch meinen bei eBay ersteigerten Nachbau einer Walther P99 als echte Waffe abnehmen würde, blieb abzuwarten. Meine Fälschung eines deutschen Polizeiausweises fand ich da schon gelungener; mit dessen Hilfe wollten wir eine Verhaftung vortäuschen und die beiden Typen, die hier seit mehreren Monaten immer wieder die Sache nach dem gleichen Muster durchzogen, in mein Auto verfrachten und bei Tobias' neuem Chef abliefern, wenn der nicht gleich kommen konnte oder sein Eingreifen aus einem anderen Grund schiefging.

Tobias wählte eine polnische Nummer und wartete. »Hallo, Anatol! Sie sind hier. Wann könnt ihr hier sein? … Okay, ich sage Sven Bescheid.« Er beendete das Gespräch.

Ich sah ihn fragend an. »Wie lange?«

»Eine Viertelstunde.«

»Schneller wäre die deutsche Polizei auch nicht«, überlegte ich laut.

Tobias rief entsetzt: »Die fahren ja wieder weg! … Ob die was mitbekommen haben?«

Ich wollte mich auch diesmal noch nicht festlegen und blieb die Antwort schuldig.

»Hast du gesehen? Die hatten Anatols Namen auf dem Wagen stehen.«

»Gesehen«, blieb ich kurz angebunden.

»Soll ich Anatol wieder zurückpfeifen?«, klang Tobias etwas verunsichert.

»Lass mal«, hatte ich eine Vorahnung.

Tobias schaute sich nochmals im Haus um. »Ist schon in Ordnung, uns hier für die Falle sein Haus zu überlassen«, hatte er seine Meinung geändert. »Die haben schon begonnen, ihre Sachen auszuräumen.« Und dann kam, was kommen musste; er konnte eben nicht anders. »Was wäre, wenn wir den Rest auch noch ausräumten?«

»Dann wäre nichts mehr da«, entgegnete ich trocken.

Er spann den Faden weiter: »Ich schlage dich nieder …« Irgendwie musste ich daraufhin ernst geschaut haben, weshalb er schnell ergänzte: »Nur so zum Schein … Na ja, echt müsste es natürlich wirken.« Tobias grinste.

Jetzt reichte es mir. »Pass auf! Jetzt hau ich dir gleich eine rein … Wir machen hier unseren Job, bekommen von Anatol unser Geld und dein Chef und wir alle sind glücklich.«

Zutreffend widersprach er: »Außer die, die wir erwischen. Wenn sie wiederkommen und den Braten nicht gerochen haben.«

»Immer mit der Ruhe … Wenn wir die schnappen, hast du bei deinem Chef einen ordentlichen Stein im Brett, oder?«

»Das kannst du laut sagen. Ist ja mehr als geschäftsschädigend, was die hier veranstalten … Wobei Anatol das manchmal gar nicht so schlecht finden würde, wenn er einen Kunden fesseln und knebeln könnte. Du glaubst ja nicht, wie nervig Kunden manchmal sein können, und insbesondere die deutschen.«

»Mit ihrer Übergenauigkeit, ihrem Kontrollzwang und selbst der Rigorosität im Denken sind wir Deutsche nicht gerade die Sympathieträger der Menschheit.«

»Genau, eine Frau mit solchen Eigenschaften würde ich mir auch nicht aussuchen.«

»Läuft bei dir jetzt überhaupt etwas in Richtung Beziehung?«

»Aktuell nichts.«

»Da würde man vielleicht auch eine mit Kontrollzwang nehmen«, schlussfolgerte ich.

»Du meinst, so eine ist besser als keine?«

»Hm.«

Tobias stutzte. »Sprechen wir hier über mich oder über dich?«

»Man misst den anderen doch meist mit der eigenen Elle«, wich ich einer konkreten Antwort aus.

»Wie meinst du das?«

»Ach, nur so.« Dann dachte ich mich wieder in unseren Fall hinein und überlegte laut: »Vielleicht hat dein Chef hier eine Art Zuverdienstmöglichkeit entwickelt.«

»Und beauftragt dich dann, ihn zu überführen? Macht doch keinen Sinn.«

Da hatte er gar nicht mal so unrecht. Aber das wollte ich nicht zugeben und spielte den umsichtigen Privatdetektiv: »In meinem Job muss ich alle Optionen offenhalten und keine Möglichkeit ausschließen.«

»Quatsch. Ist, wie mein Chef es gesagt hat: Ihm wurde sein Ausweis gestohlen und nun macht jemand, der ihm ähnlich sieht, einen auf polnischen Handwerker, erschleicht sich das Vertrauen der Leute und beklaut sie, oder er knebelt sie und räumt mit seinen Leuten das Haus aus … Da! Sie kommen wieder.«

»Das hatte ich mir gedacht. Die wollten nur auf Nummer sicher gehen und haben noch eine Runde gedreht, um die Gegend abzuchecken.« Ich hatte mir den Wagen meiner Mutter mit polnischem Kennzeichen ausgeliehen. Nicht, weil das etwas mit dem Fall hier zu schaffen hatte, sondern weil bei meinem ein Werkstatttermin anstand, dessen Bezahlung ich mir erst zusammenarbeiten musste. Das Fahrzeug hatte ich auf dem Grundstück so geparkt, dass es für unseren Besuch von der Straße aus nicht einsehbar war.

Es klingelte an der Haustür.

»Dein Einsatz«, meinte Tobias.

»Scheißplan! Wieso ich?«, kommentierte ich.

»Wer ist denn hier der Privatdetektiv, du oder ich?«

Mit einem »Toll!« ging ich in Richtung Tür.

Tobias grinste wieder. »Ich decke dich … Und für den Notfall …« Er schob seine Jacke zurück und ich sah an seinem Gürtel Handgranaten baumeln.

Für uns hoffte ich, dass die genauso echt waren wie meine Pistole, ahnte aber Böses. »Spinnst du? Damit kannst du uns alle hochjagen.«

»Reg dich nicht auf. Ist meine Lebensversicherung. Bisher sind sie nicht auf Widerstand gestoßen. Wer weiß, wie die reagieren, wenn die dich hier mit deiner Spielzeugpistole und einem zweiten Mann antreffen.«

»Tobias, wir müssen unbedingt an unserer Kommunikation arbeiten.«

Es klingelte wieder. Diesmal energischer: kurz, kurz, lang. Da war wohl ein Tangotänzer am Werk.

Ich ging zur Tür, setzte ein muffiges deutsches Hausbesitzergesicht auf; der Typ, der sich in seiner wohlverdienten Ruhe gestört fühlt und es nicht zulässt, dass jemand seine Kreise stört, und schon gar nicht ein Pole, auch wenn er mit ihm einen Termin vereinbart hatte.

Ich öffnete die Tür und sah unversehens eine Faust in Richtung meines Hausbesitzergesichts rasen. Ich war von der Situation so perplex, dass ich nicht einmal zu einer Ausweichbewegung imstande war, die sonst reflexartig funktionierte. Die Faust landete mitten in meinem Gesicht. Welcher Hauseigentümer rechnete auch damit, von seinem Handwerker zur Begrüßung eins in die Fresse zu bekommen?

Der Typ, der den Schlag ausgeführt hatte, wusste offensichtlich um unsere Anwesenheit. Er stieß mich zurück und ein zweiter kam hinterher, der hatte eine Art Brechstange in der Hand. Offensichtlich hatten die gewusst, dass ihnen hier eine Falle gestellt werden sollte. Aus meiner Nase tropfte dickflüssiges Blut.

Wir standen im engen Flur sehr gedrängt. Der, der mir eins in die Fresse gehauen hatte, schien der energischere von den beiden zu sein. Für kunstvolle Techniken war hier kein Platz. Ich riss meinen rechten Ellenbogen hoch und feuerte ihn direkt unters Kinn des ersten Angreifers. Es war eine kurze, harte Technik. Er taumelte, versuchte, sich am Türrahmen zu halten, und ging zu Boden, während der zweite auf mich zukam und mit dem Arm zum Schlag ausholte, in dem er das Eisen hielt.

Tobias stürzte in den engen Flur, der nun vollends gefüllt war, und schrie, dass es mir in den Ohren sauste. Er riss sich eine Handgranate vom Gürtel, hielt sie in die Höhe, zog den Splint und rief: »Keine Bewegung mehr, von niemandem, sonst lasse ich los.«

Das kam sehr echt rüber. So in der Art Selbstmordattentäter. Aber hier?

»Duuu?« rief er, als er den am Boden liegenden Angreifer erblickte.

Ich reagierte sofort. »Wer du?«

Während der Angesprochene sich aufrappelte, klärte Tobias mich auf. »Das ist Kamil, Anatols Schwager.«

Blitzschnell hebelte ich dem zweiten Typ die Stange aus der Hand, drückte ihn an die Wand, sodass auch er seine Fingerabdrücke sauber verteilte, nahm Handschellen heraus, klickte das eine Ende um das Handgelenk, riss eine Hand von Anatols Schwager in die Höhe und klickte das andere Ende um dessen Handgelenk. Ich hatte nicht schlecht Lust, dem Schwager noch eine zu verpassen; aber die Situation schien unter Kontrolle. Tobias stand immer noch ähnlich der Freiheitsstatue mit erhobenem Arm; nur dass er statt einer Fackel weiter die scharf gemachte Handgranate hielt.

»Nun nimm die blöde Handgranate runter und mach den Splint wieder rein. Aber vorsichtig!«

»Geht nicht.«

»Was?«

»Beides. Runternehmen und Splint reinmachen. Ich hab 'nen Krampf.«

Anatols Schwager und sein Komplize rückten von Tobias ab und stützten sich, dabei weiter ihre Fingerabdrücke verteilend, an der Wand ab.

»Ihr bleibt mal schön hier.« Ich machte mir ernsthafte Sorgen. Während meiner Dienstzeit bei der polnischen Armee hatte ich so etwas Ähnliches schon mal gesehen. Als der Krampf sich dann bei dem jungen Soldaten gelöst hatte, konnte er aber auch nicht gleich werfen. Ehe ich gecheckt hatte, was passiert war, explodierte die Granate. Es war wieder eines der Erlebnisse, auf die ich gern verzichtet hätte, die mir im Schlaf aber immer wieder begegneten. In der Jugend üben der Umgang mit Waffen und die Ausbildung in einer Spezialeinheit einen gewissen Reiz aus, der aber verfliegt, wenn einem bewusst wird, dass nichts und niemand das Recht hat, einem anderen mit dem Tode zu drohen oder das Leben zu nehmen. Da änderte auch die Tatsache nichts daran, dass dies staatlich sanktioniert und ein Heldentum statuiert wird. Zu viele Menschen sind für Ideen gestorben, die andere ihnen eingeimpft hatten.

Schnell suchte ich den Boden des Flurs ab, konnte den Splint aber nicht finden. Dann ging alles rasend schnell. Tobias' Hand löste sich und der Bügel flog ab. Meine Suche nach dem Splint hatte sich erübrigt. »Raus hier!«, schrie ich. Die Granate fiel Tobias direkt vor die Füße. Ich stieß unsere Einbrecher hinaus, die strauchelten und vor dem Haus auf ihren Bäuchen landeten. Ich kickte die Handgranate in den hinteren Teil des Hauses und wollte ebenfalls nur raus. Meine Angst war nicht ohne Grund: Bei Auslandseinsätzen während meiner Dienstzeit hatte ich oft Splitterverletzungen gesehen. Eine Narbe am rechten Oberschenkel zierte noch mein Bein. Ich stieß Tobias raus, der einen Sprung über die am Boden liegenden Typen wagte, dabei ins Stolpern geriet und sich auch langlegte. Ich folgte ihm und wagte neben dem Fleischhaufen, der aus unseren Einbrechern bestand, einen Sprung ins Gras. Aus dem Augenwinkel nahm ich wahr, wie einer der Transporter des polnischen Zimmerei-Unternehmens um die Ecke fuhr.

Ich warf mich hin, meine Arme schützend vor dem Kopf, spürte einen stechenden Schmerz im linken Knie und harrte der Dinge, die da kommen würden. Lange brauchte ich nicht zu warten, bis ein ohrenbetäubender Knall die Ruhe der Siedlung zerfetzte und die Fenster mit solcher Wucht bersten ließ, dass die Glas- und Handgranatensplitter über uns hinwegflogen und auf uns niederprasselten.

Der polnische Transporter stoppte abrupt. Der Chef selbst stieg unschlüssig aus, so, als ob er eine weitere Detonation befürchtete, und kam zu uns herüber. Er fasste sich recht schnell und meinte in Bezug auf den zuvor besprochenen Plan: »Eine unauffällige Festnahme stell ich mir aber anders vor.«

Er schien wieder ein wenig verunsichert, als ich mit Blick auf das Haus noch im Liegen bemerkte: »Die Deutschen können ja nicht hören. Immer wieder wird vor Böllern und selbst gebasteltem Knallzeug vom Polenmarkt gewarnt.« Ich versuchte aufzustehen und spürte einen mächtigen Schmerz im linken Knie, der mich sofort wieder auf die Erde zog.

Tobias bemerkte mein Problem und half mir auf. Er musste mich weiter stützen, damit ich mich aufrecht halten konnte.

Sein Chef sorgte sich: »Bist du verletzt?«

Ich wiegelte ab. »Nichts Schlimmes. Hab mir nur das Knie etwas verdreht.«

Mit Blick auf seinen Schwager schwante Anatol Böses. »Kamil, was machst du denn hier? Und du, Jakub?«

»Das ist der, den du gesucht hast, und der, den er am Händchen hält, ist sein Komplize.«

Erst jetzt sah Anatol, dass sein Schwager mit Handschellen an Jakub gefesselt war. Bedrohlich raunte er: »Ihr?«

Im Haus begann es zu brennen. Ich wollte von Anatol wissen: »Kann einer von deinen Leuten den Transporter deines Schwagers übernehmen? Und um ihn selbst kannst du dich auch gleich kümmern.« Ich drückte Anatol den Schlüssel für die Handschellen in die Hand. »Los, weg hier! Tobias, fährst du?«

»Mit dir ist es wohl nicht mehr weit her?«

An Anatol gewandt stellte ich fest: »Die wussten, dass wir sie hier schnappen wollten.«

Der Unternehmer gestand: »Klar doch. Von mir. Habe meinem Schwager über das Schwein berichtet, welches unter meinem guten Namen krumme Geschäfte macht. Und auch, dass ich dich engagiert habe. Weshalb der Trottel dann trotzdem hier auftaucht, bleibt sein Geheimnis.«

»Ich lass mir doch von so einem meine Geschäftsidee nicht kaputt machen«, unternahm Schwager Kamil in verächtlichem Ton den Versuch einer Erklärung. Er warf mir einen wütenden Blick zu. »Den hätten wir fertiggemacht, wenn …«

Weiter kam er nicht. Anatol schuf seinem Unmut Platz, indem er dem Mann seiner Schwester einen ordentlichen Schlag ins Gesicht verpasste. Der Schlag hatte eine solche Wucht, dass er die Vermutung nahelegte, dass mit ihm noch das eine oder andere Familienproblem gelöst werden sollte, welches sich in letzter Zeit angestaut hatte.

Im Haus meines früheren Klienten loderten die Flammen, während der ruhig in seinem Supermarkt saß. Schon zogen erste Rauchschwaden durch die glaslosen Öffnungen, die bis vor Kurzem von hübschen Fenstern geziert worden waren.

Ich versuchte, Anatol zu erklären: »Kommt bei meiner Arbeit immer wieder vor. Da wollen so Hosentaschenganoven viel schlauer sein als alle anderen.«

Der kleinkriminelle Schwager bestätigte mehr trotzig als stolz: »Bis heute war es auch so.«

Dafür fing er sich von Anatol gleich noch eine ein. Sein Schädel knallte gegen den des Komplizen; ein Geräusch, als ob zwei Kokosnüsse gegeneinander geschlagen würden. Beide Nüsse schrien auf. Einer von Anatols Leuten stieß die beiden Pechvögel in die Richtung des eigenen Firmenfahrzeugs. Ich sah noch, wie Anatol die Aufforderung seines Schwagers, ihm in den Transporter zu helfen, mit einem kräftigen Tritt dahin beantwortete, wo die Sonne selten scheint, und humpelte mit Tobias' Hilfe in Richtung meines alten Volkswagens. Als wir losfuhren, schlugen die Flammen bereits aus den Fenstern des Hauses.

»Wie nach einem Häuserkampf«, bemerkte ich trocken. In dieser Siedlung schienen alle zu arbeiten und außerhalb beschäftigt zu sein. Ich wusste, dass meine Mutter ein gutes Alibi hatte. Auch würde keiner vermuten, dass sie hier einen Krieg zwischen Deutschland und Polen entfacht hatte. Notfalls musste sie ihr Fahrzeug als gestohlen melden. Noch konnte ich jedoch annehmen, dass wir nicht beobachtet worden waren.

»Dann sollten wir schleunigst machen, dass wir wegkommen … So haben Kriege angefangen. Zum Glück bist du nicht mehr aktiv in der Armee.«

»Das wär's«, grinste ich. »Tolle Schlagzeile: Kampfeinsatz der polnischen Armee in Deutschland.«

Während er Gas gab, schlug Tobias eine andere Schlagzeile vor: »Polens Rache für Gleiwitz!«

Als wir über die Brücke der Doppelstadt nach Słubice fuhren, um meiner Mutter das Auto zurückzubringen, kam uns aus Polen eine dunkle große Limousine mit russischem Kennzeichen entgegen, die nach Deutschland fuhr. Die Insassen konnte man gleich mal verhaften; einen Grund würde man bei genauerem Hinschauen sicher finden. Das waren Schieber der großen Sorte, Wirtschaftskriminelle, Wesen der Halb- oder der besseren Welt; vielleicht auch Politiker, was aber an meiner Eingebung, sie gleich mal in den Knast zu stecken, nichts änderte.

»Hast du das gesehen?«, riss mich Tobias aus meinen Gedanken.

»Was? Die Limousine?«

»Nein! Da drüben auf deutscher Seite, am Flussufer.«

Ich schaute genauer hin. »Der Angler?«

»Logisch.« Tobias hielt unvermittelt im Kreisverkehr hinter der Brücke, gleich nachdem wir Polen erreicht hatten. Ich musste die Beine nach vorne stemmen, um nicht vom Fahrersitz zu rutschen, und stöhnte laut auf. Der Sicherheitsgurt war auch nicht mehr das, was er einmal war.

»Mit dem Fuß musst du aber was machen«, gab Tobias einen klugen Ratschlag.

»Es hätte schon geholfen, wenn du sanfter abgebremst hättest.«

»Sanfter, ha, ha. Das hört sich aber schnuckelig an, mein Süßer. Brems doch *sanfter.*«

Endlich erkannte ich, was Tobias gemeint hatte. »Der ringt ja mit einem Mordsbrocken. Wenn der ihm nicht mal davonzieht.« Wir stiegen aus und schauten dem Angler auf der anderen Seite bei seinem Treiben zu, bis er den Fisch aus dem Wasser holte. »Ein Wels«, erkannte ich mit Kennerblick.

Tobias nickte anerkennend. »Ein wirklich großer Fisch.«

Eine Stunde später standen wir wieder auf heimischem Boden in Frankfurt, in Sebastians Laden bei dem Zigaretten- und Spirituosenhändler, der sein Geschäft unten in dem Haus in einem der noch nicht sanierten Häuser in der Nähe des Leipziger Platzes betrieb, in dem auch mein Detektivbüro zu finden war. Auch wenn Sebastian in vergleichbaren Situationen immer wieder bekräftigt hatte, dass er keine Schankwirtschaft betreibe, verstand er instinktiv, dass es heute etwas anderes war. Er hängte sein Schild *Geschlossen* während der üblichen Öffnungszeiten an die Tür und goss uns dreien einen ordentlichen Schluck Wodka meiner Lieblingsmarke *Absolvent* ein. Mit der linken Hand hielt ich mich am Verkaufstresen fest, um mein heftig schmerzendes Knie zu entlasten, und mit der rechten schüttete ich mir den Wodka die Kehle hinunter, der schnell ein entspannendes, wohliges Gefühl im Körper verbreitete. Noch glaubte ich, dass es mir freistünde, einfach abzulehnen und Nein zu dem verdammten geliebten

Wodka zu sagen. Ich könnte einfach Nein sagen, ich war doch nicht abhängig, ich hatte alles im Griff. Ich wollte nur nicht Nein sagen. Der Wodka schmeckte mir, wir hatten gemeinsam eine nicht gerade ungefährliche Situation überstanden, kamen uns dadurch näher, ich war unter Freunden, was also lag näher, als das mit einem Gläschen Wodka zu besiegeln?

»So langweilig, wie ich erst angenommen hatte, ist dein Job nun doch nicht«, korrigierte Tobias bei einem weiteren Glas seine Meinung.

Mich bekümmerte es, was ich über Tobias' Intellekt gedacht hatte; das war borniert von mir gewesen. Wenn es hart auf hart käme, würde ich mich immer auf Tobias verlassen können, nur eben nicht, wenn es um gute Manieren und Bildung ging. Ein Telefonjoker bei *Wer wird Millionär?* wäre er gewiss nicht, partielles Wissen über die deutschen Klassiker der Literatur natürlich ausgenommen.

3. KAPITEL:
IWAN DER SCHRECKLICHE

In einer großen schwarzen Limousine mit russischem Kennzeichen führte Iwan Blomov, genannt Iwan der Schreckliche, das Wort: »Die polnische Landschaft ist noch unberührter als die deutsche, das erinnert doch an die Heimat.« Blomov wollte keine Bestätigung durch seine Leute, da er der Boss war und sein Wort galt, selbst wenn es nur Landschaftseindrücke betraf. »Die Fördermittel der EU werden schon dafür sorgen, dass es dort bald so aussieht wie hier«, spann er den Faden weiter, als sie, die Oderbrücke überquerend, deutsches Territorium erreichten, ohne auch nur einer Kontrolle zu begegnen. Er entschied: »Wir werden den Stützpunkt auf deutscher Seite errichten.« Blomov war in die Jahre gekommen. Das noch dunkle, südländische Haar war an den Seiten ergraut. Sein ohnehin massiger Körper hatte immer mehr Fett an Wangen, Hals und Kinn aufgebaut. Wer nicht wusste, dass hier einer der russischen Multimillionäre fuhr, der sich während der Phase der Privatisierung in den wilden Neunzigern erst kleine Unternehmen und später große Kombinate durch Einschüchterung, Körperverletzung, Entführung und Mord, durch Verbreitung von Angst und Schrecken unter seinen Nagel gerissen hatte, der konnte glauben, dass hier ein netter älterer Herr chauffiert wurde. Er wich damit schon äußerlich von vielen seiner Feinde ab, die sich darin gefielen auszusehen, als ob sie kleine Kinder zum Frühstück äßen. Eine Frau saß nicht an seiner Seite, obwohl es mittlerweile wieder eine Frau Blomova gab, die neben sich die wechselnden Gespielinnen des Mannes erdulden musste. Auch darin unterschied er sich von vielen seiner Konkurrenten, die zu der Erkenntnis gelangt waren, dass es für die Diebe im Gesetz, wie jene sich selbst nannten, förderlicher war, sich nicht familiär zu binden; dies machte sie zu verletzlich, zu berechenbar. Einer der besten Kenner Blomovs in Deutschland, der hinsichtlich der Informationen zu Blomov eng mit den Kollegen des FBI und Interpol zusammenarbeitete, war der Leiter der Abteilung Organisierte Kriminalität beim Landeskriminalamt Berlin, Dr. Hans-Hubertus von Hangelsberg. Diesem war erst kürzlich beim Blättern in der Akte Blomov aufgefallen, dass sich die Abbilder der häufig sehr jungen Freundinnen des Paten auf den vorhandenen Fotos nicht sehr oft wiederholten. Wenn sich Blomovs Widersacher nicht an dem Alten selbst rächen konnten, so waren zumindest dessen Freundinnen für die Gegner erreichbar; ein hoher Preis für ein paar Monate zweifelhaften Ruhms und entbehrlichen Luxus.

Der einzige Vertraute, den Blomov hatte, soweit jemand wie Blomov überhaupt irgendeiner Menschenseele auf dieser Welt vertrauen konnte, war Alexej. Er war einer jener Diebe im Gesetz, jener Kriminellen, die stolz auf ihre Tätowierungen waren, die Auskunft über ihre Taten, Gefängnisstrafen und darüber gaben, dass sie sich nie einer staatlichen Autorität beugen würden. Das war aber nur ein Grund, weshalb Alexej Blomov die ganzen Jahre über verachtet hatte, diesen früheren treuen Staatsdiener. Wenn alles nach seinem Plan gehen würde, dann könnte er diesen selbst ernannten Oligarchen und seine glatzköpfigen Bulldoggen bald loswerden. Alexej war der Einzige, der Zweifel auch mal laut äußern durfte. »Wieso die ganze Sache mit dem Stützpunkt in Deutschland? Unsere Leute sind mobil und flexibel. Wir binden uns nur unnötig, wenn wir uns so ein Objekt ans Bein binden.«

Selbst Juri traute sich nun, einen Vorschlag zu machen, ohne jede Ahnung, worum es Iwan dem Schrecklichen hier ging. »Südfrankreich, das wäre schön. Da ist es warm. Aber hier?«

Blomov beeindruckten die Wortmeldungen der Mitfahrer nicht. »Wir diskutieren nicht mehr über das Ob, sondern nur noch über das Wann ... Ich war hier früher mit der Armee in Ostdeutschland stationiert. Hier kenne ich mich aus. Hier schlagen wir ein Quartier auf.« Blomov unterdrückte wehmütige Gefühle. Diese unsinnige Schwermut, der Ausdruck der besonderen Tiefe der russischen Seele, alles Quatsch! Er fühlte, dass ihm Erinnerungen immer wichtiger wurden, je mehr Jahre ins Land gingen. Vielleicht war das auch nur so, weil man eben immer mehr Erinnerungen sammelte, je älter man wurde. Deutschland hatte er in den letzten Jahren einige Male besucht, galt es hier doch, das eine oder andere Geschäft zu besiegeln. Gleichwohl schlichen sich böse Gefühle wie Gift in sein Gemüt, wie sie ihn damals beherrschten, als sie Deutschland verlassen mussten, längst nicht mehr als Gruppe der sowjetischen Streitkräfte in Deutschland oder gar als stolze Rote Armee, sondern als orientierungsloser Haufen, dessen Schicksal unbekannt war. Sie hatten den Großteil der Last getragen, um den Faschismus zu besiegen. Nur ein paar Kilometer nördlich von hier waren beim Sturm auf die Seelower Höhen kurz vor Kriegsende noch einmal Zehntausende russische Soldaten von deutschen Truppen weggemäht worden. Die Russen hatten keinerlei Deckung. Die Deutschen hatten sich auf den Höhen verschanzt und ein freies Schussfeld auf das flache sumpfige Land vor der Oder und das Oderbruch gehabt. Trotzdem war es den Russen gelungen, Berlin noch vor den Amerikanern einzunehmen. Ihnen hätte viel mehr von Deutschland zugestanden. Doch all das war vor seiner Zeit. Während seiner Zeit brannte nach einem Blitzeinschlag eines der größten und gefährlichsten Munitionsdepots Europas, das

Munitionslager Dannenwalde, Stützpunkt der zweiten Gardepanzerarmee, lichterloh. Bomben, Granaten, Raketen und Nuklearsprengköpfe einer ganzen Armee waren von Feuerwänden umzingelt. Nach einigen Stunden begannen Granaten zu explodieren, setzten weitere Munitionsbunker in Brand. Über 1.000 122-Millimeter-Katjuscharaketen explodierten. Die Geschosse schlugen in die umliegenden Dörfer der Deutschen ein. Wieder starben Hunderte Sowjetsoldaten auf deutschem Boden und verhinderten das Schlimmste. Die Kühlung der Nuklearsprengköpfe blieb intakt. Hätten sie nicht gegen das Feuer und um Aufrechterhaltung der Kühlung gekämpft, gäbe es eine zentraleuropäische Nuklearwüste, in der sich erst jetzt wieder die ersten Kakerlaken zu vermehren beginnen würden. Um dieses und vieler anderer Geheimnisse, so hatte er gehofft, wusste bis heute kein Deutscher. Einige dieser Geheimnisse trug Blomov in sich. Und dann, 1994, so ein demütigender Abgang, belacht von den Amerikanern. Es war kein Abzug der russischen Truppen, sondern ein Rausschmiss. Blomov spürte nicht, wie sich seine rechte Hand bei diesen Gedanken zur Faust ballte, wie sich sein ganzer Körper spannte, fast verkrampfte. Rausgeschmissen, gedemütigt und belacht von denjenigen, die den Krieg verloren, die so viel Unheil über die Welt gebracht hatten; satte, selbstherrliche Fratzen, die nicht wussten, wohin mit ihrem Glück der Geburt in Wohlstand und Geborgenheit. Selbst in den kleinsten Drecklöchern Ostdeutschlands ging es den Menschen während der Zeit seiner Stationierung besser als seinen Landsleuten in den ehemals glänzenden Metropolen Russlands. Indes wurde in Russland nach der Rückkehr um Wohnungen geschachert. Andere waren schneller gewesen, hatten noch in Deutschland Geschäfte gemacht und alles verkauft, was so eine abziehende Truppe hinterlässt, angefangen von Orden, die heute von albern verkleideten Verkäufern in angeblich russischen Uniformen vor dem Brandenburger Tor feilgeboten wurden, bis hin zu Waffen, die es nicht mehr ganz so leicht gab, aber bei gehöriger Anstrengung und dem nötigen Kleingeld bis in die heutigen Tage in die richtigen oder falschen Hände gelangten, je nachdem, wie Blomov es besah. Er würde schon für Nachschub sorgen. Gerade mit Waffen hatte er jetzt die Chance, so richtig anzugreifen und ordentlich Dollar zu machen. Das war für ihn die einzige akzeptable Währung der Welt.

Er, als geschiedener Offizier, dessen Frau es in dem fremden Land mit den übellaunigen Menschen nicht ausgehalten hatte, bekam nach seiner Rückkehr in die Heimat keine Wohnung, keine Arbeit. Wie ein ausgedienter Söldner vagabundierte er Hunger leidend und immer auf der Suche nach einem Schluck Alkohol durch die Städte, wurde von der Polizei aufgegriffen, widersetzte sich und wurde geschlagen. Im Verhältnis zu den Schwächsten der Gesellschaft funktionierte der Staatsapparat. Er soff, war ganz unten, trank selbst Rasierwasser und Brennspiritus, wurde im Suff von einer Horde Halbwüchsiger bewusstlos geprügelt.

Im Krankenhaus gab es das Wiedersehen mit einem alten Bekannten, der dort in der Verwaltung arbeitete, und die Chance, mit diesem Bekannten ein Großhandelsunternehmen für medizinische Produkte (sämtlich gestohlen) zu übernehmen, dann ein weiteres Unternehmen dieser Art und eine Möbelhauskette. Schnell wurde ihm klar, dass er dabei seine militärischen Fähigkeiten besser einsetzen konnte als kaufmännisches Geschick. Sein Bekannter wurde in Moskau während einer roten Ampelphase auf dem Weg in ihre Holdingfirma auf offener Straße erschossen. Es ging nur um Sieg oder Niederlage, um Leben oder Tod. Nie wieder, so hatte er sich geschworen, würde er wieder in die Gosse hinabsteigen, Rasierwasser saufen und um Gunst und Gnade anderer betteln. Diesen Menschen, hungrig, durstig, im eigenen Urin ersaufend und jegliche Selbstachtung aufgebend, sah er manchmal wie einen böse grinsenden Dämon im Spiegel. Dann schlug er mit aller Wucht hinein, dass die Splitter nur so herumflogen, seine Hand blutete und der Dämon verschwand. Seine Rückblende in die damalige Zeit schien ihm wie ein verworrener Traum. Der Rest seiner Seele, so legte Blomov es sich selbst zurecht, war während dieser Zeit aufgezehrt worden.

Und dann, vor einigen Jahren, ein paar Blogs im Internet und ein paar Zeitungsartikel, denen zum Glück keine weitere Aufmerksamkeit geschenkt worden war: ›Suchtrupp fand Katjuschas auf einstigem Militärgelände‹ und ›200 sowjetische Raketen in der Erde entdeckt‹; selbst ein Wikipedia-Artikel über die ›Raketenkatastrophe von Dannenwalde‹ weckte lediglich das Interesse von ortsansässigen Hobbyhistorikern. Ob das immer so bleiben würde, war nicht sicher. Spätestens, wenn die bisher nie eingeräumte Existenz von Nuklearsprengköpfen auf dem Gebiet der DDR zur Gewissheit wurde, würde das Interesse der Medien und dann auch Verantwortlichen geweckt. Bei einer etwas intensiveren Suche liefe er Gefahr, dass Waffen gefunden würden, mit denen er eigene Pläne hatte. Dass dabei vielleicht sogar dieselben Endkunden an ihre Ware kämen, die sie auch von deutschen oder anderen Waffenhändlern bekommen würden, wenn sie die deutschen Behörden vor ihm fänden, war nicht ausgeschlossen.

Alexej ahnte, dass es mit dem Objekt etwas auf sich haben musste, was der Alte noch nicht preisgab. Er wusste auch, dass er ihn nicht unnötig drängen durfte, um ihn nicht misstrauisch zu machen. Zu viele von Iwans Konkurrenten weilten nicht mehr unter den Lebenden oder schmorten aufgrund Iwans guter Kontakte zu korrupten Politikern und Polizisten in den vielen russischen Gefängnissen, jenen berüchtigten Löchern, in denen man die Tage bis zur ersehnten Freiheit zählte, in denen jede Beleidigung mit unerbittlicher Rache zu beantworten war, wenn man nicht selbst im Sumpf der Missachtung untergehen wollte. Alexej hatte diesen Kampf oft gekämpft und sich die Symbole seiner Siege als Tätowierungen mit heißer Nadel einbrennen lassen. Er wusste, dass Iwan ihn früher oder später auch in die verborgenen Details des Unternehmens einweihen würde. So war es immer. Wieso sollte es jetzt anders sein?

»Wohin nun?«, begehrte Igor hinter dem Steuer konkrete Anweisungen.

»Das Objekt mit dem Restaurant und der Pension und der weitläufigen Freifläche am Waldrand und dem Blick auf den See«, antwortete Blomov.

Juri freute sich kindisch, trotz tiefer Stimme: »Au ja, machen wir da Urlaub?« Und erklärte seine Reaktion, da er sah, wie Blomov verständnislos die Mundwinkel nach unten zog, mit einem »Hört sich doch so an«, während Alexej Igor die Fahrtroute vorgab.

Sie fuhren, die Stadtbrücke hinter sich lassend, geradeaus durch Frankfurt an der Oder einen Berg hinauf, sahen auf der linken Seite ein Haus mit einem Türmchen. Blomov erkannte, dass sich in dem Haus ein Restaurant befand, und wies Igor an zu wenden. Nach einem gemeinsamen Mittag machten sie sich weiter auf den Weg.

Während der Fahrt durch die Oderlandschaft klingelte Alexejs Handy, er drückte die Taste, um das Gespräch anzunehmen, meldete sich mit »Ja?« und hörte dem Anrufer gespannt zu, bis er entschied: »Bleibt alles wie abgesprochen. Einen großen Kranz und einen der üblichen Sprüche ... Kennst doch den Witz, in dem sich eine Frau abends nach einer Feier auf dem Friedhof mit 'ner Kranzschleife den Arsch abwischt und der Mann entsetzt ist, als er bei ihr am nächsten Morgen ein Fähnchen mit der Aufschrift ›Du warst die Beste. Deine Freunde von der Feuerwehr‹ zwischen den Backen sieht.« Die Insassen der Limousine wieherten.

Blomov forderte: »Gib her!« Als er das Telefon am Ohr hatte, fauchte er: »Dimitrij, ihr fallt da nicht auf. Die Miliz wird jeden der Trauergäste fotografieren.« Iwan machte eine kurze Pause und horchte. »Polizei, alles Quatsch! Nur eine PR-Maßnahme. Das ist und bleibt Miliz … Ihr fahrt trotzdem hin, das sind wir Sergej schuldig.« Iwan Blomov glaubte, dass keiner seiner eigenen Leute wusste, dass er Sergej Savinkov hatte vergiften lassen, und fuhr fort: »Seine Feinde muss man bekämpfen, aber ihnen im Tod auch Respekt zollen. Das war seit jeher so. Und macht traurige Gesichter oder nehmt wenigstens eure Mützen ab.« Ohne eine Antwort abzuwarten, brach er das Gespräch ab und schaute kopfschüttelnd aus dem Fenster. »Hätte auch keiner erwartet, dass Sergej mal so elendig endet. Eine Kugel im Kopf oder Leberzirrhose, das schon. Aber so? Wenn ich so dahinsieche, dann gebt mir die Kugel.« Keiner antwortete. »Das ist ein Befehl! Verstanden?«

Igor und Juri quittierten das mit einem »Hm«, Alexej mit einem »In Ordnung«.

Mit Blick auf Alexej schlich sich ein unbestimmtes Gefühl bei Iwan Blomov ein, was ihn zu einer Klarstellung nötigte: »Aber erst dann.«

Alexej überblickte, dass es für seine Pläne gefährlich werden konnte, wenn Iwan die immer stärker werdende Abneigung spürte, die Alexej gegen ihn hegte, und spielte Loyalität vor: »Wir warten auf dein Zeichen.«

»So ist es recht«, zeigte sich Iwan mit seinen Worten befriedigt.

»Hier muss es sein«, meinte Alexej, nachdem sie ein Stück durch den Wald gefahren waren.

Igor verringerte die Geschwindigkeit noch weiter und fuhr zunächst an der Anlage und dem Restaurant vorbei. Sie checkten die Sicherheitsanlagen, prüften die Anwesenheit von Sicherheitspersonal und Polizei.

Juri bemerkte: »Nicht viel los hier.«

»Genau das Richtige für meine Pläne. Ihr könnt euch später in Berlin amüsieren, Jungs.« Ein breites Grinsen zeichnete sich auf Igors und Juris Gesicht ab.

»Die Ablenkungsmanöver für die Bullen sind vorbereitet?«, richtete Iwan seine Frage an Alexej.

»Klar, Chef. Die werden gar nicht mehr wissen, wo ihnen der Kopf steht. So viel Blomov hatten die hier noch nie. Haben für unsere Leute hier auch was springen lassen. Über alle wesentlichen Schritte bei den Bullen werden wir informiert. Im Schlosshotel feiert dein Double dionysische Partys. Wenn einer verhaftet wird, dann der. Vielleicht kaufen wir auch das idyllische Schlösschen. Die Umsätze sind aber nicht berauschend. Die Buchhaltung rechnet das Ganze gerade durch.«

»Gut, gut, gut«, betonte Iwan bedeutungsschwanger seine Zufriedenheit.

Der Wagen hielt und die vier Russen stiegen am Parkplatz des Restaurants aus. Igor und Juri hielten sich ein wenig im Hintergrund und sondierten das Gelände.

»Hier ist es ja wunderschön. So viel Wald, der See. Ist das noch der Oderbruch?«, kam Blomov in schwärmerische Stimmung.

Alexej wusste: »Nein. Der See ist nicht mit der Oder verbunden. Wir sind ein paar Kilometer westlich. Aber die Firma, der das ganze Areal hier gehört, die ist im Oderbruch ansässig.«

Blomov war wieder im Bilde; er erinnerte sich an Alexejs Ausführungen und an seinen Aufenthalt hier, wie er vor über 30 Jahren als junger Offizier der Sowjetarmee in dieses Land gekommen war. »Stimmt, so hattest du es berichtet. Ideale Lage, sowohl von der Autobahn wie auch der Bundesstraße gut zu erreichen, ausreichend Fluchtmöglichkeiten. Die Immobilie selbst hat die erforderliche Größe für unsere Zwecke. Durch das Restaurant fällt Personenverkehr nicht weiter auf und durch die Grenznähe auch nicht die ausländischen Kennzeichen. Und das ist nicht zu verkaufen? … Welches Problem gibt es?«

»Die Agrargesellschaft, der die Immobilie gehört, hat es zur Verwertung eigener Produkte erworben. Die braten hier ihre Oderbruchgänse und so. Dafür haben sie Fördermittel kassiert, sich verpflichtet, Arbeitsplätze zu schaffen, und müssen die Immobilie noch für Jahre in ihrem Eigentum halten.«

»Welche Lösung schlägst du vor?«

»Wenn du es unbedingt haben möchtest, dann bleibt nur, für die Immobilie so viel zu bezahlen, dass die Vertragsstrafe für sie mit rausspringt, die sie im Falle des Weiterverkaufs innerhalb der Haltefrist zu zahlen hätten. Oder du erwirbst gleich die ganze Gesellschaft, die den Auflagen bezüglich der Immobilie unterliegt.«

»Das hört sich doch gar nicht so schlecht an. Also, dann ran ans Werk.«

»Jörg Dorint, so heißt der Hauptgesellschafter, wird gerade durchleuchtet. Alle Schwachstellen aufgeklärt. So viel wissen wir schon: Er will sich von seinem Minderheitsgesellschafter trennen. Für die Auszahlung des Minderheitsgesellschafters und die Durchführung seiner Pläne, die er mit der Gesellschaft hat, braucht er Kapital.«

»Das ist doch ein guter Ansatz. Welche Schwachstellen haben wir gefunden?«

»Noch nichts wirklich Brauchbares. Im Internet schaut er sich gern Pornoseiten mit Kindern an und solche, auf denen es Frauen mit Tieren treiben. Sein Computer ist voll mit dem Scheiß.«

»Nein, nicht schon wieder so ein Perverser«, antwortete Blomov angewidert.

»Ich hab gehört, dass ein Prozent aller Männer so veranlagt sein soll.«

»Na und? Ist das eine Entschuldigung? Verteidigst du so ein Kroppzeug?«

»Quatsch! Wir hatten im Knast so einen, der es mit Kindern gemacht hatte. Der hatte nichts zu lachen, sage ich dir. Hat auch nicht lange gemacht.«

»Der war das Mädchen für alles oder besser *für alle*, hä?«, meinte Iwan mit einem süffisanten Lächeln.

»Nein, wir haben ihm schon am zweiten oder dritten Tag«, berichtete Alexej kühl, »unter der Dusche einen mit Stacheldraht umflochtenen Besenstiel eingeführt. Ist innerlich verblutet.«

Iwan gefiel es, wie der zweite Mann in seiner Organisation die Dinge anpackte. »Was fickt der auch Kinder. So was kommt von so was … Mach mal ein Treffen mit dem Dorint«, warf er seine fetten Wangen durch die Gegend und fuhr mit ungebrochenem Selbstbewusstsein fort: »Erst nur du und ein kurzes Kennenlernen. Den muss man anfüttern. Also nicht gleich den Besen mit Stacheldraht mitnehmen.« Alle lachten sie. »Zum geschäftlichen Teil können wir dann später in Berlin kommen. Da kannst du ihm klarmachen, was es für eine Ehre ist, mich persönlich besuchen zu dürfen.« Dann leuchtete sein Gesicht kurz auf, als er drohte: »Und wie gefährlich es werden kann, wenn man sich Iwan dem Schrecklichen in den Weg stellt.« Pathetisch setzte er hinzu: »Das ist noch niemandem bekommen.«

Alexej schaute kurz auf Juri und Igor, um zu sehen, ob die sich bei Iwans eitler Selbstinszenierung auch ein Lachen verkneifen mussten. Aber deren Miene blieb ausdruckslos; etwas, was sie ohne weitere Anstrengung beherrschten. Iwans Geschichten waren für sie die Geschichten alter Männer. Was würden sie machen, wenn er den alten Fettwanst jetzt einfach umlegte? Was steckte wirklich hinter diesen Masken serviler Gehorsamkeit? Müssten sie nur einen Augenblick überlegen, bis sie riefen: »Es lebe der neue Zar!«?

Im Dienstzimmer des stellvertretenden Leiters der Spezialeinheit zur Bekämpfung der Organisierten Kriminalität und Korruption im Innenministerium der Russischen Föderation brannte noch Licht. Ein Mann in der Mitte der 50-Jahre stand gebeugt an einem Schredder, neben sich einen Stapel Akten, hinter sich einen geöffneten Panzerschrank aus Stahl der Werke in Magnitogorsk, der Werke, die im Krieg so viel Stahl ausgespien hatten, dass die Rote Armee der Wehrmacht erst die Stirn bieten und sie dann besiegen konnte. Der frühere Staatsanwalt bei der russischen Generalstaatsanwaltschaft Konstantin Michailowitsch Iwanov, der ins Innenministerium gewechselt war, schredderte eine Akte nach der anderen, die seine Jagd auf Blomov dokumentierten. Nachdem ein namhafter Polizeigeneral den Dienst wegen angeblicher Übergriffe auf andere Beamte hatte quittieren müssen, stand er nicht mehr länger als Nummer zwei auf der Abschussliste Iwan Blomovs. Er war auf den Spitzenplatz aufgerückt und musste mit dem zweifelhaften Ruhm umgehen. Es war entschlossenes Handeln gefragt. Sonst würde er sich in die lange Reihe der Beamten einordnen müssen, die im Kampf gegen führende Kriminelle auf der Strecke geblieben waren; wenn lebend, dann ohne Anspruch auf Pension, ohne Arbeit und in der Öffentlichkeit verunglimpft. Iwanov hatte einen Plan, wie er Blomovs Interesse von sich ablenken konnte. Er musste ihn, wenn er ihn schon nicht dingfest machen konnte, was den Kollegen selbst mithilfe der amerikanischen Bundespolizei nicht gelungen war, zumindest für eine Zeit mit anderen Dingen beschäftigen, seine Aufmerksamkeit auf andere Ziele lenken.

Der Schredder setzte aus. Das waren zu viele Seiten gewesen. Also wieder rausziehen das Zeug, aufpassen, dass sich die Krawatte nicht in den Walzen verfing. »Toll! Das könnte Blomovs Idee gewesen sein. Alle Akten über ihn weg und ich erwürgt von der eigenen Krawatte, vor dem Schredderhaufen meiner Arbeit. Da bekommt der Gedanke, dass einen die Arbeit auffresse, eine völlig neue Bedeutung.«

Iwanov hatte noch einen Joker im Spiel: Hauptmann Scedrin. Seine Tarnung war bisher nicht aufgeflogen. In seiner Jugend war er kein Unschuldslamm gewesen, weshalb sein Körper schon vor dem Eintritt in den Polizeidienst von einigen blauen Bildchen gezeichnet war. Das war nur einer von mehreren Umständen, die bei der Aufnahmeprüfung für den Polizeidienst Probleme bereiteten. Viel später hatte einer der im Dienst der Polizei stehenden Künstler Arbeiten hinzugefügt, denen zufolge Scedrin das Leben seines Chefs geschützt und drei Feinden den Garaus gemacht haben sollte. Im Knast hatte der Hauptmann während des noch andauernden Undercover-Einsatzes Bilder mit der Handschrift des Künstlers aus dem Gefängnis hinzubekommen, der teils neue Tätowierungen stach und teils seine Werke in die vorhandenen einbaute, wodurch das dann alles sehr echt wirkte. Scedrin hatte dort auch Alexej kennengelernt, nun der zweite Mann in Blomovs Clan.

4. KAPITEL: KIDNAPPING MIT EINVERSTÄNDNIS ODER GORILLAS IN SCHWARZER LUXUSLIMOUSINE

»Kommen Sie schon rein, es ist offen«, brüllte ich so laut, wie ich konnte, und zum wiederholten Mal durch Zimmer und Flur. Nichts rührte sich. Meine Quasisekretärin Yvonne musste plötzlich unbedingt freinehmen. So etwas kam öfter bei ihr vor und ich wusste nicht warum. Einmal hatte ich gewagt, die hübsche Yvonne, wie man sie früher hauptsächlich unter ihren Altersgenossen hier in Frankfurt genannt hatte, zu fragen, wo sie denn während der Arbeitszeit geblieben war. Sie gab barsch zur Antwort, dass mich dies überhaupt nichts anginge, weil ich sie ja auch nicht ordentlich bezahle. Da es ohnehin keinen großen Unterschied machte, ob sie arbeitete oder nicht, fiel ihre Abwesenheit vom Prinzip her nicht weiter ins Gewicht. Nur mit meinem zu schonenden Bein wäre es angenehmer gewesen, wenn jemand anderes die Tür hätte öffnen können. So ließ ich sie einfach auf und jeder konnte eintreten. Ein Unterfangen, welches sich bei meiner Art, anderen auf die Füße zu treten, als nicht ganz ungefährlich herausstellen konnte. Yvonnes Fehlzeiten kamen mir im laufenden Monat aber auch nicht ganz ungelegen; das Geschäft lief zurzeit miserabel. Nicht, dass ich zu wenig Arbeit hatte, aber es kam zu wenig Geld dabei herum. Ich hätte Yvonne in diesem Monat mal wieder nicht ihr volles Gehalt zahlen können. Es klingelte wieder.

Ich fluchte in voller Lautstärke: »Verdammt noch mal, ich habe ein verletztes Bein und kann nicht laufen. Kommen Sie rein, wenn Sie was wollen! Sonst hauen Sie lieber ab, bevor ich meine Krücken nehme und Sie damit so verdresche, dass Sie welche brauchen!«

Ich würde wohl in meine unter dem Schreibtisch ruhenden Slipper schlüpfen müssen, die ich nicht nur wegen der Verletzung des Beines dort geparkt hatte. Ich hasste festes Schuhwerk seit meiner Zeit als Berufssoldat. Immer solche extrem schweren und als angeblich luftdurchlässig deklarierten Leder- und Gummiteile an den Beinen; es war ein Befreiungsschlag, sie seit der Dienstbeendigung nie wieder an den Füßen getragen zu haben. Dass sich Rechtsextremisten jenseits und diesseits der Oder freiwillig in so etwas zwängten, zeigte nicht nur ihr orthopädisches Unverständnis, sondern legte auch offen, dass da noch etwas anderes als nur die Füße eingedrückt war. Ich für meinen Teil trug im Büro nur selten Schuhe. Ich wusste aber auch, wie so ein Fuß in Socken auf meine Klienten wirken konnte, weshalb ich unter dem Schreibtisch neben dem häufig die Dienste versagenden Ungeheuer von Computer meist ein paar Slipper stehen hatte.

Wieder ein Klingeln. Ich nahm mein verletztes Bein vom Tisch, trank den letzten Schluck Wodka aus dem Schnapsglas und stellte dasselbe in die Schublade – so weit, dass ich den Wodka aus der Flasche soff, war ich dann nun doch nicht –, nahm die Krücken und bewegte mich durch den dunklen Flur vorbei am vereinsamten Vorzimmer hin zur Eingangstür meiner Detektei, wobei ich ein Schwanken feststellte, das nicht von meiner Verletzung herrühren konnte, zumindest nicht von der körperlichen.

Mein Besucher setzte gerade wieder die Klingel in Bewegung, als ich die Tür aufriss und schrie: »Haben Sie …« Ich verstummte. Eine wunderschöne brünette Frau, schlank, etwa in meiner Größe und mit rehbraunen Augen. In einem Film würde diese Szene mit romantischer Musik untermalt werden. Da brüllte man eben nicht mehr so einfach weiter. Ein im gefassten Tonfall gefragtes »Haben Sie keine Ohren am Kopf?« blieb unbeantwortet. Sie lächelte auch noch. *Eine gefährliche Frau*, dachte ich bei mir, *sicher der Typ Zahnärztin, der ungern mit Schmerzmitteln behandelt.*

»Erkennen Sie mich denn nicht, Herr Rübel?«, säuselte sie.

Ich schaute genauer auf die Zahnärztin. Immerhin kam sie mir bekannt vor. Ich hatte aber ein so schlechtes Personengedächtnis, dass ich damit lieber nicht herumposaunte – nicht gerade die ideale Werbung für einen Privatdetektiv. Mir war im Moment nicht nach einem heiteren Namenraten. »Wenn Sie mich erkannt haben, ohne zuvor auf mein Firmenschild geschaut zu haben, bedeutet das sehr viel mehr, meine liebe Dame. Ich glaube, ich sehe im Moment nicht so vorteilhaft aus. Mein letztes Shooting für ein Herrenmagazin ist einige Zeit her.«

»Stimmt. Sie haben wieder getrunken. Sie müssen weg davon.«

»Das habe ich nicht gemeint, sondern die Krücken. Ich hatte einen Unfall und die Folgen haben mich ein wenig gezeichnet. Ich weiß nicht, was Sie das angeht, wenn ich mich um Leib und Leber trinken würde. Aber was das angeht, so habe ich es im Griff.«

»Das würde mich sehr freuen«, raunte sie.

Oh, das klang nicht ehrlich. Vielleicht hätte sie sich sogar wirklich gefreut, wenn ich es im Griff gehabt hätte, warum auch immer; sie glaubte nur nicht, dass ich das Trinken im Griff hatte. Wie eine von den Psychotanten aus der Armeezeit. Aber um Dienstunfähige kümmerten die sich auch nicht mehr. Raus ist raus.

»Andererseits«, säuselte sie weiter, »hatten Sie deshalb die einschlägigen Erfahrungen mit der Abhängigkeit. Nur so haben Sie damals das Vertrauen meines Vaters gewinnen können.«

Ich glaube, sie hatte gehört, wie es bei mir klick gemacht hatte. Sie war auch so freundlich gewesen, mir eine Brücke zu bauen, auch wenn sich diese wegen des Trinkens als sehr brüchig hätte erweisen können. Womöglich wollte sie mich damit auch nur testen, wie weit es mit meiner Sauferei gediehen war. Sei es, wie es sei, ich konnte mich erinnern: geschiedene alleinerziehende Ärztin mit alkoholabhängigem Vater, der in Polen Trinker kennengelernt und dort mit ihnen Schnaps geklaut hatte. Sie hatte ihren Vater rausgeschmissen, als er es nicht gelassen hatte, auch sie immer wieder zu belügen und zu bestehlen. Mehrere Entziehungskuren und Entgiftungen hatten es nicht geschafft, den Vater trockenzulegen.

»Dann kommen Sie mal in die gute Stube, Frau Doktor Arndt.«

Ihre melodische Stimme brachte mir ein »Danke« entgegen.

Ich humpelte trotz meiner Krücken vor ihr her und dachte bei mir, dass ich ihre Sorgen gerne haben würde. Viel Arbeit, aber immer die Miete zahlen können. Brauchte sie nicht einmal. Soweit ich mich erinnerte, hatte sie ein hübsches Häuschen in einem der Vororte, irgendwo in der Nähe des Krankenhauses. Ach ja. In Markendorf, da, wo es die vielen Obstbäume gab.

»Sitzt Ihr Vater wieder in der Patsche? Was hat er angestellt? Oder sind Sie in eigener Sache da? Vielleicht hat Sie jemand bei Tempo 30 überholt und einen Vogel gezeigt? Und jetzt soll ich den Übeltäter ermitteln, weil er Pole war und Sie in Erinnerung hatten, dass ich mich da drüben halbwegs auskenne?«

Sie ging wortlos durch den Flur hinter mir her, vorbei an Akten, Altpapier und Kartons mit leeren Flaschen, die ich längst entsorgt haben wollte, und schenkte der Küchennische mit schmutzigem Geschirr und auch dem papierüberquellenden Sekretariat kommentarlose Blicke.

Yvonne weigerte sich beharrlich, hier mal Hand anzulegen; schließlich sei sie keine Putzfrau. Ihre Argumentation ging fehl, weil sie ja auch keine wirkliche Sekretärin war.

»Was haben Sie mit Ihren Beinen gemacht?«, erkundigte sich Katharina Arndt mit teilnahmsvoller Stimme, die mich immer weiter versöhnlich stimmte.

»Ist bei der Arbeit passiert.«

»Tut mir leid.« Ihre Augen sprachen, dass sie es ernst meinte.

»Muss nicht. Sie sind das ja nicht gewesen … Aber deswegen sind Sie nicht hier. Was gibt es denn?«, ermunterte ich sie.

Und tatsächlich, sie hatte nur auf diese Aufforderung gewartet. »Es geht in der Tat wieder um meinen Vater. Diesmal ist es aber etwas anderes. Er ist verschwunden.« Ich ließ sie aussprechen. Sie sollte so viel wie möglich zusammenhängend berichten, bevor mir Fragen einfielen. Meine Klienten wünschen von mir anschließend immer kluge Fragen und die Kunst in meinem Job war, sich solche einfallen zu lassen und zum richtigen Zeitpunkt zu stellen. »Das Ganze passierte erst kürzlich. Aber die Umstände sind so mysteriös, dass ich Sie gleich beauftragen und bitten möchte, sofort mit der Suche zu beginnen.«

»Erzählen Sie«, hielt ich sie weiter an, als sie eine kurze Pause machte.

»Als einer seiner Saufkumpane unlängst mit Bier aus dem Supermarkt kam, hatte er gesehen, wie zwei ›Gorillas‹, wie er sie bezeichnete, zwei kräftige glatzköpfige Typen in teuren Anzügen, mit meinem Vater in einen schwarzen Luxusschlitten stiegen.«

»Gorillas mit Glatze, da hätte Darwin sich aber gewundert«, gab ich einem inneren Gefühl nach, jetzt eine solche Bemerkung machen zu müssen, obwohl mir sofort die Information durch das Hirn schoss, dass das nicht ganz so sinnig gewesen sei. Aber gesagt war gesagt. Die Frage »Wissen Sie, dass unsere DNA mit der der Schimpansen zu 99 Prozent identisch sein soll?« verbesserte meine Situation nicht wesentlich.

»Ja«, bestätigte sie zögerlich und fuhr etwas irritiert fort: »Aber ich wollte mich mit Ihnen nicht über Affen unterhalten, sondern über das Verschwinden meines Vaters.«

»Wer hat denn mit den Gorillas angefangen?« Sie konnte auch darüber nicht einmal grinsen, weshalb ich im angemessenen Ton weitersprach. »Wurde er mit Gewalt zum Einsteigen gezwungen?«

»Nein! Mein Vater scheint freiwillig in dieses Auto gestiegen zu sein. Deshalb will die Polizei auch nicht ermitteln. Sie wüssten auch nicht so recht weswegen. Die Vermisstenanzeige hat sie zwar aufgenommen, unternimmt aber nichts. Schließlich kann er tun und lassen, was er möchte. Außerdem …«

»Ja?«

»… habe ich den Eindruck, dass die deutschen Behörden nicht trauern würden, wenn es einen Penner weniger gäbe … Na ja, er hat sie in den letzten Jahren mit kleinen Diebstählen, meist Alkohol, Verletzung von Hausverboten und kleinen Raufereien immer wieder auf Trab gehalten.«

»Kein Grund, nicht zu ermitteln, wenn jetzt etwas Ernstes an der Sache dran sein kann«, zeigte ich ihr, dass ich die Sache ähnlich sah wie sie.

»Am Abend jedenfalls hat mein Vater sich dann auch nicht im Obdachlosenheim gemeldet, obwohl er dort in den letzten Jahren oft übernachtet hat. Am Tag werden sie da rausgeschmissen.«

»Das hatten Sie doch nicht anders gemacht«, hielt ich ihr vor. Wie so oft begann ich gedanklich, mein Gegenüber abzuchecken. Könnte es sein, dass sie etwas damit zu tun hatte? So abwegig war der Gedanke nicht. Mir waren in meinem Job schon einige begegnet, die im Angesicht der Kosten etwas nachgeholfen hatten, wenn die Erzeuger zum Pflegefall geworden waren. Derzeit war dies aber noch keine Option, die ich ernsthaft ins Kalkül zog.

»Sie haben noch nie mit einem Alkoholiker zusammengelebt.«

»Ich selbst reiche mir da schon … Die Informationen bezüglich Ihres Vaters sind wirklich etwas dürftig. Haben Sie ein aktuelles Bild dabei?«

»Nein.«

»Hatte Ihr Vater früher irgendwelche Kontakte zu Leuten wie denen im Fahrzeug? Können es alte Bekannte gewesen sein? Hatte er mal was mit Drogen am Hut? Gibt es genaue Personenbeschreibungen der beiden Gorillas? Wie heißt der Mann, der das Geschehen wahrgenommen hat, und wo genau kann ich ihn finden?«

»Das heißt, dass Sie den Fall übernehmen?«

Offensichtlich war es mir gelungen, die richtigen Fragen zum richtigen Zeitpunkt zu stellen.

»Ist genug!«, bestimmte Juri und steckte Horst Arndt noch ein Jackett in die Umkleidekabine des Berliner Bekleidungshauses. »Morgen du bekommen sehr feine Sachen. Das ist sehr besser.«

»Dein Deutsch ist ja nicht so gut, aber die Klamotten hier sind völlig in Ordnung«, plauderte Horst Arndt unbefangen und angesichts seines Glücks schon etwas euphorisch, bevor er die Boss-Krawatte am Hals zurechtrückte. In ihm breitete sich das Gefühl aus, wieder dazuzugehören. Wozu genau, das wusste er nicht.

»Njet. Nicht gut genug für du«, trat der Russe zu Arndt in die Kabine, die damit fast völlig ausgefüllt war. »Besser … morgen … Jetzt in das Hotel. Waschen und …«, Juri fuhr mit seiner Hand um das Kinn und machte ein summendes Geräusch, wie ein Rasierapparat. Mit den Worten »Jetzt bezahlen« verließ er die Umkleidekabine.

Horst Arndt nahm seinen verschlissenen Ausweis aus der Tasche der alten Hose und seinen Schlüssel ... seinen Schlüssel zum Paradies. Er drehte ihn in der Hand wie einen wertvollen Schatz. Den würde er jetzt, wo sich das Blatt für ihn wendete, vielleicht nicht mehr brauchen. Dann blieb er aber sein Glücksbringer. Obwohl er seine wenigen, ihm verbliebenen Sachen am Körper tragen konnte, oder vielleicht gerade deshalb, war es ihm so wichtig, einen dinglichen Gegenstand in der Hand zu halten, den er jetzt sein Eigen nannte. Jeder Mensch hatte Dinge, an denen er hing, von denen er glaubte, dass sie ihn glücklich machten. Meist waren es Sachen, die er nicht mehr besaß, mit denen er glückliche Gefühle und Momente verband. Dinge, die ihn aber auch nicht viel glücklicher machten, wenn er sie im Augenblick des Bewusstwerdens des Verlustes besäße. Ob wir glücklich waren oder nicht, hing nicht von Gegenständen ab, es fand einfach im Kopf statt. Den Schlüssel hatte er gestohlen und so, wie es aussah, hatte niemand den Diebstahl bemerkt. Oder er war bemerkt und vertuscht worden. So etwas hatte er in der Zeit erlebt, in der er noch nicht ganz unten war und noch etwas Geld bei einer Reinigungsfirma zur Stütze hinzuverdiente. Die hatten ihm dann wegen der Sauferei, der Fehlzeiten und des Zuspätkommens gekündigt. Dort war ein Schlüssel von einem Großkunden verschwunden, obwohl jede Schlüsselübergabe peinlich genau dokumentiert werden sollte. Nach dem Verlust hätte die Schließanlage gewechselt werden müssen, was richtig ins Geld gegangen wäre. Da wurden ein paar Leute geschmiert und Unterlagen gefälscht. Mit dem Schlüssel dort konnte man an Kassen gelangen, auch an Essen und Suff. Sein Schlüssel jedoch, der konnte sehr viel mehr; er eröffnete den Weg zu einer neuen Welt, weshalb Charlotte, seine neue Freundin, ihm den Namen »Schlüssel zum Paradies« gegeben hatte. Charlotte würde staunen, wenn sie ihn jetzt sähe. Wenn dieser Job hier gelänge, dann wären sie beide aus dem Schneider. Egal, was die Russen gesagt hatten, er würde Charlotte anrufen und Bescheid geben, dass es ihm gut ginge.

Wenige Stunden später saß er geduscht und rasiert direkt vor den Toren Berlins in einem Billighotel für Durchreisende, Geschäftsleute mit schmaler Geldbörse, jugendliche Reisende und Fernfahrer, die die Auslöse lieber für ein halbwegs ordentliches Zimmer ausgaben, als noch eine weitere Nacht im Truck verbringen zu müssen, in einem sauberen und praktisch eingerichteten Zimmer, und zählte wieder und wieder die Scheine. 1.000 Euro. Wann hatte er zuletzt so viel Geld gesehen? Er hatte schon viele Sachen gehört, was anderen Obdachlosen so widerfahren war, und war selbst schon einige Male von angetrunkenen Jugendlichen oder anderen Obdachlosen angegriffen worden. Aber dass Russen daherkommen könnten, ihn in tolle Klamotten steckten, noch bessere versprachen, ihn zum Geschäftspartner erklärten, ein Zimmer für ihn mieteten und Geld in die Hand drückten, so etwas hatte er noch nie gehört. Da war es auch nicht so schlimm, dass sie ihm den Suff verboten. Das würde er jetzt hinbekommen. Mit dem Geld konnte er auch gleich abhauen und sich und Charlotte ein paar schöne Tage machen oder seine Kumpels auf einen richtig ordentlichen Schnaps einladen. Waren es denn seine Kumpels? War man es bei Hammer und Gerry nicht nur, solange man was zum Saufen ranschaffen konnte? Welche Basis hatte denn ihre Beziehung? Doch nur das gemeinsame Elend und die ständige Suche nach Alkohol; geteiltes Leid war eben halbes Leid. Horst erinnerte sich, im früheren Leben Aristoteles' Ansichten über Freundschaft gelesen zu haben. Danach verband Männer eine Freundschaft aufgrund einer gemeinsamen geistigen Haltung, einer ehrbaren Haltung oder so ähnlich. Da gab es keine Ränke, Vorwürfe und Machtspielchen. Nein, richtige Freunde waren die Trinker nie gewesen: Jene Beziehung war nur aus der Not heraus geboren. Wer sprach denn sonst überhaupt mit einem?

Die Russen hatten gesagt, dass es noch mehr Geld geben würde, viel mehr. Sogar zu einem Zahnarzt und in einen Kosmetiksalon wollten sie ihn schleppen, wenn er sie richtig verstanden hatte. Natürlich würde das alles nicht koscher sein, was sie von ihm wollen würden. Aber wozu sich da Gedanken machen? Hatte ihm einer geholfen in der Gosse? Wenn man sich da nicht selbst rauszog, tat es keiner. Es war gut, wenn sie ihm halfen, einen neuen Anfang zu finden. Er würde den Absprung schon schaffen.

Vor dem Spiegel im Bad stehend, schaute er sein Ebenbild an und mahnte sich: »Hotte, vielleicht deine letzte Chance, dein Leben wieder auf die Reihe zu bekommen … Versau sie nicht!« Seine Tochter hatte unrecht, es stimmte nicht, dass jeder Tag die Chance für einen Neuanfang bot. Das waren Sprüche von Lebensberatern, Coachs und Bewährungshelfern. Im wirklichen Leben sah es anders aus. Wer gab einem Obdachlosen einfach so einen Job und eine Wohnung? Es gab im Leben aber Chancen für einen Neuanfang oder Veränderung; man musste sie nur erkennen. Und Hotte war sich sicher, dass er seine jetzt beim Schopfe packen würde. Wie Baron Münchhausen würde er sich an den eigenen Haaren aus dem Sumpf ziehen.

Er setzte sich ins Zimmer, schaltete den Fernseher an, zappte durch und ließ ihn laufen, als er das Zimmer verließ. Einen Supermarkt gab es in der Nähe nicht … Aber eine Tankstelle.

Auf dem Gelände der Tankstelle ging sein Blick instinktiv weg von den Überwachungskameras. In vielen Tankstellen hatte Horst schon Hausverbot. Hier, vor den Toren Berlins, kannte man ihn nicht. Er sah an sich herunter, erblickte den neuen Anzug. Sein Gang wurde aufrechter und er schaute sogar in einige der Kameras und winkte. In der Tankstelle holte er sich eine Bockwurst und trank dazu ein Bier. Nur ein einziges Bier, so, wie er es sich fest vorgenommen hatte. Das würden die Russen auch nicht merken. Kurz danach stand er mit sechs Bierflaschen und einer Pornozeitschrift an der Kasse.

Der Kassierer schaute auf die Ware, auf die leeren Plätze vor den Zapfsäulen und kombinierte: »Aus dem Hotel?«

»Jau.«

»Nehm 'se noch was zum Frühstück mit.« Und mit einem Kopfnicken in Richtung Hotel: »Das schmeckt da drüben scheußlich.«

Eine halbe Stunde später saß Horst mit ein paar Flaschen Bier vor dem Fernseher.

Währenddessen nahm in Słubice, der alten Frankfurter Dammvorstadt in Polen, das gegen mich gerichtete Unheil seinen Lauf. Rache war ein schlechter Ratgeber. Der falsche Zimmereiunternehmer Kamil war von seinem Schwager Anatol ordentlich verprügelt und von der Schwester beschimpft worden. Sein Unglück machte er an meiner Person fest. Ich ahnte nicht, welches Unwetter sich da über mir zusammenbraute. In einer der kleinen netten Kneipen versuchte Kamil, seinen früheren Helfer davon zu überzeugen, dass sie sich für die erlittene Schmach an mir rächen müssten.

»Du bist krank«, schlussfolgerte Jakub beleidigend. »Erst lässt du dich von diesem Rübel erwischen und dann willst du dich auch noch für die eigene Dämlichkeit rächen. Schau dich doch an, wie du aussiehst. Als ob du unter eine Walze geraten wärst.«

»Ohne diesen Rübel würden wir weiter einträglich leben und ich könnte es Anatol zeigen, diesem Businessman. Arrogantes Arschloch das.«

»Kein Grund, jetzt diesen Rübel fertigzumachen.«

»Doch, und zwar richtig«, hielt Kamil in seiner Verbitterung fest. »Du kennst doch welche, die Waffen besorgen können, oder?«

Jakub erkannte die Gefahr. »Quatsch!«

»Hast du aber gesagt.«

»Da habe ich nur die große Fresse gehabt und wollte angeben«, log Jakub. Lieber als Aufschneider dastehen, als an einem Verbrechen gegen diesen Privatdetektiv beteiligt zu sein.

Kamil drohte: »Wenn du mir nicht hilfst, sind wir geschiedene Leute.«

»Sei doch vernünftig. Das bringt doch nichts«, wollte Jakub beschwichtigen.

»Allein ist das zu riskant. Da brauche ich einen Freund, einen, auf den ich mich absolut verlassen kann. Du bist doch so einer?«

»Schon, aber …«

»Siehst du. Wir waren doch ein super Team«, wollte Kamil seinen früheren Komplizen wieder für sich gewinnen.

»Aber das Ende war nicht so toll.« In Erinnerung an die Prügel, die sie bezogen hatten, fasste sich Jakub ans Kinn.

Kamil dachte, dass er da einhaken konnte: »Genau. Und deshalb müssen wir uns für dieses Ende rächen. Wie stehen wir sonst da?«

»Nein. Das wird alles nur noch schlimmer. Ich mach da nicht mit«, besann sich sein früherer Helfer.

»Wenn du mir nicht hilfst, werde ich andere finden. Richtige Kerle und nicht solche Waschlappen, wie du einer bist.«

»Auf einmal. Eben waren wir doch noch ein super Team.«

»Und jetzt bist du zum Verräter geworden. Wir sind geschiedene Leute. Und wenn du mich anscheißt, dann lege ich dich auch um.«

5. KAPITEL: WIE HUND UND KATZE ODER BRANDENBURGISCHE BIBERBURGEN

Yvonne zwängte ihren nun etwas zur Fülle neigenden Leib durch einen Türspalt, den sie vor einigen Jahren noch problemlos durchschritten hätte. Ich wagte nicht mehr, etwas über ihren Leibesumfang zu sagen. Als ich sie vor mehreren Monaten bei einer ähnlichen Gelegenheit auf ihr Gewicht angesprochen hatte, hatte sie mich angeschaut, als ob sie töten könnte, und eindringlich gesagt: »Nie wieder, und ich sage es ganz im Ernst, nie wieder ein Wort über ein Kilo zu viel, Jungchen. Damit ist das Thema für mich erledigt.« Seit damals sprachen wir nicht mehr, auch nicht andeutungsweise, über das Thema. Das stimmte so aber auch nicht ganz; wir sprachen nicht mehr über das Thema Gewicht in Bezug auf Yvonne. Ich wusste nicht, weshalb sie sich da so anstellte; für ihr Alter war das allemal passend. Ihre Verehrer waren im Laufe der Jahre auch nicht weniger geworden, nur älter. Yvonne schloss hinter sich die Tür und verkündete bedeutungsvoll: »Da ist ein älterer Herr. Irgendwoher kenne ich den. Fällt mir aber gerade nicht ein, woher. Macht den Eindruck eines alten Bauern.«

»Na, dann höre ich mir mal an, was er zu sagen hat«, wollte ich im betont unvoreingenommenen Tonfall nicht auf die Art und Weise ihrer Ankündigung eingehen.

Sie blieb im Zimmer stehen und ich bereute zum wiederholten Mal, dass ich dem Drängen meiner Mutter nachgegeben und ihre gute deutsche Bekannte Yvonne eingestellt hatte und dass ich sie immer noch beschäftigte, obwohl sie gegenüber meiner Mutter und Bekannten immer wieder verlauten ließ, dass sie es eigentlich wäre, die meine Fälle löste, und ich noch tiefer gesunken wäre, wenn sie mir nicht immer wieder Halt gäbe. Yvonne sah Arbeit nicht, machte nur solche Arbeit, auf die sie mehrfach hingewiesen worden war, beschäftigte sich ab und zu mit der Ablage irgendwelcher alten Fälle, ohne dazu aufgefordert worden zu sein, ließ sich Sekretärin nennen, obwohl sie nur in einem für mich nicht durchsichtigen Drei-Finger-Such-System tippte und den Eindruck hinterließ, jede Taste zum ersten Mal im Leben gesehen zu haben, wenn sie sie nach schier endlos erscheinender Suche endlich gefunden hatte, bestrafte fast alle Klienten mit Missachtung, außer wenn es gut situierte und gut aussehende Herren ihres Alters waren, fühlte sich völlig unterbezahlt, ständig überfordert, weigerte sich, aufzuräumen oder mal sauber zu machen, obwohl die Detektei das sehr nötig hatte; dennoch hielt Yvonne sich für unentbehrlich.

Im letzten Jahrhundert hatte sie einmal den Titel der *Miss Frankfurt an der Oder* errungen, meine Mutter behauptete, sie hätte allen Männern westlich der Oder den Kopf verdreht. Meiner Meinung zufolge kam Yvonne auch hinsichtlich ihres Outfits nicht damit zurecht, dass inzwischen viel Wasser die Oder hinuntergelaufen war. Welche alternde Frau trägt schon Stringtangas und Hüfthosen so, dass die Seitenschnüre des Höschens rechts und links über ihren Hüftröllchen zu sehen waren? Nach ihren wilden Jahren verschwand Yvonne bei den meisten Einheimischen aus den Augen. Gerüchten zufolge solle sie in Berlin gewesen sein und dort sogar studiert haben. Andere meinten, dass sie dort mit obskuren Typen herumgehangen hatte. Wenn ich mir Yvonne und ihre Arbeit so betrachtete, hielt ich die erste Variante für völlig ausgeschlossen.

Ihr war es aber zu verdanken, dass uns mein Vermieter wegen der Mietschulden nicht schon lange rausgeschmissen hatte. Der alte Kuno Knesebeck war einer der vielen älteren Verehrer, die Yvonne in unserer Stadt hatte. Und kochen konnte Yvonne, da konnten sich viele Gourmetköche hinter verstecken; heute Mittag würde es ein leckeres Zander-Spinat-Kartoffelgratin geben, mit frisch gefangenem Fisch aus der Oder. Dem Zander, den ein anderer ewiger Verehrer geangelt hatte, verlieh sie mit einem selbst kreierten Fischgewürz einen unvergleichlichen Geschmack und den Spinat bereitete sie mit Zwiebeln und Knoblauch zu. Eigentlich konnten wir gleich mit dem Essen beginnen und die Klienten nach Hause schicken.

Yvonne stand immer noch in meinem Zimmer und musste einen weiteren Versuch zu meiner Rettung unternehmen und ihrer Übellaunigkeit Platz machen. »Müssen wir denn jeden alten Zausel als Klienten übernehmen? Der kann doch sicher nicht bezahlen.«

»Müssen wir nicht, und ob er bezahlen kann, wird sich noch herausstellen«, blieb ich kurz angebunden.

Ungefragt musste sie noch verkünden, was ihr ohnehin auf dem zu stark geschminkten Gesicht stand: »Ich mag keine alten Leute.«

Auch auf die Gefahr hin, nun eine längere Diskussion führen zu müssen und den armen Mann noch länger warten zu lassen, fragte ich interessiert nach: »Und warum?«

Statt längerer Ausführungen hielt sie eine ihrer Plattitüden für mich bereit. »Da wirst du auch noch hinterkommen.«

»Aha«, war selbst ich über so viel Beschränktheit erstaunt, obwohl ich von Yvonne einiges gewohnt war.

Ich muss immer noch sehr verständnislos geschaut haben, weshalb sie ein nach ihrem Dafürhalten passendes Bild aus der Tierwelt zeichnete: »Junge und Alte, das geht gar nicht, das ist wie Hund und Katze.«

»Dann lass jetzt mal den Rüden oder Kater herein, bevor er hier sein Revier markiert«, wollte ich betont locker klingen, um nicht die Frage stellen zu müssen, für wie alt sie sich denn so halte. Das hätte sicher in einer Zurechtweisung in der Art geendet, die sie mir in Bezug auf ihr Gewicht erteilt hatte. Ihre in den letzten Jahren verfliegende Schönheit ließ Angst in Yvonne vor dem eigenen Altern aufkeimen und sie alle Alten ablehnen.

Der alte freundliche Mann erzählte mir etwas von der Urbarmachung des Oderbruchs, von Binnenhochwassern und Biberdämmen. Auch der Versuch, ihn durch gezielte Fragen endlich auf den Punkt der Sache zu leiten, misslang.

Ich schweifte in Gedanken ab. *Ist das, was ich hier gerade mache, wirklich das, was ich den Rest meines Lebens machen möchte? Möchte ich immer rätseln, ob das Geld für die Miete, die Steuer – war jetzt endlich die Verlängerung für die Abgabe der Steuererklärung bestätigt worden? – und Yvonnes Bezahlung reicht, mir Nächte bei Observationen um die Ohren schlagen, mich mit angetrunkenen Kleinkriminellen herumprügeln oder mich von arroganten Großkriminellen bedrohen lassen und immer wieder in die Abgründe der menschlichen Seele tauchen, bis Zweifel an der eigenen Normalität laut werden? Wieder zurück in die Armee? Das war keine wirkliche Alternative.* Ähnliche Zweifel waren auch damals laut geworden und ein Grund dafür, jenen Job an den Nagel zu hängen. Dort nannte man es dienstunfähig. Damit war ich einer vorgeblich unehrenhaften Entlassung aus dem Dienst zuvorgekommen. Auch dies war ein Grund, der die Rückkehr verbaute. Ich würde schon einiges darum geben, mit einem Druck auf eine Resettaste Erinnerungen aus jener Zeit löschen zu können, um die mich niemand beneiden würde. Ich schaute auf die Schublade rechts unten an meinem Schreibtisch und ersehnte den kommenden Schluck meiner Resetflüssigkeit, die ich nach dem Besuch meines neuen Klienten unbedingt nötig haben würde. Wenn der mir weiter was von Deichen, Entwässerungssystemen und Gräben erzählte, müsste ich die Schleuse meiner Wodkaflasche gleich öffnen und mir den Inhalt noch in seinem Beisein eintrichtern; vielleicht hätte ich damit auch gleich ein probates Mittel gefunden, mir Klienten vom Hals zu schaffen, bei denen ich sofort den Eindruck hatte, dass die Angelegenheit nur in einem Desaster enden könne oder ich unnötig Zeit aufwenden müsse, die am Ende nicht ausreichend entlohnt werden würde. Ich hatte schon alle möglichen Leute bewacht, überwacht und überführt: koksende Künstler, gemeine Geschäftspartner, betrügende Biedermänner, zornige Zigarettenmafiosi, wehrhafte Waffenschieber und nun …? Einen bedrohten Biber. *Jedenfalls*, so dachte ich bekümmert, *wird die Rettung des brandenburgischen Bibers kaum zu seelischen Zerwürfnissen führen.*

»Warum kommen Sie mit dieser Sache ausgerechnet zu mir?«, stellte ich eine meiner Standardfragen, deren Beantwortung nicht selten meine deutschen Klienten in Schwierigkeiten brachte. Die konnten ja schlecht antworten: »Weil Sie ein halber Pole sind und deshalb etwas vom Autoklauen verstehen.«

Mein älterer Naturfreund kam auch ins Stottern: »Na … weil ich … bei uns … na, da kennt doch jeder jeden und ich möchte Gewissheit haben, wer die Biberdämme zerstört.«

»Da können Sie sich doch an die Naturschutzbehörde wenden, die ist für so etwas zuständig«, glaubte ich zu wissen. »Die ermittelt von Amts wegen und kostet Sie keinen Cent.«

»Herr Rübel, für die Probleme mit den Großnagern ist der Gewässer- und Deichverband Oderbruch zuständig«, korrigierte er mich. Jedes Mal, wenn ich dachte, im deutschen Verwaltungswirrwarr halbwegs durchzublicken, tauchten neue Behörden und Ämter auf. Diesmal war ich mir aber nicht sicher, ob es nicht der Alte war, der sich hier irrte. »Seit ein paar Jahren haben die wegen dem Ärger mit den Bibern sogar ein spezielles Bibermanagement eingeführt.«

»Ah, da gibt es generelle Probleme mit den Bibern?«, hakte ich nach.

»Selbstverständlich«, bestätigte Heribert. »Und das wird immer schlimmer. Auf meinem Land vernässen durch das aufgestaute Wasser die Felder. Aber die Biber sind unermüdlich und unterhöhlen ganze Felder und, was viel schlimmer ist, auch die Deiche.«

»Und was sagen die von der Biberbehörde?«

»Biberbehörde ist gut. Die haben mit dem Binnenhochwasser und dem Kampf um Unterstützung aus Potsdam genügend zu tun und viel zu wenig Leute. Einen Verwaltungsvorgang haben sie angelegt, aber niemanden, den sie extra für solche Ermittlungen abstellen können. Nur ab und zu, wenn sowieso jemand in der Gegend ist, schaut einer vorbei«, gab Heribert Karotner resigniert zurück.

»Und in deren laufende Ermittlungen soll ich mich einmischen?«

»Laufende Ermittlungen, ha, ha, das ist lustig.«

»Wissen Sie, wie viel Geld das kostet, wenn ich mir die Abende um die Ohren schlage und in Ihrem Fall ermittle? Das kann schnell richtig ans Eingemachte gehen.«

»Das ist es mir wert. Aus mehreren Gründen. Einerseits bin ich Nachfahre einer der ersten Familien, die im urbar gemachten Oderbruch siedelten. Wir hatten es nicht leicht, uns gegen die damals Einheimischen zu behaupten. Friedrich der Große gab uns einige Privilegien, aber das und die Angst vor Veränderungen brachte uns den Hass der Alteingesessenen ein. Der König musste sogar die Todesstrafe auf die Zerstörung der Deiche androhen, bis man es unterließ, unsere Felder zu fluten. Wir haben uns seit über 250 Jahren nicht vertreiben lassen und werden es auch jetzt nicht tun. Und andererseits bin ich der Hauptverdächtige wegen der Zerstörung der Biberbauten, weil mein Land durch die Biber überflutet wird. Die von der Behörde meinen, ich hätte das beste Motiv. In den Naturschutzgesetzen stehen für solche Taten empfindliche Strafen.«

»Und, waren Sie's?«, konfrontierte ich ihn mit meiner ersten Vermutung.

»Gott bewahre! Ich doch nicht! Ich habe mich auch schon selbst auf die Lauer gelegt. Habe doch gedient. Bin jetzt nur in die Jahre gekommen. Das ist alles nicht so einfach. Und wenn ich es wäre, dann wäre ich doch … sagen wir es mal frei heraus … ziemlich einfältig, Sie noch dafür zu bezahlen, damit Sie mir auf die Schliche kommen.«

»So abwegig, wie Sie es darstellen, ist es nicht«, konterte ich und klärte ihn auf: »Mich haben schon gelegentlich Täter mit der Aufklärung ihrer Taten beauftragt. Meist nur deshalb, um in mir einen Zeugen für ihre angebliche Unschuld zu finden. Wenn ich sie entlarvt habe, sind sie sauer geworden. Auch deshalb ist es nötig, einen Vorschuss zu zahlen.« *Und weil ich die Miete für das Büro diesen Monat sonst nicht zahlen kann*, ergänzte ich innerlich den Gedanken.

»Ich bin nicht der Täter und wenn nicht bald etwas passiert, werde ich beschuldigt und lande auf meine alten Tage noch im Knast.«

»Aber ich weiß nicht, was so schlimm daran ist«, versuchte ich, die Situation zu bagatellisieren.

Dem Alten stockte der Atem. »Was daran schlimm ist, wenn ich im Knast lande?«

»Nein, nicht daran … Wenn so ein Damm zerstört wird, bauen die Biber sich doch in der Nähe sowieso den nächsten ein paar Kilometer weiter, und sie befinden sich ohnehin im Naturschutzgebiet. Was soll also der Lärm? Dort, wo sie jetzt bauen, waren doch bis vor einigen Monaten Entwässerungsgräben und ringsum fruchtbares Land. Wenn das mit der Entwässerung wieder klappt, würde es für die Biber doch sowieso wieder zu trocken.«

»Dem Alten Fritz hätten Ihre Worte gefallen. Aber das ist im Detail alles viel komplizierter. Es ist auch nicht immer klar, welche Schäden denn nun genau durch Biber angerichtet werden und welche auf mangelnde Melioration zurückzuführen sind. Da gibt es unterschiedlichste Verantwortlichkeiten zwischen dem Land und dem Wasserverband. Bei uns ist man der Meinung, dass das Land seinen Verpflichtungen nicht nachgekommen ist, wegen maroder Schöpfwerke und unterlassener Instandsetzung des Gewässernetzes. So hatten wir die letzten Jahre immer wieder Binnenhochwasser. Das Land meinte lange Zeit, dass die extremen Niederschläge der letzten Jahre daran schuld seien. Das ist aus Sicht der Politiker wohl aber nicht so schlimm, weil ohnehin eine Versteppung des Landes Brandenburg vorhergesagt wird. Da ist es nicht allzu verkehrt, wenn uns im Bruch das Wasser bis zum Hals steht. Es gibt aber auch Gutachten, die aussagen, dass die Achtlosigkeit bei der Gewässerpflege die Hauptursache für die Binnenhochwasser der letzten Jahre sei. Sei es, wie es sei, die Biber jedenfalls fühlen sich bei uns pudelwohl. Die Natur holt sich irgendwann alles wieder, was wir ihr abgerungen haben, wenn wir nicht ständig Sorge dafür tragen, dass die Deiche erhalten und die Entwässerungsgräben erneuert werden. Die Landesregierung macht nur Versprechungen, wie Politik so ist, ohne sie zu halten. Leider gibt es zurzeit keine Wahlen und so kann man uns weiter hinhalten.«

»Dann ist es doch sicher einigen Personen recht«, kombinierte ich, »wenn die Biber Dämme bauen. Die stehen unter

Naturschutz und man darf daran nichts mehr ändern. Das Land bräuchte oder besser gesagt dürfte nicht einmal mehr kostenintensive Aufgaben zur Entwässerung und Trockenhaltung unterstützen. Dann habe ich zwar keine heiße Spur wegen der Zerstörung der Biberburgen, aber ausgesetzt wurden die Biber sicher von der Landesregierung.«

»Jetzt nehmen Sie mich mal nicht auf den Arm«, raunte der Alte. »Für mich ist das wirklich ein Problem. Was denken Sie, wie schnell man beschuldigt wird und dann alle anderen von der Schuld überzeugt sind? Und gegen Biber kann man doch eigentlich gar nichts haben. Da will mir einer einen Strick draus drehen.«

»Mit dem Biber an sich, da haben Sie recht«, dachte ich laut. »Ein Freund von mir, ein Kanadier, hat mir erzählt, welche Hochachtung man in seinem Land dem Biber zollt, gerade wegen seines Fleißes und seiner Zähigkeit.«

Auch der Alte ließ seine Gedanken weiter schweifen. »Bei meinen Spaziergängen durch das Bruch bewundere ich jeden einzelnen Bleistift, den sie angespitzt haben. So sehen die Baumstämme nach dem Nagen aus.«

Ich merkte, dass wir immer weiter vom Thema abschweiften, und steuerte mit der Frage »Haben Sie denn jemanden im Verdacht?« wieder auf den Grund seines Kommens zu.

Karotner grübelte, während seine rechte faltige Hand sein Kinn stützte, und erklärte, niemanden zu Unrecht beschuldigen zu wollen, bevor er all die Landeigentümer und Pächter benannte, die rings um seinen Acker das Land bestellten. »Eine große Agrargesellschaft kauft seit einigen Monaten jedes Fleckchen Land zusammen«, schloss er seine Aufzählung, »das sie bekommen kann. Die haben einen jungen Geschäftsführer, der, wenn Sie mich fragen, über Leichen geht. Der Schutz eines Biberdeichs interessiert ihn dabei einen feuchten Kehricht, und schon gar nicht, wenn er mich so belasten und am Ende zum Verkauf bewegen könnte. Aber meine Familie lebt dort seit über zwei Jahrhunderten mit königlich verbrieftem Recht und wir lassen uns nicht verjagen.«

»Andere gehen freiwillig und verstehen das als Chance«, ging ich, mich immer noch nicht mit diesem Fall anfreunden könnend, wieder zum Angriff über.

»Wer das will, meinetwegen. Ich für meinen Teil verstehe es als Chance, hierzubleiben und zu bewahren und fortzuführen, was meine Vorfahren begonnen haben.«

»Wissen Sie was?«, schlug ich vor. »Ich höre mich erst einmal etwas um, lote die Erfolgsaussichten des Biberfalles aus und unterbreite Ihnen ein Angebot, wenn ich zu dem Ergebnis gelange, dass da etwas zu machen ist.«

Als er raus war, goss ich mir frohgemut den letzten Schluck Wodka in mein Glas, kippte es in einem Zug runter, schaute auf die leere Flasche und spürte, wie sich meine Stimmung veränderte. Ein Zug von meiner letzten Zigarette der letzten Schachtel half ebenfalls, meine Probleme zu lindern. Schnell musste ich zu meinem Dealer und Nachschub von meinen Drogen holen.

»Da ist eine Studentin«, steckte Yvonne ihren Kopf wieder durch den Türspalt.

»Wie sieht sie aus?«, wollte ich vor Yvonne alle Vorurteile bestätigen, die sie gegenüber Männern hegte.

Sie verzog die Stirn zum Zeichen, dass sie jetzt nachdenken müsse, da sie die Studentin schon einen Moment lang nicht mehr gesehen habe. »Für eine Studentin nicht einmal so schlecht … Also ihr Männer, immer nur auf das Äußere gucken. Immer dasselbe … Es kommt im Leben auf die inneren Werte an.«

»Gut. Welche inneren Werte hat sie?«

Yvonne verdrehte die Augen.

Ich musste jetzt zu meinem Dealer, weshalb ich zu Yvonne gewandt verkündete: »Ich gehe schnell mal runter zu Sebastian und hole mir Nachschub, danach habe ich Zeit für die Klientin.«

»Wenn du ›schnell‹ sagst, dann kann ich schon langsam das Mittag warm machen«, gab Yvonne einen ihrer reichlichen Erfahrungsschätze preis und teilte einen objektiven Grund für ihre Zweifel mit. »Mit deinen Krücken geht nichts schnell. Was hat Robert denn gesagt, wie lange brauchst du diese Dinger noch?«

Im Vorbeihumpeln teilte ich der jungen, durchaus attraktiven Dame im Flur mit, dass ich schnell einen Termin im Hause wahrzunehmen hätte, was sie mit einem Lächeln und einem »Lassen Sie sich ruhig Zeit, ich komme ja ohne Voranmeldung« quittierte; irgendwie sah sie zwischen den Kisten Altpapier und leerer Flaschen auf einem der Wartestühle deplatziert aus. Wenn weder Yvonne noch ich diesen Müll je beseitigten, würde sich vielleicht ein Klient beim Gehen ein Herz fassen und eine Kiste unter den Arm klemmen.

Meine Tagträumerei ging weiter. Das Aroma in Sebastians Laden war sinnlich: Pfeifentabak und Zigarren verströmten einen Wohlgeruch, den ich tief einsaugen musste, bevor ich den Verkäufer begrüßte. Der drehte mir auch gleich den Rücken zu und griff eine Schachtel Karo, ohne Filter, kräftig im Geschmack, an deren Rauch ich auch in durchzechter Nacht erkannte, ob ich gerade in einer deutschen oder polnischen Kneipe versumpfte. Denn ein paar Meter entfernt von hier kaufte ich mir in Słubice meist Popularne, ohne Filter, ebenfalls kräftig im Geschmack. Bis vor ein paar Jahren waren meine Marken diesseits und jenseits der Oder die einzigen, die ohne Zusatz- und Duftstoffe auskamen. Irgendwer muss dann aber bei den Herstellern auf die Idee gekommen sein, auch meine einem angeblichen Geschmackstrend anzupassen. Sebastian legte die Schachtel Karo auf den Tresen, die ich mir gleich einsteckte.

»Und ein Wässerchen dazu, bitte«, bat ich höflich. Und nach einem mitleidig ablehnenden Blick des Verkäufers log ich: »Kannst du in Ruhe anschreiben. Habe gerade einen lukrativen Fall angenommen. Dein Geld ist dir sicher.«

»Sven, zahle doch erst die alten Schulden ab. Mein Großvater …«, begann er.

»Nein, nicht schon wieder diese Geschichte, Basti«, flehte ich. »Die kenn ich schon in- und auswendig. Da oben«, und ich schaute an die Decke, »sitzt meine nächste Klientin. Die sieht nach Bargeld aus.«

Sebastian setzte erneut an: »Mein Großvater …«

»… schrieb auch während der Weltwirtschaftskrise an«, betete ich den oft gehörten Teil von Bastis Familiengeschichte runter. »Wenn die Kunden eine Woche später die Schulden für ein Brot begleichen wollten, konnte man für dieselbe Summe nicht mal mehr ein Brötchen kaufen. Seine Lieferanten hingegen, die rückten deinem Großvater die Ware nur gegen Bares raus. So ging er pleite. Er war eben ein gütiger Mensch. Genau wie du, Basti«, schmeichelte ich ihm.

»Fürs Schleimen gibt's erst recht keinen Wodka.«

»Aber wenn er nicht so gutmütig gewesen wäre, würden wir uns jetzt nicht über ihn unterhalten. Über den Vater deiner Mutter hingegen hast du noch nie ein Sterbenswörtchen verloren.«

»Einmal einen Fehler machen, das ist menschlich. Aber zweimal in einer Familie den gleichen Fehler machen, das wäre töricht.«

»Du hast den Fehler doch noch nicht begangen. Das war dein Großvater. Und in einer Weltwirtschaftskrise befinden wir uns auch nicht.«

»Nein?«

»Sei nicht so skeptisch. Der Euro wird uns alle überleben. Das ist eine große Idee. Wirst sehen … Meine nächste zahlungskräftige Mandantin wartet. Und Kohle gibt es schon früher von dem Alten, der gerade raus ist.« Mir war klar, dass Sebastian ihn gesehen haben musste. So viel geschah in dem kleinen Laden hier nicht.

»Der Opa?« Bedenklich wiegte Sebastian seinen Kopf, dann hielt er inne. Bei diesem Vorgang musste ihm etwas eingefallen sein. »Bevor ich es vergesse. Gestern war die Polizei hier und …«

Die Ladentür wurde geöffnet und unterbrach unser Gespräch; ein Mann mittleren Alters, den wir beide nicht kannten, trat erst selbstbewusst ein, schaute sich um, musterte uns und schien dann etwas verunsichert. Vielleicht sah er meine Krücken und schloss auf ein Raucherbein, was seine Entscheidung zum Kauf von Zigaretten zu Sebastians Lasten beeinflusste.

Der Kunde stellte sich hinter mir an.

Ich drehte mich zu dem Deutschen. »Sie können gerne vor. Ich muss hier noch ein wenig verhandeln.«

»Nein, nein, ich habe Zeit«, erwiderte er, nun einen noch verunsicherteren Eindruck machend.

»Nun kommen Sie schon vor«, wurde mein Ton barscher. »Es ist nicht aus Höflichkeit. Ich habe hier etwas zu bereden, was nicht für Sie bestimmt ist.«

»Ich interessiere mich nicht für Ihre Angelegenheiten«, widersetzte er sich.

Meine Einschätzung, dass der Mann irgendwie verunsichert schien, war wohl nicht zutreffend gewesen. Dann war er nur aus einem anderen Grunde irritiert gewesen, der sich mir noch nicht eröffnete. Der Typ kam mir nicht geheuer vor. Ich baute mich vor ihm auf, hob kurz eine meiner Krücken und fixierte ihn. »Dann raus jetzt.«

»Du kannst doch nicht einfach meine Kunden rausschmeißen«, mischte sich Sebastian heftig ein. »Was möchten Sie denn, mein Herr?«

Der war nun schon halb im Gehen begriffen, als er sich umdrehte. »Nein, nein. Ich möchte nichts. Wo man hier so unhöflich behandelt wird. So etwas habe ich ja noch nie erlebt. Wenn Sie mein Geld nicht brauchen, muss ich mich nicht aufdrängen. Das werde ich auch woanders los ... So eine Unverschämtheit.« Noch irgendetwas Ähnliches faselnd, verließ er den Laden und warf wütend die Tür hinter sich zu.

»Soll ich hinterherlaufen und ihm eins auf die Fresse hauen?«, bot ich Sebastian an.

»Hier bekommt keiner was auf die Fresse ... Wenn, dann hättest du eine aufs Maul verdient. So bekomme ich was von dir, und zwar zehn Euro.«

»Wieso? Der wollte doch nichts kaufen.«

»Woher willst du das wissen? Der hat doch gesagt, dass er sein Geld nun woanders loswerden wird.«

»Da hätte es kein Geschäft gegeben. Das war nur ein ganz Wichtiger.«

»Wo waren wir stehen geblieben, bevor du mir das Geschäft vermasselt hast?«, erkundigte sich Sebastian.

»Bei meinem älteren Klienten?«, versuchte ich, mich zu erinnern. Dann fiel es mir ein: »Nein, die Polizei. Du wolltest mir etwas von einem Besuch der Polizei erzählen.«

»Richtig. Die waren gestern hier und haben sich nach deinem Bruder erkundigt.«

Ich tat gelangweilt, obwohl mich das Thema innerlich immer wieder aufwühlte. Wie verschieden können Brüder, die gemeinsam aufgewachsen und von denselben Eltern erzogen worden sind, sich entwickeln? »Was für alte Kamellen wärmen die denn wieder auf?«

»Weiß nicht, die wollten nur wissen, ob ich ihn in letzter

Zeit gesehen habe. Das habe ich mit Nein beantwortet. Dann haben sie gefragt, ob ich dich kenne, was ich mit Ja beantwortet habe. Hätte ja keinen Sinn gemacht, da zu schwindeln. Nur eine Etage drüber und so.«

»Wenn du mit ›und so‹ sagen wolltest, dass ich hier gelegentlich Wodka bekomme, dann ist das im Augenblick gerade nicht der Fall.«

»Lass mich doch mal aussprechen ... Die haben noch gefragt, ob ich dich besser kenne. Die wollten wohl sichergehen, dass ich dir nichts vom Gespräch erzähle. Sie haben auch zum Schluss gesagt, dass ich niemandem etwas von ihrem Auftritt sagen soll.«

»Alles klar. Dann kann man sicher sein, dass es passiert. Entweder waren das totale Anfänger oder die wollten mal tüchtig auf den Busch klopfen und hofften, dass ich es erfahre.«

Sebastian überlegte kurz. »Wenn das so wäre, dann hätte es ja geklappt.«

Ich nickte zustimmend.

Basti meinte jedoch, dass er den Eindruck gewonnen hatte, sie wollten wirklich verhindern, dass ich von ihrem Besuch Kenntnis bekäme. »Jedenfalls wollten sie wissen, ob du was über deinen Bruder erzählt hast. Darauf habe ich geantwortet, dass ich dich nun wieder nicht so gut kenne, als dass wir uns über so etwas unterhielten, aber ich über Franek das wüsste, was man so über ihn erzählt.«

»Und was erzählt man sich über ihn?«, wurde ich wieder ärgerlicher.

»Das haben sie auch gefragt ... Na ja, du weißt schon. Dass er hier und in Polen von der Polizei gesucht wird und untergetaucht ist. Und das schon seit Jahren und so.«

»Und so«, wiederholte ich und warf ein »Ach so« als Zeichen dafür hin, dass damit alles gesagt worden sei. Ich hatte doch gar kein Motiv, nun Sebastian anzugreifen, der mir das alles erzählt hatte. Es war eben nur das Gespräch über meinen Bruder, das mich so aufwühlte. Wenn die Polizei in Deutschland sich nach Franek erkundigte, würde er hier wohl mal wieder aufgetaucht sein. Bei mir hatte er sich jedenfalls nicht gemeldet. Unsere Eltern meinten immer, dass er der bessere Pole und ich der bessere Deutsche sei. Es ist schon seltsam, was Eltern ihren Kindern mit so einer zweisprachigen Erziehung aufbürden. Ich sah mich nirgendwo so richtig zugehörig. Andererseits konnte ich beide Völker kritisch beäugen. Polen konnten genau solche beschränkten Nationalisten sein wie die Deutschen. Sebastian war mir immer ein guter Freund gewesen und ich hatte keinen Grund, nun sauer zu reagieren. »Danke, dass du mir das erzählt hast.« Meine innerliche Aufregung, die mich meist bei Gesprächen oder Gedanken über Franek ergriff, wich einer Art unbestimmten Traurigkeit; ich war wütend auf ihn – vielleicht auch mehr auf mich – und bedauerte, wie sich sein Leben entwickelt und wir uns auseinandergelebt hatten.

»Dein alter Klient aus dem Oderbruch …«, führte Sebastian seine Gedanken bezüglich der Bezahlung der Flasche Wodka fort, »wieso sollte der deine Saufschulden übernehmen? Der sah nicht reich aus. Und was für einen lukrativen Auftrag sollte er dir geben?«

»Darf ich dir nicht sagen … Berufsgeheimnis.« Da hatte Basti den Alten also reinkommen sehen. Aber woher wusste er, dass der Klient aus dem Oderbruch stammte? Selbst wenn der mit einem Fahrzeug hier gewesen wäre, dann hätte das Kennzeichen desselben nicht zwingend nur auf den Oderbruch gedeutet.

»Und ich kann dir keinen Wodka verkaufen … Geschäftsgebaren … Ich rücke keine Flasche Absolut raus.«

Er hatte zutreffend meine Marke benannt. Ähnlich wie bei den Zigaretten hatte ich auch beim Wodka die Angewohnheit, in Polen eine andere Sorte als in Deutschland zu trinken. Gab es dort den Absolvent, so war es hier der Absolut. So schnell wollte ich wegen des Schnapses nicht aufgeben. »Die Hoffnung stirbt zuletzt.«

Trocken ergänzte mein Gegenüber mit einem Lächeln: »Aber sie stirbt.«

»Also gut, weil du es bist, sag ich dir, worum es geht.« Da es mit Schleimen nicht geklappt hatte, entschied ich mich dazu, Sebastian anzulügen. Aber so richtig fett, sonst würde er es nicht glauben. Er hatte es herausgefordert.

Ich senkte die Stimme. »Das Ganze ist streng geheim. Der Typ ist eben nur ein Mittelsmann. Mein eigentlicher Mandant steht mitten im öffentlichen Leben. Er ist sehr viel älter und Nazi.«

Bastis Kopf hörte auf sich zu wiegen, seine Augen wurden die des Wolfes im Bett von Rotkäppchens Großmutter.

»Von dem war bisher nicht bekannt, dass er Nazi war. Da wird eine Bombe einschlagen, sage ich dir. Kurz nach dem Krieg hatte man sie ja aus den Blicken der Öffentlichkeit genommen, aber dann waren sie wieder obenauf.«

Sebastian fand seine Ansichten bestätigt: »Genau so ist es. Einige Jahre nach dem Krieg waren die doch wieder ganz oben. Politiker, Richter, Wirtschaftsbosse, alles Nazikroppzeug. Aber das ist doch alles bekannt. Wo ist da das Problem?«

»Na ja«, zögerte ich geheimnistuerisch. »Heute ist das schon ein Problem in der EU und so. Bei vielen hatte sich dieses Problem biologisch gelöst. Mein Mandant war von Anfang an clever, hat nicht mit seiner Nazivergangenheit geprahlt und sich gut getarnt. Seine Förderer wussten um sein Geheimnis. Aber die sind nun auch fast alle in den ewigen Jagdgründen.«

»Und du, was hast du damit zu tun?«, war Bastis Neugier geweckt und ich glaubte meine Chancen auf eine Flasche Wodka verbessert.

»Bei dem prominenten Altnazi wurde nun eingebrochen. Die deutsche Polizei vermutet, dass es Polen waren«, log ich weiter.

Sebastian musste seinen Senf dazugeben: »Ich will dir ja nicht zu nahe treten, aber eine gewisse Wahrscheinlichkeit spricht schon dafür, dass …«

»In der Tat. Diesmal deutet alles darauf hin, dass es Polen waren. Ganz clevere.«

»Na, und geschieht dem Nazi nur recht«, konnte Basti sein Bedauern über die Tat zügeln.

»Jetzt ist es so: Beim Einbruch haben die Unterlagen geklaut, die beweisen, dass der feine Herr ein Nazi ist«, lebte ich weiter in meiner Geschichte und wählte bewusst die Gegenwartsform. »Und nun könnten die Beweise dafür, dass er ein Nazi ist, an die Öffentlichkeit gelangen. Aber alles topsecret«, ich legte mir meinen rechten Zeigefinger mit einem geräuschvollen »Psssst« auf den Mund, »verstehst du?«

Sebastian staunte. »Und die sollst du jetzt finden, oder wie?«

»Mehr darf ich dir jetzt aber wirklich nicht sagen«, log ich konsequent weiter, in der Hoffnung, meinem Ziel ein Stück näher gerückt zu sein.

»Und was, wenn du die Beweise findest, das Geld kassierst und durch die Presse trotzdem bekannt wird, dass es ein Nazi war?«

»So in etwa hatte ich mir das vorgestellt.«

»Nimm die Flasche!« Basti schob mir den Wodka über den Tresen. »Wird aber angeschrieben.«

»War so vereinbart.«

Tobias betrat den Laden mit einem eher verhalten klingenden »Hallo, Männer!«.

»Das ist ja heute wie im Taubenschlag. Grüß dich, Tobias«, hieß ich ihn willkommen. »Wieder ein paar Handgranaten dabei? Basti wollte sowieso mal renovieren.«

»Gibt's bei deinem polnischen Zimmerer keine Arbeit mehr für einen deutschen Müßiggänger?«, begrüßte ihn Basti.

»Wo denkst du hin? Schon alles erledigt«, blieb Tobias immer noch sehr ruhig und schaute sich um, als wäre die gesamte Frankfurter Polizei auf seinen Fersen. »Aber ihr seid es wohl, die hier Probleme haben.« An mich gerichtet und mit einem Kopfnicken in Sebastians Richtung erkundigte Tobias sich provokant: »Ermittelst du gerade gegen Zigarettenschmuggler?«

»Ich und Schmuggler?«, begehrte Sebastian auf.

»Das steht doch in der Zeitung«, machte sich Tobias lustig. »Wie willste denn sonst den Laden hier halten?«

Basti reagierte verstimmt. »Quatsch ... Erst schmeißt der hier einen Kunden raus«, wies er mit dem Kopf in meine Richtung, »und dann kommst du mit so 'nem Scheiß.«

Tobias riss seine Augen ungläubig weit auf: »Der, der hier gerade im Laden war, bevor ich kam? Den hat Sven rausgeschmissen?« Dann begann er erleichtert zu lachen.

»Was denn?«, wollte Basti wissen.

»Deshalb habe ich das vorhin mit dem Zigarettenschmuggel gefragt«, stellte Tobias klar. »Der Typ, der vorhin bei dir war, der ist von der polnisch-deutschen Ermittlungsgruppe gegen Zigarettenschmuggel ... Der hatte mich bei meiner letzten Verhaftung in der Mangel.«

»Bist du dir sicher?«

»Hundert Prozent. So ein Gesicht vergisst du nie. Vielleicht ist er jetzt auch in 'ner anderen Truppe. Habe gleich kehrtgemacht, als ich sah, dass er hier reingegangen ist, und drüben am Hauseingang gewartet. Erst war mir klar, dass ich ihn kenne, aber noch nicht woher. Dann fiel mir die Situation dazu ein. Da wette ich eine Flasche Wodka drauf, dass der es war.«

»Siehst du«, begehrte ich auf. »Da habe ich dich sogar vor

einer peinlichen Befragung oder verdeckten Ermittlungen bewahrt. Da solltest du mir danken und mich nicht anschnauzen.«

»Darauf geb ich einen aus«, gab sich Sebastian nun mit einem Mal großzügig. Er stellte eine gute Flasche Wodka und drei Gläser auf den Tresen.

In Erinnerung an eine Absage stänkerte Tobias: »Ich denke, du bist keine Schankwirtschaft.«

»Stimmt.« Sebastian ging zum Eingang, verschloss die Tür und hängte das Schild ›Geschlossen‹ daran. »Jetzt ist es eine private Veranstaltung. Was möchtet ihr?«

»So einen da«, wies Tobias auf meine Flasche und ich schloss mich an. Als Sebastian das dritte Glas einschenken wollte, fiel mir meine Klientin ein und ich verabschiedete mich mit der schwer errungenen Flasche Wodka in der Hand von den beiden.

»Viel Glück mit dem Fall!«, verabschiedete sich Sebastian an mich gerichtet.

»Mit welchem Fall?«

»Na, mit dem deutschen Opa.«

»Ach so. Ja, werde ich schon hinbekommen.«

»Sven«, stöhnte Sebastian gespielt. »Ich hoffe, du klärst das mit den Biberdämmen auf.«

Ich dachte, der Blitz hätte mich getroffen, und so musste ich auch ausgesehen haben. Trotz der Wirkung der beiden schnellen Schnäpse war mir sofort klar, dass Sebastian wusste, ich hatte ihm mit der Nazistory einen Bären aufgebunden, und noch schlimmer, dass er von Anfang an wusste, mit was für einem unattraktiven Auftrag der Alte zu mir gekommen war.

»Dein Klient ist schon zuvor bei mir gewesen und hat sich nach dir erkundigt. Im Gespräch kam er auf die Biber zu sprechen und darauf, dass er dich beauftragen möchte. Aber deine Nazigeschichte, die war wirklich gut. Dafür hast du dir die Flasche Wodka redlich verdient.«

In der Detektei saß immer noch die nette kleine Studentin; vielleicht nicht ganz so zielstrebig, weil sie nicht mehr ganz so jung war, aber vielleicht hatte sie in ihrem Leben schon etwas anderes gemacht außer studieren. Das musste ja wichtig sein, wenn sie hier zwischen dem Gerümpel die ganze Zeit hatte warten können.

»Waaas wollen Sie, Vanessa?«, platzte es aus mir Minuten später heraus, als ob ich nicht richtig verstanden hätte, was sie gesagt hatte. Mit einem Ruck schob ich die Schublade meines Schreibtischs mit der Sebastian abgerungenen Flasche Wodka wieder zu, die Schublade mit dem Wodka, den ich mir leisten konnte und der mein stiller Protest war gegen die ganzen Wein- und Biertrinker, die eine Veränderung der Trinkkultur einläuteten. Je weiter östlich man kam, so meine Erfahrung, desto härter wurde der Alkohol. Wer sich etabliert hatte, der trank lieber Wein. Das hatte ich auch in Amerika erlebt: Erst soffen sie Bier aus der Dose und wenn sie zu Geld gekommen waren, genossen sie Wein und Champagner. Die Schublade ruckelte, eben ein älteres Modell, und ich drückte kräftiger, bis sie nachgab und mit einem lauten Knall in den Schreibtisch fuhr; die Flasche fiel hörbar um, weshalb ich mich zu ihrer Rettung schnell bückte, die Schublade wieder öffnete, mich erst entspannte, als ich die Flasche unversehrt wiedersah; sie war auch noch verschlossen.

»Ein Praktikum absolvieren«, wiederholte sie forsch und blinzelte mich mit ihren strahlend blauen Augen an, als ob sie das unüberhörbare Scheppern der Flasche nicht wahrgenommen hätte. Das wäre doch Grund genug gewesen, aufzustehen und sich einen anderen Praktikumsplatz zu suchen. Entweder hatte sie auch ein Alkoholproblem und freute sich mit mir über die unbeschädigte Flasche, oder ich war ihre letzte Anlaufstelle für ein Praktikum, weil sie sonst niemand genommen hatte. Sie hätte als Hingucker aber jedes Vorzimmer geschmückt, auch ohne zu arbeiten.

Mein Zimmer in der Detektei hatte ich mir so ausgesucht, dass zwar Personen, die mich besuchten, aus dem dunklen Flur kommend, nicht geblendet waren, nein, dies nicht, zumindest nicht von meiner Erscheinung, aber dass ich einen kleinen Augenblick im Vorteil war, während sich deren Augenpaar erst an die Helligkeit gewöhnen musste; das ist mir bei unerbetenem Besuch schon das eine oder andere Mal von großem Nutzen gewesen. Der Ausblick auf die schmucklose Straße war nicht so vorteilhaft.

Jetzt schaute ich in Vanessas Gesicht, welches ein offenes und freundliches Wesen offenbarte, ohne dies vordergründig zur Schau zu stellen. Mein Blick schweifte über den Schreibtisch und blieb beim letzten Schreiben des Ordnungsamtes hängen. Vom Ordnungsamt in Frankfurt erhielt ich fürs Falschparken und ähnliche Delikte Post mit der Stadtbezeichnung *Frankfurt (Oder)*. Auf uralten Postkarten hatte ich die Schreibweise *Frankfurt an der Oder* gelesen, die mir viel besser gefiel als die Oder im Klammerzusatz, was mich dazu veranlasste, dem Ordnungsamt immer Briefe in dem veralteten Stil zu schreiben, was aber wiederum das Ordnungsamt weder dazu veranlasste, seine Schreibart zu ändern, noch die gegen mich verhängten Bescheide.

»Ich bin doch keine Schule, kein Betrieb oder irgendeine Einrichtung, die sich mit kulturellen Belangen beschäftigt. Dahin gehört doch eine Studentin der Kulturwissenschaften, oder? Das hier ist eine Detektei und hier werden Aufträge übernommen und Fälle bearbeitet, bei deren Lösung es schon mal sehr gefährlich werden kann.«

»Helfen Sie auch dabei, vermisste Personen aufzufinden?«, interessierte sie sich, meine Ansicht ignorierend, und strich sich eine Strähne ihres rabenschwarzen Haares aus dem Gesicht, wodurch eine lila Strähne sichtbar wurde. Am rechten Unterarm konnte ich eine Tätowierung sehen, aber nicht genau erkennen, ob es ein Bild oder ein Schriftzug war.

Erst wollte ich mir irgendwie etwas Witziges oder Geistreiches zur Antwort einfallen lassen, so in der Art: »Schon … außer wenn jemand auf der Suche nach sich selbst ist«, fand das dann aber selbst zu aufgesetzt, weshalb ich ihr mangels anderer Eingebungen nüchtern erklärte: »Ja doch, das kommt sogar relativ häufig vor. Bei erwachsenen Personen wird die Polizei nicht so schnell tätig, wenn kein Verdacht auf eine Straftat vorliegt. Angehörige beauftragen mich dann mit der Suche. Aber die Arbeit bei einem Privatdetektiv kann recht heikel werden, weshalb ich die Verantwortung für Sie nicht übernehmen kann.« Mir kam plötzlich eine Idee, sie loszuwerden. Ich würde ihr einfach einen Schrecken einjagen. »Wenn Sie jetzt nicht wieder in Ihre Wohnung zurückkämen …«

»In die WG«, berichtigte sie mich.

»Gut, in die WG. Dann würde Sie doch niemand vermissen.«

»Doch, meine Mitbewohnerin.«

»Aber was könnte sie machen? Zur Polizei gehen? Die hätte keine Anhaltspunkte. Und wie gesagt, bei Erwachsenen wird die Polizei nicht so schnell tätig. Schließlich könnten Sie doch machen, was Sie wollten.«

»Aber meine Mitbewohnerin weiß, dass ich hier bei Ihnen in der Detektei bin.«

»Da bluffen Sie nur. Studentinnen sind gerade raus aus dem Elternhaus und wollen ihr Erwachsensein und die Freiheit genießen. Die melden sich nicht ab und sind niemandem zur Rechenschaft verpflichtet.« Sie hielt nicht weiter dagegen, ich hatte sie. »Und mit solchen Typen, die kleinen unschuldigen Mädchen nachstellen und sie verschwinden lassen, die ich dann erst wieder in einem Bordell in Frankfurt am Main, Köln, aber auch in den Niederlanden oder sonst wo finde – mit solchen habe ich es zu tun. Bei mir sind Sie definitiv nicht an der richtigen Adresse.«

Sie ließ sich weder schnell Bange machen noch verzettelte sie sich im Gespräch. Das Mädchen wusste, was sie wollte. »Für meine Arbeit möchte ich lernen, wie man Menschen findet, die man sehr lange Zeit nicht mehr gesehen hat oder die schon verstorben sind.«

»Das kann wirklich gefährlich werden«, ermahnte ich eisern und legte noch einen Holzscheid in das Feuer, durch das sie gehen wollte. »Schauen Sie nach links neben dem Regal, fällt Ihnen der Mörtelfleck auf?«

Sie scannte systematisch die Wand ab, was mir gefiel, und nickte. »Ein Geheimversteck?«, mutmaßte sie.

»Nein. Ein Einschuss. Da wollte jemand, dass die gesuchte Person gerade nicht gefunden wird. Ein Stück weiter nach rechts …«, ihr Blick kehrte meiner Beschreibung folgend zu mir zurück, »… und ich hätte das Loch nicht mit Mörtel verschmieren können.«

Sie schluckte. Genau dahin wollte ich sie bekommen und mit etwas Glück hatte sie die Hose gleich gestrichen voll, war in einer Minute draußen und ich konnte einen kräftigen Schluck aus meiner hart verdienten Flasche Wodka nehmen, wenn Yvonne mich nicht wieder davon abhielt.

Nur eine kurze Pause entstand, bis sie sich sammelte. »Es ist kein Mörtel, sondern Gips, Moltofill oder eine ähnliche Dübelmasse, was da an der Wand klebt.« Sie schaute sich von ihrem Platz aus in meiner Detektei um und stellte nüchtern fest: »Bei dieser Gelegenheit hätten Sie aber auch den Riss über der Tür verschmieren können.«

Damit hatte sie recht. Ich sah jedoch keinerlei Veranlassung, das ihr gegenüber einzuräumen. Dann fiel mir doch noch etwas ein, was ich zum Besten geben konnte: »Vielleicht nach der nächsten Schießerei.«

Das beeindruckte sie wenig, was ich mir hätte denken können, aber einen Versuch war es wert gewesen. Schließlich mögen Frauen Männer, die witzig sind; jedenfalls hatte ich das irgendwo einmal gehört.

»Bei der Kundschaft wollte ich auch nicht gleich mit Drogendealern, Zuhältern oder sonstigen Kriminellen beginnen, die hier mit 'ner Knarre einreiten, sondern von ganz gewöhnlichen Menschen beauftragt werden und ganz normale Menschen suchen«, stellte sie klar.

»Können Sie in die Menschen reinschauen? Woher wollen Sie wissen, ob die Gesuchten nicht alles daransetzen, nicht gefunden zu werden, und welche Beweggründe sie dafür haben? Die, die gefunden werden wollen, finden Sie auch mit etwas Fleiß durch das Internet; jedenfalls die jüngeren.« Ich würde ihr nicht auf die Nase binden, dass ich mit einem Computercrack befreundet war, der sich bei der einen oder anderen Gelegenheit in fremde Netzwerke und Computersysteme gehackt hatte, um mir die benötigten Informationen zu beschaffen. Also fuhr ich mit der abstrakten Beschreibung der Situation fort. »Die anderen, also die, die nicht gefunden werden wollen, können ein echtes Problem werden. Mir scheint, Sie wissen nicht, auf was Sie sich da einlassen.« Nachdem ich ihr Angst gemacht und nun auch indirekt Gedankenlosigkeit vorgeworfen hatte, müsste sie eigentlich genug von mir haben. Halt mal, ich hatte noch ihre handwerklichen Ambitionen vergessen. »Wenn es denn einen Praktikumsplatz hier für Sie gäbe, wovon ich derzeit nicht ausgehe, dann könnten Sie Ihre handwerklichen Künste ruhig ausleben.«

»Wie oft wurde denn schon auf Sie geschossen?«, erkundigte sie sich weiter, statt zu gehen. Irgendwie hatte ich den

Eindruck, sie würde sich gleich in die Reihe meiner Angreifer einfügen wollen. Mein Glück war wohl nur, dass sie keine Waffe am Mann, äh, an der Frau hatte.

»Zu oft«, antwortete ich wahrheitsgemäß und zählte die Kugeln und Granatsplitter aus meiner aktiven Militärzeit mit.

»Und ich dachte«, räumte sie ehrlichen Herzens ein oder wollte sich nur rächen, was aber gut auf dasselbe hinauslaufen konnte, »dass der Job größtenteils aus langwierigen Recherchen und zähen Kaufhausüberwachungen besteht.«

Ich musste ihr zugestehen, dass sie das Gespräch, welches ich gerne bald beendet hätte, immer wieder am Leben erhielt und jede Provokation meinerseits parierte. Auch hier hatte sie für den Job mehr Talent, als ich ihr zunächst zugetraut hatte. Da war es jetzt auch mal Zeit für ein Lob meinerseits. »Schön, dass Sie diesbezüglich nicht so viele Flausen im Kopf haben. Es ist in der Tat ein Job, der oft Ausdauer und Zähigkeit erfordert. Gelegentlich kann es auch gefährlich werden. Neben den Schusswunden lag ich auch mit verätzten Augen und Stichverletzungen im Krankenhaus. Aber das mit der Suche nach Personen, das ist eher etwas, bei dem man Durchhaltevermögen beweisen muss. So etwas lernt man nicht so, wie man es an der Universität gewohnt ist. Da braucht man Erfahrung und eine gute Portion Intuition.«

»Genau deshalb bin ich nicht an der Uni, sondern bei Ihnen. In dem Projekt, welches über mehrere Semester angelegt ist, beschäftigen wir uns mit der Suche von Orten und Personen in Polen. Die deutschen Interessenten möchten wieder Kontakte zu früheren Freunden knüpfen oder Orte sehen, die sie aus ihrer Kindheit kennen.«

»Ah, solchen helfen, die irgendwelche Rückübertragungsansprüche stellen wollen, wie?«, freute ich mich, wieder etwas Spannung in das Gespräch bringen zu können. Schließlich hatten wir hier kein Date und ich befürchtete nun schon ernsthafter, für Vanessa in den kommenden Wochen den Babysitter spielen zu müssen.

»Nein. Es ist ein Projekt von der Uni und soll nur den kulturellen Austausch fördern«, sah sie sich zu einem Rechtfertigungsversuch gezwungen. »Ich bin dabei auf einem Teilgebiet beschäftigt, das sich mit persönlicher Erinnerung, verschiedenen Erfahrungen über mehrere Jahrzehnte und Wiederbegegnung befasst. Das ist sehr individuell. Viele Menschen wissen gar nicht, wo genau sie in ihrer frühsten Kindheit oder ihre Eltern gelebt haben. Die kennen nur Fragmente und ich will helfen, die Puzzles zusammenzusetzen. Und da wollte ich bei Ihnen in die Lehre gehen.«

»Das schmeichelt mir aber und hartnäckig scheinen Sie zu sein. Das müssen Sie auch für so eine Arbeit.«

»Sie nehmen mich also?«

»Nicht so schnell!«, bremste ich meine Praktikantin, die sich nicht so schnell ängstigen und vom Weg abbringen ließ. Vielleicht könnte sie mir tatsächlich in der einen oder anderen Sache mit Internetrecherchen oder Ähnlichem behilflich sein, redete ich mir ihr bevorstehendes Praktikum schön. Wieder einmal wusste ich nicht, auf was ich mich einließ. »Ich hab da schon noch einige Fragen. Wie sind Sie gerade auf mich gekommen?«

»In Ihrer Werbung stand, dass Sie perfekt Polnisch sprechen. Mein Polnisch ist nur so lala.« Dabei machte sie eine schaukelnde Handbewegung mit ihrer sehr fein gegliederten Hand. »Ich hatte gehofft, dass speziell Sie mir helfen könnten, wenn es um Suchen in oder nach Polen geht.«

»Ihnen ist schon klar, dass ich hier nicht jeden arbeiten lassen kann und ich meine Erkundigungen über Sie einholen werde. Also wenn Sie von irgendjemandem beauftragt worden sind, sich hier einzuschleichen, um Informationen über mich, meine Fälle oder Ähnliches zu sammeln, dann bekomme ich das heraus. Und dann kommen Sie besser nie mehr wieder hierher.« Ich scannte dabei ihr Gesicht und stellte darin keine Veränderung fest, die einen Verdacht zu begründen Anlass gegeben hätte.

»Hui, Sie können ja richtig ernst werden. Ihre Befürchtungen sind aber umsonst. Das ist alles ganz offiziell und nur über die Uni. Ich habe hier auch gleich so eine Bescheinigung, mit der Sie sich zur Durchführung des Praktikums bereit erklären.«

»Fallen Sie immer gleich mit der Tür ins Haus?«, wollte ich ihrem Elan ein wenig entgegentreten.

»Wieso wollen wir nicht gleich Nägel mit Köpfen machen?«

»Eins ist aber tabu«, gab ich statt einer Antwort zurück, »an meine Fälle dürfen Sie nicht.«

»Klar doch.«

Irgendwie hatte ich das unbestimmte Gefühl, dass sie da künftig doch mitmischen würde. Das Mädchen begann mir immer mehr zu imponieren. Aber genau das konnte sich wieder einmal zu einem meiner Probleme auswachsen.

»Muss ich da was bezahlen? Und wie ist das mit der Versicherung? Unfallversicherung, für Arbeitsunfälle, Wegeunfälle und so?«

»Praktika sind für Sie kostenfrei und versichert bin ich über die Uni. Aber ob das als Arbeitsunfall anerkannt würde«, sie deutete auf den Gipsfleck an der Wand zu ihrer Linken, »da bin ich mir sehr unsicher.«

»Komikerin«, betitelte ich sie und bohrte weiter: »Weiter keine Haken oder Ösen?«

»Nein. Nur am Ende ein Praktikumszeugnis.«

»Also doch ein Problem … Das Ding schreiben Sie sich gefälligst selbst.«

»Klar, Chef.«

Yvonne drohte mir: »Wenn du das machst, Sven, dann … dann … war das hier der letzte Tag für mich.« Und weil ich nicht die von ihr erwartete, tief am Boden zerstörte Reaktion zeitigte und um ihr Bleiben bettelte, relativierte sie: »Für eine ordentliche Sekretärin ist kein Platz neben einer studentischen Praktikantin. Wenn die kommt, gehe ich so lange, bis diese Violetta wieder die Schulbank drückt.«

»Vanessa.«

»Hä?«

»Vanessa, sie heißt Vanessa und nicht Violetta. Violetta ist die faszinierende und tragische Schönheit bei Verdi, die am Ende sehr jung stirbt.«

»Egal. Aber wenn sie kommt, bin ich weg … wirklich.«

»Yvonne, da reagierst du doch zu heftig«, versuchte ich nur scheinbar, sie zu besänftigen. Ich sah ein Zeichen des Schicksals in Vanessas Auftauchen. Wie sehr ich damit richtig lag, würden die kommenden Tage zeigen.

»Gar nicht. Sobald eine etwas Jüngere auftaucht, ist alles vergessen, was ich für dich getan habe. Ich weiß ganz genau, dass du eine Schwäche für solche jungen Dinger hast … Nein, diese Violetta. Nein, dass ich das erleben muss.«

Auch wenn Yvonne häufig Plattheiten von sich gab, mit der Namensnennung Violetta hatte sie gewollt oder ungewollt eine Parallele eröffnet, die bis dahin in meinem Unterbewusstsein schlummerte: Vanessa war wie Violetta so bezaubernd, dass sie immer schöner geworden war, je länger ich sie angesehen hatte. Ich freute mich schon jetzt auf ein Wiedersehen mit ihr, auch wenn sie nicht so gut kochen können würde wie Yvonne.

6. KAPITEL: RÜBEL RÄUMT AUF

Ich genoss das Gefühl der Freiheit, diese Unbeschwertheit, das tiefe, gleichmäßig brummende Geräusch des Motors, welches den ganzen Körper erfasste, den direkten Kontakt zur Straße, den nur ein Motorradfahrer kennt; alle anderen konnten da nicht mitreden. Vanessa räumte inzwischen die Detektei etwas auf, brachte Akten und Computer auf Vordermann. Wenn ich von Biber-Heribert und der Agrargesellschaft zurückkäme, bei der ich dem Geschäftsführer mal auf den Zahn fühlen wollte, würde ich ihr anhand eines alten Falles bei einem von ihr gekochten Kaffee ein paar Storys aus meinem Berufsleben erzählen. Aber erst genoss ich die Tour auf meiner alten Java. Das Geschwätz vom Organspender, das Autofahrer gelegentlich in meiner Anwesenheit anstimmten, konnte ich geflissentlich überhören. Das war nur das Gerede der Unwissenden. Auf meine Maschine war ich stolz, auch wenn oder gerade weil ich von anderen mit über 1.000 Kubikzentimetern schnell überholt und wegen der vielen leider nicht mehr originalen Teile belächelt wurde. Zugegeben, neue Reifen waren auch mal wieder fällig. In ihrer Eleganz war meine alte Java mit ihren rundlichen schlanken Formen eine Schönheit, die ihresgleichen suchte. Früher waren Designer eben noch Künstler, heute rannten sie nur noch dem Geschmack der Leute hinterher. Männer hatten zu ihren Maschinen eine sinnliche Beziehung, das war wie mit Frauen. Gewaschen werden musste meine Maschine auch wieder einmal, das war anders als mit Frauen; außer vielleicht bei der Altenpflege. Bei aller Freude am Fahren musste ich natürlich Obacht geben, und dies besonders an diesem Abschnitt der Straße, wo sich nicht weit von der deutschen Grenze die Nutten die Füße platt standen. Ich hatte den Weg von Frankfurt über die Oderbrücke genommen und würde bei Kystrin-Kietz wieder nach Deutschland fahren, mitten in den Oderbruch. Hier jedoch konnte schon der eine oder andere deutsche Freier wegen des Schamgefühls aufgrund vorzeitiger Ejakulation, des Ärgers um das viele Geld wegen der diversen Extras oder einfach, um nicht von Bekannten gesehen zu werden, zu schnell aus dem Waldweg auf die Straße hervorschießen. Dieser Typ satter, selbstzufriedener, selbst ernannter deutscher Oberlehrer mit Entwicklungshelfersyndrom war mir hier schon einige Male begegnet.

Da parkte plötzlich so ein Trottel tatsächlich auf der Straße; das Warndreieck hatte er so weit an den Straßenrand und nur kurz vor sein Fahrzeug gestellt, dass es niemanden störte; nur sah es auch niemand rechtzeitig. Ein Blick auf das Nummernschild ließ mich wissen, dass es ein Deutscher war. Dann musste es wirklich eine Panne sein; kein Deutscher hielt hier freiwillig in solcher Nähe zu dem Mädel, welchem er gerade einen Besuch abgestattet hatte. Sonst fing er sich noch einen Spruch ein, wie: Na, soll ich noch was rausgeben, damit es fürs Benzin reicht? Oder: Zu viele Extras bei der Nummer bereitet dem Tankinhalt oft Kummer. Ich war wieder beim Reimen. Ein Zeichen für meine gute Laune. Mal schauen, was der hier für ein Problem hatte. Hinter mir bremste eine schwarze Yamaha stark ab, die das gleiche Problem mit dem deutschen Fahrzeug hatte. Der Motorradfahrer war ganz in Schwarz gekleidet und mir war so, als ob er in dieser überraschenden Situation mit dem Kopf nickte. Sicher dachte der, dass ich eben Pech gehabt hätte, wenn ich dem deutschen Landsmann raufgebrettert wäre. Dem Kennzeichen zufolge kam das Motorrad aus dem etwas nördlicher gelegenen Zielona Góra. Er fuhr langsam an uns vorüber, grüßte locker und gab wieder Gas.

»Na Meister, was gibt's?«, fragte ich meinen Landsmann jovial.

Verwirrt versuchte er, auf mein Kennzeichen zu schauen, was misslang, da ich mein Motorrad mit dem Scheinwerfer in seine Richtung abgestellt hatte. Vielleicht überlegte er jetzt, ob hier ein Deutscher einem Polen die Maschine geklaut hatte. Sein Zögern verriet, dass er mit der Situation völlig überfordert war. Darin wollte ich ihn bestärken.

»Hat das Mädel, bei dem Sie waren, Ihr Portemonnaie in Ihrem Auto liegen lassen und Sie überlegen, wie Sie es zurückschaffen, ohne als Dieb dazustehen?« Eins, zwei, drei, vier … Mann, hatte der eine lange Leitung … sechs, sieben.

»Wo denken Sie hin«, fuhr er mich empört an. »So einer bin ich nicht.«

»Ist ja niemand, schon klar.« Verschwörerisch zwinkerte ich ihm zu. Jetzt kannten wir uns schon besser und ich konnte zum vertraulichen Du übergehen. »Vielleicht hast du sogar die Nutte geprellt. Sie bezahlt, aber nicht gefickt.« Ich lachte über meinen Witz.

»Sie haben eine seltsame Art Humor, mein Herr«, wetterte er in einem distanziert arroganten Tonfall. Dabei sprach er das »Herr« so aus, als ob man alles zu mir sagen könnte, nur nicht das. »Und solche Art bezahlten Sex habe ich für meinen Teil nicht nötig«, sah er sich dennoch bemüht, seine Unschuld zu bekräftigen. Wieder einer, der keinen Spaß verstand. Eben ein Landsmann.

»In Ordnung«, nahm ich ihm seine Schuldgefühle. »Meinetwegen bist du noch Jungfrau. Kann ich mit einer Werkstatt helfen?«

»Sind Sie Deutscher?«. Er blieb beim Sie.

»Komische Antwort auf meine Frage, findest du nicht?«

»Na ja…«, druckste er herum.

»Klar bin ick Deutscher. Mir ham ’se da drüben«, ich wies mit dem Kopf in eine Richtung, in der ich Deutschland vermutete, »immer so viel Steuern abjeknöpft. Ick bin so ene Art Wirtschaftsflüchtling.« Ich musste dem Trottel ja nicht erzählen, dass ich hier nur auf der Durchreise war. Außerdem hatte er neben seiner unsympathischen Art auch noch Ähnlichkeit mit meinem ehemaligen Lehrer in Politischer Bildung auf dem mehrsprachigen Gymnasium im Kloster Neuzelle, den ich sowieso nie leiden konnte. Er wollte insbesondere die polnischen Schüler immer von den Vorzügen des deutschen Staatswesens überzeugen. Obwohl mein Vater Deutscher war und ich bei ihm wohnte, zählte er mich zu den Polen, weil meine Eltern damals schon geschieden waren und er um meine in Polen lebende Mutter wusste. Er war auch einer der Menschen, die mich nach dem Abitur dazu bewogen, in die polnische Armee zu gehen, statt in Deutschland zu studieren. Wir hassten uns bis zum letzten Schultag und selbst bei Klassentreffen, zu denen wir versehentlich oder absichtlich alte Lehrer einluden, schaute er mir nicht in die Augen. Ich konnte nur hoffen, dass sich das Problem mit der Zeit biologisch lösen würde. Und all dies nur, weil ich ihm meine Meinung gesagt hatte: Die Deutschen wären gar nicht so freiheitsliebend, wie er versuchte, es uns glauben zu machen. Vielmehr hatten wir es in unserer Geschichte überhaupt nicht mitbekommen oder wollten es nicht wahrhaben, wenn wir unterdrückt wurden. Und auch heute würden sie Adolf Hitler zum Reichskanzler wählen, wenn es ihnen wirtschaftlich schlecht ginge und er einen Weg aus der Armut versprechen würde. Bei unserem Disput kam er mir mit seiner roten Glatze und seiner feuchten Aussprache so nahe, dass ich lange einen Albtraum mit einer übergroßen Bowlingkugel hatte, die sich über mir aus den Löchern übergab.

»Ich verstehe«, behauptete diese Kopie meines alten Lehrers zumindest. »Alles billig abgreifen und wir müssen schuften.«

Diese dreiste Bowlingkugel hier hatte ihr Fett noch nicht weg. »Die Werkstatt, die ich meine, liest auch nicht den Code aus deinem Fahrzeugschlüssel und steckt keinen schnell gefertigten Zweitschlüssel hinter das Spiegelglas eines der Außenspiegel, damit es der Dieb dann in Deutschland leichter hat.«

Jetzt kamen seine Synapsen wohl langsam in Schwung. »So was gibt es? Hier ist wohl alles möglich.« Dann grinste er selbstgefällig. »Polen … das Land der unbegrenzten Möglichkeiten.«

»Aber klar doch. Das polnische Handwerk ist nicht zu verachten.«

»Ich hab eine Mobil-Garantie für mein Auto. Da brauche ich niemanden, der hier versucht, an meinem Wagen herumzuschrauben.«

»Scheint aber nicht geholfen zu haben«, meinte ich lächelnd mit Blick auf das liegengebliebene Auto.

»Die garantieren, dass ich sofort weiterkomme. Habe schon angerufen. Die schicken mir gleich ein Abschleppfahrzeug und dann kann ich einen Werkstattwagen haben. Alles deutsch, versteht sich.«

»So viel Aufmerksamkeit hätten die vielleicht besser in die letzte Durchsicht stecken sollen.«

»Sie sind ziemlich dreist. So einen wie Sie hatte ich vor Jahren als Schüler. Der ist sicher im Gefängnis gelandet. Immer nur auf Widerspruch aus und richtiger Arbeit aus dem Weg gehen.«

Ach du Scheiße. Der war es wirklich. Hatte er mich erkannt? Der war ganz schön alt geworden, aber nicht klüger. Der brauchte noch eine Lektion. »Na dann, viel Glück und pass auf! Wenn es dunkel wird, kommen die Straßenräuber. Dann setzt du dich besser ins Auto und verschließt es. Der Polizeinotruf ist hier neun, neun, sieben und nicht eins, eins, null. Aber die verstehen kein Deutsch.« Als ich losfuhr, sah ich im Spiegel, wie sich die Bowlingkugel hektisch in alle Richtungen umschaute und in ihr Auto flüchtete.

Beim Grenzübergang Kystrin-Kietz verließ ich Polen und fuhr in Richtung Neu-Sophienhof, eines der beschaulichen Dörfer im Oderbruch. Heribert Karotner hatte recht gehabt, das war damals eine außerordentliche Leistung, dieses unter dem Wasserspiegel der Oder liegende Land trockenzulegen. Die alten Sümpfe wurden fruchtbares Land in der sonst so sandigen Mark Brandenburg. Den heutzutage weitab von hier regierenden Politikern wäre es wohl das eine oder andere Mal recht gewesen, wenn das hier alles abgesoffen wäre. Deren Problem war wohl nur, dass hier noch zu viele Wähler wohnten. Sicher würden sie bei jedem Hochwasser heucheln, dass sie das Schicksal der hier Lebenden ganz fürchterlich fänden. Es seien aber mutige Menschen, mit deren Hilfe das Wasser bezwungen werden könnte. Ich fand, ich konnte das ganz gut. Warum auch nicht? Politiker hatten sehr viel Ähnlichkeit mit Privatdetektiven: Wir mussten auch häufig lügen, um bestimmte Informationen zu bekommen, um letztlich an unser Ziel zu gelangen. Vorerst hatte ich bald mein Ziel erreicht. Das letzte Schild am Dorfausgang wies mir, dass es bis Neu-Sophienhof noch drei Kilometer seien. Heribert hatte mir erklärt, dass mit der Urbarmachung die neu entstandenen Dörfer häufig einfach den Zusatz »Neu« bekamen und die Dörfer ohne diesen Zusatz dann häufig nicht weitab lagen. Diese existierten aber schon vor der Urbarmachung. Ich wusste, dass ich jetzt unter dem Wasserspiegel der Oder fuhr und mich im tiefsten Oderbruch befand, einer ausgesprochen reizvollen Gegend, für deutsche Verhältnisse jedenfalls.

Vor einem Gehöft dachte ich zuerst, dass hier welche ausgebrochen seien: Eine Frau und ein Mann liefen und bewegten dabei die Arme so, als ob sie flögen. Ich bremste ab, damit ich nicht noch einen dieser Vögel überführe, was auch vorausschauend war, da ein kleines blondes Mädchen hinterhergeflogen kam und rief: »Ich bin der Storch, ich bin der Storch … Komm, Mami! Wir brüten.« Das erklärte natürlich alles. Seltsame Gegend. Ich fuhr weiter.

Heribert Karotners altes Gehöft erinnerte mich an alte Höfe, wie ich sie auch aus der Uckermark, dem Barnim und anderen Gegenden der Mark kannte. Als ich von meiner Maschine abstieg, kam mir freudig bellend ein Dackel entgegen, bevor ich den Alten erblickte, der sich augenscheinlich darüber freute, mich zu sehen. »Jonathan, aus! … Hätte nicht gedacht, dass ich Sie noch einmal wiedersehe«, begrüßte er mich mit einem Lächeln auf seinem sonnengegerbten Gesicht. »Ehrlich gesagt … Als ich bei Ihnen raus war, hatte ich den Eindruck, Sie wollten mich bloß loswerden … Natürlich auf die höfliche Art. Sie würden sich die Sache durch den Kopf gehen lassen und so.«

Wo er recht hatte, hatte er recht. Ich kraulte Jonathan und entgegnete: »So kann man sich eben täuschen.«

Jonathan war von mir angetan. Der Rüde stellte sich auf die Hinterbeine und wollte sich an meiner Wade reiben, als der Alte ihn zurückpfiff. »Jockel, aus!«

»Ich denke Jonathan.«

»Ja, und Jockel. So rufen wir ihn manchmal … Passiert mir in meinem Alter nicht mehr oft.«

»Bitte?«

»Dass ich mich täusche. Wissen Sie, ich bin von den Menschen in meinem Leben so oft enttäuscht worden. Zum Glück nicht von den mir Nahestehenden. Mit meiner Familie und auch hier meinen Nachbarn verstehe ich mich ausgezeichnet. Ich weiß, dass ich ihnen allen ein wenig auf die Nerven falle, wenn ich mit ihnen schwatzen möchte. Aber das dürfte das Vorrecht des Alters doch hergeben.«

»Vorrecht des Alters … Hört sich gut an«, bestätigte ich. »Meinen Sie, dass es so etwas in unserer Zeit noch gibt?«

»Sie können ja jede Illusion zerstören, Herr Rübel.«

»Auch ich habe so meine Erfahrungen mit den Menschen.«

»Aber kommen Sie erst einmal ins Haus. Ich stelle Ihnen meine Frau vor.« Und schon schrie er, wie ein Mann in seinem Alter noch schreien konnte: »Griiisellldaaa!«

»Warum schreist du so?«, ertönte eine warme, weiche Stimme direkt hinter dem Alten, der von der Nähe erschrak.

»Schleich dich doch nicht immer so an. Das ist Herr …«

»Rübel, ich weiß«, ergänzte Griselda und reichte mir ihre runzelige Hand. Sie nahm meine rechte Hand in ihre linke, sodass meine Handinnenfläche nach oben zeigte, und las: »Sie sind ein gütiger Mensch. Ein wenig hin- und hergerissen. Mit Geld können Sie nicht so recht umgehen. Alles in allem … sehr sympathisch.« Dann erschrak sie, kommentierte das mit einem halblaut herausgeschrienen »Nein!«, und ließ meine Hand fahren.

»Griselda, lass das«, bat der Alte. »Du erschreckst unseren Gast.« Dann zeitigte sich seine Neugierde. »Was hast du in seinen Linien gelesen?«

Ich ermunterte sie: »Und?«

»Sie sind nicht verheiratet.«

»Und das hast du aus seinen Handlinien gelesen?«, war Heribert erstaunt.

»Er trägt keinen Ring.«

»Hm«, ließ Heribert das gelten. »Und was ist daran so schlimm?«

»Na ja, ein Mann in seinem Alter. Da gehört doch eine Frau dazu, eine Familie und …«

»Ich würde mal sagen, das ist Herrn Rübels Angelegenheit«, unterbrach er seine Frau.

»Sie hören sich an wie meine Mutter.« Ich war mir sicher, dass sie in meiner Hand etwas gelesen hatte, was sie mir einfach nicht mitzuteilen beabsichtigte. Bei jedem Single aufschreien, da würde sie doch heutzutage nur noch quietschend durch die Straßen ziehen. Etwas anderes musste ihre Aufmerksamkeit geweckt haben. Nicht, dass ich an solchen Humbug glaubte, aber interessiert hätte es mich schon. Hätte ich dem Geschehen mehr Aufmerksamkeit gewidmet, wäre mir vielleicht einiges erspart geblieben.

Sie ging wortlos ins Haus. Schien ganz schön schrullig zu sein, die alte Dame. Aber wie hatte Heribert gerade gesagt: Das ist das Vorrecht des Alters.

Ich schaute mich um. »Schön haben Sie's hier.«

Jonathan saß derweil zwischen uns, schaute uns von unten an und folgte mit dem Kopf den Stimmen, so, als ob er uns verstehen könnte.

»Am Haus und auf dem Hof müsste einiges gemacht werden. Der Jüngste bin ich halt auch nicht mehr.«

Die Storchenfrau kam vorbei, diesmal nicht geflogen und ohne Storchenmann und Junges. Heribert stellte uns einander vor und ich erfuhr, dass die Storchenfrau eine Frau Behrend war, deren Mann quasi ein Kollege von mir sei; er arbeitete bei der Kriminalpolizei.

»Wir kennen uns schon«, gab ich an.

Frau Behrend konnte das nicht einordnen. »Woher?«

»Eben, als ich bei Ihnen am Gehöft vorbeifuhr, sind Sie gerade ausgeflogen.«

Sie lächelte charmant. »Ja, da haben wir mit Saskia Storch gespielt.« Sie erkundigte sich bei dem Alten nach ihrem Pferd, das bei ihm auf der Koppel stand. Dann verabschiedete sie sich und ging in eine Richtung hinter das Haus, in der ich die Koppel vermutete.

Griselda kam wieder, mit einem kleinen Leinenbeutel in der Hand, und reichte ihn mir. »Bitte nehmen Sie ihn und binden ihn um Ihren rechten Arm oder tragen Sie ihn um den Hals.«

Mich interessierte der Inhalt des Beutels. »Was ist darin?«

»Sie würden es mir sowieso nicht glauben. Es soll Sie schützen.«

»Danke. Aber da habe ich keinen Bedarf. Meine Großmutter mütterlicherseits betet täglich drei Rosenkränze für mein Heil.«

Sie blieb hart: »Nehmen Sie! Darin ist ein Amulett. Es wird Sie vor ernsthaften Verletzungen bewahren.«

Heribert sah sich genötigt, seiner Griselda ein »Mach Herrn Rübel keine Angst« hinzuwerfen.

»Ihm kann man nicht so schnell Angst machen. Das liegt auch nicht in meiner Absicht. Ich möchte ihn nur schützen und ich glaube, das weiß er auch.«

Ich wollte die Alte nicht beleidigen, nahm das Teil und steckte es in die Jacke. Zu Hause würde ich es in die Tonne werfen und erledigt wäre der Fall.

»Nicht in die Jacke«, mahnte sie. »Da kann es nur das Schlimmste verhindern.«

»Ich mach das dann schon. Rechter Arm oder Hals, stimmt's?«

Sie nickte und mahnte: »Vergiss es nicht, Junge.« Alte Menschen sind manchmal ganz schön gruselig.

»Mutter!«, mahnte Heribert, »jetzt lass ihn endlich in Ruhe.«

Mir lag so ein lockerer Spruch dergestalt auf den Lippen, ob sie nicht die Täter mittels ihrer Glaskugel ermitteln wolle, als sie wieder bedächtig formulierte: »Dorint war es. Der Geschäftsführer der Agrargesellschaft. Der macht das nicht selbst. Dafür findet der immer wieder Dumme.«

»Was sprichst du jetzt schon wieder für wirres Zeug?«, rügte der Alte.

»Herr Rübel und ich wissen schon, was die Bemerkung sollte«, erklärte sie bedeutungsvoll.

»Keine Kunst«, blaffte der Alte. »Meine Vermutung habe ich ihm auch schon beim ersten Gespräch mitgeteilt.«

»Ich weiß.« Griselda ging mit traurigem Blick kopfschüttelnd auf und ab und brubbelte: »Wenn ihr euch nicht kümmert. Wenigstens eine kleine Erkältung für Dorint. Nichts Schlimmes. Keinen bösen Gedanken zulassen, für den ich mich später schämen müsste. Dahin bekommt er mich nicht. Böse Menschen sähen böse Gedanken. Eine Erkältung im Sommer werde ich ihm anhexen, wird sehen, was er davon hat, meinen Mann herauszufordern.«

Ich plauderte noch ein wenig mit dem Alten, der mir viel über seine Familiengeschichte und den Bruch erzählte, welchen er »das Bruch« nannte. Er beschrieb mir den Weg zu seinem Land und zum Firmensitz der Agrargesellschaft. Während des Gesprächs erfuhr ich einiges über seine Trinkgewohnheiten: zum Mittag ein Bier, zum Abendbrot ein Gläschen eher süßlichen Weins und am Abend ab und zu ein Schnäpschen.

Mit den Worten »Kommen Sie mal mit« ging er voran. Als Jonathan erkannte, wohin mich der Alte lockte, drehte er ab. Mir war klar, dass es nun nichts Selbstgeschlachtetes geben würde. Als er das Scheunentor öffnete, roch ich es; es würde Selbstgebranntes geben.

»Mögen Sie ein Schlückchen?«

Ich mochte es, wie der Alte sich auszudrücken pflegte, und einem Schluck Selbstgebranntem stand ich auch nicht abgeneigt gegenüber. »Gerne. Schließlich muss man dem Leben immer ein Glas voraus sein.«

Heribert wollte anschließend nicht mit aufs Motorrad; ich hielt ihm sein Alter und den Umstand zugute, dass er um die Wirkung seines Schnapses wusste. So fuhr ich zu seinem Stück Land, welches ich seiner Beschreibung folgend gut fand. Meine alte Java musste ich schon entfernt vom Ackerrain stehen lassen, weil ich in dem Sumpf sonst stecken geblieben wäre. Ich zog meine Schuhe aus, legte die Strümpfe über die Sitzbank des Motorrades und krempelte die Hosen so weit hoch, wie es nur ging. Als ich in Richtung Biberdamm stapfte, versank ich so tief, dass die weit über die Knie liegenden Hosenenden schwarz vom Morast wurden; ich fluchte. Den gleichen Weg musste kurze Zeit vor mir ein anderer gestiefelt sein: Es waren am Boden tellergroße Pfützen im Schlamm zu sehen. Schon von Weitem sah ich, dass eine Biberburg unter Zuhilfenahme von noch herumliegenden Stangen völlig auseinandergenommen worden war, wenn diese Stangen nicht von den Bibern selbst hierhergeschleppt worden waren. Da hatte einer seine vernichtende Arbeit mit Gründlichkeit verrichtet. Die Holzteile lagen überall zerstreut herum. Da, wo vor Kurzem noch Wasser angestaut war, war nun nur noch Morast. Wut stieg in mir hoch; Heriberts Selbstgebrannter würde seinen Teil dazu beigetragen haben.

Der Weg zur Agrargesellschaft war gut ausgeschildert. Vom Parkplatz her sah ich einen langen blonden Mann, der in einem Arbeitsanzug auf dem Hof stand und barfuß seine Gummistiefel mit einem Wasserschlauch spülte. Er stand vor einem der beschaulichen Holzschuppen. Da noch ein Herzchen hineingesägt, und es würde wie ein Doppelplumpsklo aussehen. Er war hier wohl einer der Männer fürs Grobe. Daneben stand ein auf modern gemachtes Bürogebäude aus Beton und Glas, das überhaupt nicht hierher passte. Nicht, dass es an sich hässlich wäre, aber in das sonstige Bioambiente der Liegenschaft fügte es sich einfach nicht ein; die Petterson-und-Findus-Idylle mit Holzhäusern, Schuppen und Wäldchen wurde brutal zerstört.

Meiner Intuition folgend, ging ich auf den Mann zu und beschimpfte ihn. »Trottel! Hast die Arbeit nur halb gemacht.«

Der Typ schaute mich verdutzt an. Seine Eloquenz bis zum Äußersten strapazierend, fragte er: »Hä?«

»Der Chef hat mich zu den Bibern geschickt. Nachschauen, ob du die Arbeit ordentlich gemacht hast.« Zum Beweis zeigte ich auf meine Modderhose.

»Hab alles kaputt gemacht … kleingehaun. Hab mich sogar verletzt.« Er zeigte mir seinen rechten Arm, an dem am inneren Unterarm eine ordentliche Wunde klaffte.

»Da würd ich aber was draufmachen.«

»Und was?«

»Na, Pisse natürlich.«

»Wat?«

»Hast schon richtig gehört. Haben sie im Krieg auch gemacht. Wirkt antiseptisch.«

»Du pisst mir nich auf 'm Arm!«, baute er sich vor mir auf.

»Nee, nee. Musste schon selber machen. Da hilft nur Eigenurin. Am besten ist Mittelstrahl … Ich geh dann mal zum Chef. Werd dich diesmal noch nicht verpetzen und sogar ein gutes Wort für dich einlegen.«

»Dan-ke«, kam es seiner Denkgeschwindigkeit entsprechend betont zweisilbig zurück.

»Nichts zu danken. Mach ich doch gern. Wie heißt du noch?«

»Achim.«

»Alles klar, Achim. Lass alle fünfe gerade sein.«

Ich hörte noch, wie er mir hinterherrief: »Wie meinste das mit Mittelstrahl?«

Ich ging mit meinen schlammbeschmierten Hosen ins Büro, wo mich eine gut aussehende Sekretärin mit dunklen Haaren, leicht rosa Wangen und etwas zu stark gezupften Augenbrauen mit fragendem Blick musterte.

»Ich bin vom Veterinäramt. War gerade in Ihren Kuhställen. Da steht die Jauche kniehoch«, begrüßte ich sie mit erklärender Geste zu meiner Hose.

»Wenn Sie vom Veterinäramt sind, dann ist das hier eine Beautyfarm. Die vom Amt fahren keine alten Motorräder.«

»Sie sind ja ganz pfiffig ... und haben schöne Augen ... Ich meine gute Augen. Schöne Augen natürlich auch«, stotterte ich.

»Na, mal hören, wie Sie aus dieser Nummer wieder rauskommen«, lächelte sie.

»Die Nummer mit den Augen? Ganz einfach. Sie können sehr gut sehen, von hier bis zum Parkplatz. Und hübsche Augen haben Sie wirklich«, hielt ich eine gewisse Reihenfolge der Erklärung ein, um nicht anzüglich zu wirken. Selbst war ich mir nicht sicher, ob ich ihr nur schmeicheln wollte, um zu ihrem Chef vorgelassen zu werden, oder ich das sagte, weil sie mir wirklich gefiel. »Das mit dem Veterinäramt habe ich mir nur einfallen lassen, um schnell zum Chef vorgelassen zu werden«, versuchte ich es mit der Wahrheit und log gleich wieder: »Im Ernst: Ich bin wegen der Erntehelfer hier.«

»Erntehelfer?«, fragte sie, die auf den ersten Blick einen aufgeweckten Eindruck gemacht hatte.

»Ja. Polnische Erntehelfer. Sagen Sie nur, dass Sie keine brauchen«, flocht ich einen polnischen Akzent ein.

»Ja schon. Aber das ist doch schon alles in Sack und Tüten.«

»Aber ich bin freier Vermittler und kann Ihnen wirklich günstige Angebote unterbreiten.«

»Ich nehm Ihnen das nicht ab. Die Zeiten sind vorbei, dass uns die Leute angepriesen wurden. Aber vielleicht reicht die Ausrede, um zum Chef vorgelassen zu werden.«

Polnische Erntehelfer und günstige Angebote waren für Dorint tatsächlich die Schlüsselworte. Hier öffnete mir mein polnischer Akzent mal Türen.

Als ich vor der Tür stand und mein »Sesam öffne dich«

trällerte, schaute ich zu ihr rüber. Sie lächelte offensichtlich nur über den Witz, die arabisch-erotische Märchendeutung hingegen, dass damit der Körper der Frau gemeint war, war ihr leider nicht geläufig. Vielleicht war es bei dieser selbstbewussten und energischen Frau für mich auch besser so. Möglicherweise hätte sie auch nur laut gelacht; schließlich stand ich vor der Tür ihres Chefs.

Kaum war ich im Zimmer, griff ich mir den links vor mir stehenden, im langweiligen Bürograu gehaltenen geschlossenen schmalen Schrank und warf ihn zu Boden. Zum Glück war er nicht in der Wand verankert, sonst hätte ich da Klimmzüge dran machen können. So aber krachte er einem spontan gefassten Plan folgend zu Boden.

»Spinnen Sie?«, regte sich Dorint auf, um mich dann beleidigen zu wollen: »So räumen Sie wohl in Polen immer auf. Verschwinden Sie mit Ihren Erntehelfern.«

»Was denken Sie sich, wie sich die Biber fühlen, wenn Sie deren Burgen zerstören?«

»Was für Burgen?«, fragte er scheinheilig. »Und was interessiert Sie das?«

Ich ließ den nächsten Schrank krachen. Es war ein genauso hässlicher Schrank: grauer Bücherschrank mit Unterbau. Das Bücherteil kippte nach vorne und all die Fachbücher, Zeitschriften und Ordner fielen dem Kerl vor die Füße. »In einer ähnlichen Weise zerstört Ihr Hoftrottel Achim die Biberburgen. Jetzt spüren Sie, wie sich das anfühlt.«

Der ging nun auf mich los. »Der Rächer der Biber, was?«

Ich musste mich beherrschen. Hatte schon ausgeholt, um ihn mit einer blitzartigen rechten Geraden zu überraschen. Dann stieß ich ihn einfach mit beiden Armen kräftig zurück und er landete auf dem Boden.

Mit einem fiesen Lächeln meinte er: »Ein militanter Tierfreund, oder was?« Er stemmte sich gleich wieder hoch.

Die Sekretärin stürzte ins Zimmer, blickte erschüttert in die Runde und fragte mich: »Was soll das denn?«, bevor sie sich an ihren Chef wandte: »Soll ich die Polizei rufen?«

»Nur los«, gab ich ruhig zurück. »Die freuen sich, wenn sie endlich den Zerstörer der Biberdämme haben. Achim draußen hat schon gestanden.«

»Geh raus, Eileen!«, hatte sich Dorint die Konsequenz schnell ausgemalt. Verbrecher, auf ihre Tat angesprochen, leugneten zumeist, auch wenn sie schon bei den ersten Worten erfassten, worum es sich handelte. Er behauptete mutig: »Das hier bekomme ich schon in den Griff.«

Eileen tat, wie ihr geheißen, konnte sich aber ein »So sieht das auch aus« im Herausgehen nicht verkneifen.

Ich sprach ihn mit Namen an: »Herr Dorint. Wenn Sie noch einmal eine Biberburg auf dem Land von Herrn Karotner zerstören lassen oder dem Alten etwas antun, dann bekommen Sie richtig Ärger mit mir.«

»Sie können jetzt hier rumrandalieren. Ihren Auftraggeber immer schützen, das können Sie nicht«, provozierte er mich großspurig.

»Wenn Sie es auf die sanfte Tour nicht verstehen …«, ging ich auf ihn zu. »Sie irren, wenn Sie annehmen, dass mich Herr Karotner hiermit beauftragt hat. Dazu ist der Alte zu gutmütig. So etwas nehme ich in die eigene Hand. Meine Auftraggeber haben Interesse an dem Land, von dem Sie künftig die Finger lassen«, schaffte ich es, ihn zu verunsichern.

»Sie müssen nicht glauben, dass ich mich von jedem dahergelaufenen Polacken einschüchtern lasse.« Irgendwie schloss er in seiner Einfalt von meiner Legende bezüglich der Erntehelfer auf meine Nationalität. »Was glauben Sie, weshalb ich hier im Business bestehe, hä? Sicher nicht, weil ich mich gleich nass mache, wenn hier irgendein Penner reinschneit.«

Nun stand ich dicht vor ihm und wusste genau, was ich zu

tun hatte. Meine Rechte flog seitlich auf sein linkes Auge. Ich spürte förmlich, wie ein paar Äderchen platzten, und wusste, wie er in einigen Stunden aussehen würde. Das andere Auge ließ ich unbedacht; er sollte schließlich nicht wie ein Panda herumlaufen. Er hatte noch den Ansatz einer Ausweichbewegung vollziehen können, die aber viel zu langsam war. Der hatte ein Reaktionsvermögen wie ein Kachelofen. Nun hielt er sich das Auge und jammerte.

»Damit Sie wissen, was Ihr Trottel mit dem Biberbau gemacht hat …« Ich stellte mich fest vor seinen Schreibtisch, stemmte ihn hoch und ließ ihn mit den herausfallenden Schubladen, Stiften, Papieren und Gerätschaften zur Seite fallen.

Ich blickte mich zufrieden um, hielt mein Werk für vollendet und wollte gerade das Büro verlassen, als plötzlich die Tür aufflog und Achim im Rahmen stand. So schwerfällig, wie er sich oberhalb der Schulter gab, war er mit seinen Bewegungen nicht. Er packte mich mit seinem verletzten rechten Arm schraubstockartig am Kragen. Ich vollführte blitzschnell mit meinem linken Arm eine Kreisbewegung von unten nach innen zur Körpermitte, weiter nach oben und dann nach außen und unten, hatte seinen rechten Arm dabei genauso schnell im Hebel, wie er mich gegriffen hatte, und riss meinen Arm wieder nach oben, wobei ich alle Armmuskeln anspannte und meinen Körper nach hinten bewegte, bis ich bei Achim ein Knirschen und kurz darauf einen Schrei vernahm.

»Hättest besser draufpissen sollen, als dich hier einmischen.«

Achim glotzte unter lautem Stöhnen wie ein Ochse.

»Jetzt hilft das mit dem Bepinkeln auch nicht mehr. Rühr dir lieber einen Eimer Gips an. Ellenbogengelenk, tipp ich mal.«

Im Befehlston herrschte Dorint seine Sekretärin einige Augenblicke später an: »Eileen, finden Sie raus, wer das war.«

»Und wie? Soll ich googeln, in eine Kristallkugel schauen oder was?«

In einer Mischung aus Verzweiflung und Unbeherrschtheit blaffte er sie an: »Sie wissen doch sonst immer alles besser. Machen Sie sich nützlich, sonst ist das hier Ihr letzter Job in der Gegend gewesen. Dafür werde ich persönlich sorgen.« Beim Verlassen des Sekretariats gab er ihr noch auf: »Sorgen Sie dafür, dass mein Zimmer wieder aufgeräumt wird. Ich fahr jetzt rüber ins Restaurant und schau dort nach dem Rechten.«

Als er raus war, äffte sie ihn laut nach: »Bekommen Sie raus, wer das war! Räumen Sie mein Zimmer auf! Ich fülle mir meine hohle Rübe jetzt mit Wein.«

Kurz darauf kam Dorint wieder; offensichtlich hatte er nichts von dem gehört, was Eileen ihm hinterhergeworfen hatte, oder gab dies nur vor. »Beauftragen Sie den Privatdetektiv in Frankfurt mit der Ermittlung nach diesem Burschen. Ich habe gerade gesehen, dass der Typ mit einem Motorrad mit Frankfurter Kennzeichen davongefahren ist.« Er hielt ihr ein Zettelchen mit dem Kennzeichen vor die Nase.

Sie schnappte ihm mit einer schnellen Bewegung seinen Zettel weg. »Ich wollte da gerade anrufen«, gab Eileen vor. »Ich hatte mir das Kennzeichen ebenfalls notiert.« Nun wedelte sie ihrerseits ihrem Chef ein Notizblättchen vor der Nase herum. Er war von der Situation so perplex, dass er nicht auf die Idee kam, dass auf dem Zettel nur die Artikel standen, die sie nach der Arbeit im Lebensmittelmarkt in Letschin zu kaufen gedachte. »Ihr Auge, was ist da passiert?«

»Nichts weiter. Das wird der Kerl bereuen, das schwöre ich.«

Schon war Eileen am Hörer. »Herr Petruschke, hier Frau Gerlach von der Agrargesellschaft bei Neu-Sophienhof. Wir haben da einen neuen Auftrag für Sie ... Ja, dieselbe Bezahlung wie bisher ...«, sie schaute fragend zum Chef, der nickte. »Eine Halterermittlung zu folgendem Motorradkennzeichen ... Ja, das glaube ich Ihnen gerne, dass das eine ganz schwere Ermittlung wird ... Keine Ahnung, ich kenne mich da nicht aus. Irgendetwas Rotes ... Und wenn Sie noch etwas zur Person herausbekämen, wäre das ganz toll ... Genau, wie immer sehr eilig.«

Dorint gebot ihr, ihm den Hörer zu geben. »Dorint hier ... Schon gut, das Geschwafel können Sie sich sparen. Sie haben den Auftrag. Und wenn Sie den erwischt haben, dann verpassen Sie ihm eine ordentliche Tracht Prügel, verstanden? Mit allem Drum und Dran ... Ob ich was habe? ... Na hören Sie mal, wenn ich die Adresse hätte, dann müsste ich Sie doch nicht beauftragen. Dann würde ich mir den Mistkerl sofort selber vorknöpfen.«

Auf Eileens Gesicht zeichnete sich ob des Realitätsverlustes ihres nun im wahrsten Sinne des Wortes blauäugigen Chefs ein mitleidiges Lächeln ab.

Ohne eine Antwort abzuwarten, reichte er Eileen Gerlach das Telefon zurück.

Sie drückte die Taste zur Beendigung des Gesprächs in der sicheren Überzeugung, dass der ihr trotz des Geschehens sympathische Besucher bei Petruschkes Arbeitseifer und Erfolg nicht sonderlich gefährdet war.

Auf der Rückfahrt glaubte ich meinen Augen nicht zu trauen. Hatte Dorint doch die Polizei informiert? Zwei massige Polizisten, die es nur durch ihre Anwesenheit schafften, die Straße in Richtung Lebus zu sperren. In Lebus gab es eine Anhöhe, von der aus man weit in das Odertal blicken konnte. Wie die Polizisten aussahen, so würden sie mit einer Verfolgung eines Täters so ihre Probleme bekommen. Und damit meinte ich nicht eine Verfolgung zu Fuß, sondern den Weg von der Straße zu ihrem an der Seite geparkten schmucken, in Blau-Silber gehaltenen Fahrzeug.

Einer der beiden schwenkte schwungvoll die Kelle und bedeutete mir, an die Seite zu fahren. »Guten Tag, Polizeiobermeister Schulze.«

Weshalb musste ich jetzt an Schulze und Schultze aus dem Comic »Tim und Struppi« denken? Eine Frage nach dem Namen des anderen Polizisten wollte ich lieber nicht stellen. So bestimmt, wie die hier auftraten, war es cleverer, den nicht Deutsch sprechenden Polen zu mimen.

»Machen Sie mal das Motorrad aus! Ihren Führerschein, die Zulassung und den Personalausweis!«, forderte Schulze energisch, während der andere um mein Motorrad rollte. Ich zeigte meinen polnischen Personalausweis vor, der die Polizisten zwang, genauer auf die in Deutschland zugelassene Maschine zu schauen. Schulze versuchte, seinem Kollegen etwas zuzuflüstern, der das aber nicht verstand. Der andere zuckte mit den Schultern; eine Geste, die er in seinem Leben hinlänglich geübt hatte. Etwas lauter, sodass ich es nun auch hören konnte, was ich wohl nicht sollte, sagte Schulze: »Pole.«

Ich versuchte mein Glück mit »Niestety, nie mówię po niemiecku« und schaltete meine Java aus, da sie offensichtlich eine normale Verkehrskontrolle machten und nicht zielgerichtet hinter mir her waren. Die Jungs wollten nur ihren schweren Arbeitstag rumkriegen. Wurden wohl noch keine Rüben geklaut heute. Den beiden fiel nicht auf, dass ich die Aufforderung zum Ausschalten des Motors verstanden hatte.

»Auch das noch!«, empörte sich Schulze laut, »hier in Deutschland fahren, aber kein Wort Deutsch sprechen.« Er zog Fahrzeugpapiere aus seiner Brusttasche, hielt sie mir dicht vor mein Gesicht und brüllte: »Papiere, klar?«

»Ach, dokumenty pojazdu.« Ich holte meine Fahrzeugpapiere hervor und übergab sie dem Dicken. Dem Dicken, der vor mir stand.

Der kommentierte auch gleich: »Gewaschen werden müsste das Ding auch mal wieder, hä«, und stieß mit seiner Schuhspitze an das Vorderrad.

Ich verspürte nicht schlecht Lust, ihm die meinige wohin zu stoßen, grinste ihn aber breit über mein Gesicht an, weil ich ja nichts verstand und von einer freundlichen Grundhaltung der deutschen Polizei gegenüber unbescholtenen polnischen Staatsbürgern ausgehen durfte.

Im Polizeifahrzeug kam ein Spruch über Funk. Der Dicke hinter mir setzte sich in Bewegung. Meine Einschätzung hinsichtlich der Verfolgungsgeschwindigkeit der beiden bestätigte sich. Der andere Polizist tat so, als ob er verstünde, was in meinen Papieren stand. Der im Wagen quälte sich aus demselben heraus und rief: »Krischan fährt wieder besoffen.«

»Was?«, brüllte mir Schulze ins Ohr.

»Christian Achlos sitzt volltrunken auf seinem Traktor und zieht Pissbögen auf seinem Acker«, rief der andere zurück.

»Auf öffentlicher Straße?«

»Nö. Aber ist so voll, dass er sich und andere gefährdet.«

»Verdammt noch mal, wir haben hier 'ne Diensthandlung vorzunehmen.« Schulze wog ab, was wohl wichtiger sei, und verkündete lauthals seinen Entschluss: »Wir machen erst mal hier weiter.«

Der aus dem Wagen kam wieder auf uns zu.

Schulze machte eine Bewegung, die mir bedeuten sollte, dass ich abzusteigen hätte. Da er viel Wert auf seine hier vollzogene Amtshandlung legte, kam ich dem auch zügig nach.

Das Handy des anderen klingelte auf dem weiten Weg zu uns.

Schulze kombinierte: »Wieder wegen Krischan?«

Der andere Polizist meldete sich: »Krause … Ja, kommen gleich.« Krause hob schwerfällig seinen Kopf in Richtung Schulze: »Nee, Marita hat die Schnitzel fertig.«

Wie nach einem Notruf gab mir Schulze sofort meine Papiere zurück und begab sich wort- und grußlos eilends zum Einsatzfahrzeug. Die beiden verschwanden mit quietschenden Reifen.

Auf dem Weg nach Norden kam mir ein gefährlich in Schlängellinien fahrender Traktor entgegen. Ich bog zügig rechts auf einen Feldweg ab und ließ ihn passieren. Beziehungen zur Polizei hatten noch niemandem geschadet.

7. KAPITEL:
WODKA TRINKT MAN PUR UND KALT

Kurz bevor Dorint bei Iwan dem Schrecklichen seinen Termin hatte, stand dieser mit dem zweiten Mann in seiner Organisation, mit Alexej, auf dem Balkon der Berliner Hotelsuite.

»Osip, den Polizeigeneral, sind wir los.«

»Gut gemacht«, lobte Iwan. »Bleibt das auch so?«

»Sicher können wir nicht sein. Er lebt noch. Bisher hat es aber immer geklappt, wenn wir jemanden nur mit genügend Schmutz beworfen haben. Es bleibt dann immer so viel kleben, dass sie für die Öffentlichkeit nicht mehr tragbar sind. Eine Vorgehensweise, die sich in Amerika und Europa bestens bewährt hat.«

»Russland ist was anderes.«

»Na klar. Aber hätten wir General Osip umgelegt, dann hätten wir uns wieder neue Feinde gemacht, und ihn zum Märtyrer. Die alten Zeiten sind langsam vorbei.« Alexej gefiel es, Blomov zu suggerieren, dass er zum alten Eisen gehörte.

»Die alten Methoden sind nicht die schlechtesten. Aber es hat ja auch so geklappt. Hätte gerne Osips Gesicht gesehen, als er aus dem Koma erwachte und vielleicht selbst daran glaubte, die hohen Verwaltungsbeamten im Suff verprügelt zu haben.« Blomov lachte. »Seine Handschrift wäre es jedenfalls.« Wie so häufig, wenn sie auch anders angereist waren, wurde Blomov vorsichtig und wünschte aus Gründen seiner Sicherheit, dass sein Flugzeug nach Berlin kommen solle. So sicherte sich der Alte immer eine schnelle Rückzugsmöglichkeit. Das Flugzeug war aber Bestandteil von Andrejs Plan. Er müsste es nur schaffen, den Alten allein darin zu verfrachten. Dann würde er

Moskau-Scheremetjewo, den Heimatflughafen von Blomovs Flugzeug, nie erreichen.

»Wie sehen Sie denn aus?«, fragte der in seiner Luxussuite residierende Russe wenige Augenblicke später abschätzig den deutschen Geschäftsführer wegen dessen verunstalteten Gesichts.

Dorints Schmerz wurde bei der Frage wieder wach; er musste sich ans Auge fassen und erwiderte wehleidig: »Das war der deutsche Schnüffler, von dem ich erzählt habe, Sven Rübel. Das hat jedenfalls mein Detektiv so ermittelt.«

»Sie lassen sich ja zurichten. So können Sie doch nicht herumlaufen. Wie aus der Gosse gezogen.«

»Der Termin mit Ihnen war mir zu wichtig, als dass ich ihn absagen wollte«, schmeichelte Dorint dem Russen. »Und den Schnüffler, den habe ich angezeigt.«

»Was haben Sie?«, platzte es aus Blomov raus. »Wie ein kleiner Junge gepetzt … ha, ha. So was nimmt man in die eigene Hand oder lässt es auf sich beruhen, wenn man nicht genug Mumm hat, aber dann verlieren die anderen den Respekt. Respekt ist das Wichtigste.«

»Bei uns ist das ein wenig zivilisierter, als Sie es gewohnt sein dürften«, wollte Dorint nach der Zurechtweisung den Russen provozieren. »Hier zeigt man jemanden an und verklagt ihn auf Schmerzensgeld und Schadensersatz.«

»Sie sind einfach nur dumm«, urteilte Blomov nicht ganz zu Unrecht. »Sie machen sich für Polizei und Staatsanwaltschaft doch erst interessant. Sie können doch gar nicht abschätzen, was die bei ihren Ermittlungen noch finden.« Blomov genoss den Gedanken, dass Dorint sich jetzt einnässen würde, wenn er an die Bildchen auf seinem Computer dachte. »Ich schau mal, was ich wegen der Sache unternehmen kann. Und Ihren Schmerzen im Gesicht wird es nach ein, zwei Wodka sicher auch besser gehen.«

»Wodka? Nein! Wollen Sie mich vergiften?«

»Sie sind lustig, Jorg, ha, ha, vergiften, mit Wodka. Das geht doch gar nicht. Das ist ein Wässerchen, das ist Medizin«, erklang die sonore Stimme aus dem fetten Leib.

»Jörg.«

»Was Sie wollen?«, tat Blomov, als ob ihm der deutsche Satzbau fremd wäre.

»Jörg, ich heiße Jörg.«

»Sage ich doch: Jorg. Sie trinken mit mir! Wer mit Iwan Sergejewitsch Blomov ein Geschäft macht, der muss auch mit ihm trinken«, bestimmte der Russe, bis auf den Namen seines Gegenübers nun in nahezu akzentfreiem Deutsch, und zu seinem Leibwächter gewandt ordnete er auf Russisch an: »Alexej, bring von dem guten Wodka. Den für die allerbesten Freunde.«

Der Leibwächter nickte und ging. Er hasste es, wenn sein Chef ihn wie einen Butler behandelte. Als er zurückkam, ließ es sich Blomov jedoch nicht nehmen, den Wodka mit der Bemerkung »Sto Gramm« selbst randvoll einzuschenken.

»Auf Ihre Gesundheit«, prostete er seinem künftigen Geschäftspartner zu und leerte das Glas in einem Zug.

Jörg Dorint entgegnete mit verschnupfter Stimme: »Auf Ihre Gesundheit! Wenn es denn hilft. Mich plagt seit Tagen eine Erkältung«. Er nippte an seinem Glas und stellte es ab.

Blomov schaute, als ob jemand einen schlechten Witz gemacht hätte, und forderte im Befehlston: »Trinken Sie aus!«

»Ich bin das nicht gewohnt, ich trinke sonst nur Wein«, wollte der Deutsche seinen neu gewonnenen Geschäftspartner besänftigen.

»Sie beleidigen mich. Kein Wodka, kein Geld. Sie trinken jetzt mit mir. Sonst gibt es keine Kopeke! Klar?«

Jörg wog sorgfältig ab: Ohne frisches Geld würde er seinen

Teilhaber nicht auszahlen können und nicht loswerden. Und nicht nur das; seine neuen Ideen würden nie umgesetzt und die veraltete Geschäftspolitik fortgesetzt. Einfach nur Land zukaufen und die Anbaufläche vergrößern. Das Unternehmen würde so über kurz oder lang den Bach runtergehen; eher über kurz. Er musste jetzt auf volles Risiko setzen. Das Unternehmen brauchte dringend frisches Geld. Da musste gleich selbst verarbeitet und vermarktet werden. Biozeug an kleinere Läden und Massenware für die großen Ketten. Im Restaurant musste mehr regionale Küche, und dies abwechslungsreicher als bisher angeboten werden. Übers Internet musste ebenfalls verkauft werden. Ach, was hatte er nicht noch alles für Ideen? Dafür mussten neue Leute eingestellt werden und Kapital her, und zwar ordentlich. Jörg fügte sich, auch auf die Gefahr einer Alkoholvergiftung, in sein Schicksal. Das Glas sah aus wie in einer Wodkareklame: Es war von der eisigen Flüssigkeit beschlagen. »So schlecht schmeckt der auch nicht«, redete er sich ein, führte das Glas an die Lippen und trank; trank das Glas in einem Zug.

»So ist das richtig«, bestätigte Blomov und goss das nächste Glas ein. »Das mit Ihrer Erkältung bekommen Sie auch mit Wodka in den Griff. Sie müssen einfach Wodka durch die Nase einsaugen. Tötet alle Bakterien und Viren ab. Ist ein altes russisches Hausmittelchen.«

Dorint wurde schon vom Hören dieser Kur übel; vielleicht war es auch nur die Wirkung der ersten einhundert Gramm Wodka. Er entschuldigte sich und wankte in eines der Bäder der Luxussuite des Berliner Adler-Hotels, um sich kräftig zu übergeben. Als er in den Spiegel guckte, dachte er sich: »Jörg, da musst du durch.« Er schaute sich sein Spiegelbild genauer an und so etwas wie ein seltsam melancholisches Gefühl überkam ihn in Erinnerung an seine Studienzeit. »Sieht aus wie frisch gekifft.«

Zurück im Zimmer, hörte er, wie Blomov ein russisches Volkslied anstimmte. Jörg musste sich schütteln. *Jetzt soll ich wohl noch mit diesem fiesen feisten Typen singen und dann Wodka durch die Nase ziehen?* Blomov tat so, als ob Jörg nie gegangen wäre, und Alexej war verschwunden. Blomov sang immer lauter.

»Und mit diesem alten Kerl, der mir seinen Acker nicht verkaufen will, da können Sie mir auch helfen?«

»Iwan der Schreckliche kann überall auf der Welt helfen. Sagen Sie mir, wohin Sie welche Waffen brauchen, welche Familie oder welcher Clan für alle Zeiten ausgelöscht werden soll, und es geschieht.«

Dorint protestierte. »Nein, bloß nicht, nicht töten. Wo denken Sie hin! Aber die Biber verscheuchen, damit der Alte Ärger bekommt.«

»Wie, jetzt soll ich mich noch an Tieren vergehen?«, spielte Blomov verärgert und provozierte Dorint abermals im Hinblick auf die Fotos, die Alexej auf dessen Computer gefunden hatte. »Waren das nicht die Tiere mit den großen Schwänzen? Solchen tue ich doch nichts.«

Auf die Anspielung mit den Tieren ging Dorint nicht weiter ein. Stattdessen blieb er bei beim Thema Karotner. »Dem Alten bloß mal richtig Bescheid stoßen, das wird wohl ausreichen. Und dem Privatschnüffler, dem können Sie auch einen Dämpfer verpassen.«

»Das übernehmen meine Männer. Die sind in so etwas geübt«, wurde über meine nahe Zukunft entschieden.

»Das glaube ich Ihnen ungesehen.«

»Aber kommen wir auf die Immobilie Ihrer Gesellschaft zurück.«

»Die kann ich Ihnen nicht einfach verkaufen. Dazu bräuchte ich meinen Partner, der ist Mitgesellschafter. Zwar Minderheitsgesellschafter, aber verkaufen müssen wir zusammen. Das darf ich nach meinem Vertrag auch als Geschäftsführer nicht einfach so.«

Blomov fasste laut zusammen: »Die Liegenschaft können Sie uns nicht ohne Ihren Mitgesellschafter verkaufen. Der Geschäftsanteil Ihres Partners ist aber vorerst nicht so sehr von Interesse, der ist Minderheitsgesellschafter. Auf diesem Weg würden Sie meine Vorhaben mit dem Objekt durchkreuzen können.«

»Ich bin unter anderen Prämissen hierhergekommen. Ich brauche Geld für meine Gesellschaft. Ein Darlehen für die Gesellschaft oder meinetwegen kaufen Sie als Geldgeber oder auch zur Sicherheit den Geschäftsanteil des Mitgesellschafters, damit Sie näher am Geschehen sind und mitbekommen, wie das Geld für die Gesellschaft verwendet wird. Aber meinen Anteil, den wollte ich eigentlich nicht verkaufen.«

»Was bedeutet eigentlich? Sie wollen verkaufen, nur der Preis sollte auch stimmen?«

»Nein, ich möchte nicht verkaufen.«

»Sie haben noch nie Geschäfte mit Russen gemacht, stimmt's?«

»Stimmt. Aber unabhängig davon werde ich meinen Teil nicht veräußern. Ich bin hier, um mit Ihnen über ein Darlehen zu sprechen. Meinetwegen auch über den Kauf eines kleinen Teils meines Geschäftsanteils. Aber ich werde nur in dem Maße verkaufen, dass ich weiterhin Mehrheitsgesellschafter bleibe und die Geschicke der Firma selbst entscheiden kann.«

»Da bleibt aber wenig Spielraum für Verhandlungen«, konstatierte Blomov.

»Wir können über die Höhe des Darlehens, weitere Sicherheiten oder eine Kaufoption bezüglich des Grundstücks sprechen. Nicht aber über meine Stellung als Mehrheitsgesellschafter.«

»Eben nicht«, erklärte Blomov, als ob er die Sache damit

auf sich beruhen lassen wollte, und wechselte das Thema: »Kommen Sie, singen Sie mit!«

Wie ich befürchtet habe, dachte Dorint bei sich: »Ich bin ein schlechter Sänger. Und ich kenne den Text nicht. Ich verstehe kein Russisch.«

»Was können Sie überhaupt? Sie können nicht trinken, Sie können nicht singen. In Russland sagen wir, dass man sich vor solchen Menschen in Acht nehmen muss.«

»So ein Sprichwort gibt es hier auch: Wo man singt, da lass dich nieder. Schlechte Menschen kennen keine Lieder.«

»Na also. Dann singen wir. Aber erst einmal: Auf unsere Begegnung!«

Der Inhalt des zweiten Glases wollte zu Jörgs Erstaunen nicht sofort wieder in die Richtung, aus der er gekommen war. Er kam sogar in beschwingte Stimmung und summte zu Blomovs Gesang, der immer lauter wurde, mit.

Blomovs Singsang verebbte allmählich. »Haben Sie als Kind mit Tieren gespielt?«

»Wir hatten einen Hund, ja.«

»Nein, so meine ich das nicht«, stellte Iwan Blomov klar. »Ich habe für die Hühner meines Großvaters immer Maikäfer gesammelt. Die Hühner fraßen sie wie verrückt.«

»Wirklich?«, staunte Jörg. »Aber wie wollen Sie denn Maikäfer sammeln? Da können Sie doch nicht einfach im Garten rumgehen und sie abpflücken.«

»Doch, so ähnlich funktioniert das. Sie müssen einfach am Tage gegen die Bäume treten, in denen die Käfer schlafen. Die purzeln dann runter und Sie können sie einfach aufsammeln. Ich hab manchmal die Käfer an einem Bein festgebunden und sie fliegen lassen. Wenn ein Vogel kam, hab ich sie schnell zurückgezogen oder er hat sie bekommen, ganz wie ich es wollte. Manchmal ist auch das Bein ausgerissen und sie sind davongeflogen.«

»Dann wäre es wohl für die Käfer besser gewesen, wenn sie von den Hühnern gefressen worden wären … Wenn ich es recht bedenke, habe ich in meiner Kindheit etwas Ähnliches gemacht.«

Iwans Gesicht wurde gespannt. »Lassen Sie hören.«

»Ich habe im Garten Regenwürmer ausgebuddelt und sie an einem Bindfaden festgebunden, sodass sie nicht in die Erde zurückkonnten. Irgendwann habe ich sie dann natürlich freigelassen.«

»Das ist bezeichnend«, stellte Iwan fest. »Ich habe mich mit fliegenden Käfern beschäftigt und Sie mit Würmern. Nehmen Sie sich da mal einen Stift vom Schreibtisch und zeigen Sie mir mal, wie Sie unterschreiben.«

Jörg wurde misstrauisch. »Was wollen Sie damit?«

»Nur so. Ich will Ihnen zeigen, dass das, was Sie hier machen, dass Sie als Bittsteller für ein paar Euros kommen, dass Sie nur mit Würmern gespielt haben, dass all das in Ihrer Unterschrift erkennbar ist.«

Jörg unterschrieb mit einem Adler-Kugelschreiber auf Adler-Briefpapier, gab es Blomov mit der Forderung »Das bekomme ich aber gleich wieder« und fragte interessiert: »Was können Sie nun sehen? Oder wollen Sie lieber Kaffeesatz lesen?«

»Wie ich es gedacht habe«, fühlte Blomov sich beim Betrachten der Unterschrift in seiner Theorie bestätigt. »Selbst bei einem ›T‹ am Ende schaffen Sie es, den Strich am Ende nach unten zu ziehen. Sie sind doch kein Macher. Alles, was Sie anpacken, ist nach unten gerichtet, wie Ihre Würmer, und zum Untergang verurteilt. Schauen Sie, so unterzeichne ich«, Blomov unterzeichnete neben Dorint. »Am Ende nach oben gerichtet. Hier erkennen Sie den Sieger. Was ich anpacke, das wird Erfolg haben.«

Jörg Dorint erkannte am Ende der Unterschrift ein kleines »B«, welches mit seinem letzten Strich in den Himmel fuhr, und dachte laut: »Wenn das so einfach ist, dann unterschreib ich künftig auch so und habe Erfolg.«

Als ob alle Welt auf seine Meinung erpicht gewesen wäre, sprach Blomov wichtigtuerisch: »So einfach geht es gerade nicht. Man sieht, dass Sie ein Loser sind«, und sandte in Dorints Richtung mit der rechten Hand das unmissverständliche L. »Man sieht es, wie Sie gehen, sich kleiden, sprechen und schreiben ... Mein Englischlehrer in Amerika hat mir gesagt, dass es dort viele Muttersprachler gibt, die Loser mit zwei O schreiben, eben Looser.« Der Russe fing wieder an zu singen. »Nun bist du dran!«, forderte Blomov, beim dritten Glas ins vertrauliche Du übergehend.

Jörg schaute auf das vor ihm stehende Glas und sang mit künstlich tiefer Stimme: »Wodka trinkt man pur und kalt, das macht hundert Jahre alt, ha, ha, ha, ha, ha.«

Der Russe blaffte: »Was ist denn das?«

»Na, ein russisches Lied«, antwortete er spontan und korrigierte sich sogleich selbst: »Nein, nicht ganz. Es ist ein deutsches Lied. Aber so stellen wir uns die Russen vor. Nur, dass man vom Wodkatrinken sein Leben eher verkürzt.«

»Alles Unsinn! Wann wir gehen, das entscheidet nur einer.«

Jörg war sich nicht ganz sicher, ob sie in diesem Augenblick denselben meinten.

»Können Sie nichts anderes singen? Sie sind wohl auch Generation Karaoke?«

Jörg entsann sich seiner Musikstunden, intonierte das »Heideröslein« und staunte nicht schlecht, als Blomov begann, das Lied mitzusingen. Schon nach der ersten Strophe kam Jörg wegen seiner schlechten Textkenntnis ins Stocken und wollte den Gastgeber loben. »Sie kennen sogar dieses deutsche Lied?«

»Ja, ja. Ich war mit der Armee in Deutschland stationiert. Das Alexandrow-Ensemble sang es bei Auftritten in Deutschland oft.« Und da Jörg kein Zeichen des Erkennens signalisierte, erklärte Iwan nun in vertraulichem Tonfall: »Das ist das Gesangs- und Tanzensemble der russischen Armee, gegründet von Alexander Alexandrow, dem späteren Komponisten der Nationalhymne Russlands.«

Alexej betrat das Zimmer: »Ja?«

Blomov überlegte nur kurz: »Nicht du, ich habe von Alexander Alexandrow gesprochen. Den kennt doch jedes Kind, oder?«

»Na klar.«

»Nur der hier nicht«, wies Blomov abfällig mit dem Kopf zu Dorint, der überlegte, ob er dem Treiben hier nicht ein Ende setzen und besser gehen sollte. Wie weit würde Blomov in seiner Selbstherrlichkeit und mit seinen Beleidigungen noch gehen? Wollte er austesten, wie weit er als künftiger Mitgesellschafter des Landwirtschaftsunternehmens gehen konnte? Jörg entschied sich, auch auf die Gefahr völliger Entwürdigung, dafür zu bleiben.

Indes begann Blomov die russische Hymne anzustimmen, wobei er den ersten halben Ton als ein »la« sang und dann in seinem Bass das Lied aus voller Kehle schmetterte.

Jörg, der nun genug getrunken hatte, um ein aufkeimendes Gefühl der Gegenwehr nicht mehr unterdrücken zu können, verband sowohl mit der in Ostdeutschland stationierten Sowjetarmee als auch dem »Heideröslein« eher negative Gefühle, die aus ihm hervorbrachen: »Ich mochte das ›Heideröslein‹ eigentlich nie. Vielleicht deshalb ist es mir gerade eingefallen. Beim ›Heideröslein‹ geht es doch um die gewaltsam geraubte Unschuld und die Verdrängung derartigen sexuellen Missbrauchs in der Gesellschaft. Die Frauen standen dann allein mit dem unehelichen Kinde da und wurden ausgestoßen. Goethe selbst wusste sicher beim Dichten ganz genau, über was er schrieb. Der war ja nicht doof. Soll ja kein Kostverächter gewesen sein, der Herr Geheimrat.«

»Du ziehst ja ganz schön über deine großen Dichter her, mein Lieber. Ich jedenfalls liebe das Lied und das lass ich mir nicht von dir nehmen. Und wenn Frauen nicht wollen, dann ist es ganz richtig, ihnen mal den Weg zu zeigen. Stimmt's, Alexej?« Und nun lachte Blomov ganz ungeniert.

Alexej wandte sich auf Russisch an Blomov: »Möchte mal wissen, was der Kinderficker hier einen auf Frauenrechtler macht. Soll ich schon mal einen Besenstiel organisieren?«

Blomov lachte selbstgefällig, goss nun sich selbst zuerst ein und dann erst seinem Saufkumpanen wider Willen, weil er genau wusste, dass nun die erste Flasche zur Neige gehen und das Glas des anderen nicht voll werden würde, und grölte, obwohl Alexej fast neben ihm stand: »Alexej, hol noch eine Flasche! Den Sibirischen Tiger.«

Alexej dachte sich seinen Teil und holte wortlos die nächste Flasche, während der volltrunkene Jörg sich im Suff immer mehr zutraute und ein »Aber schnell« hinterherschickte.

Die Gläser krachten beim »Za wasche sdarowje!« aneinander.

Als die neue Flasche auf dem Tisch stand, fragte Iwan: »Wie viele Tiger sehen Sie auf dem Etikett?«

Jörg griff die Flasche und hatte Probleme, seinen Blick scharf zu stellen. Dann erkannte er auf dem als Hologramm gestalteten Etikett tatsächlich einen Tiger und nach längerem Hinsehen auch zwei, drei, dachte sich, dass das nicht alle sein würden, und warf »Vier« in die Runde.

»Ach. Geben Sie her.« Iwan riss ihm die Flasche aus der Hand, schaute auf das Bild, überlegte kurz und entschied: »14!« Und zu Alexej gewandt: »Oder wie viele sind es?«

Ohne auf das Schild zu schauen und Rücksicht auf Blomov zu nehmen, wusste dieser: »13!«

»Du Fuchs, du schlauer Fuchs«, sprach Iwan mit bedächtiger Stimme, ohne noch zu gründlicher Überlegung in der Lage zu sein. Und auch nur seinem Alkoholpegel war es geschuldet, dass er sich hinriss fortzufahren: »Ich muss vorsichtig sein. Ein zu schlauer Leibwächter fragt sich vielleicht, ob er nicht Chef sein könnte.«

Alexej war sofort bemüht, seine Loyalität zu beweisen, konnte aber auch nicht über seinen Schatten springen. »Iwan, ich werde immer treu an deiner Seite stehen, bis zum bitteren Ende.«

Blomov verstand betrunken zwar nicht mehr ganz, was Alexej damit meinte, wurde aber ein ungutes Gefühl nicht los: »Das ist es wohl, wovor ich mich fürchte.«

Alexejs Gehorsam konnte Blomov in seiner Situation nur noch mit einem »Alexej, schenk nach!« prüfen. Dieser wusste, dass die Situation mit dem betrunkenen Chef schnell eskalieren und aus dem Ruder laufen konnte, und handelte geflissentlich wie angeordnet.

Die Situation wurde dadurch unterbrochen, dass Jörg, noch völlig in seinen Gedanken an das Heideröslein gefangen, äußerte: »Und dass die Russen als Besatzungstruppe dieses Lied von Gewalt und Unterdrückung mochten, ist doch auch nur mehr als verständlich.«

Blomov stand der Ärger auf der Stirn, als er aufstand und krakeelte: »Besatzungstruppe? Wir waren die Befreier. Wer hat denn im Krieg wem Gewalt angetan?«

»Das war doch nicht unser Krieg. Das war der der Großväter.«

»Nein! Für uns nicht. Nachdem ihr so viel Elend über unser Volk gebracht habt, seid ihr so schnell wieder obenauf. Ihr solltet mindestens noch für 100 Jahre für uns arbeiten. So, wie ihr es wieder mit den armen Ländern macht. Ihr seid nur elendige Parasiten, moderne Kolonialherren. Und jetzt denkt ihr, uns noch belehren zu können. Unsere Rechnung ist noch nicht beglichen. Wenn wir die Deutschen mal so richtig an die Eier kriegen würden, sei dir gewiss, Jungchen, dann drücken wir zu.«

Blomov bekundete das mit einer Überzeugung, die Jörg körperliche Schmerzen an besagter Stelle verursachte; ein Phänomen, welches er bis dahin nie gekannt hatte. Dieser Russe wurde ihm unheimlich und er zweifelte daran, ob es richtig gewesen war, sich mit ihm einzulassen.

»Ihr nehmt euch heraus, euch in unsere Angelegenheiten einzumischen«, polterte der Dicke weiter. »Schaut mal schön auf euch selbst, bevor ihr anderen Vorschriften macht.«

»Es ist bei uns das Recht eines jeden, sich einzumischen. Und wenn Zeitungen und Politiker das tun, dann ist es doch nur richtig«, widersprach Dorint undeutlich.

»Nein! Wenn bei uns ein paar Teenies in der Kirche krakeelen, dann ist es unsere Sache, dass wir sie dafür bestrafen.«

»Wenn es unrecht ist und die Strafen dafür völlig unangemessen, dann können wir das schon machen.«

»Wieder nein. Immer mischt ihr euch ein. Bei den Chinesen, wenn irgendein Farbkleckser seine Steuer nicht bezahlt und dafür seine Strafe bekommt, bei uns, wenn selbst ernannte Musiker eine Kirche entweihen oder ein Geschäftsmann den Staat betrügt und dafür bestraft wird … Irgendwann bekommt ihr die Rechnung … Ihr braucht unser Gas und unser Öl. Ihr seid von den Chinesen abhängig, die mehr Euros gehortet haben, als ihr euch vorstellen könnt. Und trotzdem wagt ihr es immer wieder, euch in unsere Angelegenheiten zu mischen. Lange schauen wir da nicht mehr zu.« Ganz plötzlich, ohne eine Antwort auf die Vorwürfe zu erwarten, schwenkte er im Thema um: »Was ist nun mit dem Geschäftsanteil oder zumindest dem Grundstück?«

Dorint blieb hart, obwohl ihm immer mulmiger zumute wurde: »Zu Ihren Konditionen nicht.«

»Andere wird es nicht geben.«

Igor, einer der Bodyguards, die im Flur der Suite postiert waren, kam herein und winkte Alexej, der sich auch sofort in den Flur bewegte und die Tür hinter sich schloss. Blomov witterte keine Gefahr und überdies gab es eine strikte Aufgabenverteilung. Wenn sich Igor an Alexej gewandt hatte, dann musste der Chef sich um diese Lappalie nicht kümmern. Alexej sah am Ende des Flurs zwischen den beiden massigen, kahl geschorenen Bodyguards, die die Tür zu bewachen hatten, gerade noch so eine fremde Gestalt und fragte Igor, was es gebe.

Aber der Fleischkoloss Juri war schneller und antwortete mit einem blöden Lächeln im Gesicht: »Das ist einer vom Sicherheitsdienst des Hotels. Von nebenan soll sich jemand beschwert haben. Musiker einer Rockband, denen es hier zu laut ist.«

»Ist ja ein Witz, Rockmusiker, die sich von lautem Gesang gestört fühlen. Die sollen noch ein paar Whiskys runterspülen und sich Koks reinziehen. Wenn der Witzbold da weg ist«, er zeigte auf den Mann des Adler-Sicherheitsdienstes, »macht ihr ihnen klar, dass sich ihre Scheißmusik noch schlimmer anhört, wenn sie mit gebrochenen Mittelhandknochen spielen müssten. Klärt das, Jungs!« Alexej drehte sich um und ging den Flur der Luxussuite zurück in Richtung des Besprechungsraumes. Anders als Blomov wäre es ihm durchaus recht, wenn Igor und Juri bei der Ausführung des Befehls ein wenig übertrieben und sie Aufsehen erregten. Verschiedene deutsche Sicherheitsbehörden waren auf Iwan scharf und wenn er ihn diesen zum Fraße vorwarf, würden sie ihm einige Arbeit abnehmen. Vielleicht brachte der Mann vom Sicherheitsdienst etwas in Bewegung; gelegentlich hatte er in Hotels solcher Art schon sehr fähige Sicherheitsexperten kennengelernt.

Alexej hörte seinen Chef in nun noch ärgerlicherem Ton sagen: »Sie sind ein Stück Scheiße, Jorg«, und pflichtete ihm innerlich bei. »Deutsche sind schlechte Menschen, sind wie

Maschina, ohne Herz. Bei uns wird immer gesungen. Deutsche brauchen Karaoke, um ihre eigenen Volkslieder zu singen.«

Alles, was er sich in teuer bezahlten Seminaren über Wirtschaftskommunikation und Gesprächsführung angenommen hatte, hinter sich lassend, erwiderte Jörg im deutlich betrunkenen Ton: »Wir sind keine Maschinen. Wir geben uns so, wie wir sind. Wer spielt denn hier eine Rolle?« Und dann begann er, Iwan Blomov im tiefen Tonfall nachzuäffen: »Ich, Iwan Blomov, Iwan der Schreckliche. Wer nicht mit mir trinkt, macht keine Geschäfte mit mir. Alexej, bring Wodka! Aber von dem aus der Kloschüssel, da kotzen wir ihn sowieso gleich wieder rein.« Jörg fand sich lustig und lachte als Einziger, bevor er fortfuhr: »Die Russen singen doch nur, wenn sie besoffen sind, und da sie immer besoffen sind, singen sie immer; dann kann man auch die Texte, die hört man mit schwerer Zunge gesungen ohnehin seit der Kindheit, wenn man nicht schlafen kann … Ach ja, in Russland bleiben die Kinder ja bis zum frühen Morgen wach.«

»Sobaka!«, schrie Blomov aufgebracht. »Den Gastgeber beleidigen, das könnt auch nur ihr deutschen Hitlerschweine.«

Plötzlich stand Iwan ganz dicht vor ihm, holte mit einer für seine Körperfülle und sein Alter außerordentlichen Behändigkeit aus und schlug Jörg kräftig so unters Kinn, dass dieser schon ohne Bewusstsein war, als sein Körper der Länge nach krachend den Boden traf.

Zu Alexej gewandt, wies er an: »Entsorge das hier«, und trat mit voller Wucht in den Leib des am Boden Liegenden. »Ich betrachte die Kooperation als gescheitert. Wenn er das nicht auf die sanfte Tour möchte, dann eben anders.« Auf Alexejs fragenden Blick ergänzte Iwan: »Nur vorübergehend entsorgen«, was auch nur aus Angst so relativiert wurde, weil

Blomov trotz seiner Vorkehrungen überall und immer damit rechnen musste, abgehört und beobachtet zu werden.

Der Leibwächter zog sich den reglosen Körper mit gekonntem Griff so über die Schulter, dass er einen Arm des Opfers in der einen Hand und ein Bein in der anderen Hand hielt, richtete sich auf und ging, ohne besondere Vorsicht walten zu lassen, zur Tür der Suite, wobei Jörgs Schädel nacheinander gegen eine Stehlampe, einen Türrahmen und einen Spiegel knallte. Draußen wies er Igor an, den Servierwagen zu holen, knallte den Körper auf das Metallgestell und gab Igor Anweisungen für eine fachgerechte Entsorgung. Auf dem Weg nach draußen geriet der auf dem Servierwagen drapierte reglose Körper weiter in Mitleidenschaft. Igor fuhr mit dem Servierwagen so, als ob er ständig auf diese Weise Personen beförderte, weshalb nur gelegentlich der eine oder andere Hotelgast beim Anblick des Transports etwas irritiert schaute.

Im Hof des Hotels drückte Igor einem Küchenbediensteten, der den Eindruck erweckte, hier etwas zu sagen zu haben, einen Einhunderteuroschein in die Hand, damit der angebliche Freund, der einen über den Durst getrunken und Ärger gemacht hatte, in einem der Bioabfallcontainer bis zum Morgen in Ruhe gelassen würde, bevor er den schweren Deckel auf den mit stinkenden Abfällen und Jörg gefüllten Behälter krachen ließ.

Als Igor zurückkehrte, wurde er zusammen mit Juri zum Boss befohlen. Sie gingen auf die großzügig angelegte Terrasse der Suite, in der Hoffnung, dort nicht überwacht zu werden.

»Ihr fahrt nach Frankfurt und kümmert euch dort um meinen Puff. Unser Mann vor Ort … wie heißt der noch?«

Blomovs personifiziertes Gedächtnis Alexej antwortete: »Boris Gonscharov.«

»Der soll mir das Freudenhaus abkaufen und sich selbstständig machen. Wir werden das Geschäft dort einstellen. Zu unrentabel. Wegen der abgelegenen Region, der dorthin abgeschobenen Mädchen und der Billigkonkurrenz aus Polen überlassen wir ihm den Laden für anderthalb Millionen. Ohne Diskussion. Wenn wir in der Region hier das Grundstück von dem Kinderficker erwerben und von dort aus operieren wollen, dann müssen wir nicht die Aufmerksamkeit der Bullen durch einen Puff zusätzlich auf uns ziehen. Wenn Boris dem Deal nicht zustimmt, dann lasst euch was einfallen.«

»Haben schon was vorbereitet, Chef«, drängelte sich Igor vor, als Juri ansetzte, etwas zu erwidern.

»Gut. Meinetwegen sprengt das Ding oder es gibt einen warmen Abriss. Wie oder ob mit oder ohne Inhalt, ist mir egal.«

Alexej wunderte sich über Iwans Verständnis davon, wie man Aufmerksamkeit verhinderte.

Igor und Juri hingegen freuten sich mit einem »Schon erledigt«, sodass sich der Eindruck aufdrängte, sie würden Boris das Angebot nur in der Hoffnung unterbreiten, damit dieser es ablehne.

»Nicht zu voreilig«, warnte Blomov, der die Reaktion der stupiden Kolosse zutreffend würdigte. »Wenn ihr es nicht schafft, die anderthalb Millionen zu kassieren, dann bekomme ich die Kohle von euch. Wir sind keine amerikanischen Rambos, sondern russische Geschäftsleute.«

Alexej sah noch ein weiteres Problem: »Und der da unten?«, und wies mit dem Zeigefinger in Richtung Hof. »Wie stellen wir das mit dem aus der Abfalltonne an?«

Blomov entschied: »Da müssen wir mit härteren Bandagen arbeiten. Erst einmal haben wir hier seine Unterschrift«, wobei er lächelnd den Zettel hervorzog. »Es ist überhaupt nicht die Art und Weise der Unterschrift, die auf den Unterzeichner schließen lässt, sondern allein der Umstand, dass dieser Trottel hier blanko unterzeichnet hat, der dafür spricht, dass er so leicht zu spielen ist wie eine Kinderflöte.«

Igor wollte klarere Anweisungen. »Und wenn er sich darauf nicht einlässt?«

»Dann dürft ihr eurer Bitte Nachdruck verleihen und wenn das nicht klappt, kommt eben euer neuer deutscher Freund zum Einsatz. Ihr habt da freie Hand. Wichtig ist der gesicherte Zugang zum Grundstück.«

»Okay«, bestätigte Igor.

»Erst wenn ich es anweise«, bremste Blomov auch dabei den Elan der beiden.

An Alexej gewandt, wollte Blomov wissen: »Was unternehmen wir wegen der Anzeige, die Dorint gegen den deutschen Privatschnüffler erstattet hat, Rübel oder wie der hieß?«

»Kommt drauf an«, wog Alexej ab. »Eigentlich haben wir kein Interesse, wenn derzeit in Richtung der Agrargesellschaft irgendwie ermittelt wird. Andererseits ist es vielleicht nicht unvorteilhaft, wenn dabei auch gegen Dorint was unternommen wird, ob nun wegen der Biberdämme oder der Kinderpornos. Das kann für uns durchaus nützlich werden. Vielleicht kommen wir so leichter an seine Geschäftsanteile. Der Privatschnüffler kann uns eigentlich noch egal sein.«

»Alexej, du taugst nicht zum Führer! Du musst entscheiden können und nicht herumlavieren. Wie die römischen Kaiser: Daumen hoch oder runter.«

Alexej antwortete weder laut noch mit einer Mimik, sondern dachte bei sich: *Du wirst schon sehen.*

»Igor, ihr kümmert euch auch um diesen Rübel. Zunächst nur eine Warnung, noch keine Lektion erteilen.«

»Schon so gut wie erledigt, wenn wir schon einmal in Frankfurt sind … Sollen wir uns an unseren Kontakt bei … du weißt schon, wenden?«

Blomov wurde ärgerlich: »Dein Maul halten sollst du.«

»Weshalb sollen wir dem Geschäftsführer wegen des Detektivs jetzt noch helfen?«, wollte Alexej wissen und deutete mit dem Zeigefinger nochmals in Richtung Hof. »Ist doch nur richtig, dass der eins aufs Maul bekommen hat.«

Iwan ließ wieder den Chef raushängen und erklärte gewichtig: »Es ist wie früher auf dem Schulhof. Da machte es auch einen Unterschied, ob ich jemanden verprügelte oder ein anderer. Ich kümmere mich um meine Opfer selbst. Das ist eine Frage der Ehre. Das ist sonst so, als ob ein anderer deine Frau fickt.«

Alexej blieb ruhig. Der fette Sack musste ihm nichts von Ehre erzählen. Dieser selbstverliebte und trottelige Typ würde auch bald verschwinden. Ahnte der Alte vielleicht etwas? Ach Quatsch! Sonst läge er selbst längst tot in der Gosse.

8. KAPITEL:
MITTEN INS SCHWARZE ODER BREHMS THIERLEBEN IM POLIZEIBÜRO

Der Dartpfeil schnitt sich seine Flugbahn durch das Büro der Kriminalbeamten des Polizeipräsidiums Frankfurt an der Oder, dicht vorbei am Kopf des Kriminalkommissars Frank Fechner, der ein kurzes Zischen und aus den Augenwinkeln ein schwarzes Flugobjekt wahrnahm, was ihn zu einer reflexartigen Ausweichbewegung zwang, kurz bevor der Pfeil mit einem dumpfen Knall mitten ins Schwarze traf. Das Schwarze war fleischfarben und die Stirn des Polizeipräsidenten auf einem Foto, geschossen auf der letzten Dienststellenfeier.

»Spinnst du?«, fuhr Frank den ihm gegenübersitzenden Dart spielenden Kriminalhauptkommissar Peter Behrend an. »Irgendwann erlegst du mich noch einmal im Dienst.«

»Sei froh. Besser in Ehren im Dienst verstorben als in Unehren entlassen.« Peter ahnte nicht, wie sehr er damit bezüglich seines Kollegen wieder ins Schwarze getroffen hatte, und fuhr fort: »Wenn du anders nicht reagierst. Ich habe dich doch angesprochen. Du bist so in deine Akten vertieft, dass du nicht einmal mitbekommen hast, dass dein Kaffee kalt geworden ist.«

»Die ganze Kaffeetrinkerei ist sowieso nicht gesund. Außerdem trinke ich Kaffee auch kalt.«

»Igitt!«, verzog Behrend gespielt das Gesicht.

»Du weißt doch, dass sie mir wegen der angeblich unerledigten Sachen ein weiteres Disziplinarverfahren anhängen wollen. Ich muss mich hier schon durchwühlen.« Fechner schlug die flache Hand auf einen Aktenstapel.

»Na komm. Jeder weiß, dass du in diesem Jahr zwei Mal außer Gefecht gesetzt warst: der Spinner, der dir bei der Festnahme Säure in die Augen gespritzt hat, und der Verbrecher, der einen Augenblick der Unachtsamkeit genutzt hat, um dir ein Messer zwischen die Rippen zu stechen. Da kannst du doch noch nicht auf dem Laufenden sein«, verteidigte Behrend den Kollegen.

»Die Sesselfurzer da oben«, Fechners Blick ging in Richtung Decke, wo einige Stockwerke über ihnen die Verantwortlichen des Sachgebiets Disziplinar thronten, »sehen das aber anders …« Mit Blick auf die Akte vor ihm kommentierte er: »Und dann noch so 'ne VUT-Sache.«

»Kind oder Frau?«, nahm Behrend gleich an der Sache teil.

»Nein. Das ist es ja. Da wird ein Mann vermisst, dessen erwachsene Tochter meint, dass ihr Vater einem Verbrechen zum Opfer gefallen ist … Nach Aktenlage spricht jedoch überhaupt nichts dafür. Der Vater ist ein obdachloser Alkoholiker.«

»Na klasse! Der Alte schläft sich seinen Rausch aus, erscheint wieder auf der Bildfläche und wir haben die Arbeit gehabt«, leierte Behrend ein altbekanntes Muster herunter und gab den verwaltungstechnischen Rat: »Wiedervorlage einen Monat, bis dahin hat sich die Sache erledigt.«

»So einfach scheint es nun auch wieder nicht zu sein. Der Mann soll nach Aussagen von Zeugen in eine schwarze Limousine eingestiegen sein, in Begleitung zweier Männer … Die Zeugen sind ebenfalls obdachlose Saufkumpane.«

Kriminalhauptkommissar Behrend konstatierte: »Merkwürdig. Da gab es doch so einen Kriminalroman, in dem Obdachlose entführt wurden.«

»Meinst du den mit dem Organhandel?«

»Nein. So einen amerikanischen Bestseller.«

»In dem ein Obdachloser tot in der Garage aufgefunden worden ist und sich später herausstellte, dass er der geschiedene Ehemann war?«

»Nein, der nicht. Der, den ich meine, ist schon einige Jahre alt. Da wurden Obdachlose unter Drogen gesetzt, um dann Experimente mit ihnen zu machen. Aber so genau bekomm ich das nicht mehr auf die Reihe.«

»So Psychodrogen?«

»Glaub schon so was in der Art, ist aber zu lange her, kann mich nicht mehr genau dran erinnern.«

»So was kann ich in meinem Fall wohl eher ausschließen. Ich verfüge die Akte erst einmal zurück. Nochmalige Vernehmung der Tochter, des Zeugen, Suche nach anderen Zeugen, Bekannten, Absuche seiner bisherigen Aufenthaltsorte, Datenabgleich Krankenhäuser und so weiter.«

»Stimmt! Da sollen zunächst die Kollegen ihre Hausaufgaben machen.«

»Im System habe ich eine aktuelle Strafanzeige wegen Hausfriedensbruchs«, meinte Fechner, »da ist er in einen Supermarkt trotz Hausverbots reinmarschiert und ein Privatdetektiv namens Petruschke hat ihn erwischt.«

»Und was gestohlen?«, erkundigte sich Behrend.

»Nein, nur der Hausfriedensbruch.«

»Toll, als ob wir nichts Besseres zu tun hätten.«

»Stimmt«, signalisierte Fechner zufrieden, dass sie auch in dieser Angelegenheit einer Meinung waren. »Jetzt bin ich ganz Ohr. Weshalb wolltest du mir das Ehrenbegräbnis zuteilwerden lassen?«

»Den V-Mann-Bericht über Iwan den Schrecklichen hast du auch schon zum Chef gegeben?«

»Zum Dezernatsleiter, ja. Das Exemplar für den Kommissariatsleiter hältst du gerade in den Händen und das letzte liegt hier irgendwo auf dem Tisch.« Ohne sein eigenes in dem Wirrwarr wirklich gesichtet zu haben, deutete er mit der Hand auf die Papierstapel. »Der Chef hat ihn sicher schon zu dem da gegeben«, womit Fechner den Polizeipräsidenten meinte, auf dessen Stirn noch der Dartpfeil prangte.

»Hätte wetten können, dass der wie eine Bombe eingeschlagen ist. Erstaunlich, dass wir noch nicht zum Rapport mussten.«

»Stimmt«, pflichtete Behrend seinem Kollegen wieder bei. »Vom Präsi hab ich hier was Ärgerliches.«

»Mach's nicht so spannend. Was regt dich denn so auf?«

»Es ist wegen der Sachen, die wir nach dem Beschluss vom Präsi weiter zu übernehmen haben. Das sollte doch nur vorübergehend sein, das mit der Entlastung, und jetzt bleibt uns das am Hacken.«

»Ist das denn noch so wichtig? Seine Stelle ist doch neu ausgeschrieben und eine Verlängerung wird es für das alte Schlachtross nicht mehr geben.«

»Wie meinst du das? Wird der Alte geschlachtet oder hat er Schlachten geschlagen?«

»Ich glaube, das ist eindeutig. Die zum Schlachter gehen, das sind die Schlachtpferde. Der Alte ist ein Schlachtross. Warum hast du dich nicht auf seine Stelle beworben?«

»Blöde Idee! Dafür habe ich die falsche Planstelle. Da musst du schon was anderes nachweisen, als nur immer fleißig auf deiner Stelle gearbeitet zu haben. Da brauchst du Führungserfahrung, Durchsetzungskraft gegenüber Unterstellten und solltest politische Kontakte mit wirklichen Entscheidungsträgern pflegen.«

»Hast du doch alles, sogar behördlich bescheinigt. Du hast einen Führerschein, oder nicht? Das mit der Durchsetzungskraft ist doch auch gegeben. Wenn da einer widerspricht, zack, hat er einen Dartpfeil in der Birne, und politische Kontakte, na da schau mal in den Bericht des Informanten über Blomov. Das können wir auch gut organisieren. Die Russen haben beste Beziehungen bis weit in höchste politische Ämter, also alles, was man sich so kaufen kann. Du kannst mir doch nicht erzählen, dass unsere Politiker glauben, dass sich solche Russen Firmen, Unternehmensbeteiligungen, Ferienanlagen und Sportvereine von ihrem Ersparten kaufen … Aber du hast die wichtigste Eigenschaft unterschlagen, die man für die Besetzung solcher Ämter braucht.«

»Und die wäre?«, zog Behrend die Frage mit betont uninteressiert klingender Intonation in die Länge, weil er aufgrund jahrelanger Kenntnis des Kollegen und Freundes nicht unberechtigt annehmen durfte, dass eine eher unvernünftige oder zynische Erklärung folgen würde.

»Na, die wichtigste Eigenschaft ist die unerschütterliche Überzeugung von der Wichtigkeit der eigenen Person.«

»Du solltest Headhunter oder Personalberater werden, wenn du so tolle Karrieretipps geben und die notwendigen Eigenschaften messerscharf erkennen kannst. Aber über das Treffen mit dem Informanten müssen wir uns unbedingt gleich noch ausführlich unterhalten.« Behrend kam auf seine Kritik an dem Beschluss zum neuen Dienstverteilungsplan zurück: »Wie mit der Gießkanne bleibt auch bei uns weiter was von dem ganzen unerledigten Kram mit Auslandsbezug. Wir haben doch schon genügend zu tun und kommen selbst in Großverfahren seit einiger Zeit keinen Schritt vorwärts. Ganz zu schweigen von Hinweisen auf Kontakte zu Personen aus dem OK-Bereich. Eine Schande ist das. Zum Glück, dass da keiner von den polnischen Kollegen nachfragt, was aus den ganzen Hinweisen geworden ist.«

»Stimmt schon. Aber wir haben eben genügend Arbeit mit den eigenen Verfahren und mehr Leute bekommen wir auch nicht.«

»Und dann noch die x-te Polizeistrukturreform. Wer weiß, ob wir hier noch im nächsten Jahr sitzen?« Auch hierbei ahnte Behrend nicht, wie richtig er lag. »Und jetzt weiterhin die ganzen Sachen mit Auslandsbezug. Hier«, zeigte Behrend auf eine Akte, »eine Anzeige eines deutschen Firmenchefs gegen einen angeblich polnischen Privatdetektiv. Der ist aber Deutscher, hat 'ne polnische Mutter und sich den Zugang zum Chef mit 'ner Geschichte von polnischen Billigarbeitern erschlichen.«

»Scheint doch clever.«

Behrend ergänzte: »Dann hat er dem Chef ordentlich eine gelangt und das Büro verwüstet.«

»Das klingt nicht so clever … Vielleicht hatte der Deutsche das verdient … Hast du das bei INPOL schon mal gecheckt?«

»Noch nicht«, gab Behrend zur Antwort.

Frank Fechner erfragte die Namen der Beteiligten, gab sein Passwort ein und begann während des Gesprächs eine Recherche zur Firma und zum Geschäftsführer, während er laut nachdachte. »Rübel, Rübel … sagt mir was.«

Behrend fuhr fort. »Jedenfalls ist diese Akte nichts für uns. Einfache Körperverletzung und kein offensichtlicher Auslandsbezug.« Behrend blätterte weiter in der Akte und stutzte: »Warte mal 'nen Moment mit deiner Recherche … Das ist ja der Geschäftsführer der Agrargesellschaft, über die sich die Alteingesessenen bei uns im Dorf so ergiebig aufregen können.«

»Warum das?«, erkundigte sich Fechner beiläufig, während er Behrends Aufforderung unbeachtet ließ und weiter am Computer recherchierte.

»Eine junge Firma oder jedenfalls in der Gegend neu«, versuchte Behrend zu erklären.

»Das reicht ja bei euch, um hinreichend verdächtig zu sein.« Frank Fechner kannte einige der Alteingesessenen im Bruch.

»Wenn die auch Schnaps brennen, bekommt Heribert jetzt ernste Konkurrenz. Und ich sehe schon Griselda vor einer Glaskugel, die Neuen verwünschend.«

»Nimm sie ernst«, mahnte Behrend. »Heribert meint ja, dass einer von denen die Biberdämme zerstört und wir uns darum kümmern sollten, statt hier nur Kaffee zu trinken.«

»Das hat der alte Schwerenöter wohl nach seiner mittäglichen Flasche Tokajer Jahrgang 1973 abgelassen, wie? Na dann leg mal gleich los mit den Ermittlungen. Oder noch besser … Rege die Einrichtung einer Sonderkommission an. Ich hab da auch einen Namensvorschlag: Biberrache.«

Peter Behrend blätterte weiter in der KV-Akte: »Zu den Motiven der Schlägerei hat sich der Firmenchef nicht weiter geäußert.«

»Alles klar«, meinte Fechner ironisch, während er weiter am Computer arbeitete, »da ist einfach ein Unbekannter gekommen und hat ihn tüchtig vermöbelt.«

»Vielleicht liegst du richtig und der Detektiv …«, Behrend suchte nach dem Namen, »Rübel hatte seine Gründe dafür.«

»Da gibt die Datenbank vielleicht schon einige her.« Fechner drehte seinen Bildschirm so zu Behrend, dass beide die aufgerufene Seite betrachten konnten. »Der Geschäftsführer ist kein Unbekannter. Ein Ermittlungsverfahren wegen Insolvenzverschleppung, aber eingestellt. Dann ein weiteres Verfahren wegen Gläubigerbenachteiligung und Vorenthaltung der Arbeitnehmeranteile zur Sozialversicherung … Aktuell ermitteln die Kollegen der Steuerfahndung … Du, auch bei uns im Haus wird ermittelt«, klang Franks Stimme etwas erregter.

»Was?«, war auch Behrends Interesse geweckt.

»Kinderpornografie.«

»Vielleicht haben wir da schon einen Grund für die Auseinandersetzung«, wagte Behrend eine erste Hypothese.

Frank sprang auf diesen Zug auf. »Möglicherweise weiß dieser Privatdetektiv etwas, mit dem er uns bei den Ermittlungen gegen den Geschäftsführer behilflich sein könnte. Vielleicht hat der selbst Kinder oder ist von Eltern beauftragt worden.«

»Das könnte das aggressive Vorgehen erklären«, sinnierte Behrend.

»Mensch«, wurde Fechner laut. »Rübel, den Namen hatte die Vertrauensperson mir genannt. Er kennt den Detektiv und hat mir auch gesagt, dass er sich wegen einer möglichen Bedrohung durch die neuen russischen Inhaber an einen Privatdetektiv gewandt hat. So 'n Typ, der mal in einer Spezialeinheit in Auslandseinsätzen gekämpft hat.«

»So einer verprügelt Kinderschänder?«, zweifelte Behrend laut, um auf seinen ursprünglichen Gesprächsansatz zurückzukommen. »Für uns sind die zusätzlichen Sachen mit Auslandsbezug trotzdem zu viel.«

Frank Fechner schaute sich um und kommentierte den Pfeil in der Stirn des Polizeipräsidenten: »Deshalb hättest du den großen Chef aber nicht gleich eliminieren müssen.« Anerkennend ergänzte er: »Übrigens: Guter Wurf … für dein Alter.« Er schaute genauer auf den Deckel der in den Händen des Kollegen befindlichen Akte, erkannte das Aktenzeichen und riss gespielt erstaunt die Augen auf. »Du weißt schon, dass du mit der Körperverletzung da gerade meine Arbeit machst?«

Peter Behrend verstand nicht sofort, was Fechner meinte, warf ein »Was?« zurück, schaute selbst auf den Aktendeckel und ein kurzer heftiger Fluch scholl durch das Dienstzimmer. »Da beschwer ich mich über zu viel Arbeit und mach dann noch deine … Verdammt!«, bekräftigte er sein Missgeschick. »Das wäre doch dein Aktenzeichen gewesen. Na, sei es, wie es sei, dafür übernimmst du die nächste Akte mit Auslandsbezug, die hier für mich reinflattert.«

»In Ordnung.«

»Ich werde für uns eine Überlastungsanzeige abgeben. Diese zusätzlichen Arbeiten können wir nicht auch noch übernehmen. Das wird hier alles viel zu viel und unsere Verbrecher tummeln sich da draußen und erfreuen sich ihres Lebens«, formulierte der Kriminalhauptkommissar seinen Entschluss, durch das Fenster auf imaginäre Verbrecher deutend. Jetzt hatte er nichts mehr von einem Dartspieler, von einem Jäger. Müde legte er die KV-Akte zur Seite, tippte eine Verfügung in den Computer und griff sich die nächste Akte.

»Weißt du, weshalb ich Krimis hasse?«, wollte Frank seinerseits nun die Aufmerksamkeit seines Kollegen auf sich lenken, der, die Schultern nach vorn gezogen und den Kopf tief über eine Akte gebeugt, wieder in dem nächsten Fall zu leben schien.

Peters Reaktion verriet, dass Franks Versuch zur Kontaktaufnahme zunächst gescheitert schien. Dann kam wieder Leben in den Körper des Beamten. Es machte den Eindruck, als ob ein schwerfälliges Tier, das niemanden zu fürchten hatte, als ob ein Elefant in der Savanne seinen Kopf langsam hob, während von der Antilopenherde nur noch eine Staubwolke zu sehen war. Der Elefant fragte mit schwerer, müder Stimme: »Was?«

»Ob du weißt, weshalb ich Krimis hasse?«, wiederholte Frank Fechner seine Frage.

»Wieso solltest du plötzlich Krimis hassen? Du liest und siehst sie doch. Wir haben uns doch erst gerade darüber unterhalten … retrograde Amnesie, oder wie?«

»Hä, hä …«, spielte Fechner. »Jetzt ganz aktuell, da lese ich keinen. Hab sie doch alle vor der Nase«, und ließ seine Hand laut auf den hohen Aktenstapel krachen. »Aber gut, wenn du es so konkret magst: Wenn ich Krimis hassen würde, würdest du wissen, warum?«

»Weil die ihre Fälle lösen und du nicht?«, kam wieder Leben in Peters Gesicht, über das er nun breit grinste.

»Quatsch! Deswegen nicht. Und außerdem löse ich meine Fälle.«

»Weil dein Kumpel Norbert welche schreibt?«, wagte Peter Behrend noch einen Versuch.

»Der schreibt Fantasy- und Kurzgeschichten, aber keine Krimis.«

»Soll ich jetzt fragen: Und weswegen dann, oder wie?«

»Du musst dich nicht mit mir unterhalten. Bearbeite nur deine Akten weiter, tagein und tagaus, bis zur Pensionierung, wenn du sie schaffst, oder bis du in die Kiste hüpfst.«

»Ach so, tiefe Sinnkrise. Verstehe. Sprich dich aus. Ich höre zu«, gab der Elefant vor, die Situation erfasst und damit geklärt zu haben, während er sich beim Umblättern Notizen fertigte.

Frank unternahm noch einen Versuch, die Aufmerksamkeit des Kollegen auf sich zu lenken. »Was würdest du sagen, wenn mein V-Mann im Zusammenhang mit der Sache Iwan Blomov noch Andeutungen gemacht hätte, die ich noch nicht zu Papier gebracht habe?«

»Dann würde ich sagen, dass dein Bericht unvollständig ist.«

»So meine ich das nicht. Die Andeutungen waren noch zu vage, die Vertrauensperson braucht für ihre Recherchen noch etwas Zeit. Also was würdest du sagen, wenn ich einen solch wirklich großen Fisch an der Angel hätte? So eine Sache, die markerschütternd werden würde.«

Peter bewies, dass er auch sehr schnell aufschauen und reagieren konnte. »Ich? Ich würde gar nichts sagen und überlegen, ob der Fisch nicht zu fett ist. Es bringt überhaupt nichts, so einen Brocken an der Angel zu haben, wenn man ihn nicht herausholen kann.«

»Ich wollte jetzt nicht übers Angeln philosophieren, sondern andeuten, dass es hier eine Sache gibt, die, wenn sie sich bestätigt, erderschütternd ist; da bleibt kein Stein auf dem anderen.«

»Sag das doch gleich«, wollte Behrend noch nicht auf jenen Zug aufspringen. »Dann würde ich überlegen, ob es nicht vernünftiger wäre, die Akte ganz schnell zu schließen. Es ist doch leider so, dass wir dem Geschehen immer nur hinterherrennen. Denk mal an die Schulung mit dem Kollegen vom FBI. Alle großen Reiche und Wirtschaften beruhen in ihrem Ursprung auf Kriminalität. Bei der Frage früherer Begründung von Macht ist dies anerkannt, nur wenn wir in unsere Zeit schauen, möchten wir das gerne verdrängen. Man will dem Ganzen schon ein Bild von Seriosität und Zivilisation geben. Wir sind doch nur die, die man braucht, damit eine Illusion aufrechterhalten wird, die, die ihre Köpfe hinhalten, damit alles irgendwie funktioniert.«

»Mit dir kann man sich heute überhaupt nicht vernünftig unterhalten«, warf Frank seinem Kollegen vor.

»Du irrst. Wenn es tatsächlich so wäre, dass kein Stein mehr auf dem anderen bleibt, dann würde ich abwägen: Die Akte sofort verschwinden lassen oder dem schlafenden Tiger kräftig auf den Schwanz treten.«

»Was bist du für ein Polizist?«

»Ein erfahrener, und die reagieren anders als die jungen, ungestümen. Meine Tochter fragte mich gestern, ob es richtig sei, dass nach unserer Verfassung das Mindestalter des Bundespräsidenten 40 Jahre ist. Ich wusste das gar nicht, aber es spricht schon einiges dafür. Da hat man mehr vom Leben gesehen und sollte wissen, wie es läuft.«

»Zum Beispiel wie man Akten verschwinden lässt?«, unterbrach Frank.

»Zum Beispiel.«

»Dazu wäre es jetzt aber zu spät. Der Dezernatsleiter hat von mir schon den V-Mann-Bericht bekommen.«

»Den unvollständigen?«

Fechner nickte.

»Und trotzdem so brisant?«

»Hm, die haben Leute bis in unsere Reihen«, antwortete Frank, als die Tür aufgerissen wurde.

Der Referent des Dezernatsleiters persönlich stand im Zimmer. Er schaute abwechselnd zu Frank und Peter, tat so, als ob er die beiden Kriminalbeamten nicht recht kenne, sein Blick wohl nur aufgrund des Alters beim Jüngeren haften blieb, und fragte: »Kriminalkommissar Fechner?«

Seine ablehnende Haltung gegenüber dem Referenten des Dezernatsleiters nicht verbergend, zog der Kriminalkommissar den linken Mundwinkel nach unten und antwortete mit einem lang gezogenen »Hmmm. Wenn wir mal im Dienst auf der Straße gearbeitet hätten, wüssten wir's.«

Die Anfeindungen der Arbeitsebenen in der Behörde gewohnt, reagierte der Referent auf diese Behandlung nicht. Das brauchte er auch nicht. Er würde sich an der Reaktion seines Gegenübers sowieso gleich erfreuen können. Mit bestimmendem Ton befahl er: »Sofort zum Dezernatsleiter!« Er wollte die Reaktion des Kriminalkommissars genießen, erblickte jedoch keine Anzeichen von Einschüchterung oder Angst. Also legte er nach: »Es handelt sich um eine Disziplinarsache.«

Der sich keiner Schuld bewusste Delinquent blieb ganz cool, drehte sich um und schaute auf die Pinnwand mit dem Foto des erlegten Präsidenten. »Das war ich aber nicht.«

Behrend musste loslachen.

Der Lakai oder die Hyäne, wie der Referent unter den Kollegen nicht ganz unzutreffend tituliert wurde, schaute auf das Foto. An Kriminalhauptkommissar Behrend gewandt, erklärte er: »Das wird gegebenenfalls gesondert untersucht werden müssen.« Dann fixierte er wieder sein Opfer. Er hatte es noch nicht da, wo er es gerne haben wollte. Noch hatte er nicht seine Fangzähne tief in das Fleisch der Beute geschlagen, noch gab es eine kurze Phase der Desorientierung, der Unschlüssigkeit des Opfers. »Ihre Dienstwaffe und den Dienstausweis übergeben Sie mir sofort. Hier die schriftliche Verfügung.«

Er legte ein Blatt Papier vor, das sich Fechner ansah, etwas darin las, ohne es jedoch zu verstehen. Er bewahrte die Fassung und runzelte die Stirn. »Was soll das denn?«

»Das werden Sie in Ihrer Anhörung sogleich erfahren«, ließ er den Kommissar genussvoll im Ungewissen. Der Referent nahm die Waffe und den Ausweis an sich, kontrollierte beide und richtete dabei versehentlich die Pistole auf Behrend. Der Elefant wies sofort die Hyäne zurecht: »Lauf auf den Boden! Sofort! Das kommt davon, wenn man immer nur Innendienst schiebt. Da gehen die elementarsten Grundregeln verloren.«

Die Hyäne ließ sich auf unsicherem Terrain nicht auf einen Kampf ein. Das würde er dem Feind später listig heimzahlen. Der Referent hielt die Waffe sofort Richtung Boden.

Auch KK Fechner witterte nun Morgenluft und setzte gleich nach. Wie zu Behrend gerichtet, sprach er zur Hyäne: »Vielleicht wollte er die Disziplinarstrafe gleich vollstrecken. Oder er wollte dich im vorauseilenden Gehorsam dafür erschießen, dass du versehentlich den Chef getroffen hast.« Alle Blicke richteten sich auf den Dartpfeil.

»Reden Sie keinen Unsinn und folgen Sie mir.«

»Das geht so aber nicht!«, bot Frank weitere Gegenwehr.

»Selbstverständlich geht das. Das werden Sie schon sehen.«

»Ich meine, das mit dem Folgen. Ich muss erst einmal austreten.«

Dem Referenten bot dies Gelegenheit zu einer höhnischen Bemerkung. »In die Hose müssen Sie sich deshalb nicht gleich machen.« Er genoss die Vorstellung, wie sich das Rudel gleich auf das Opfer stürzen würde.

»Der Bericht des V-Mannes, oder der Vertrauensperson, wie wir hier in Brandenburg sagen, ist ja sehr aufschlussreich«, begann der Untersuchungsführer nach der Einleitung und Vorstellung. Die Anhörung fand im Beratungszimmer neben dem Dienstzimmer des Dezernatsleiters statt. Fechners Kommissariatsleiter gehörte nicht zu der illustren Runde; die Sache war diesmal höher angebunden. Der Dezernatsleiter Marcel Aschmann war neben dem Untersuchungsführer anwesend, dessen Gesicht er auch irgendwoher kannte. Die Hyäne empfand es sicher als besonderes Lob, hier protokollieren zu dürfen.

Frank Fechner wurde unsicher, da der Bericht eine Vielzahl von Verknüpfungen, Kontakten oder auch nur Andeutungen zu Verbindungen von lange beobachteten Banden zur Wirtschaft und in die Politik aufzeigte und auch schon konkrete Personen benannte. Die bisher von Boris nur vage ins Feld geführten Vermutungen zu weitergehenden Verbindungen hatte Fechner ausgelassen; da war erst noch zu recherchieren. Eigentlich gute Polizeiarbeit und eher des Lobes als der Strafe wert. Da keine konkrete Frage gestellt wurde und ihm noch nicht klar war, wohin die Reise gehen sollte, äußerte Fechner sich zunächst nicht.

»Und Sie mussten mit dem Zuhälter, dem Bordellbetreiber, unbedingt eine Flasche Champagner trinken?«

Fechner brauchte sich wegen seiner Arbeit nicht zu rechtfertigen. In der Absicht, die Sache herunterzuspielen, erwiderte er lax: »Im Puff gibt's halt nur Puffbrause.«

Schnell protokollierte die Hyäne die Antwort, natürlich nicht ohne einen Zusatz zur herablassenden Art und Weise der Beantwortung zu formulieren.

»Haben Sie für diese Leistung ein Entgelt entrichtet?«

»Wie bitte?«

»Haben Sie für den Champagner, immerhin eine Zweihundert-Euro-Flasche, irgendetwas bezahlt?«

»Nein. Ich war eingeladen.«

»Ach so. Sie lassen sich für ungefähr einhundert Euro, denn eine halbe Flasche haben Sie doch getrunken, von einem Kriminellen aushalten und finden nichts dabei?«

Von dieser Warte hatte es Fechner noch nie betrachtet, wollte aber seinen Informanten schützen. »Kein Krimineller, sondern eine Vertrauensperson.«

»Eine Vertrauensperson mit einschlägiger Erfahrung, würde ich mal sagen.«

»Na ja, würde er im Knabenchor singen, bräuchten wir seine Informationen kaum«, stellte Fechner klar und konnte eine Anspielung nicht unterlassen. »Jedenfalls nicht unser Dezernat. Allenfalls die Kollegen, die den Schmuddelkram machen, würde er interessieren, wenn es jemanden im Knabenchor gebe, der mit kleinen Jungen rummacht.«

»Wie sind Sie dann nach Hause gekommen?«

Fechner ahnte, dass nun auch noch ein Verkehrsdelikt eine Rolle spielen sollte. Lügen wollte er nicht. Also entschied er sich für: »Dazu möchte ich jetzt nichts sagen.«

»Auch gut, das ist Ihr Recht … Wird aber so notiert.«

Die Hyäne brauchte diese Aufforderung nicht und notierte längst eifrig.

Fechner wollte die Sache auf den Punkt bringen. »Der Bericht ist doch gewichtig, oder? Blomov, einer der meistgesuchten Verbrecher, kommt nach Deutschland.«

Der Untersuchungsführer wollte die Anhörung aber gleich wieder in die vorgefassten Bahnen bringen. »Das steht hier überhaupt nicht zur Debatte. Es geht um Ihre möglicherweise begangenen Dienstvergehen oder auch Straftaten. Denn es wird auch Ihnen bewusst sein, dass hier eine Vorteilsnahme im Amt zu prüfen ist und auch eine Trunkenheitsfahrt im Raum stehen könnte. Da gab es doch noch mehr Alkohol, wie dem Bericht zu entnehmen ist. Aber weiter: Sie sind dann mit einer der Frauen auf ein Zimmer gegangen?«

»Das bot sich an. Dabei habe ich weitere brisante Informationen erhalten. Steht doch alles im Bericht. Blomov schläft in Deutschland nicht mit einer Russin oder Ausländerin aus den eigenen Bordellen, sondern hat immer die gleiche Frau von so 'nem Begleitservice für gehobene Ansprüche oder so.«

»Darum geht es nicht. Nicht im Geringsten. Sondern nur um Ihre Taten. Haben Sie für die Frau bezahlt, wie es in dem Etablissement üblich ist?«

»Nein doch. Wozu auch?« Fechner spürte, wie er immer weiter in die Enge getrieben wurde. Er hatte im Bericht weder Stefanies Namen noch den Umstand erwähnt, dass sich eine Freundschaft zwischen ihnen entwickelt hatte. Erst war es ihm seltsam vorgekommen, dazu etwas in den Berichten zu schreiben oder den Vorgesetzten zu melden. Dann wurde ihre Beziehung immer intensiver. Er hatte sich schon die Blicke seiner Vorgesetzten und Kollegen vorgestellt. In eine Prostituierte verliebt. Glaubte er das wirklich? Die wollte ihn doch nur abziehen und der Polizist merkte es nicht. Nur sein Kollege Behrend wusste davon, wusste davon und schwieg, schwieg gegenüber den anderen Kollegen und Vorgesetzten, musste Frank aber immer wieder seine Bedenken unter die Nase reiben. Es war nun mal nicht allen Menschen vergönnt, eine Bilderbuchbeziehung zu leben. Natürlich, er wusste auch um die Schwierigkeiten, die Peter Behrend in seiner Beziehung zu Sabrina und mit den Kindern hatte. Das waren aber Probleme, die er gerne eingetauscht hätte. Und heute, da würden ihn seine Probleme hier einholen, zum Verhängnis werden? Sollte er jetzt den Vorgesetzten etwas von Stefanie erzählen? Vielleicht verschlechterte er seine Lage dadurch nur. Die Frage zielte doch wieder auf eine Gegenleistung ab, genau wie beim Champagner. Also beschloss Fechner, bei der Unwahrheit zu bleiben beziehungsweise nicht alles zu sagen. Am besten war der Versuch, alles ins Lächerliche zu ziehen. »Sollte ich mir eine Quittung geben lassen und die als dienstliche Ausgaben geltend machen, oder wie?«

»Bleiben Sie sachlich«, mahnte der Untersuchungsführer kurz.

»Der V-Mann hatte im Verlauf des Abends mitbekommen, dass wir beide, also die Frau und ich, uns nicht unsympathisch waren, und eine Andeutung gemacht, dass wir auf eines der Zimmer gehen könnten. Dabei bin ich, wie sich dann als zutreffend herausstellte, davon ausgegangen, dass ich von der Frau aus erster Hand wichtige Informationen bekommen könnte«, log er weiter. Dass er Stefanie viel besser kannte, wollte er immer noch nicht preisgeben.

»Können oder wollen Sie nicht begreifen, dass es nicht um irgendwelche angeblichen Informationen geht? Darüber zu urteilen, dazu fehlt Ihnen der Überblick. Hier steht einzig und allein Ihr Fehlverhalten zur Debatte.«

»Doch, doch, um die Informationen geht es, wenn ich mit einem Informanten zusammen bin«, widersprach der Kriminalkommissar. »Nur darum. Dass es da Grauzonen und Situationen gibt, die nicht auf der Polizeischule gelehrt werden, darüber muss ich doch Sie nicht belehren.« Seine Augen suchten die Zustimmung seines Dezernatsleiters, dessen Augen jedoch auf den Boden gerichtet waren; dahin, wo auch der Lauf der Pistole zu richten war, um niemanden zu verletzen.

»Solche Rechtfertigungsversuche haben wir hier schon des Öfteren gehört. Also konkrete Antwort: Haben Sie mit der Frau geschlafen?«

»Ja. Ich bin doch nicht verheiratet und wir haben uns verstanden.«

»Hier geht es nicht um irgendwelche moralischen Aspekte. Uns interessiert es vom Grundsatz her überhaupt nicht, mit wem Sie so alles rummachen. Weitere Frage: Haben Sie dafür bezahlt?«

»Nein.«

»Also wieder im Dienst eine Leistung empfangen, ohne die sonst übliche Gegenleistung zu erbringen.«

Frank schwieg.

Die Hyäne stürzte sich nochmals auf den Verwundeten: »Bitte vergessen Sie nicht die weiteren Dienstvergehen!«, woraufhin der Untersuchungsführer wieder in einer Akte blätterte: »Ach ja, da war doch was mit nicht genehmigter Dienstfahrt und unklarer Lage hinsichtlich der Anweisung einer Dienstfahrt und dann das laufende Verfahren wegen unzulänglicher Arbeitsergebnisse.«

»Mit der Dienstfahrt, da war nichts unklar. Das ist doch schon ein halbes Jahr her. Das war alles sehr deutlich und ich hatte in meiner Stellungnahme mitgeteilt, dass die eine Fahrt eine genehmigte sogenannte Kaltfahrt war, da bei über minus 20 Grad der Motor noch warmgefahren werden sollte und ich nur eine Kurzstrecke fuhr, und die andere Sache war wohl etwas mit Gefahr im Verzug. Und mit der Arbeit, da bitte ich auf meine Verletzungen im Dienst, meine diesbezüglichen Krankenhausaufenthalte und meine gleichwohl vorliegenden Erledigungen zu achten. Das ist doch alles ein Witz.«

Eisig schlug es ihm entgegen. »Uns ist nicht zum Lachen zumute. Es ist schon seltsam, wie Sie sich die Sachen zurechtlegen. Mit dem Dienstwagen: Ich war nicht dabei. Aus der Aktenlage ergibt sich jedoch auch nach Ihrer damaligen Anhörung eindeutig ein Dienstvergehen. Und auch in dem Verfahren wegen der unerledigten Sachen sieht es rein nach Aktenlage anders aus.«

Frank schüttelte verständnislos den Kopf und konnte ein »Bürokraten« nicht unterdrücken, selbstverständlich begleitet von einer sorgfältigen Notiz der Hyäne.

»Auch wenn Sie es nicht wahrhaben wollen: Ohne ein Ergebnis vorwegzunehmen, sieht es wohl diesmal so aus, dass Sie in der aktuellen Disziplinarsache nicht mehr mit einem blauen Auge davonkommen werden.« Der Untersuchungsführer stand auf. »Sie warten hier! Wir ziehen uns zu einer kurzen Beratung zurück.« Sein Dezernatsleiter trottete hinterher, die Hyäne jedoch blieb nach der Jagd sitzen. Es war alles getan. Nur dem Opfer wollte immer noch nicht klar vor Augen treten, dass es schwer verletzt am Boden lag.

Kurz darauf stand die Hyäne mit dem frisch vom Dienst suspendierten Frank Fechner und einem Aktenwagen vor dessen Schreibtisch. Sie begannen, die Akten auf den Wagen zu heben.

Frank hatte sich wieder gefasst. »Dass du mir meine Akten schön bearbeitest, während ich weg bin. Nicht, dass ich hinterher noch alles aufzuarbeiten habe.« Dabei schaute er zu seinem Kollegen und hoffte, dass dieser seinen auf bestimmte Blätter gehefteten Blick verstünde. Er brauchte unbedingt das auf dem Tisch liegende Exemplar seines Berichtes, um sich im Disziplinarverfahren zur Wehr setzen zu können und der Schweinerei, die hier passierte, auf den Grund zu kommen. Die Hyäne blieb stumm und packte die nächsten Akten auf den Wagen.

Frank seinerseits räumte ein paar persönliche Sachen aus und von dem Schreibtisch ein paar eingerahmte Fotos, Aspirin und einen USB-Stick.

»Den nicht«, schoss die Hyäne auf ihn zu. »Da könnten dienstliche Daten drauf sein.«

»Sind aber nicht.«

»Das werden wir prüfen.«

»Das gibt es doch nicht! Ich bin doch kein Verbrecher!«, entsetzte sich Fechner ehrlich.

»Doch, bist du. Und wir werden es dir beweisen. Ich war sowieso dafür, dich in die Untersuchungshaft stecken zu lassen wegen Verdunklungsgefahr. Dann könntest du hier überhaupt nicht mehr herumwirtschaften, Unterlagen beiseiteschaffen oder Zeugen manipulieren. Außerdem haben Polizisten immer besonderen Spaß im Knast, wenn die Mithäftlinge erfahren, welchen Beruf sie ausüben.«

Fechner musste sich Luft verschaffen: »Wenn du morgens in den Spiegel schaust, wird dir da nicht übel?«

Die Hyäne glotzte entgeistert.

»Ups, habe ich das laut gesagt?«, spielte Fechner.

»Noch eine Beleidigung. Das wird ein Nachspiel haben. Bring das Fass ruhig zum Überlaufen. Wirst sehen, was du davon hast.«

Fechner nutzte den Erguss der Hyäne, um zu Behrend noch einen Blick wegen der auf dem Tisch liegenden Dokumente zu werfen.

Ein Knall von der Pinnwand unterbrach die Hyäne in der Rede und ließ sie erschrocken herumfahren. Mitten in seiner Stirn prangte ein Dartpfeil, dicht neben dem Pfeil des Präsidenten. Er konnte sich an die Situation bei der Aufnahme erinnern; es hatte besondere Mühe bereitet, sich dem Präsidenten so dicht zu nähern, da musste er drängeln, schieben und andere auf die ihnen zustehenden Plätze verweisen. Es war besonders wichtig, wo man bei solchen Aufnahmen stand. Und nun: So eine Schmähung!

Doreen Siebert, eine Kollegin, platzte mit einer Akte unter dem Arm herein. »Hallo, Jungs.«

»Raus hier!«, fauchte die Hyäne.

Die blonde, resolute Frau feuerte zurück: »Geht das auch freundlicher?«

»Wäre die Kollegin so freundlich und verlässt bitte den Raum, wenn es nicht zu viel Mühe bereitet?«, säuselte die Hyäne, um grob nachzusetzen. »Hier werden unter Zeugen Anordnungen im Zusammenhang mit disziplinarischen Maßnahmen gegen Ihren Kollegen Fechner vollzogen.«

Doreen ging, aber nicht ohne zu bemerken: »Ist das alles in den wenigen Jahren Verwaltungsarbeit angelernt, oder waren Sie immer so unmöglich?«

Behrend kommentierte: »Nach meiner Erfahrung verstärkt so ein Posten nur bestimmte Eigenschaften. Sie waren aber schon immer da.«

Frank nutzte die Gelegenheit, die Kopie des V-Mann-Berichtes blitzschnell vom Tisch zu nehmen. Die Hyäne sah weiter auf den Dartpfeil in ihrer Stirn. Wie durch den über eine Voodoo-Puppe vermittelten Schmerz fasste sie sich automatisch an selbige und zischelte zu Behrend: »Dich kriege ich auch noch.«

Dem suspendierten Kriminalkommissar blieb dadurch genügend Zeit, das Papier zu falten und in die Gesäßtasche zu stecken.

Die Hyäne setzte sich an den Computer und forderte schrill: »Passwort!«

»Ja.«

»Wie?«

»Ich hab eins. Muss ich das rausrücken?«

»Ist Dienstpflicht. Denk an die U-Haft, Prinzessin.«

»Arschloch!«

»Selbst, oder ist es das Passwort? Passen würde es ja.«

»Tohuwabohu.«

»Wie?«

»Mein Passwort lautet: Tohuwabohu.«

»Gibt's doch nicht. Wie schreibt man das?«

»Ist das auch Dienstpflicht? Hol dir doch 'nen Duden.«

Nachdem der Schreibtisch geräumt und der Zugang zum PC immer noch nicht geschaffen worden war, ging Frank zu Peter und verabschiedete sich. »Wenn der da Ärger macht, gib mir Bescheid. Ich bin jetzt ein Outlaw und kann mir alles erlauben.«

»Mach's gut. Halt den Kopf hoch«, verabschiedete sich der Kriminalhauptkommissar und schlug dem Kollegen auf die Schulter.

Die Hyäne kommentierte: »Die haben sich ja richtig lieb. Wie süß.«

Als Frank das Zimmer verließ, fragte Peter: »Ich würde schon noch ganz gerne wissen, weshalb du Krimis hassen würdest, wenn du sie hasstest.«

Die Hyäne nahm Witterung auf: »Ist das ein Code?«

Ohne diese Frage zu beantworten, wollte Peter gern die Frage des Freundes auflösen. »Anders als bei uns gibt es da meist ein gutes Ende.«

Die Hyäne dachte, wieder mitreden zu müssen. »Für dich gibt es hier kein gutes Ende. Dafür werde ich persönlich sorgen.«

Frank verließ das Büro, gefolgt von der Hyäne, die noch kurz ihre Pfote im Türrahmen hielt, als Behrend die Tür in den Rahmen schmetterte. Der Schrei der Hyäne hallte laut über den Flur.

9. KAPITEL: DER SCHLÜSSEL ZUM PARADIES

Meine Ermittlungen zum Vater meiner Mandantin begann ich in der Nähe verschiedener Supermärkte, da, wo man Trinker zumeist vermutet, sozusagen an der Quelle. Die Gehhilfe nahm ich mit, für den Fall, dass es alles zu anstrengend wurde und ich sie tatsächlich brauchte. Außerdem war sie ein Zeichen meines Leids. Ja, ich tat mir mal so richtig selber leid. Musste auch mal sein. Zuerst ging ich in Richtung des alten Kohlehofs, wo ich in der Markendorfer Straße in der Nähe einer größeren Tierarztpraxis und einer Imbissbude einen Norma, einen Netto und einen Aldi-Markt fand. Ich erinnerte mich, dass ich vor den Supermärkten gelegentlich Trinker gesehen hatte. Näheres konnte mir vielleicht die Imbissbetreiberin sagen. Bei ihr frühstückte ich gelegentlich ein Bier, sie führte nichts Härteres im Programm. Selbstverständlich hätte ich auch festere Nahrung zu mir nehmen können, aber nach dem, was ich in meinem Job von der Welt so sah, war mir eben häufig danach, flüssig zu speisen. Die Chefin bereitete mit ihrer Angestellten das Frühstück schon zu einer Zeit, während der ich noch in einer meiner Lieblingskneipen im Stadtteil Alt Beresinchen oder drüben in Słubice überlegte, ob es nicht besser für mich wäre, es beim letzten Schnaps zu belassen, den ich gerade ausgetrunken hatte. Heute brauchte ich für meine Recherchen im Umfeld des Vaters meiner Mandantin eine feste Grundlage. Es müsste doch mit dem Teufel zugehen, wenn ich keine Spur von Horst Arndt fände. Bei einer Recherche am Computer oder über einen Freund, der einen Computerladen hatte und mir bei spezielleren Recherchen schon mal half, brauchte ich meine Zeit nicht zu verschwenden. Bei den Lebensumständen des Vaters meiner Mandantin würde ich keine Website mit aufschlussreichen Informationen zu erwarten haben.

Mit ihren flinken braunen Augen hatte mich die Imbissbudenbesitzerin sofort beim Hereinkommen erfasst. Ihre Stube war jetzt nach üblicher Frühstückszeit und noch vor dem Mittag leer. Auf der täglich wechselnden Tafel las ich von den Kartoffeln mit Kräuterquark über den Fisch in Dillsoße bis hin zum Schnitzel mit Mischgemüse und Kartoffeln und entschied, dass das Schnitzel heute das Richtige für mich sein würde.

»Und, schon ein paar Trinker unterwegs heute?«, wollte ich das Gebiet für die Einholung meiner Auskünfte sondieren und war dabei schon so in Gedanken vertieft, dass mir nicht klar war, welche Steilvorlage ich der Betreiberin gegeben hatte.

Die Reaktion kam prompt. »Nö, bist ja grad' erst reingekommen.«

Die Kollegin musste sich bemühen, nicht in den Topf mit dem Mischgemüse zu prusten.

»Vielen Dank auch. Ich bin heute in Sachen eines vermissten Säufers unterwegs.«

»Schizophrene Selbstfindung oder wirklich a Auftrag?«, konnte die Chefin es immer noch nicht lassen, an meinen Trinkgewohnheiten herumzunörgeln. Sie war eben eine sehr lebenskluge und auch schlagfertige Frau. »Was haste denn mit dem Bein gemacht?«, erkundigte sie sich wegen meiner Gehhilfe.

»Schon fast wieder in Ordnung. Den Zwilling von der hier hab ich schon im Büro gelassen«, erklärte ich, die Krücke hebend.

»Dann mach mal vorsichtig … Wenn de 'nen Säufa für 'nen Gläubiger suchst, wirste da nischt finden.«

»Nein, für einen Angehörigen, der sich sorgt.«

»Also unten am Norma sind ein paar deutsche Trinker mit 'nem Hund. Bei Netto sind de Polen.«

»Wieso ist das so getrennt nach den Nationalitäten?«, fragte ich naiv.

»Im Suff, da hört de Völkaverständigung eben uff«, fing sie an zu reimen.

»Seltsam, ich habe immer gehört, dass die Leute, wenn sie was getrunken haben, eine Fremdsprache viel besser verstehen oder sprechen.«

»Das müsstest de doch besser wissen. Alk enthemmt nur, besser wird die Sprache dadurch nich.«

»Und wieso saufen die Polen hier?«

»Das müsstest de doch auch besser wissen. Das ham sich die Polen doch von den Amis abgeguckt, dass die Leute da nicht mehr im Freien saufen dürfen. Nun saufen se bei uns.«

Nach meinem Schnitzel entschied ich mich für die deutsche Truppe mit dem Hund, da ich über Bekanntschaften des Vaters meiner Mandantin zu anderen Polen als denen, mit denen er bei meiner früheren Beauftragung herumgesoffen hatte, nichts wusste.

Ich humpelte, noch ohne einen konkreten Plan, auf die Gruppe trinkender Deutscher in der Nähe des Norma-Marktes zu und taxierte den Hund. Er war der Einzige unter ihnen mit halbwegs klarem Blick. Der Hund wedelte mit dem Schwanz und lud mich damit quasi ein.

»Hallo«, blubberte ich in die Runde, »is 'n schönes Tier.«

»Is meina«, ertönte es von einem aus der Gruppe. Der Hund kam humpelnd auf mich zu.

Ich lachte. »Da haste ja och 'n kaputtes Been, mein Kleina.« Ich streichelte ihn.

»Woll'n ja gleich zum Tierdoktor da drüben. Der is jut.«

»Da kann ich gleich mal mitkommen. Vielleicht hilft der mir och mit dem Been«, wurde ich leutselig.

Ein anderer gab seinen Kommentar dazu: »Wat für Tiere jut is, kann für Menschen nicht schlecht sein.«

»Aba umjekehrt schon«, wusste der mit dem Hund zu sagen. »Der Dokta hat mich so richtich Maß jenommen, als ich erzählt hab, dass mein Hund och Bier trinkt. Da hat der jesacht, ich kann mit meinem Leben machen, was ich will, aba für 'n Hund, da hab ich die Verantwortung. Und ich soll so 'ne Scheiße lassen. Stimmt's, Charlie?« Charlie schaute zum Herrchen. Gelegentlich hatte ich schon den Eindruck, dass Tiere klüger sind als ihre Halter. Ein Eindruck, der sich gerade bestätigte.

Ein weiterer aus der Gruppe meinte: »Scheiße hat der sicher nich jesagt.«

»Aba jemeint«, stellte Charlies Herrchen klar.

»Ich bin nich von hier«, leitete ich das Gespräch über, »und suche einen Freund. Horst, Horst Arndt.« Ich schaute in die Runde, keiner antwortete. Also fragte ich erneut: »Horst Arndt, kennt den jemand?«

Jetzt schüttelten sie wenigstens ihre Köpfe.

Das Kopfschütteln musste irgendwie geholfen haben. Vielleicht sollte ich das auch gelegentlich versuchen. Ist wohl für die Durchblutung förderlich. Meine Theorie wurde dadurch bestätigt, dass der plötzlich antwortete, der eben noch am kräftigsten seinen Hirnkasten geschüttelt hatte. »Da meinste sicher Hotte.«

Nun nickten alle und ich hörte so etwas wie »Klar, Hotte«, »Ja, der« und »Der hängt im Stadtzentrum rum, vor dem Kaufland und dem Aldi«. Damit war ich ein Stückchen weitergekommen.

»Ist hier vor Kurzem 'n schwarzes Auto vorbeijekommen und wollte einen von euch mitnehmen?«

Die Stimmung wechselte plötzlich und ich hörte »Wat ist 'n dit für 'ne Scheißfrage?« und »Bist 'n Bulle?«.

»Nein, nein«, versicherte ich auf die zweite Frage hin. »Die humpeln hier doch nicht durch die Gegend.«

Die Typen lachten wieder und einer antwortete: »Schwatte Karren halten für uns nicht. Außer vielleicht … wenn's de letzte Tour wird.« Die Typen lachten nicht mehr.

Ein anderer ergänzte: »Wenn, dann halten die blauen Autos für uns.«

Einige begannen wieder zu lachen. Ich zuckte begriffsstutzig, an meine Krücke gelehnt, mit der Schulter.

»Na, de Bullentaxen. Wenn hier Krawall is oda ena in de Ausnüchterung muss.«

Als ich mich mit meiner Krücke zum Gehen wegdrehte, musste sich einer aus der Gruppe kräftig übergeben, was aber kaum Beachtung fand. Ich nahm mir vor, ernsthaft meinen Alkoholkonsum zu überdenken.

Nach meinen ersten Ermittlungen in der Nähe des Kohlehofs versuchte ich, im Stadtzentrum von Frankfurt etwas über den Verbleib des Vaters meiner Mandantin herauszubekommen. Zwei, drei Gespräche und doppelt so viele Bierflaschen später wusste ich mit immer stärker werdenden Schmerzen in den Beinen noch nicht viel mehr als zuvor: Horst Arndt war Alkoholiker, verbrachte die Nacht in der Regel im Obdachlosenheim, trieb sich mit anderen Trinkern am Tag meist im Zentrum der Stadt herum, wegen ausgesprochener Hausverbote durfte er nicht mehr in die Supermärkte im Stadtzentrum, was ihn aber nicht davon abhielt, dort gelegentlich doch wieder Alkohol zu stehlen. Neu war, dass mir mehrere seiner Saufkumpane bestätigten, dass er eine Freundin habe, die sogar in einer eigenen Wohnung lebe und mit der er meist saufe. Letzteres war mir nicht so neu. Hotte, wie sie ihn nannten, war nun seit einigen Tagen nicht mehr gesehen worden, was nicht für Unruhe sorgte. Oft war einer von ihnen mal im Krankenhaus, bei der Polizei oder im Knast; Entziehungskuren hingegen wurden nach diversen Rückfällen nicht mehr bewilligt.

Vor den Lenné-Passagen, in denen mehrere Einzelhändler neben einem Supermarkt, den Räumen eines Stadtsenders, einer Bankfiliale, einem Fitnessstudio und verschiedenen Büros ihren Platz gefunden hatten, setzte ich mich mit den verbliebenen Flaschen Bier auf eine freie Bank. Mir gegenüber saßen auf einer Bank ein stark tätowierter und ein bärtiger Angetrunkener, die Plastiktüten mit sich führten, von denen ich vermutete, dass sich in denselben der Großteil ihrer Habe verstauen ließ.

Eine junge Frau lief einen nicht so großen Bogen um die Bank meiner Nachbarn wie die anderen Passanten, weshalb der Tätowierte sie gleich um einen Euro anbettelte. Die junge Frau schüttelte zu einem Nein empört den Kopf und ich holte eine Flasche Bier klirrend so hervor, dass sie mitbekommen mussten, dass ich noch mehrere dabeihatte.

»Ey, willste uns nich einlad'n?«, brüllte der Tätowierte zu mir herüber, als ob wir alleine in der Stadt wären oder alle Interesse an unserer thematisch eingeschränkten Konversation hätten.

»Könnt doch selba rüberkommen. Ich hab beim Laufen Probleme«, wies ich auf meine Krücke. »Ein paar Flaschen hab ich noch.« So weit waren die Alkoholiker noch sehr berechenbar.

»Bist 'n echter Kumpel«, schmeichelte der Tätowierte, während er zu mir herüberschlenderte und der Bärtige hinterhertrottete. Je näher der Tätowierte kam, desto unschlüssiger wurde ich, was in seinem Gesicht Tätowierung und was alkoholbedingte Verfärbungen waren. Aber wer lässt sich schon die Nase bemalen? Beide nahmen ein Bier und stürzten es hinunter.

»Kennt ihr Hotte, der auch oft in der Gegend ist?«

»Hm«, stöhnte der Bärtige, Zustimmung signalisierend, und an seinen Saufbruder gewandt: »Wat fragt 'n der nach Hotte, Gerry?«

Dann ist der andere wohl Tom, schoss es mir durch den Kopf. So konnte ich mir wenigstens die Namen dieser beiden Säufer merken: Tom und Gerry, wobei das mit Tom noch nicht raus war.

»Bist 'n Bulle, oder wat?«, fragte der Bunte gereizt.

Die Frage hatte ich heute schon gehört. In puncto Konversation war unter den Mitgliedern der örtlichen Trinkergilde nicht so richtig was los. »Bin ein Kollege von früher«, log ich. »Ein Bulle feiert hiermit krank«, und wieder wies ich auf meine Krücke. Meine Karte als Privatdetektiv würde hier wohl wenig Eindruck machen. Außerdem war es eine sehr schnell gemachte Erfahrung, dass die Befragten mir nach einer Lüge bereitwilliger antworteten als nach Vorlage meiner Visitenkarte. Früher hatte ich mir darüber noch öfter Gedanken gemacht, dass es doch nicht richtig sein konnte, die Leute ständig zu belügen, und mir die Frage gestellt, ob dann das Belügen und Betrügen zu einer Veränderung im Wesen führte, weil es zur Normalität wurde. Inzwischen wusste ich, dass ich da ganz gut zwischen Arbeit und Privatleben trennen konnte. Aber vielleicht machte ich mir da nur etwas vor, genau wie die Alkoholiker hier, die sich oft einredeten, ihre Krankheit im Griff zu haben. Privatdetektive wurden nur in Filmen akzeptiert, nicht in der Wirklichkeit. Das war selbst unter Kollegen so. Es würde nichts bringen, wenn ich hier in den Supermarkt ginge und versuchte, mit dem dort tätigen Privatdetektiv zu sprechen. Da war die Befragung der Trinker vor dem Gebäude erfolgversprechender.

»Die woll'n doch nischt mehr von uns wissen«, warf er in noch skeptischem Ton früheren Arbeitskollegen vor.

»Da bin ich eben eine Ausnahme.«

»Bist 'n Kumpel, echt«, bestätigte er seine bereits vorhin getroffene Aussage.

»Mmh«, gab ihm der Bärtige recht.

»Und wo ist nun Hotte?«, wollte ich meine Ermittlungen voranbringen.

»Da fragste besser den da«, empfahl der Wortführer und hielt die leere Bierflasche in Richtung seines Saufkumpanen. »Den ham sogar schon de Bullen nach Hotte jefragt. Der hat jeseh'n, wie Hotte mit den anderen in 'n großes Auto jestiegen is. Und wech. Haste noch 'n Bier?«

Die letzte Frage ignorierte ich im Bewusstsein der Tatsache, dass meine Bierreserve zur Neige ging und der Redefluss mit dem Ende des Bierflusses versiegen würde, und wandte mich direkt an den Bärtigen. »Von Kumpels mit 'nem großen Auto hat er auch nie erzählt. Wer war das denn?«

Der Ruhige fühlte sich nicht angeredet, weshalb der Tätowierte half. »Ej, Hammer, du bist gemeint.«

»Weshalb Hammer?«, interessierte ich mich.

»Der is Boxer. Musste uffpassen. Wenn der dir eine langt, kippste aus den Latschen.«

Hammers beste Zeiten waren seinem Gesamteindruck nach zu urteilen aber schon einige Jahre vorüber. »Und wie war das mit den Kumpels, die Hotte mitgenommen haben?«

»Zwei große Dicke. Die sah'n aba nich aus wie Kumpels. Die wa'n uff 'n Kopp rasiert. Hatten tolle Klamotten. Sah'n aus wie Kumpels, kloppten Hotte auf die Schulter.«

Was nun eher seiner Wahrnehmung entsprach, ob sie nun Kumpels waren oder nicht, danach brauchte ich nicht weiter zu fragen. Schließlich war auch ich ein Kumpel. Eingedenk dieser Tatsache holte ich meine letzten beiden Flaschen Bier mit der Frage hervor: »Was für ein Auto war es denn?«

»Groß und schwarz und ganz toll.« Beim letzten Adjektiv war ich mir nicht sicher, ob es nur in Anbetracht der Flasche Bier ausgesprochen worden war.

»Ein Pkw oder ein Transporter?«, übergab ich fragend die Flaschen, die sie mit zittrigen Händen öffneten. Das war zu früh und die Antwort blieb beim Trinken aus. Als die Flaschen leer waren, fragte ich nochmals: »Ist Hotte mit seinen neuen Kumpels in einen Pkw oder einen Transporter gestiegen?«

»Was wees ich? Ein Auto eben. Nee, keen Transporter.«

»Vom Kennzeichen haste nich noch was jeseh'n?«, passte ich meinen Stil der Situation an.

»Bist doch 'n Bulle«, wurde selbst der Bärtige jetzt munter.

»Nee«, begann der Tätowierte zu lachen. »Den' haste doch schon alles erzählt. Und seit wann verteilen die Bullen Bier?«

Für den Bärtigen war das ein einleuchtendes Argument, weshalb er antwortete: »Nummernschild habe ich nich jeseh'n ... Wenn Hotte nie mehr widakommt, also für immer weg ist, dann, dann braucht der doch den Schlüssel doch nich mehr.«

»Was quatschste?«, rülpste ihn der Tätowierte an.

»Na den Schlüssel, du weest schon ... den zum Paradies.« Dabei machte der Bärtige tatsächlich eine Kopfbewegung, als ob er in den Himmel schaute.

»Wie bitte?«, fragte ich etwas verblüfft nach.

»Na den Schlüssel zum Paradies eben.«

Also hatte ich mich doch nicht verhört.

Der Tätowierte mahnte: »Hör uff zu quatschen, du Idiot!«

Ich wollte so schnell nicht lockerlassen: »Was für einen Schlüssel meinst du? Einen zum Paradies. So einen hätt ich auch gern.«

»Det glob'n wa dir. Da hat der hier aba nur Scheiße jequatscht«, wies der Tätowierte zum Bärtigen.

Der wollte sich zu meinem Glück aber verteidigen. »Ganich. Der ist mehr wert als 'nen Lottogewinn. Wenn de den wirklich brauchst, issa Gold wert.«

»Halts Maul, du Idiot, sonst …«

»Wat sonst?«, wurde der Bärtige munter. Er war offensichtlich der körperlich Überlegene. »Ich quatsche hier keene Scheiße. Und was is, wenn se Hotte entführt haben, weil se ihn ausschlachten wollen?«

»Wat?«

»Seinen Körper ausschlachten eben. So Herz und Nieren und so.«

Belustigt fragte der Tätowierte: »Seine Saufleba vielleicht?«

»Ick klopp dir gleich deine Leba weich, du Arsch«, drohte der Bärtige wieder, diesmal noch entschlossener.

Mir missfiel, wie sich die Stimmung wandelte, weshalb ich schnell das Thema zu wechseln suchte: »Wo wohnt denn seine Freundin, die … Na, wie heißt sie noch mal?«

»Lotti«, übernahm der Tätowierte wieder die Wortführung.

»Wo kann ich sie finden? Vielleicht is' Hotte bei Lotti.«

»Nee. Da sagen wir nischt. Tust ihr noch was an und wir sind schuld. Bist vielleicht doch so 'n Dreckskerl. So 'n perverses Schwein. Nee, nee. Hast noch 'n Bier?«

»Bin doch keine Brauerei«, spielte ich nach dem Vorwurf den Beleidigten.

»Und wir sagen nischte mehr. Ham mit dir schon vill zu ville jequatscht«, wollte der Tätowierte das Gespräch beenden und holte sich die Zusicherung des Bärtigen ein. »Stimmt's?«

»Hm.«

»Lotti wohnt doch auch hier in Frankfurt?«, blieb ich stur bei meiner Fragerei.

»Haste nich jehört? Denkst wohl, weil wir hier sitzen, sind wir der letzte Dreck, wa?«, schlug jetzt die Stimmung selbst des Bärtigen um.

»Passt auf!« Ich stand auf, die beiden Trinker auch. »Ich hol jetzt noch ein paar Bier. War doch so schön. Und dann unterhalten wir uns noch ein wenig.«

»Nischt, nischt«, brüllte der Tätowierte so laut, dass sich die Passanten zu uns umdrehten. »Los, hau dem was in die Fresse!«, wandte er sich an den Bärtigen, der sofort in meine Richtung schlug. Ich wich mit dem Oberkörper aus und blockte seinen rechten Unterarm so schnell und kräftig, dass er eine Ahnung davon bekommen konnte, wie es aussehen mochte, wenn ich zurückschlug. Ich humpelte unter Beschimpfungen davon in Richtung des nächsten Supermarktes und war mir sicher, eine neue Bedeutung des Wortes »Kumpel« zu meinem Wortschatz hinzugewonnen zu haben.

Ich betrat den Supermarkt, dessen Schleusen sich automatisch öffneten und mir das Gefühl gaben, dass man zwar leicht hinein-, aber umso schwerer hinauskam. Außer so einer wie Horst Arndt vielleicht, der wurde in solchen Läden sicher schneller hinausgeschmissen, als er hineinkam. Ich schaute mich mit geübtem Blick um und erkannte sofort den etwas weichlich wirkenden, schwabbeligen Marktdetektiv, der wegschaute, um nicht erkannt zu werden; so, wie es kleine Kinder machen, um nicht gesehen zu werden, einfach die Hände vor die Augen, frei nach dem Motto: Wenn ich dich nicht sehe, dann siehst du mich auch nicht. Ich schritt forsch auf den Kollegen zu, ohne zu ahnen, dass Dorint, der Geschäftsführer der Agrargesellschaft, ihn schon auf mich angesetzt hatte oder wie weit seine Ermittlungen gegen mich schon gediehen waren.

»Hallo, Kollege, können Sie mir vielleicht Auskunft zu

einem obdachlosen Säufer geben, der sich häufig hier im Stadtzentrum herumtreibt?«

Einerseits schien ich den Ton getroffen zu haben, in dem man sich in seinen Kreisen über solche Subjekte unterhielt. Andererseits wollte ich etwas von ihm und dies schien seine Bedeutung aus seiner Sicht um einiges zu steigern. Er war sich nicht schlüssig, wie er reagieren sollte, und beließ seine Antwort bei einem: »Kollege?«

Mein Name hätte mir bei diesem Typ sicher nicht die Türen geöffnet. Ich musste es anders versuchen. »Hm. Erbschaftsermittler Schmidt-Schmalz. Ich such einen Horst Arndt.«

»Petruschke«, meldete sich der Marktdetektiv wie beim Kommiss und reichte mir die Hand. »Den? Den kenne ich. Sagen Sie bloß, dieser Penner ist Millionenerbe? Dann hätte ich ihn bei der letzten Festnahme besser doch nicht so hart anfassen sollen, wie?«

»Festnahme?«, übernahm ich seine Taktik der kurzen Frage.

Der feiste Kerl schien zu überlegen, ob es unter den gegebenen Umständen immer noch angezeigt war, mit seiner besonderen Härte gegenüber solchen Subjekten zu prahlen, konnte dann aber doch nicht über seinen Schatten springen. »Der hat hier Hausverbot. Erst neulich habe ich ihn erkannt, aussortiert und als er sich widersetzen wollte, eins auf die Nase gegeben.«

»Es gibt Typen, die brauchen das«, meinte ich, ihn nichtssagend anblickend, meinte aber solche Typen wie ihn. Direkt sagen konnte ich das dem Idioten nicht, schließlich erhoffte ich mir noch die eine oder andere nützliche Information.

»Richtig«, glotzte er mich verschwörerisch an, »der Chef hat dann eine Anzeige gemacht und ich habe den Penner rausgeschmissen.«

»Und dann?«, forschte ich weiter.

»Nischt.«

»Wie nischt?«

»Er hat sich nicht mehr gemeldet. Wir bekommen dann manchmal noch 'ne Ladung von der Polizei zur Zeugenvernehmung. Aber die Klauereien und Verletzungen der Hausverbote durch solche Penner sind nichts Kompliziertes. Wenn's 'ne Verhandlung gibt, muss ich ab und zu zur Verhandlung ins Gericht«, erklärte er wichtig und machte dann eine kleine Pause, während der ich nichts sagte; ich spürte, dass da noch etwas war. »Das Schwein hat aus Wut noch an die Hauswand gepisst.«

Gespielt empörte ich mich: »So ein Schwein!«

»Stimmt's?«

»Hm … Der Marktleiter, ist der heute da?«

»Ja, aber der kann Ihnen auch nicht mehr sagen«, spielte Petruschke den Beleidigten.

»Ist meist so, aber so 'n Chef möchte auch gerne gehört werden, wenn man im Haus ist.«

Das missfiel Petruschke. Widerwillig geleitete er mich zum Chef, aber schließlich wollte er noch etwas von mir. Auf unserem Weg zum Marktleiter rückte er auch damit heraus. »Ich kann noch andere Sachen, als hier kleine Diebe zu kriegen.«

»Sicher«, antwortete ich in einem Ton, als ob ich ihm nicht einmal zutraute, dass er sich die Schuhe alleine schnüren konnte.

Petruschke begann, sich zu verteidigen. »Ich habe Aufträge von verschiedenen Firmen hier in der Umgebung, für die ich Ermittlungen durchführe. Auch Firmen im Westen haben mich schon beauftragt.«

Und es sicher bereut, antwortete ich in Gedanken.

»Wenn Sie mal Entlastung oder Hilfe in einer Sache brauchen«, er zog eine Karte hervor, die ich ungelesen einsteckte, »Kevin Petruschke ist gleich zur Stelle. Hier ist das Büro des Chefs. Ich klopfe gleich mal. Der Chef sieht es nicht gerne, wenn hier firmenfremde Personen in den Gängen herumschlendern.« Er klopfte und öffnete nach einem kurzen »Herein!« die Tür.

Der Marktleiter erkannte Petruschke und mich hinterdrein, was ihn zu einem leicht verunsicherten »Sie?« bewog.

»Sie?«, meinte Petruschke, als er erkannte, dass der Marktleiter und ich uns kannten.

»Ja«, gab ich zu, »Sven Rübel, Privatdetektiv«, und grinste breit.

»Ich denke …«, stutzte Petruschke.

Der Marktleiter fragte: »Sie denken?«

»Ein stinknormaler Detektiv?«, wurde Petruschke wütend, »von wegen Schmidt-Schmalz und so. Wir sprechen uns noch«, drohte er mit dem Gesicht eines Schlächters.

»Sie unternehmen hier gar nichts«, fuhr der Marktleiter dazwischen, »Herr Rübel ermittelt für mich.«

Petruschke glotzte verständnislos.

»Danke!«, betonte der Marktleiter in Petruschkes Richtung, damit dieser verstand, dass er hier nicht mehr gebraucht wurde.

Nachdem der Marktdetektiv abgetreten war, schüttelten wir einander die Hände.

»Ich war mir nicht sicher, ob es richtig ist, hier aufzukreuzen«, räumte ich ein, »nachdem das mit Ihrem Haus passiert ist.«

Der Marktleiter bot mir einen Platz an und ließ sich selbst in seinen Sessel fallen. »Nicht zu Unrecht. Ich habe da mächtig Ärger am Hals. Die Tür ist nicht aufgebrochen worden und die Versicherung mutmaßt nun, dass ich da meine Hände im Spiel habe.«

Ich beruhigte ihn. »Hatten Sie aber nicht.«

»Jedenfalls zahlt die Versicherung nicht, bevor das Ermittlungsverfahren abgeschlossen ist.«

»Das bedeutet, dass Sie wegen des Hauses auf Geld aus Ihrer Versicherung hoffen können?«, formulierte ich mehr als Frage denn als Schlussfolgerung.

»›Hoffen‹ hört sich gut an. Zum Glück konnte die Polizei die Sache mit den anderen Hauseinbrüchen in Verbindung bringen, weil die Täter ausreichend Spuren hinterlassen haben.«

Ich versuchte, ihn zu beruhigen. »Sie werden sehen, das renkt sich alles wieder ein.«

Der Marktleiter stutzte. »Sie sind doch sonst kein Sprücheklopfer.«

»Vom Prinzip her haben Sie recht. Aber Sie glauben ja nicht, wie das auf Menschen wirkt. Solche Sprüche haben manchmal eine eigenartige Wirkung. Da scheinen bestimmte Bahnen im Gehirn vorhanden zu sein und wenn man die anspricht, dann beruhigt das wirklich.«

»Dann hoffen wir mal wirklich, dass sich alles wieder einrenkt … Aber deshalb sind Sie sicher nicht gekommen und haben Petruschke was von einem Schmidt-Schmalz erzählt.«

»So ist es. Ich ermittle in einer Vermisstensache.« Und wie bei einem Filmtitel fügte ich hinzu: »Gesucht wird Horst Arndt.«

»Hm, ja, einer derjenigen, denen wir wegen vergangener Diebstähle ein Hausverbot aussprechen mussten.«

»Mussten?«, wiederholte ich meine Technik aus dem Gespräch mit Petruschke.

»Ja, da gibt es eine Anweisung aus der Unternehmenszentrale.«

»Alles durchorganisiert, was?«

»Hm … Und was ist mit Arndt?«

»Das wollte ich von Ihnen wissen.«

»Da gibt es nicht viel mehr. Der hat neulich gegen das Hausverbot verstoßen und Petruschke ihn gestellt.«

»Darin findet der seine Erfüllung, wie?«

»Sieht so aus. Gibt auch eine Prämie. Ich habe dann die Anzeige erstattet und ihn wieder rausgeschickt. Habe dann nichts mehr von ihm gehört.«

»Welchen Eindruck hat er gemacht?«

»Einen ruhigen, gefassten. Er ist auch nie durch irgendwelche körperliche Gewalt gegen meine Angestellten aufgefallen oder Beschimpfungen oder so. Hat nur ab und zu Kleinigkeiten gestohlen und das Hausverbot erteilt bekommen. Sonst hatte ich keinerlei Kontakt zu ihm. Scheint ein eher unauffälliger Typ zu sein. Anderen Trinkern begegnet man schon häufiger im Stadtgebiet.«

»Ist Ihnen schon einmal zu Ohren gekommen, dass Obdachlose hier einfach so verschwinden?«

»Nein. Das hätte der eine oder andere vielleicht gern, aber davon ist mir nichts bekannt. Sind vielleicht auch nicht die stetigsten Menschen.«

Mein Arbeitstag war noch nicht beendet. Ich suchte das städtische Obdachlosenheim auf, wo ich einem Herrn um die 60 Jahre mit schütterem Haar begegnete, der mich mit einem »Ham noch geschlossen« begrüßte.

»Ich möchte hier auch nicht einziehen.«

»Einzieh'n is nich. Wenn, dann nur übernachten.«

»Ach, und tagsüber raus an die frische Luft?«, schlussfolgerte ich.

»Is eben nur 'ne Notunterkunft und kein Hotel«, erklärte er im sachlichen Ton. »Viele schaffen es doch über begleitete Wohngemeinschaften wieder auf eigene Füße und in eine eigene Wohnung.«

»Is schon toll«, meinte ich anerkennend. »Und die anderen?«

»Die kommen meistens wieder. Ham hier schon so was wie 'ne Stammbelegschaft.«

»Gehört auch Horst Arndt dazu, genannt Hotte?«

Sein Blick wurde aufmerksamer. »Darüber kann ich Ihnen keine Auskünfte geben.«

»Der ist seit einigen Tagen weg und seine Tochter macht sich Sorgen.«

»Is schön zu hören, dass sich jemand sorgt. Viele haben nich mehr solche Menschen. Bräuchten sie aber.«

»Und Horst Arndt?«

»Wie gesagt, da darf ich nichts sagen.«

»Is sicher nicht einfach hier, der Job.«

»Das können Sie laut sagen.«

»Viel Ärger?«, begann ich wieder meine Fragerei.

»Die hierherkommen, freuen sich über eine Bleibe, sind aber nicht unbedingt einfach«, antwortete er auf meine allgemeine Frage.

»Wird wohl ordentlich gesoffen und so?«, blieb ich am Ball.

»Nee. Absolutes Alkoholverbot. Sonst wär das nicht zu handlen.«

»Und wer trotzdem säuft?«

»Den müssen wir abmahnen und im Wiederholungsfall Hausverbot. Geht nicht anders. Wenn da keine Ordnung herrscht, geht's hier schnell drüber und drunter.«

»Hat Hotte schon mal so 'n Hausverbot bekommen?«

»Nee, der is 'n Ordentlicher, schläft auch oft außerhalb. Hat wohl 'ne Freundin oder so.« Er stutzte. »Ich wollte Ihnen doch nichts zu Arndt sagen.«

»War ja auch nur so unter uns. Da kann ich die Tochter schon mal beruhigen.«

10. KAPITEL:
WER ANDEREN EINE GRUBE GRÄBT …

»Woher wissen die märkischen Sand buddelnden Kollegen denn schon wieder von Blomovs Anwesenheit? Die haben bis gestern doch gedacht, dass ›Blomov‹ eine neue Wodkasorte sei«, gab Dr. Hans-Hubertus von Hangelsberg, Leiter der Abteilung Organisierte Kriminalität im Landeskriminalamt Berlin, zum Besten.

»Da gibt es einen V-Mann-Bericht aus dem Rotlichtmilieu«, klärte Kriminalhauptkommissar Lichterfeld seinen Chef auf, ein Kriminalhauptkommissar in der Besoldungsstufe A 12, worauf er bei jeder noch so unpassenden Gelegenheit hinwies, und fügte in Anlehnung an die Bemerkung des Chefs hinzu: »Aber die Information stammt nicht aus der sandigen Mark, sondern dem feuchten Oderbruch.«

»Egal, hört sich alles irgendwie nach Sibirien an.«

»Die Brandenburger glauben, dass Blomov in Berlin ist. Wir wissen, dass er sich in einem Schlosshotel in Brandenburg aufhält. Das MEK ist dran. Ich bekomme laufend Meldung.«

»Gut. Jedenfalls lassen wir uns Iwan den Schrecklichen nicht von den Sandläufern wegschnappen. Ich informiere sofort den Präsidenten und Sie machen das Spezialeinsatzkommando zur Festnahme klar. Und: Höchste Vorsicht, der Mann hat mehr Leute in den Himmel oder besser in die Hölle befördert, als eine Hebamme Kindern auf die Welt geholfen hat.«

»Die Brandenburger werden verärgert sein, wenn sie das erfahren. Die Anwälte Blomovs werden wegen unserer fehlenden Zuständigkeit bei der Festnahme auf diesen formellen Fehlern herumreiten und dann … Ihre Bewerbung auf die Stelle des Polizeipräsidenten im Land Brandenburg. Vielleicht sollten wir das BKA informieren. Ich staune sowieso, dass die nicht schon hier auf der Matte stehen.«

Hangelsberg ging in sich, er konnte gegenüber Lichterfeld natürlich nicht zugeben, dass eigentlich nur das Argument mit der Bewerbung zog. Er wollte sich seine Karriere nicht kaputt machen, weshalb es galt, sich die Brandenburger nicht zu Feinden zu machen. Andererseits, was wäre, wenn seine Bewerbung nicht von Erfolg gekrönt sein würde? Dann könnte er sich wenigstens mit der Verhaftung Blomovs schmücken.

»Wir müssen diplomatisch vorgehen und dürfen den Anwälten Blomovs keine Breitseite bieten. Wenn der Haftbefehl vollzogen ist, wird er nicht dadurch unwirksam, dass *wir* die Verhaftung durchgeführt haben. Dennoch: Wir machen ein Schreiben fertig. Die Brandenburger haben uns doch die Steilvorlage selbst geliefert. Wir bedanken uns bei denen für die vertrauliche Information, kündigen die Verhaftung an und fragen, aber nicht zu unterwürfig, ob da aus Brandenburger Sicht was dagegen spräche. Die werden uns mitteilen, dass nichts dagegen spreche, und wir haben so etwas wie eine offizielle Erlaubnis für den Zugriff; nur dass die denken, dass er in Berlin, und wir wissen, dass er in Brandenburg erfolgen wird. Und das BKA lassen wir außen vor.«

»Chef, Sie sind genial«, schmeichelte Lichterfeld.

»In aller Bescheidenheit, das glaube ich auch.«

Igor und Juri saßen vorn in der Limousine und hatten Horst auf dem Rücksitz platziert. Es sah aus, als würde jemand begleitet von einem Bodyguard und einem Fahrer durch die Lande chauffiert.

»Der Detektiv wird sich wundern, wenn er in sein Büro

kommt«, freute sich Juri infantil, das Fahrzeug in Richtung Stadtmitte Frankfurt lenkend.

»Dem hätten wir gleich eine ordentliche Sprengfalle bauen sollen. Und wenn der dann in sein Büro zurückgekommen wäre … bummm«, ergänzte Igor, wobei er eine kreisförmige Armbewegung zeichnete, »alles aus.«

»Meinst du, unser Deutsch war korrekt?«

Igor warf ein »Wen interessiert's?« in das Fahrzeuginnere, drehte sich zu Horst Arndt und lobte diesen, in die deutsche Sprache wechselnd: »Gut gemacht.«

Horst Arndt freute sich über das Lob. Erst war er erschrocken, als er festgestellt hatte, dass sich das Vorgehen gegen Sven Rübel richtete. Er kannte den Privatdetektiv und mochte ihn. Aber was sollte er machen? Jetzt und hier einfach wieder aussteigen? Er hatte sich geschworen, dass er diese Chance nutzen wolle. Sollte er wegen des Detektivs nun alle Vorsätze wieder sausen lassen? Es würde seine letzte Chance im Leben sein, da war sich Horst Arndt sicher. Hätte er nun vor lauter Gewissensbissen diese Chance nicht ergreifen und seine neuen Freunde vor den Kopf stoßen sollen? Diese hatten lauthals gegrölt, als Horst mit vollem Schwung den Wasserkocher gegen die Wand schleuderte. Im Büro selbst hielt Horst beim PC inne. Auf Igors Aufforderung »Los!« wollte er erst gegen den Computer treten, schaute dann genauer hin, überlegte sich, dass er Rübel damit sicher zu viel schaden würde, und meinte locker: »Das alte Ding, wenn er es behält, ist er mehr gestraft, als wenn wir ihn durch unsere Zerstörung zu einem neuen verhelfen. Da soll er mal schön selber drauf sitzen bleiben.« Um jedoch keine Zweifel bei seinen neuen Freunden wach werden zu lassen, goss er eine Flasche Wodka aus, die er im Schreibtisch unten rechts in einem Fach gefunden hatte. Das war ein viel größeres Zeichen von ausgelebter Zerstörungswut als ein zertretener Computer. Die

Papiere waren schnell auf dem Boden verteilt, während Igor etwas in deutscher Sprache auf einen Zettel schmierte. Jetzt plagten Horst aber wieder seine Gewissensbisse. Er versuchte, an etwas anderes zu denken.

»Nächster Auftrag etwas schwerer«, sagte Igor nun. »Ist schlimmer Zuhälter. Aber er soll Iwan abkaufen den Puff und alles in Ordnung. Wenn nicht, dann wir machen alles kaputt.« Igor drehte sich wieder nach vorn, öffnete das Handschuhfach und holte eine Pistole heraus. Er wandte sich zurück zu Horst und fragte: »Du wissen, wie umgehen damit?«

Horst ergriff die Waffe. »Ja, während meiner Armeezeit, da hatte ich eine. Ist nur lange her.« Horst ergriff die Waffe, entsicherte sie, lud die Waffe mit dem Masseverschluss durch und sicherte sie wieder. Er strahlte.

»Manche Sachen verlernen nie, wie Schwimmen oder Fahrrad«, freute sich auch Igor mit ihm, »du einstecken. Wenn wir sind bei Partner in Puff, du nur Gesicht machen ernst.«

»Da«, meinte Horst und wollte damit seinen neuen russischen Freunden zeigen, dass er rudimentär auch ihrer Sprache mächtig war.

»Das werden immer besser Arbeit mit dir.«

Vorsichtig erkundigte sich Horst, auf die Pistole zeigend: »Soll ich damit schießen?«

»Njet, njet«, schüttelten Igor und Juri zusammen die Köpfe.

»Nur ... nur ... sehen«, meinte Igor, sichtlich unzufrieden, nicht das zutreffende Wort gefunden zu haben.

Horst riet: »Drohen?«, und landete einen Treffer.

»Gut verstehen du«, lobte Juri den Deutschen.

Igor verteilte die Aufgaben. »Du bleiben an Tür und machen Sicherheit, okay? Zeigen Waffe für drohen. Alles.«

Hotte quittierte mit einem »Verstanden«. Ein »Verstanden, Chef« wollte ihm nicht über die Lippen kommen. Er sah sich mit diesen beiden Jungs auf einer Stufe in der Organisation.

Er hatte in Filmen gesehen, wie das funktionierte. Wenn man hier spurte, konnte man ganz schnell nach oben kommen. Nur mitmachen und keine Fragen stellen. Befehle waren auszuführen. Wo käme eine solche Organisation hin, wenn jede Anweisung in Zweifel gezogen oder diskutiert würde? Das hier war kein parlamentarischer Debattierklub, sondern eine straff durchorganisierte und funktionierende Organisation.

Als sie auf den Hof des Bordells *Nummer zwei* fuhren, fühlte sich Horst wie einer von ihnen, wieder zugehörig zu einem Team und jetzt mit Leuten, die weder Tod noch Teufel fürchteten. Er sah es als Zeichen ihres absoluten Vertrauens, dass er hinter ihnen ging. Leicht hätte er die Waffe ziehen und beide umlegen können. Schnell verwarf er auch nur diese Idee. Diese beiden würde er nicht enttäuschen, er würde loyal sein. Sie hatten ihn aus der Gosse gezogen, ihm vertraut und gemeinsame Sache mit ihm gemacht. Und offensichtlich hatten sie noch Größeres mit ihm vor.

Boris hatte die Ankömmlinge gesehen und seine Pistole geladen. Alexej hatte ihn gewarnt. Mit ihm hatte er hier seine eigene Sache laufen, unabhängig von Blomov. Noch wusste er nicht, ob er richtig damit gelegen hatte, sich hinter Iwans Rücken auf Alexejs Seite zu schlagen. Was, wenn Iwan diesen Krieg gewann? Alexej schien ihm gegenüber wenigstens insoweit loyal, als er Igor und Juri angekündigt hatte; den Dritten nicht. Boris lud auch die abgesägte Schrotflinte und legte verschiedene Messer auf seinem geplanten Fluchtweg zurecht. Die Mädchen schickte er alle auf ihre Zimmer; sie nach Hause zu schicken, dafür war es jetzt zu spät. Boris wusste um die Gefährlichkeit der Leute; ein Kampf könnte schnell in ein Gemetzel ausarten. Für einen Anruf bei Sven Rübel war es zu spät, dem Mann, der ihm den Rückzug sichern sollte. Für die Verwirklichung von Plan B war es noch zu früh, die wichtigsten Utensilien dafür standen noch nicht bereit. Da musste er noch seine Verbindungen zur medizinischen Fakultät spielen lassen. Alexej war es auch, der ihn aufgefordert hatte, als Spitzel für die deutsche Polizei zu arbeiten. So konnten sie überprüfen, ob ihr Mann ganz oben bei den Bullen die wichtigen Informationen zu ihnen weiterleitete. Boris hatte so auch erfahren, dass seine Information über Blomov bei den Führungskreisen der Polizei in den Landeskriminalämtern und dem Bundeskriminalamt angekommen und der Polizist, der die Information entgegengenommen hatte, zumindest vorläufig unter anderem Vorwand vom Dienst suspendiert worden war; das System funktionierte. Vor Igor und Juri konnte Alexej ihn nur so weit schützen, wie dessen eigene gegenwärtige Position es zuließ. Noch war Iwan stark, sehr stark, einer der stärksten Männer im Geflecht des Verbrechens, dem es gelang, höchste russische Polizeibedienstete und Politiker zu Fall zu bringen. Natürlich musste auch er sich an bestimmte Regeln und das Gesetz der Diebe halten, um im Fischteich zu überleben.

Igor, Juri und Horst traten in den Raum. Die beiden Russen gingen auf den Mann am Tresen zu, Horst blieb an der Tür stehen und zog das Jackett zur Seite, um einen Blick auf seine Pistole zu eröffnen. Igor sprach den Mann an der Bar für ihn unverständlich auf Russisch oder in einer ähnlichen osteuropäischen Sprache an. Horst fühlte sich gut in seiner Position. So sollten sie ihn jetzt mal sehen, diese ganzen kleinkriminellen Versager, dieser bärtige Säufer, den sie Hammer nannten, weil er früher als Boxer so einen hammermäßigen Schlag gehabt hatte, der war doch nur noch ein Schatten seiner selbst, oder der großspurige Gerry, der sich überall am Körper hatte tätowieren lassen, auch im Gesicht, der konnte damit doch nur eine alte Oma beeindrucken.

Er spürte, wie die Verachtung für die Menschen, mit denen er jahrelang gesoffen und sich geprügelt hatte, in ihm aufkeimte. Pack schlägt sich, Pack verträgt sich, da war was dran. Er hatte nur Verachtung für die Armen übrig, die andere Arme bestahlen. Für ein paar Euro, für eine Flasche Alkohol, für ein Portemonnaie mit erhofftem Geldsegen von zehn oder zwanzig Euro, dafür schlugen sie sich die Köpfe gegenseitig ein. Würde es ein paar pfiffige Arme geben, die die Reichen ausnehmen würden, für die hätte er alle Achtung der Welt. Das wäre so à la Robin Hood, aber der wurde im Laufe der Zeit auch so umgedichtet und verfärbt, dass da ein enteigneter Adliger hoffähig gemacht wurde, statt der in ursprünglichen Balladen besungene Wegelagerer einfacher Herkunft. In dieser Assimilation der Geschichten an den Geschmack der Konsumenten sah Horst den Verrat der Geschichte, der Geschichtsschreiber, der Literaten. Horst spuckte in seinem Zorn so hörbar auf den Boden, dass sich die drei Russen von der Bar aus zu ihm wendeten. Er hatte den Nimbus des Rächers, die Entschlossenheit funkelte in seinen Augen. Selbst Boris spürte die Kraft, die von diesem Manne in jenem Moment ausging. Horst Arndt starrte ihn an.

Wenn seine früheren Begleiter jetzt hereinkämen, dann würde er sich ihnen in den Weg stellen und ganz leise flüstern: »Keinen Zentimeter weiter«, während er das Designer-Jackett zur Seite ziehen würde. Noch ehe diese Nieten mitbekämen, was lief, hätte er schon seine Pistole gezogen und einem an die Stirn gedrückt. Was Igor und Juri ihm gaben, war noch viel wichtiger als Geld, sie gaben ihm seine Ehre zurück, seine Selbstachtung. Er müsste nie mehr irgendwelche Formulare ausfüllen, sich in Warteschlangen einreihen und demütigende Prozeduren über sich ergehen lassen, nur um ein paar Euro Almosen zu bekommen. Wie spitzbübisch sich Gerry und Hammer freuten, wenn es ihnen mal wieder gelang, unerkannt eine Flasche Suff zu stehlen und so einen Versager von Marktdetektiv zu übertölpeln. Mit dem

Petruschke würde er sich jetzt auch gerne unterhalten. Vielleicht könnte er Igor und Juri zu einer Extraschicht überreden.

In der Bar hier standen und hingen Flaschen im Werte von … ach, weiß der Geier. Er hatte die Macht, den Mann an der Bar mit Blei vollzupumpen oder ihn am Leben zu lassen, seine Flaschen zu klauen, sie zu zerschießen oder den Mann zu zwingen, so viel zu saufen, bis er ins Koma fiel.

»Zwei Millionen«, wiederholte Igor ernst, »oder du und der Laden hier werden plattgemacht.«

Boris wusste, dass das hier kein Scherz war und er keine Diskussion zu beginnen oder Wehklagen über die eigene Zahlungsunfähigkeit anzustimmen brauchte. Entweder er würde zahlen oder sterben, so sah es für seine Gegenüber aus. Boris hielt sich aber, ohne dass sie es ahnten, noch eine weitere Option offen. »So viel habe ich jetzt nicht in der Kasse. Da muss ich erst Reserven lockermachen, einiges versilbern und mit der Bank eine entsprechende Auszahlung vereinbaren.«

Igor und Juri signalisierten Verständnis und vereinbarten mit Boris einen Termin zur Geldübergabe an dem Ort, an dem sie jetzt standen.

Wieder im Fahrzeug, drehte sich Igor zu Horst. »Gut gemacht wieder. Ich denken vorhin, du wollen Boris machen kalt.«

Horst meinte stolz: »Na, war das Drohung genug?«

Die beiden Russen nickten.

»Otschen karascho«, gab Horst noch zwei weitere Wörter seines spärlichen russischen Vokabulars zum Besten.

Was war das? Als ich zurück in meine Detektei kam, stand die Bürotür offen. Seit ich meine Beinverletzung hatte und sich Yvonne wegen Vanessas Anwesenheit nicht mehr sehen ließ, ließ ich die Tür meist offen, damit ich mit der Krücke nicht immer bis zur Tür musste, wenn jemand klingelte, aber wenn ich das Büro verließ, schloss ich sie ab. Mich auf unerwarteten Besuch vorbereitend, zog ich meine Waffe, entsicherte sie und lud durch. Offen gestanden, sah mein Büro nie aufgeräumt aus, aber was sich hier meinen Augen bot, war ein Bild der Zerstörung und Verwüstung. Aber keine Leiche, tote Tiere oder sonst Unanständiges; auch das hatte es hier schon gegeben. Vanessa wollte aufräumen und nicht verwüsten. Praktikantinnen sind eben auch nicht mehr das, was sie zu Zeiten des Oval Office mal waren. Nach diesem ersten flüchtigen Gedanken freute ich mich, dass sie nicht mehr hier gewesen war, als das passierte. Ein neuer Werbegag einer Reinigungsfirma war das hier sicher nicht. »Ihr Büro ist verwüstet. Kommen Sie zu uns, wir richten es wieder, während Sie ein paar Stunden in entspannter Atmosphäre genießen.« Oder so ähnlich. Ein Teil meiner Fragen beantwortete sich, als ich, in schlechter deutscher Sprache geschrieben, einen Zettel auf meinem Schreibtisch fand: ›Erstens und letztens Warnung! Nichts Ermittlungen wegen Bieber!‹ Der hatte sich nicht einmal die Mühe gemacht, seine Spuren durch Computerschrift oder durch das handwerklich anspruchsvollere Ausschneiden von Buchstaben aus Zeitungen zu verwischen. Da stand hier in großen, mit meinem schwarzen Permanentstift in Druckbuchstaben gemalten Lettern eine Warnung. Drei Sachen wusste ich nun: Er hatte keinen eigenen Stift dabeigehabt, es handelte sich um die Ermittlungen in der Biber-Sache und der Typ, dem man einen Aufräumzwang nun wahrlich nicht nachsagen konnte, war zumindest Legastheniker. Ich wollte mir einen Kaffee aufsetzen und mir die Sache durch den Kopf gehen lassen. Der Wasserkocher war in der Küchennische mit Wucht an die Wand geworfen worden und taugte nur noch als Schrott. Jetzt brauchte ich einen kräftigen Schluck. Am Schreibtisch angelangt, musste ich feststellen, dass der Kerl meine letzte Schnapsflasche ausgegossen hatte. Langsam wurde ich richtig sauer.

Die Tür flog auf, ich drehte mich beim Ziehen meiner Pistole um und hielt sie in Richtung Flur.

Vanessa stürmte wie immer froh gelaunt herein: »Sven, ich weiß nun …« Sie stoppte in der Bewegung und im Satz abrupt und fragte: »Was ist denn hier los?«

Schnell steckte ich die Waffe weg und antwortete mürrisch: »Wonach sieht es denn aus? Meinst du, ich fand, dass du zu viel aufgeräumt hattest, und ich die alte Ordnung wiederherstellen wollte?«

Immer noch nicht viel von ihrer guten Laune verloren habend, antwortete sie mit Blick neben den Schreibtisch: »Nö, du hättest den Schnaps nicht ausgekippt.«

»Jetzt kannst du uns nicht mal einen Kaffee aufsetzen.«

»Dein PC wird doch heiß genug. Da stellst du einfach nur eine Schüssel Wasser drauf.« Sie schaute genauer hin. »Komisch, den haben sie dir gelassen. Das sind echte Psychoterroristen. Dein alter Computer ist nämlich nerviger als ein vollständig verschrotteter: der Lüfter so laut wie das Triebwerk einer Boeing 747 und das Gehäuse heiß wie eine Kochplatte.« Dann sah sie das Drohschreiben und ergriff sofort Partei: »Die spinnen wohl. Deshalb macht man doch nicht so was.«

Einen ganz kurzen Augenblick überlegte ich sogar, ob Vanessa etwas mit der Sache zu tun haben könnte. Genauso schnell, wie der Gedanke kam, verwarf ich ihn wieder und schämte mich dafür. Auch objektiv konnte sie nicht wegen dieser Sache bei mir eingeschleust worden sein: Sie hatte sich bei mir fast zeitgleich mit der Übernahme des Biberfalles beworben. Ich schüttelte den Kopf. Dieser Job förderte jede Art von Verfolgungswahn und Schizophrenie. Jedenfalls hatte ich registriert, dass Vanessa von mehreren Tätern ausging, während ich bisher von einem Täter ausgegangen war.

Vanessa deutete das Kopfschütteln anders, kam zu mir,

legte tröstend ihren Arm auf meine Schulter und meinte: »Das hier kriegen wir schon wieder hin. Wir fangen einfach an aufzuräumen und irgendwann, wirst sehen, sind wir fertig.«

Ich schämte mich für meine Gedanken von vorhin noch mehr. »Okay, aber dann muss ich dich rausschmeißen.«

»Wie meinst du das?«

»Das wird zu gefährlich hier. Natürlich werde ich in der Sache nicht lockerlassen, aber man weiß nie, was sich so ein Kerl ausdenkt.«

»Du wirst doch sicher zur Polizei gehen und das hier anzeigen.«

»Höchstens ein Entrümplungsunternehmen hätte Interesse, wenn ich das hier anzeige. Die Polizei würde eine Anzeige zwar aufnehmen, könnte aber kaum was unternehmen. Die machen ihren Papierkram in solchen Sachen doch auch nur, damit die Opfer etwas für ihre Versicherung dokumentiert haben. Erfolgreich ermittelt wird in solchen Sachen schon lange nicht mehr … Aber du darfst hier nicht länger bleiben.«

»Wir können uns doch mailen. Ich kann weiter recherchieren. Und sowieso bin ich doch gekommen, um dir zu sagen, wie die Freundin von Horst Arndt heißt. Charlotte Vogel, wohnt in der Leipziger Straße. Die weiß über das Verschwinden ihres Bekannten auch nicht mehr.«

»Wie hast du denn das angestellt?«, staunte ich nicht schlecht.

»Deine deutschen Kumpel habe ich leicht gefunden. Die saßen bei einem Fläschchen Bier oder besser gesagt, vielen Flaschen, in der Nähe des Kauflands in der Heilbronner Straße. Da war noch ein Dritter dabei. Ich habe ihnen gesagt, dass ich Horsts jüngste Tochter sei, ich mir Sorgen um meinen Vater mache, und sie vor dir gewarnt. Du seist so eine Art ausgebuffter Kopfgeldjäger, der Papi wieder in den Knast bringen will.«

»Das gibt es doch nicht!«, protestierte ich gespielt. Eigentlich war ich stolz, wie meine Schülerin sich machte.

»Charlotte Vogel habe ich eine andere Geschichte aufgetischt. Die war angetrunken und beäugte mich misstrauisch. Da hättest du als Mann hingemusst.«

»Siehst du, schon hast du gelernt, wie man verschwundenen Personen auf die Schliche kommt.« Eine Ermahnung zur Vorsicht durfte ich mir aber nicht verkneifen. »Bei den Ermittlungen für dein Projekt wird es kaum gefährlich werden. Hier musst du schon ein wenig aufpassen. Internetrecherchen sind in Ordnung und auch die Sache, die du jetzt ermittelt hast, aber in anderen Angelegenheiten werde bitte nur tätig, wenn wir es abgesprochen haben.«

»In Ordnung«, trällerte sie fröhlich.

»Das meine ich wirklich ernst. Schau dich doch um. Das ist eine ernst zu nehmende Drohung.« Wie ernst sie wirklich gemeint war, das unterschätzte selbst ich noch zu diesem Zeitpunkt in fataler Weise. »Hast du etwas von einem ›Schlüssel zum Paradies‹ gehört?«, wollte ich noch wissen.

»Schlüssel zum Paradies? Nein. Hört sich romantisch, zumindest mysteriös an. Was soll das sein?«

»Da habe ich selbst keine Ahnung. Davon berichteten die Trinker, die ich vor dem Aldi traf. Horst Arndt soll diesen Schlüssel bei sich gehabt haben.«

»Nein«, wiederholte sie. »Sagt mir nichts.«

»Okay, da werde ich dranbleiben. Könnte eine Spur werden … Und mit unserem Besuch hier müssen wir wirklich vorsichtig sein. Das kann schnell eskalieren.«

»Das habe ich gemerkt«, spielte sie auf mein Ziehen der Waffe an. »Also los jetzt, ab ans Werk, frisch, fröhlich, fromm und frei.«

Kurz darauf betrat Yvonne den Flur und kreischte: »Wie sieht es denn hier aus?« Mit einem Blick auf Vanessa schien ihre Frage beantwortet. »Ich wusste doch, dass die dir nur Scherereien machen wird.« Und zu mir gewandt, forderte sie: »Schmeiß sie endlich raus und ich komm wieder.« Yvonne war wie eine Wurst in eine viel zu enge weiße Hose gepresst. Konnte ihr die Verkäuferin nicht einmal ehrlich sagen, dass Yvonne mittlerweile ein, zwei Konfektionsgrößen größer kaufen sollte?

Ich fasste die Bemerkung über ein Wiederkommen als eine Art Drohung auf und entgegnete schnell: »Vanessa und ich räumen bereits auf.« Ich packte einen Stapel Akten zur Seite und mein Blick fiel auf einen Zettel, auf dem Yvonne den Termin für die letzte Verlängerung der Abgabe meiner Steuererklärung notiert hatte. Das war in drei Tagen. Mir wurde warm und kalt. Das Finanzamt verstand keinen Spaß. Entsetzt ob der Entdeckung des Zettels entfuhr mir ein »Was ist denn das?«.

Yvonne, verärgert über meine Loyalität zu Vanessa, wollte wohl irgendwie witzig sein, als sie meinte: »Wer lesen kann, ist klar im Vorteil. Sieht so aus wie meine Notiz über den letzten Abgabetermin deiner Steuererklärung.«

Entnervt polterte ich: »Na toll. Wann wolltest du mir das sagen?«

»Ich weiß nicht, was du hast. Ich habe den Termin doch notiert und im Kalender habe ich ihn auch eingetragen. Was sollte ich denn noch machen?«

»Mir das vielleicht mal *sagen.* Da steckt doch noch viel Arbeit dahinter. Wann soll ich das denn jetzt noch schaffen?«

Wie meist in solchen Diskussionen ging sie schnell zum Angriff über. »Ich möchte wissen, was ich falsch gemacht haben soll. Ich habe den Termin notiert und im Kalender eingetragen.«

»Das hattest du schon gesagt. Du weißt doch, dass ich nicht ständig in die Unterlagen auf dem Schreibtisch schaue, und in den Kalender habe ich für die nächste Woche noch gar nicht geschaut.«

»Dann ist das deine Schuld. Ich stehe hier nicht für deine Vergesslichkeit ein. Es ist deine Sache, wenn dir studentische Praktikantinnen wichtiger sind als deine Steuern. Wirst schon sehen, was du davon hast.«

Bei einem »Na dann, viel Glück« sah ich nur noch ihren rundlichen Rücken mit den nach vorne gezogenen Schultern, bevor die Tür krachend in den Rahmen flog und weitere Teile des Putzes geräuschvoll auf den Boden bröckelten.

Während in Berlin Pläne für Blomovs Verhaftung geschmiedet wurden und Vanessa meine Detektei aufräumte, fuhr ich von der Detektei über die Heilbronner Straße, in der ich Ausschau nach meinen neuen trinkenden Kumpeln hielt, über die lange Leipziger Straße, in der Charlotte Vogel wohnte, in Richtung Markendorf, um Katharina Arndt zu besuchen. Heute musste ich trotz der Sommerhitze wieder den alten VW nehmen, weil ich den Tank meines alten Motorrades sträflich vernachlässigt hatte. Wenn durch die Lösung eines Falles wieder Geld in meine Kasse gespült werden sollte, würde ich meiner alten Java auch mal wieder einen vollen Tank spendieren. Das Haus von Katharina Arndt fand ich in der Nähe des Krankenhauses, am Rande der Stadt, in einer netten kleinen Siedlung.

»Was für eine Freude, Sie persönlich zu sehen. Ich hatte mich schon darauf eingestellt, Ihrer flotten Mitarbeiterin ein Foto übergeben zu müssen. Kommen Sie doch herein! Ich wollte mir gerade einen Kaffee machen.«

»Ich war mir nicht sicher, ob es das richtige Haus ist, da Sie kein Namensschild am Gartentor haben. Aber die Nummer wusste ich noch so ungefähr. Und der Garten zeugte von jemandem mit Sinn für etwas Schönes.«

»Das Namensschild habe ich mir gespart. Hier wurde

schon bei fast allen Nachbarn eingebrochen und ich denke mir, dass man bei einem Doktortitel auf besonders reiche Beute hofft, obwohl das verfehlt wäre.«

»Wenn Guttenberg oder Schavan auf dem Namensschild steht, lassen sich selbst polnische Diebe nicht von einem Doktortitel blenden.«

Sie lächelte. »Neulich sollen Einbrecher in der Gegend sogar ein Haus angesteckt haben, weil sie darin nichts gefunden haben, erzählen die Nachbarn. Da gab es schlimme Gerüchte, bis hin zu einer Sprengung.«

»Hab ich auch von gehört«, bestätigte ich mit unbeteiligter Miene. Und, mal Hand aufs Herz: Was hätte sie von der Story mit Tobias' Handgranaten halten sollen?

»Ein paar meiner Nachbarn sind sogar dahin gefahren, um sich die Brandruine anzusehen«, erzählte sie unbefangen weiter, spürte aber wohl, dass ich dem Thema nicht sehr zugeneigt war, und wechselte es daher schnell. »Komisch, dass Sie meinen Garten so toll finden, sind doch gar nicht so viele Blumen gepflanzt … Der ist doch mehr parkartig.«

»Aber genau das ist doch das Schöne. Und dass Sie auf Ihrer Wiese Löwenzahn und Gänseblümchen belassen haben, macht Sie noch sympathischer. Ich denke mir immer, dass die Leute in so einer Gegend jeden Abend nach der Arbeit mit einem kleinen Eimer und Spezialwerkzeug durch den Garten rennen und alles ausstechen, was einen deutschen Golfrasen verunzieren könnte.«

»Wenn Sie meine Nachbarn am Wochenende sähen, könnten Sie Ihr Vorurteil bestätigt wissen.«

Katharina Arndt sah nach ihrem Dienst im Klinikum sehr müde aus, war gerade im Begriff, sich einen Kaffee zu kochen, und fragte, ob ich denn auch einen wolle. Und ob.

»Sehr gern. Ich bin heute noch nicht dazu gekommen, mir einen aufzusetzen.«

»Was für einen möchten Sie denn?«, fragte sie und präsentierte dabei ihre Kaffeewundermaschine.

»Eigentlich begehre ich nur eine Tasse einfachen Kaffees. Aber wenn ich mir die Maschine da so anschaue, dann töpfert sie auch zu jeder Sorte Kaffee noch die passende Tasse.«

»Also gut. Ganz einfachen Kaffee.«

»Schwarz«, nahm ich ihr die Antwort auf die nächste Frage vorweg.

Sie drehte sich herum, griff mit einer Haltung, die einer Ballettpose ähnelte, eine Tasse aus dem Küchenschrank, stellte sie an den Kaffeeautomaten und drückte ein paar Tasten. Ich beobachtete, wie nach ihrer Arbeit alles viel langsamer vorangin g, aber jede ihrer Bewegungen einen auf mich wirkenden Eindruck seltsam würdiger Anmut hinterließ.

»Ein aktuelles Foto habe ich nicht«, unterbrach sie meine Gedanken. »Hier, das habe ich als eines der aktuellsten herausgelegt. Da ist er aber rasiert, gewaschen und nüchtern. Man würde ihn bei einer Suche nach diesem Foto kaum wiedererkennen. Wenn ich ihn betrunken in der Stadt sah, dann war mir nicht danach zumute, ihn zu fotografieren.« Dann setzte sie nachdenklich hinterher: »Eher zum heulen.«

»Trotzdem vielen Dank.« Mit Blick in Richtung Küchentisch schlussfolgerte ich: »Sie sind eine Naschkatze?«

»Nur zum Abbauen von Ärger. Nach der Trennung von meinem Mann habe ich satte fünf Kilo zugelegt. Und jetzt das mit meinem Vater.«

»Na, da habe ich den Ärger doch genauso. Kann ich auch etwas naschen?«

»Dass Sie in so einer Situation noch Witze machen können!«

»Machen Sie sich nicht zu viele Gedanken«, versuchte ich, sie zu beruhigen. »Über 90 Prozent aller Vermisstenfälle gehen glimpflich aus. Da macht einer einen auf Aussteiger, unternimmt spontan etwas, was er schon immer machen wollte, haut ab, weil er mehr Beachtung braucht oder jemanden bestrafen möchte, und so weiter.«

»Wenn es nur so wäre«, wünschte sie sich.

»Ich habe mich schon mal in der Stadt umgehört. Seine Saufkumpane sind nicht sehr auskunftsfreudig und immer misstrauisch, ob man nicht doch von der Polizei ist … Wussten Sie, dass Ihr Vater eine Freundin hatte?«

»Eine was?«, war Katharina ernsthaft überrascht.

»Eine Freundin«, wiederholte ich. »Sie soll Charlotte Vogel heißen und in der Leipziger Straße wohnen.«

»Davon hat er mir nichts erzählt.«

»Wer weiß, was ihn bewog, nichts von ihr zu erzählen … Wenn sie auch aus dem Trinkermilieu kommt, ist sie vielleicht niemand, den Ihr Vater Ihnen als Stiefmutter gerne hätte vorstellen wollen … Übrigens, das war nicht so gemeint, neulich in meinem Büro, von wegen Sie hätten sich nicht um Ihren Vater gekümmert und ihn auf die Straße gesetzt.«

»Schon gut. Für einen Außenstehenden sieht das Leben mit einem Säufer eben anders aus.« Während sie das von sich gab, wirkte sie noch müder.

»Ich spüre doch, welche Sorge Sie bewegt«, sagte ich ihr, da es stimmte, und auch, damit sie sich vielleicht nur ein ganz klein wenig besser fühlte.

»Und ich hab das mit Ihrem Alkoholkonsum auch nicht so ganz ernst gemeint.«

»Jetzt schwindeln Sie aber. Ich weiß, dass ich da ein Problem habe, kann aber damit umgehen … Glaube ich jedenfalls.« Ich glaubte es wirklich. Und wenn ich an meine frühere Dienstzeit als Berufssoldat bei der GROM dachte, wusste ich auch, weshalb ich manchmal alles vergessen mochte. Aber davon würde ich ihr nichts erzählen. Mochte sein, dass das alles nur Rechtfertigungsversuche waren und ich nichts mehr im Griff hatte. »Schlimm ist es, wenn man wie Ihr Vater abgestempelt wird. Da macht sich doch kaum einer Gedanken, was für ein Mensch dahintersteckt.«

»Haben Sie einmal von Hermann Schleichert, dem Obdachlosen Wiener, gehört?«, fragte Katharina.

Ich strengte mein Gehirn unter Stirnrunzeln gehörig an, hatte seltsame Assoziationen und kam laut zu dem Ergebnis: »Nie gehört.«

»Der fand um die Weihnachtszeit einen braunen Umschlag auf der Straße. Als er ihn öffnete, traute er seinen Augen nicht. Da waren 14 Fünfhunderteuroscheine im Umschlag. 7.000 Euro. Er hat sie zur Polizei geschafft. Dem Verlierer wurden sie zurückgegeben. Der hat es aber nicht für notwendig erachtet, sich zu bedanken oder auch nur dem Finder den rechtlich zustehenden Finderlohn zu zahlen.«

»Deshalb liegt er auch nicht auf der Straße.« Ich musste mich nicht bemühen, damit meine Stimme sich zynisch anhörte. »Geld zu Geld, Armut zu Armut. Ich sage Ihnen eins: Der Mann ist bewundernswert ehrlich. Diese moderne Weihnachtsgeschichte hat aber kein Happy End; sie ist Realität.«

»Jetzt haben Sie mir schon drei Sachen gesagt.«

»Dann kommt noch eine vierte dazu: Die Geschichte ist symptomatisch. Wir werden so erzogen, immer schön ehrlich sein.«

Katharina schaute wortlos.

Ich musste hinzusetzen: »Wenn man durch Schicksalsschläge in der Gosse landet, kommt man da kaum mehr raus. Wer aber immer nur zum eigenen Vorteil handelt, der landet nicht in der Gosse. Mit 7.000 Euro hätte er es vielleicht geschafft: eine eigene kleine Wohnung, spartanisch eingerichtet, was zum Anziehen und vielleicht wieder etwas Teilhabe am Leben. Der Versuch wäre es wert gewesen.«

»Jetzt weiß ich auch, weshalb Sie nicht bei der Polizei sind.«

Mein Handy unterbrach unser Gespräch.

»Karotners Heribert am Apparat«, begrüßte mich der alte Herr; Jonathan alias Jockel bellte im Hintergrund.

»Hallo«, grüßte ich kurz im freundlichen Ton.

»Sie werden es nicht glauben.«

»Was denn?«

»Diese Gangster, die haben schon wieder einen Biberdamm eingerissen.«

»Ich hatte gedacht, dass der Auftrag mit meinem Auftritt dort schon erledigt gewesen wäre«, teilte ich dem Alten höflich mit, »die sind ja zäh.«

»Wir doch auch, oder?«, vergewisserte sich der Alte.

»Na aber«, verstand ich sein Drängen. »Ich bin gerade bei einem Klienten und kann in einer Viertelstunde da sein.«

»Das würde mich sehr freuen.«

»Ich fahre gleich zu der Firma und melde mich dann.«

»Lass doch gut sein«, sprach er leiser und erkennbar nicht zu mir und setzte noch ein »Gut, gut« hinterher. Etwas lauter meinte er zu mir: »Schöne Grüße von meiner Frau … Und Sie sollen gut auf sich aufpassen.«

»Danke. Beste Grüße zurück«, erwiderte ich höflich.

Plötzlich hatte ich seine Frau in der Leitung: »Hallo, Herr Rübel. Guten Tag«, grüßte sie und warnte mich eindringlich: »Bitte, bitte seien Sie vorsichtig! Sonst kann sich das vorgesehene Unheil schnell verwirklichen.«

»Ja, ja«, schlug ich die Warnung in den Wind und machte mich über Griselda lustig: »Haben Sie wieder eine böse Prophezeiung?«

»Genau die hab ich«, blieb sie ernst.

»Liebe Frau Griselda, es gibt keine schlechten Omen«, belehrte ich sie.

»Sehr wohl«, blieb sie ganz Dame und hartnäckig.

»Was wollen Sie denn gesehen haben?«, spottete ich.

»Einen großen schwarzen Wagen mit russischem Kennzeichen, der gerade in Richtung der Agrargesellschaft fuhr. Da saßen mehrere Männer im Auto.«

Ich besann mich: »Okay, es gibt schlimme Vorahnungen.« Als ich auflegte, sah ich auf dem Display, dass Boris versucht hatte, mich zu erreichen. Meine Mailbox signalisierte mir, dass es losging. Blomovs Leute hatten sich wieder angekündigt. Zunächst würde ich jedoch der Agrargesellschaft einen Besuch abstatten.

Indes statteten schon Blomovs Leute mit Horst Arndt im Gefolge Jörg Dorint in Neu-Sophienhof einen Besuch ab. Irgendwie hatten diese Burschen und ich ab jetzt dieselben Ziele. Der helle Flachbau lag im gleißenden Sonnenlicht und machte mit seinen hübschen Anpflanzungen davor einen gepflegten Eindruck.

Dorint erkannte durch das Fenster seines Büros Igor und Juri als die beiden Türsteher, die er beim Besuch des Russen in Berlin gesehen hatte. Sie hatten einen dritten Mann dabei. Dorint erinnerte sich nur sehr ungern an seine Übernachtung im Abfallcontainer des Berliner Adler-Hotels. Er nahm schnell sein Telefon, drückte die Kurzwahltaste seines Vorzimmers und teilte seiner Sekretärin mit, dass er die Herren, die gerade mit dem Fahrzeug angekommen wären, auf keinen Fall zu sprechen wünsche, als diese schon vor der Sekretärin standen.

Igor meinte kurz: »Wir zu deinem Boss wollen«, und zeigte auf die einzig verschlossene Tür, die vom Sekretariat abging.

»Herr Dorint ist gerade nicht zu sprechen. Wir können aber gerne einen Termin vereinbaren«, bremste Eileen.

»Nicht vereinbaren. Wir Termin haben jetzt.« Ohne die Sekretärin noch eines Blickes zu würdigen, gingen die drei Männer zielgerichtet auf die Tür zu.

Horst Arndt wäre für seine alten Kumpels nicht wiederzuerkennen gewesen. Neu eingekleidet war er von Igor und Juri gleich zu Beginn ihrer Bekanntschaft geworden. Jetzt jedoch trug er einen Anzug von einem der besten Herrenausstatter Berlins. Ein wenig zu gespielt tuntig kamen ihm die Ladenbesitzer schon vor, hatten ihn aber nach dem Besuch bei der Kosmetik wirklich exzellent eingekleidet. Seine Rolle hatte er gut einstudiert und ging nun festen Schrittes hinter seine neuen Geschäftspartner. Er wusste, dass er den widerspenstigen Geschäftsmann mimen sollte. Sie hatten gar eingeübt, wie er von Juri Schläge in die Magengegend bekam, während Igor langsam den Schalldämpfer auf seine Waffe drehte. Er würde das Opfer spielen und gegebenenfalls improvisieren. Auf alle Fragen sollte er mit einem überzeugenden »Nein!« antworten. Er wusste, dass Dorint ein schmieriger Geschäftsführer war, der Schulden beim großen unbekannten Boss hatte und sich um die Bezahlung mit allerhand Lügen drückte. Auch hatten die Russen ihn in Dorints Vorlieben für kleine Jungen eingeweiht, weshalb Arndt keinerlei Skrupel hatte, seine Rolle zu spielen und je nach Situation zu reagieren. Heute wuchsen dafür zehn Riesen rüber. Dann sollte er abtauchen und den nächsten Auftrag würde es in zwei Wochen geben.

Eileen machte eine Bewegung, aufstehen zu wollen. Juri drehte sich zur Sekretärin um und herrschte sie mit finsterer Miene an: »Arsch auf Stuhl, okay!«

Igor musste das noch mit einem »Schließ dein Maul!« ergänzen.

Er öffnete die Tür und hörte ein hysterisch gekreischtes »Machen Sie sofort, dass Sie verschwinden … Los, raus! … Ich habe hier das Hausrecht. Verlassen Sie sofort das Gebäude oder ich zeige Sie wegen Hausfriedensbruchs an«, während die beiden Russen im Gefolge von Arndt das Zimmer des Geschäftsführers okkupierten.

Der bisher ruhige Juri ging auf Dorint zu, bis er ganz dicht vor ihm stand, erinnerte sich an Igors Spruch zur Sekretärin und wiederholte dessen »Schließ dein Maul!«, was er um »Beste Grüße von Iwan« ergänzte.

Mit den Worten »Ich rufe die Polizei« griff Dorint zum Hörer. Kurz nachdem Dorints Hand den Hörer ergriffen hatte, schlug auch schon Juris Pranke krachend auf Hand und Hörer. Dorint schrie vor Schmerzen auf und das Telefon flog in kleinen Stücken zu Boden.

Igor zog sein Jackett zur Seite und bot Dorint seine Waffe zum Anblick. Dorint schluckte. »Polizei weit weg. In Seelow nächste Station. Wenn Polizei ist gekommen, du tot oder schließe dein Maul. Wenn Polizei kommen, sie tot auch.«

Dorints Sekretärin öffnete die Tür: »Herr Dorint, ist alles in Ordnung?«

Igor nickte kaum merklich.

Juri hingegen wurde wütend: »Ich haben sagen Arsch auf Stuhl … Nutte! Verstehen?«

Dorint wusste, dass sie es ernst meinten. »Alles in Ordnung. Meine Bekannten sind nur immer etwas ungestüm und schroff im Umgangston.«

Selbstsicher erklärte Juri: »In ein paar von Tagen wir sind dein neu Boss.«

Mit einem »Dann sollten Sie sich aber 'nen anderen Ton zulegen« verschwand die Sekretärin wieder, nicht ohne ein »Und noch Deutsch lernen« hinterherzusetzen.

Nicht ganz zu Unrecht erwiderte Juri: »Du sprechen besser Russisch wie ich Deutsch?«

Horst Arndt stand, elegant gekleidet, bisher schweigend an der Wand des Zimmers, die den Zugang zum Sekretariat bot. Wenn Dorint versuchen sollte zu fliehen, dann sollte er den Weg versperren. Juri und Igor hatten ihm eingebläut, dass er, egal was sie fragen oder was passieren würde, alle Fragen mit Nein zu beantworten und sonst nichts zu sagen hätte.

»Du musst unterschreiben Vertrag. Wir brauchen kaufen dein Eigentum von Firma. Hier ist Entwurf von Vertrag. Du kommen mit zu Notar.« Juri knallte ein Stück Papier auf den Tisch.

»Ich werde überhaupt nichts unterzeichnen, damit das klar ist«, wollte Dorint hart bleiben, klang aber schon unsicher.

Igor gab vor: »Du machen unterschreiben … Ich haben anders Vertrag. Unterzeichnen von dir.« Igor hielt Dorint einen Darlehensvertrag über 50.000 Euro vor die Nase, unterzeichnet von Blomov und ihm.

An den schrecklichen Abend mit Blomov erinnert, protestierte er erregt: »Das … das ist eine Fälschung. Das haben Sie hinzugefügt. Da ging es im Gespräch um Unterschriften und was man daraus alles lesen könne.«

»Richtig«, wurde Juri wieder lauter. »Ich lesen. Du schulden Chef viel Geld.«

So schnell wollte Dorint, dem plötzlich sehr heiß wurde, nicht aufgeben: »Da bekommt ihr von mir gar nichts drauf. Verklagt mich doch, wenn ihr euch traut. Dann wird schon die Wahrheit rauskommen. Ihr bekommt nichts von mir: nicht 50.000 Euro, keinen Geschäftsanteil und nicht das Grundstück.«

Igor hätte Dorint am liebsten so richtig verprügelt. Aber ihr Boss hatte ihnen nochmals eingeschärft: »Keine äußeren Verletzungen! Sonst beurkundet der Notar keinen der Verträge.« Mit einer plötzlich ganz ruhigen, sachlichen Stimme meinte Igor sicher: »Ja, wir bekommen. In dieser Sache wir machen nicht gehen zu dem Gericht. Für diesen Betrag du geben uns Firma oder Grundstück.«

Dorint wurde immer mulmiger zumute. Er hörte sein Herz förmlich schlagen. Mit den Russen hätte er sich nie und nimmer einlassen dürfen. Für diese Einsicht war es jetzt reichlich spät.

Igor spürte Dorints Angst und wusste, dass er gewonnen hatte. Trotzdem musste er nun eine Gangart höher schalten, um den geplanten Notartermin in Berlin unter Dach und Fach zu bekommen. Alternativ gab es zum Geschäftsanteilskaufvertrag auch einen Entwurf eines Grundstückskaufvertrages, weil Blomov eigentlich nur Interesse an dem Grundstück hatte. Als Landwirt konnte sich Igor den Boss kaum vorstellen.

Juri erklärte, dass Horst Arndt ein anderer deutscher Geschäftspartner sei, den sie mit nach Berlin zum Notar nehmen würden, und fragte: »Du wollen Firma verkaufen?«

Prompt kam von Arndt die besprochene Antwort: ein überzeugendes Nein. Unterdessen dachte er, dass er die beiden Russen nicht unbedingt zu Feinden haben wollen würde.

Augenblicklich begann Igor zu drängen: »Du verkaufen oder dein Finger …«, dabei hob er seinen linken kleinen Finger und machte in der Luft eine Scherenbewegung mit den rechten Zeige- und Mittelfingern.

Arndt spielte mit, obwohl die Sache mit dem Finger so nicht besprochen worden war. Gehorsam folgte er seinen Anweisungen mit einem weiteren Nein.

Juri sprang auf Horst Arndt zu, zog ihm die Jacke bis zu den Ellenbogen herunter und umklammerte ihn von hinten. Igor stand plötzlich ganz dicht vor ihm, zog mit seiner Linken Horsts rechte Hand vor und hatte plötzlich in seiner Rechten ein großes, bedrohlich blinkendes Messer.

Dorint glaubte seinen Augen nicht zu trauen. Was geschah hier? Er war still, nicht einmal seinen Atem hörte er. Nur das Herz, das hüpfte hoch bis zum Hals. Solange sie mit ihrem Geschäftspartner zugange waren, überlegte Dorint in seiner Angst naiv, würden sie ihn in Ruhe lassen.

Igor schrie Horst an: »Du willst nicht verkaufen?«

Horst Arndt war verunsichert, ob das noch zu der besprochenen Rolle gehörte, und bettelte mit lauter Stimme und angstvoll aufgerissenen Augen: »Lasst doch den Scheiß, Jungs … Wir sind doch Freunde«, als Igors Messer hinabfuhr und … im Tisch landete.

Arndt atmete auf, obgleich seine Knie schlotterten. Die beiden hatten das perfekt gespielt, wie Profis. Nur er, er hatte übereilt gedacht, dass sie jetzt ernst machten.

Igor zwinkerte Horst zum Zeichen der Anerkennung zu und schaute zu Dorint, der kurz zur Tür geblickt hatte. »Wenn du rennen, wir dich bekommen über die ganze Welt. Die Welt ist zu klein für du.«

So absurd, wie Dorint die Situation erschien, schoss ihm ein Titel eines James-Bond-Filmes durch den Kopf, der so ähnlich klang.

»Letzte Chance«, hauchte Igor kühl, während er seine Waffe zog und den Schalldämpfer aufschraubte. »Du willst nicht verkaufen?«

Horst hatte sich wieder gefangen und lebte seine Rolle. Sein »Nein!« kam wieder deutlich und fest.

Juri drängte Horst weiter. »Wird Iwan nicht gefallen, wenn du nicht verkaufen. Iwan hat gesagt, wir kommen mit Vertrag, also kommen wir mit Vertrag.«

»Nein!«, fand Horst jetzt sogar Gefallen am Spiel, da er Dorints ungläubigen Blick sah.

Igor hielt Arndt die Waffe an den Kopf. »Wenn du nicht verkaufen, dann deine Erben.«

Von Horst war noch ein »Nein!« zu hören, bevor Igor abdrückte …

»Jetzt zu du«, wandte sich Juri an Dorint und blickte ihn an, als ob er ihn gleich fressen würde.

Dorint hatte vor Angst eingenässt.

»Schwein! Pisse!«, schrie Igor den wie gelähmt dastehenden Geschäftsführer an und hob die Waffe in Richtung Dorint.

»So nicht zum Notar können«, erklärte Juri und wandte sich mit einem »Machen tot« an Igor, der die Waffe auf Dorint richtete.

»Ich unterschreib ja … ja, ja … Alles, was Sie wollen. Tun Sie mir nur nichts«, flehte er.

Igor zwang Dorint, dem leblosen Arndt die Hose aus- und sich selbst anzuziehen. Dabei fiel klirrend ein Schlüssel auf den Boden. Igor ging hin, ergriff den Schlüssel, sah ihn sich fragend an und steckte ihn in seine Hosentasche.

Kurz darauf ging Dorint zur Sekretärin und teilte ihr mit, dass für heute Feierabend sei und sie und die Leute machen sollten, dass sie vom Hof kämen. »Wir haben hier einen Verletzten, den wir gleich ins Krankenhaus bringen müssen.«

»Geht's Ihnen gut?«, fragte Eileen die vor ihr stehende Kalkwand.

»Alles in Ordnung, gut, ja, ja«, bestätigte Dorint.

»Soll ich einen Krankenwagen rufen? Sie sehen aber auch so aus, als ob Sie einen bräuchten.«

Schroff wies Dorint seine Sekretärin an: »Hauen Sie und die anderen schon ab! Und morgen geht's hier weiter wie gehabt.«

So war das mit Boris nicht geplant. Ich hatte keine Zeit mehr, um Waffen und Ausrüstung zu holen. Und zur Agrargesellschaft musste ich auch noch.

Schulze und Krause hatten sich mit dem Blitzer vor Neu-Sophienhof auf die Lauer gelegt. Als Juri und Igor mit Dorint und dem toten Horst Arndt mit vorschriftsmäßigem Tempo an ihnen vorbeifuhren, meinte Schulze stolz: »Siehst du, Horst. Es macht Sinn, dass wir hier kontrollieren. Die rasen alle nicht mehr so. Die haben wir alle diszipliniert.«

»Das kannst du aber laut sagen«, pflichtete Krause seinem Kollegen bei. »Hier sorgen wir für Ordnung und jagen das lichtscheue Gesindel über die Oder.«

Als ich wenige Minuten später mit weitaus überhöhter Geschwindigkeit meinen alten silbernen Passat die Straße in entgegengesetzter Richtung überflog, sah ich seitlich hinter mir ein Polizeifahrzeug und einen Blitzer. Das Licht leuchtete nicht auf. Da war der Blitzer auf einen anderen Punkt auf der gegenüberliegenden Straßenseite eingestellt.

»Das gibt's doch nicht!«, empörte sich Schulze, »hast du den gesehen?«

Krause kommentierte: »Ja doch, war aber die andere Richtung.«

Der Instinkt des Jägers war im sonst schwerfälligen Schulze geweckt: »Los, den schnappen wir uns!«

»Und der Blitzer?«, sorgte sich Krause.

»Den können wir nicht hierlassen. Schnell, den bauen wir ab«, entschied Polizeiobermeister Schulze.

Als die beiden Polizisten den Blitzer endlich im Dienstfahrzeug verstaut hatten, erreichte ich schon das Firmengelände. Der idyllisch gelegene Hof der Agrargesellschaft gab sich ruhig, als ich den Parkplatz der Firma befuhr. Schultze und Schulze nahmen dennoch die Verfolgung auf. Und sie hätten mich erwischt, wäre ihnen da nicht ein großes schwarzes Motorrad entgegengekommen, welches mit Lichthupe signalisierte, dass es besonders eilig war. Beide drehten die Köpfe zum vorbeifahrenden Motorrad und sahen, dass das Kennzeichen verdeckt war.

»Das gibt's doch nicht«, entrüstete sich Krause.

Schulze entschied: »Den greifen wir uns!«, und wendete das Fahrzeug kompliziert in vielen Vorwärts- und Rückwärtsschritten. Er freute sich, das Sondersignal der Starktonhörner erklingen zu lassen. Der in schwarz gekleidete Motorradfahrer mit der schweren schwarzen Maschine musste sehr langsam fahren, um den beiden die Chance zu lassen, ihn zu verfolgen. Er ließ sie noch einige Male relativ dicht herankommen, bis er schlussendlich von dannen zog.

Bei der Agrargesellschaft in Neu-Sophienhof schienen die Vögel ausgeflogen. Ich prüfte Türen und Fenster, die verschlossen waren. Hier konnte ich jetzt nichts mehr in Sachen Biber unternehmen. So hatte ich die Möglichkeit, mich schnell zu Boris in den Puff nach Frankfurt an der Oder zu begeben, der meine Hilfe brauchte. Plötzlich öffnete sich die Tür, an der ich gerade geklingelt hatte, und es erschien Eileen, die Sekretärin, die einen verstörten Eindruck machte.

»Hallo«, begrüßte ich sie. »Was ist denn hier für eine Grabesstille?«

»Das trifft es.«

»Was?«

»Na, Grabesstille. Ich glaube, der war tot.«

»Wer ist tot? Ihr Chef?«

Sie kam langsam zu sich. »Nein, obwohl der auch so aussah … Als ob er eine Begegnung der dritten Art hatte.«

»Ich habe gehört, dass Sie Besuch hatten«, mutmaßte ich.

»Da waren drei Russen und die waren laut. Es gab Streit. Es soll um geschäftliche Dinge gegangen sein. Und dann trugen sie einen der Russen raus, um ihn ins Krankenhaus zu bringen. Der soll verletzt gewesen sein, sah aber aus wie tot.«

»Dann sollten Sie besser die Polizei rufen.«

»Es sah so aus, als ob der Chef das nicht wolle.«

»Es sieht eher so aus, als ob Sie da gar keine Wahl hätten, wenn es um einen Toten geht. Und so, wie Sie mich gefragt haben, hatten Sie sich dafür doch auch entschieden. Oder wieso sind Sie sonst hiergeblieben und haben sich eingeschlossen?«

»Da liegen Sie wohl richtig«, gestand sie langsam.

Es lag auf der Hand, dass ihr sehr viel mehr durch den Kopf ging, was nur allzu gut nachvollziehbar war. Ich riet ihr: »Suchen Sie sich besser einen anderen Arbeitgeber. Hier wird eine Frau wie Sie doch nicht glücklich.«

Ich musste ihr geraten haben, was sie längst wusste, weshalb sie erwiderte: »Das kann man sich in dieser Gegend leider nicht aussuchen und wenn ich selber Schluss mache, bekomme ich noch eine Sperre vom Arbeitsamt obendrauf.«

»Ich mach dann mal los.«

»Wollen Sie nicht warten, bis die Polizei da ist?«

»Glauben Sie das wirklich?«

»Ach nö.«

11. KAPITEL: BRANDLEICHEN IN PLASTIKSÄRGEN

Frank hatte bei seinem Kumpel Norbert, der in Frankfurt eine kleine Kneipe betrieb, bis zum Feierabend getrunken und zusammen mit Norbert die Kneipe verlassen. Sie gingen trinkend und scherzend durch die Nacht, bis Frank wusste, dass seine Füße ihn in Richtung des Freudenhauses trugen, in dem Stefanie unter dem Pseudonym Stella arbeitete. Je näher sie dem Etablissement kamen, desto schneller wurden seine Schritte. Als sie um die letzte Ecke bogen, sahen sie, dass Qualm in den Nachthimmel stieg und Dutzende von pulsierenden Blaulichtern von Feuerwehr und Polizei eine unwirkliche Szenerie malten. Wie an einem Filmset war die Kulisse von hellem Scheinwerferlicht beleuchtet. Das Arial um die Brandruine des Bordells war weiträumig mit weiß-rotem Trassierband mit der Aufschrift ›Polizeiabsperrung‹ markiert. Frank erspähte seinen Kollegen Peter Behrend, schlüpfte unter dem Absperrband durch und ging auf ihn zu, während Norbert wie gelähmt hinter dem Flatterband stehen blieb und ein »Warte hier« des Freundes wie schon aus weiter Ferne hörte.

»Was ist denn hier passiert?«

»Bisher haben wir zwei Tote. Bis zur Unkenntlichkeit verbrannt.« Behrend schaute auf Plastikbehältnisse, die wie Dachkoffer von Fahrzeugen aussahen.

Fechner war nur zu einem »Stefanie?« fähig.

»Da mach dir keine Sorgen …«, Behrend legte beruhigend seine Hand auf die Schulter des Freundes, »die Hyäne quetscht sie gerade aus oder versucht es jedenfalls … Die

Toten sind beide männlich. Da hat jemand mit Brandbeschleuniger nicht gespart.«

»Der Doc wird da schon was draus machen«, vertraute Fechner in die Fähigkeiten des Rechtsmediziners.

Behrend bestätigte diese Erwartung. »Hat der Kauz bisher immer geschafft ... Der Chef leitet die Ermittlungen persönlich.«

»Welcher?«

»Sag mal, hast du wieder getrunken?«

»Selbstverständlich. Bin doch nicht mehr im Dienst ... Ich war bei Norbert. Da werde ich doch kein Wasser trinken.«

»Übertreib's nicht«, sorgte sich Behrend um den Freund.

»Und welcher Chef leitet nun die Ermittlungen?«

»Aschmann, der Dezernatsleiter.«

»Das wird die zuständigen Kommissariatsleiter aber freuen.«

Behrend ging auf die Ressortfrage nicht ein. »Jedenfalls hat Aschmann auch schon eine Theorie eingeimpft bekommen: Brandenburger Bandenkrieg um Gebietsverteilung im Rotlichtmilieu.«

Doreen Siebert kam zu den beiden Kollegen. Behrend erkundigte sich: »Ringfahndung schon eingeleitet?«

»Alle Standardmaßnahmen laufen«, bestätigte die Kollegin und erkundigte sich an Fechner gewandt: »Wieder im Dienst?«

»Und wer hat geimpft?«, wollte Fechner von Behrend wissen und ließ die Frage der Kollegin, die er nicht belügen wollte, unbeantwortet.

Die Antworten auf beide Fragen erübrigten sich beim Auftritt der Hyäne. Als diese Fechner ausmachte, ließ sie Stefanie mit einem »Sie warten hier und bewegen sich nicht von der Stelle!« stehen, ging auf die Gruppe zu und fauchte Fechner an: »Was haben Sie denn hier verloren? Sie wissen doch, dass Sie hier nichts zu suchen haben. Ich habe Sie doch ausdrücklich gewarnt. Sie sind suspendiert und wenn Sie hier die Ermittlungen stören oder Ihre Spuren beseitigen wollen, dann sind Sie vom Knast nur noch so weit entfernt.« Die Hyäne hob die gesunde Hand und zeigte einen Abstand von nur einigen Millimetern zwischen Zeigefinger und Daumen. Durch den Zwischenraum trafen sich ihre Augen. »Und wenn das hier Ihr Mann war, von dem Sie uns so vorgeschwärmt haben, dann halten Sie sich fest. Und jetzt weg hier! Sie haben unter uns nichts mehr zu suchen.« Mit der verbundenen Hand verwies der persönliche Referent den suspendierten Polizisten vom Tatort, um dann noch provozierend hinterherzurufen: »Oder waren Sie schon vor uns hier?«

Den Hinweis und die Frage völlig ignorierend, sah Frank Fechner es auch als suspendierter Polizist als seine Aufgabe an, die Ermittlungen nicht in eine falsche Richtung laufen zu lassen. »Mit Rivalitäten unter Konkurrenten hat das hier wenig zu tun. Weshalb sollte einer, dessen Laden läuft, diesen einfach anstecken?«

»Ja. Und wo steckt er, Ihr Freund Boris?«

Betroffen sah Fechner zu den Plastiksärgen. »Hauptsache nicht ...«

»Ach, da gibt es viele Möglichkeiten. Vielleicht hat er den Brand selbst gelegt oder die Leute da ins Jenseits befördert und sich dann aus dem Staub gemacht.«

Fechner monierte: »Aber gleich mal von einer Tat unter Konkurrenten ausgehen. Das ist ein wenig vorschnell. Da gibt es doch noch keine Anhaltspunkte für. Der Laden lief und die Gebiete sind aufgeteilt.«

Der Referent ließ sich auf die Diskussion ein. »Und nun wurde es Zeit, die Karten neu zu mischen. Es ist wie damals am Straßenstrich auf der Bundesstraße fünf, als alle Prostituierten ermordet wurden.«

»Genau! Der Fall wurde auch nie gelöst.« Fechner wies auf eine Parallele: »Wer hatte denn damals die Ermittlungen ebenfalls an sich gezogen?«

»So eine Kritik an Ihren Vorgesetzten steht Ihnen nicht zu, Sie suspendierter Beamter. Hoffentlich bald Ex-Beamter.«

Fechner ging einen Schritt auf die Hyäne zu. »Wenn mir dadurch erspart bliebe, so etwas wie dich zu sehen, auch gerne Ex.«

Zum Zeichen des Erstaunens und der Anerkennung blies Doreen Siebert die Wangen auf und nickte.

»Was machen Sie denn noch hier?«, blaffte die Hyäne sie an.

»Sie sind nicht mein Vorgesetzter«, wies sie die Hyäne in die Schranken und fühlte sich durch Fechner zu weiterer Kritik ermuntert: »Es ist völlig in Ordnung, wenn du Männchen machst, wenn dein Chef es fordert. Aber eine eigene Meinung von dir will hier niemand hören.«

Um zumindest eine Möglichkeit eines Motivs im Prostituiertenmordfall anzudeuten, warf Kriminalkommissar Fechner ein: »Und nun stehen die Nutten auf dem Straßenstrich auf der anderen Seite der Oder.«

»Da bekommt der Begriff ›Arbeitnehmerfreizügigkeit‹ doch eine ganz andere Bedeutung, was, Jungs?« Wie so oft konnte nur er allein über seine Zote lachen. In dieser Situation wollte der Referent das Gespräch nun doch lieber beenden. Fechner herrschte er an: »Wenn du noch einmal an einem Tatort aufkreuzt, dich in Ermittlungen einmischst oder ehemalige Kollegen manipulierst, gibt's Knast und eine sofortige Entlassung aus dem Dienst. Dann ist es auch mit dem Geld vorbei und deiner Pension. Für solche wie dich gibt es nicht einmal zu Weihnachten eine Spende aus dem Topf für schuldlos in Not geratene Kollegen. Du bist dann nämlich keiner mehr von uns. Kannst ja zur Polizeigewerkschaft rennen und dich ausweinen. Weg hier!« Noch mal wies er mit der verbundenen Hand in die Richtung außerhalb der Absperrung. »Außerdem bist du wieder betrunken.«

Das war eine Vorlage nach Fechners Geschmack. »Na und? Bei mir ist das morgen wieder vorbei. Aber du, du bist ein Arschloch, und das ist morgen noch genauso.«

Geprügelt wich die Hyäne und ging wieder auf Stefanie zu.

Behrend gelang es, ernst zu bleiben.

Auf Sieberts Gesicht zeichnete sich die Spur eines Lächelns. »Hat der das auf der Arschloch-Schule gelernt oder ist der immer so gewesen?«

Behrend versuchte eine Antwort: »Papa ist Staatssekretär.«

»Ah, also von Haus aus«, interpretierte Doreen Siebert die Antwort.

Frank ging betont langsam zum Absperrband, hob es hoch und ging drunter durch in Richtung seines Freundes Norbert. »Komm, wir gehen!«, forderte Frank auf, als sein Blick auf Stefanie fiel, die gerade nach einer ersten Vernehmung durch die Hyäne entlassen wurde. »Oder anders. Norbert, ruf die Blonde da vorne mal hierher, hinter die Absperrung. Ich muss sie unbedingt sprechen. Sie ist meine Freundin.«

»Sie ist was?«

»Meine Freundin, Stefanie, hier wird sie Stella genannt.«

»Du bist aber schon ein Stück weit naiv, oder?« Norbert wollte die Diskussion um Stefanie nicht wieder aufwärmen. Er selbst hatte sie bisher noch nicht kennengelernt. Der Zeitpunkt jetzt schien dafür auch nicht günstig, aber das konnte er sich jetzt nicht mehr aussuchen.

»Die Kollegen müssen nicht unbedingt mitbekommen, dass ich sie sprechen möchte«, sagte Frank, »ich gehe ein wenig zur Seite.«

»Verstanden«, meinte Norbert und überlegte erst dann, wie er das wohl anstellen solle. Da die Dame auf das erste »Hallo!« nicht reagierte, pfiff er kurz und laut und winkte dazu, worauf verschiedene Beamte und Umherstehende zu ihm schauten, genau wie die blonde Dame.

»Wer ist denn das?«, wollte die im sicheren Gehege der Absperrung hin- und herschauende Hyäne von der Prostituierten wissen.

Die reagierte schnell und antwortete lax: »Nur einer, der es besonders nötig hat. Kann ich jetzt gehen?«

»Ja, aber halten Sie sich zu unserer Verfügung«, erklärte die Hyäne wichtig, »Frankfurt dürfen Sie vorerst nicht verlassen.«

»Na toll, und wo soll ich jetzt arbeiten?«, fragte Stefanie mit Blick auf das ausgebrannte Bordell.

»Arbeiten? Das ist doch mal eine Idee. Versuchen Sie es doch mal mit anständiger Arbeit.«

»Du mich auch«, gab sie zurück, ließ die Hyäne stehen und ging mit einem gespielt auf Prostituierte machenden »Was ist denn, Schätzchen?« auf Norbert zu.

»Frank möchte dich sprechen. Er ist dort hinten.«

Stefanie durchströmte trotz dieser Situation ein Gefühl wie Freude. »Er ist hier, wo?«

»Da drüben«, wies Norbert mit dem Kopf zu dem etwas im Halbdunkel stehenden Schatten.

Sie erblickte in der Silhouette Frank und zwang sich, ruhig zu ihm zu gehen.

Mit einem »Was ist denn hier passiert?« umarmte Frank seine Freundin.

Sie sagte erst nichts, dann löste Stefanie behutsam die Umarmung. »Das wollte ich eigentlich dich fragen. Ich habe dir von Iwan und seinen Leuten erzählt und schon tauchen die hier auf.«

»Wann sind sie gekommen, wer war es und was wollten sie?«, fragte Frank ohne einen Versuch der Rechtfertigung.

Und es klappte. Stefanie antwortete, wenn auch anfangs

nur zögerlich. »Sie haben erst mit Boris gesprochen und ihn dann verprügelt.« Sie blickte ihn an und war sich nicht sicher, ob sie mehr verärgert oder liebevoll sein sollte, ihre Gefühle spielten mit ihr Achterbahn.

»Und dann?«, forderte Frank leise.

»Sie haben die Mädchen rausgeschmissen.«

»Haben sie dir etwas angetan?«, erkundigte er sich mit besorgter Stimme.

»Nein, ich war gerade mit einem Kunden auf dem Zimmer. Ich habe Schüsse gehört, mich angezogen und bin raus … So schnell war noch nie ein Kunde wieder draußen.«

Frank sah ein Lächeln über das sich wieder verfinsternde Gesicht huschen und wollte Stefanie noch einmal drücken. Sie sperrte sich, hielt ihre Hände vor seiner Brust. Auch er war hin- und hergerissen, spürte, dass es einen Bruch gegeben hatte, ohne dass er sich einer Schuld bewusst war. Besser wäre es wohl gewesen, sie nicht weiter zu bedrängen. Jedoch zwangen ihn die Ungewissheit über Boris und seine Eigenschaft als Polizist dazu, weiterzufragen. Er ahnte, dass sie sich mit jeder Frage weiter voneinander entfernten; er kehrte dabei unwillkürlich den Polizisten hervor, der die Nutte am niedergebrannten Puff vernahm. Wie viele waren es und hatte sie jemand erkannt?

Stefanie schaute ihn an und musste ähnlich empfunden haben. Sich anschmiegen und Trost bei einem Geliebten suchen oder einem Polizisten antworten? Auch sie traf ihre Wahl. »Die sollen noch einen Dritten dabeigehabt haben, der verletzt gewesen sein soll. Den haben sie hier reingeschleppt. Ich selbst hab das alles nicht gesehen. Hatte einen Kunden. Hab ich alles schon dem Fiesling da erzählt.« Stefanie deutete in Richtung des scheinwerferbeleuchteten Gewimmels, in dem sie die Hyäne vermutete. »Das ist vielleicht ein Ekelpaket. Dann ist es irgendwie eskaliert und es wurde geschossen.«

»Warte«, forderte er in Polizeimanier, »das mit den Schüssen hattest du schon gesagt, vorhin warst du aber noch auf dem Zimmer, als sie gefallen sein sollen.«

»Was soll denn das jetzt? Willst du deinen freundlichen Kollegen noch übertrumpfen?«

»Quatsch, ich bin suspendiert. Ich mache mir Sorgen. Sorgen, was hier passiert ist, wo Boris ist«, er blickte sie an, »und überhaupt …«

»Ich … wir haben Angst bekommen und sind raus. Kurz darauf begann es zu brennen.«

»Kanntest du Blomovs Leute und was wollten sie?«, fragte er unkonzentriert.

»Hab ich doch schon gesagt, Mann. Wir waren da keine geladenen Gäste«, entgegnete sie schnippisch, »außerdem hatten wir unsere Arbeit. Es sollen zwei gewesen sein, Große, Kräftige. Ein weiterer blieb erst im Auto sitzen, meinte Kiara. Die zwei, die zuerst gekommen sind, sollen in Designerklamotten auf jugendlich getrimmt gewesen sein, richtige Kerle, die haben gerade so durch den Türrahmen gepasst. Die drei Typen waren neulich schon einmal hier, meinte Kiara. Ich hatte sie auch da nicht gesehen und weiß nicht, was damals passiert ist. Heute gab es Schüsse …«

»Wie viele?«, unterbrach Frank die Schilderung.

»Wie viele, wie viele? Weiß ich doch nicht. Ich habe da nicht mitgezählt. Schüsse jedenfalls. Mehrere. Drei oder vier vielleicht. Jedenfalls sind heute erst die beiden Großen, Kräftigen ins Haus gekommen, meinte Kiara.«

Frank bohrte weiter: »Und das war vor den Schüssen?«

»Ja klar. Die mussten ja erst rein.«

»Und dann?«

»Und dann, und dann? Du plapperst wie ein Polizistenpapagei. Dann sind sie wieder raus und haben den Dritten hereingebracht, fast getragen.«

»Das ergibt doch keinen Sinn. Ihr seid doch kein Sanatorium.«

»Sondern nur ein Puff, stimmt's? Und wir sind alle blöde Nutten, das wolltest du doch gerade sagen, oder?«, forderte Stefanie ihn weiter heraus.

Frank protestierte: »Du weißt, dass ich so nicht denke.«

»Da bin ich mir nicht mehr sicher«, flüsterte sie fast und ihm war, als ob Stefanie einen Schluchzer unterdrücken musste. Dann brauste sie gleich wieder auf. »Vielleicht brauchte der dritte Mann ein Glas Wasser, eine Spritze oder was weiß ich … Verfickte Scheiße noch mal.«

»Und Boris?«, blieb Frank mit einer erschreckenden Sachlichkeit am Ball.

»Ich weiß es nicht. Verdammt! Ich bin mir nicht einmal mehr sicher, ob ich es dir sagen würde, selbst wenn ich es wüsste. Ich hoffe nur, dass sie ihn nicht umgelegt haben.«

Obwohl Frank diese Option gegenüber der Hyäne selbst ins Feld geführt hatte, wollte er sie nun von sich weisen. »Wo könnte er denn sonst sein? Nach Hause ist er wohl kaum gefahren.«

»Ich weiß es nicht. Ich weiß nichts mehr richtig. Vielleicht war es mein Fehler, dir alles zu erzählen.« Sie fing an zu weinen.

Frank versuchte noch einmal, sie an sich heranzuziehen, und spürte erneut ihren Widerstand. Dann gab sie ihre Gegenwehr auf, näherte sich, legte ihren Kopf an seine Schulter und weinte leise weiter. Ihr Körper bebte.

»Was soll nun werden?«, fragte Stefanie nach einer Weile, ohne wirklich eine Antwort zu erwarten.

Norbert hatte das Geschehen aus der Ferne betrachtet. Ein Polizist in Uniform mit einer Art Notizblock in der Hand kam auf ihn zu, stellte sich vor und fragte: »Was haben Sie gesehen?«

»Nichts. Bin eben erst gekommen.«

»Gibt wohl sonst nichts Spannendes in der Stadt, was?«, hörte er die Kritik des Polizisten.

Norbert zuckte nur mit den Schultern.

»Sie haben doch vorhin die Frau zu sich gerufen, wie ich mitbekommen habe. Was wollten Sie von der?«

»Nur wissen, was hier passiert ist.«

»Sind Sie von der Presse?«

»Nein«, blieb Norbert bewusst kurz angebunden. Sein Gegenüber war ganz schön zäh und er wollte keine Angriffsmöglichkeit bieten.

»Sie sind aber ungewöhnlich neugierig.«

»Geht so. Nein, eher nicht.«

»Was hat die Dame denn so erzählt, was es gegeben hat?«

»Nur das, was man hier sieht.«

»Was sieht man denn hier so?«

»Na, einen gelöschten Brand und zwei Tote.«

»Sieht man das?«

»Denke schon.«

»Hat die Dame das mit den Toten erzählt?«

Norbert überlegte kurz. Sie hatte ja nichts erzählt. Aber das hätte er so nicht sagen dürfen, weil dann unklar geblieben wäre, weshalb er sie gerufen hatte. Aber das mit den Toten könnte sie womöglich belasten. Also entschloss er sich für: »Nein, das habe ich aus diesen komischen Plastiksärgen da geschlossen. Sind doch zwei.«

»Aber woher wissen Sie, dass da zwei Tote in den Transportbehäl… ähm, in den Särgen sind, wenn sie gerade erst gekommen sind?«

»Das habe ich mir so gedacht.«

»Ach so, das haben Sie sich so gedacht?«

»Hm.«

»Zeigen Sie mir bitte Ihren Personalausweis! Ich möchte Ihre Personalien aufnehmen.«

»Was soll ich jetzt sagen? ›Ist mir nicht so lieb‹ oder ›Habe ich nicht dabei‹? Entweder mache ich mich erst so richtig verdächtig oder ich muss noch mit aufs Revier.«

Der Polizist spürte das Zögern. »Was ist?«

»Hab nur überlegt, wo der ist.« Norbert griff in die Jackentasche und holte den Ausweis hervor. Der Polizist notierte sich etwas, bevor er sich verabschiedete und sich an den nächsten vermeintlichen Gaffer wandte.

12. KAPITEL: CHARLOTTE VOGEL

»Hören ist nicht deine Stärke, oder?«, warf ich Vanessa vor.

»Wie wär's mit einem ›Danke schön‹? Immerhin habe ich die Geschichte zum Schlüssel herausbekommen«

»Danke schön«, sagte ich gespielt zu meiner Praktikantin.

»Geht doch … Bitte.«

»Es ist aber noch nicht sicher, dass es die Geschichte zu dem Schlüssel ist.«

»Was soll da denn sonst noch kommen?«, erkundigte sich Vanessa in einem Ton, als ob sie an meinem gesunden Menschenverstand zweifelte.

»Man muss in alle Richtungen offen sein, gerade am Anfang von Ermittlungen. Sonst folgt man einer falschen Fährte, die im Nirwana endet, und muss wieder von vorne anfangen.«

»Danke für die Belehrung«, meinte sie beleidigt.

Jetzt hatte ich Vanessa da, wo ich sie haben wollte. Ich war Detektiv und das mit unserer Quasipartnerschaft ging mir für eine bloße Praktikantin doch etwas zu weit. Ihre Legende deckte nicht zwingend ihr Handeln. Weshalb sollte sie als Praktikantin eigene Ermittlungen in meinen Sachen anstellen und sich dabei auf schlecht kalkulierbare Risiken einlassen? Mental war sie erregt und mit ein, zwei Bemerkungen über Grundlagen der Polizeiarbeit könnte ich sie vielleicht aus der Reserve locken.

»Wer ist hier der Ermittler, hm?«

»Na du.«

Schade, diese Antwort hatte ich nicht erwartet. Sie hatte sich ganz schnell wieder gefangen. Ich musste meine Chance nutzen und noch eine Kohle drauflegen, solange das Feuer glomm. »Siehst du, und da wird gemacht, was ich sage. Du hast doch noch überhaupt kein Gefühl dafür, wann du dich in Gefahr begibst, wer dir wann was warum sagt. Die können doch alle ihr Spiel mit dir spielen.«

»Okay, ich bin künftig vorsichtiger, frage dich vorher und ziehe keine voreiligen Schlüsse.«

»Warum glaube ich dir nicht?«

Sie lächelte mich mit einem solch gespielt unschuldigen Gesicht an, dass ich entwaffnet war, nichts mehr erwidern konnte und sie am liebsten zu mir gezogen und geküsst hätte. Wenn mir jemand diesen Kuckuck ins Nest gesetzt hatte, dann hatte der genau gewusst, was er machte. Die Russen brauchten sich die Mühe nicht machen, die gingen üblicherweise anders vor. Vom polnischen militärischen Geheimdienst, weil sie mich überprüfen wollten, was ich aus alten Zeiten plauderte, oder weil sie mich als ehemaligen Kameraden mit einer brisanten Sache beauftragen und zuvor meine Loyalität prüfen wollten? Das war nicht sehr naheliegend. Vielleicht die Fahnder, die meinem Bruder plötzlich wieder so viel Aufmerksamkeit schenkten? Dafür gab es einige Anzeichen. Aber die hätten doch so viel Aufwand im Verhältnis zu dem hier zu erwartenden Ergebnis auch eher gescheut. Ich kam auf kein Ergebnis. Vielleicht litt ich auch nur an Verfolgungswahn. Wenn ich alle Varianten noch einmal überdachte, kam mir die letztere als die wahrscheinlichste vor. Dieser Job machte nicht weniger krank als der vorherige. Überhaupt, so glaubte ich, machte Arbeit krank und ich sollte es am besten ganz sein lassen.

Vanessa riss mich brutal aus meinen Gedanken. Sie schien nicht erraten zu haben, was ich dachte, weil sie hartnäckig bei ihrer These blieb. »Voreilige Schlüsse hin oder her. Hier liegt die Sache doch auf der Hand. Horst Arndt klaut bei seiner Reinigungsfirma den Schlüssel zum Dach des Oderturmes, des höchsten Hauses im Land Brandenburg. Dann taucht ein Schlüssel auf, der geheimnisvoll ›Schlüssel zum Paradies‹ genannt wird. Und dies sicher nicht, weil man da oben so nah am Himmel ist … Oder doch, aber nur, weil das etwas mit der Fallhöhe zu tun hat.«

»Ist ja gut. Scheint wirklich so zu sein«, gab ich auf.

Vanessa protestierte: »Was heißt hier ›scheint‹?«

»Dennoch ist die Namensgebung makaber.«

»Warst du schon bei Charlotte Vogel?«

»Noch nicht, steht aber als Nächstes auf dem Plan.«

»Ich komm mit.«

»Nein, kommst du nicht.« Diesmal wollte ich hart bleiben.

»Doch.«

»Geht nicht.«

»Warum?«

»Weil du da verbrannt bist. Du warst doch schon mal da. Und ohne Erfolg. Hast doch selbst gesagt, ich sollte es besser selbst versuchen. Wenn du da mit auftauchst, wäre das eher hinderlich.«

»Das ist wohl so«, gab sie zu.

Ich stutzte. Wenn sie eine verdeckte Ermittlerin gewesen wäre, hätte sie so viel Ahnung gehabt und würde den Vorschlag nicht unterbreitet haben. Aber vielleicht hatte sie ihn gerade deshalb unterbreitet, um mich glauben zu machen, dass sie keine Ahnung von Ermittlungen habe. Dann wäre sie wiederum eine sehr gute verdeckte Ermittlerin. Was war Vanessa nur? Wer war sie? Wer war ich? Wie bescheuert musste ich denn geworden sein, um hinter jedem Baum zwei Angreifer zu vermuten, um nichts mehr zu glauben, was man mir sagte, um an jedem Menschen zu zweifeln? Wenn ich so weitermachte, bräuchte ich bald einen Psychiater. Oder wieder einen guten Wodka in Sebastians Laden.

Ich entschied mich für die zweite Variante, um mich auf den Besuch bei Charlotte Vogel einzustimmen. Völlig nüchtern wäre der sicher auch nur schwer zu ertragen.

Die Stufen hoch zu Charlotte Vogels Wohnung nahm ich mit dem genesenen Bein mit einigen Sätzen. Wenig später stand ich mit schmerzendem Bein vor der Wohnungstür. So richtig genesen war es wohl doch noch nicht, und »Wohnungstür« war übertrieben. Ein mit Holzbestandteilen versehenes Brett hing so windschief im Türrahmen, als ob es jeden Moment von allein herausfallen würde. Ich sah sofort, dass es nicht verschlossen war. Es war wohl öfter eingetreten und wieder repariert worden. Die Holzsplitter eines der letzten Öffnungsversuche ragten noch aus den hölzernen Bestandteilen. Die Klingel funktionierte nicht, also klopfte ich. Ein Namensschild stammte aus offenbar besseren Zeiten. Es war eine Scheibe aus Ton, mit grüner Wiese unten und blauem Himmel oben. Dazwischen ein Gartenzaun, auf dem »Vogel« stand und ein kleiner Singvogel saß, der trällerte. Niemand meldete sich auf mein Klopfen. Die Tür gab durch mein Klopfen immer weiter nach und stand nun fast offen. Ich rief: »Frau Vogel? Hallo?« Keine Reaktion. Sollte ich rein? Logisch, weshalb war ich sonst hier? Also ging ich und rief weiter: »Ist jemand zu Hause?«

»Ich ruf die Polizei«, kreischte sie aus dem Wohnzimmer.

»Wieso denn? Ich habe doch geklopft und gerufen«, antwortete ich, während ich mich durch allerhand Müll weiter ins Wohnzimmer tastete. Hier sah es ja noch schlimmer aus als in meinem Büro!

»Ich ruf die Polizei«, wiederholte die nun schwächer werdende Stimme.

Ich steckte meinen Kopf in das Zimmer, das wohl als Wohnzimmer bezeichnet wurde, hier aber vom Aussehen her eher einem Lagerraum und vom Geruch her einer Destillerie ähnelte. »Soll ich wieder gehen?«

»Was machen Sie hier?«, tupfte sich die in die Jahre gekommene Frau das Blut von der Nase.

»Kann ich Ihnen helfen? Soll ich einen Krankenwagen rufen?«, antwortete ich zunächst nicht auf ihre Frage.

»Das war der Scheißkerl«, beantwortete sie hingegen meine Frage nicht. Wir sollten vielleicht an unserer Kommunikation arbeiten. Sie war tapfer, weinte nicht und hatte gelernt, mit Schmerz und Leid umzugehen.

»Was ist passiert?«

»Der Gerry, der war hier und wollte Geld, jetzt, wo Hotte nicht mehr hier ist.«

»Und da wollte der sich als neuer Beschützer oder Schutzgelderpresser aufspielen?«

»Nö, der wollte nur Kohle für Suff. Hab ihm aber jesagt, dass Hotte angerufen hat und bald wieder hier ist.«

»Was?«, staunte ich.

»Was interessiert Sie das?«

»Ja, Entschuldigung, Sven Rübel mein Name, Privatdetektiv«, versuchte ich es mit der Wahrheit. »Hottes Tochter macht sich Sorgen, hat eine Vermisstenanzeige aufgegeben und mich beauftragt, nach ihrem Vater zu suchen.«

»Aha«, reagierte sie langsam und stand auf. »Da war neulich schon so ein Mädchen hier und wollte was über Horst wissen.«

Ich dachte, dass sie mich jetzt rausschmeißen würde. Stattdessen bot sie an: »Einen Kaffee?«

Eigentlich wollte ich »Gerne« sagen, aber so, wie es hier aussah, hatte ich nicht das Vertrauen, einen ordentlichen Kaffee zu erhalten, und ehrlich gesagt auch nicht eine saubere Tasse, weshalb ich mich für »Ich hatte schon einen, danke« entschied, was gelogen, aber sicher gesünder war. Ich ging der Frau hinterher in die Küche.

Als sie sich auf die Suche nach einer sauberen Tasse machte, spürte ich, wie ihr das Aussehen der Küche peinlich war, was sie auch dazu veranlasste zu sagen: »Hier müsste ich auch mal wieder Ordnung machen.« Sie setzte in einem alten Wasserkocher etwas Wasser auf, fand etwas Kaffeepulver und schüttete es in eine kurz in der Spüle ausgewaschene Tasse. In Gedanken brabbelte sie: »Jetzt hat der mir mein ganzes Geld geklaut. Wovon soll ich denn jetzt etwas zu essen kaufen?«

»Gerry«, sagte mir was. »Ist das der Tätowierte, der mit dem Boxer rumhängt?«

»Genau der … Zwanzig Euro hat der mitgenommen. Einfach so. Obwohl ich gesagt habe, dass es mein letztes Geld ist.«

Ich wusste, dass es ein Fehler war. Gleichwohl gab ich einer inneren Regung einfach nach: »Soll ich das Geld zurückholen?«

In ihr Gesicht kam Leben. Staunend entwich ihr ein »Ja«. Und dann etwas gefasster: »Oder besser nicht. Was, wenn Horst etwas später kommt und Gerry und Hammer hier wieder aufkreuzen?«

Ich blieb konsequent: »Dann sag ich denen, dass ich Ihr neuer Beschützer bin.«

»Das würden Sie?«

»Klar.«

Sie goss den Kaffee ein und fasste klare Gedanken. »Ich meine, denen nicht nur sagen, dass sie mich beschützen, sondern es auch tun?«

Mit einem »Ja« verband ich die Ahnung, eine weitere Baustelle eröffnet zu haben. »Ich geh gleich, bevor das Geld sich verflüssigt hat«, bewegte ich mich in Richtung Wohnungsklappe. »Und wenn ich zurück bin, erzählen Sie mir von Horst, einverstanden?«

Sie nahm einen Schluck Kaffee und versprach es.

Der Tätowierte und der bärtige, schweigsame Boxer saßen da, als ob sie schon das Geld versoffen hätten.

»Guck mal«, rülpste der Tätowierte aggressiv, bevor ich ihm mitten in der Stadt und unter Leuten eine ohne Vorwarnzeit verpasste. Die meisten Leute schauten weg und andere schüttelten mit dem Kopf, aber ebenfalls ohne uns zu stören, als Gerry nach hinten über die Bank flog.

»Du Sau«, erregte sich Hammer und erhob sich.

Ich brüllte ihn an: »Das ist eine Sache nur zwischen ihm und mir. Er hat Charlotte beklaut und jetzt hol ich das Geld zurück.«

Verwundert glotzte Hammer und drehte sich zu Gerry: »Ey, Gerald, ich denke, du warst am Automaten.«

»Du Schwachkopf«, schimpfte Gerry. »Woher soll denn da Geld drauf sein, hä? Saufen willste und wenn ich Geld besorge, dann machste hier mit dem Arsch so 'n Aufstand.«

Hammer ging hinter die Bank und drosch Gerry noch eine in sein blutendes Maul. Gerry sackte zusammen und der Boxer holte einen Zwanzigeuroschein aus dessen Tasche, die er mir gab.

»Danke! Machste dem klar, dass er Charlotte in Frieden zu lassen hat?«

Hammer schaute seine Faust an, mit der er gerade zugedroschen hatte. »Gleich?«

»Lass ihn erst wach werden.«

»Geht seinen Gang, Kumpel … Kopfgeldjäger hört sich gut an, wie wird man so watt?«

»Erst mal ausnüchtern«, rief ich im Gehen über die Schulter.

Das erinnerte ihn wieder an etwas: »Und wo bekomm ich nun was zum Saufen her?«

Wo er recht hatte, hatte er recht. Ich ging zurück, kramte in meinen Taschen, warf ihm einen Euro zu und brummte: »Für 'n Bier wird's reichen.«

Der Euro landete im Dreck.

Charlotte war glücklich, mich wiederzusehen. Vielleicht war es auch nur die Wiedersehensfreude über ihren Zwanziger.

Belanglose Minuten später berichtete sie mir vom Telefonat mit Horst: »Er ist in Berlin und jetzt von seinen neuen Geschäftsfreunden toll eingekleidet. Der soll nicht wiederzuerkennen sein. So richtig piekfein.«

Ungläubig hakte ich nach: »Geschäftsfreunde?«

»Ich glaube, so hat er gesagt. Oder Partner oder so was.«

»Und warum haben die ihn so toll eingekleidet?«

»So, wie er rumlief, taugte er wohl nicht fürs Geschäft.«

»Stimmt wohl«, gab ich ihr recht. »Hat er gesagt, wann er zurückkommt?«

»In ein paar Tagen …«

»Und?«

»Und dann …«

»Hören Sie, ich bin kein Polizist. Ich suche nur im privaten Auftrag der Tochter von Herrn Arndt. Was da sonst noch ist, interessiert mich wenig.«

»Na, dann wissen Sie's ja doch. Es geht Hotte so gut wie selten.«

»Wenn es so bleibt, ist's ja in Ordnung.«

Beim Herausgehen gewann meine Neugierde die Oberhand. »Und den Schlüssel, den er bei sich trägt? Weshalb hat er ihm den Namen ›Schlüssel zum Paradies‹ gegeben?«

Ein Entsetzen zeichnete sich auf Charlottes Gesicht ab. »Woher wissen Sie denn von dem Schlüssel? … Wissen Sie, junger Mann, es hat schon etwas Beruhigendes, wenn man weiß, wie man aussteigen kann … Aber unser Blatt wendet sich.«

13. KAPITEL: BIS ES DUNKEL WIRD

Der nahende Morgen war in Richtung des Sonnenaufgangs zu erahnen, als Kriminaloberkommissar Behrend und sein vom Dienst suspendierter Freund und Kollege Fechner mit ihrem kleinen Boot vor der Insel der Verliebten in dem Großen Müllroser See ankerten und ihre Köder zum Angeln auswarfen.

Frank sah, wie eine Entenmutter im Halbdunkel mit ihren Küken am Saum des Sees ihre ersten Kreise zog. Peter hatte dem Freund erzählt, dass seine älteste Tochter zum Studium nach Mainz gezogen war, weshalb er sinnierte: »Die da wird ihre Küken auch mal fliegen lassen müssen. Und im nächsten Jahr zeigen die dann wieder ihren Kleinen, wie das geht mit dem Schwimmen und Fliegen.«

Peter sagte nichts.

»Und was fängst du heute?«

»Erst gehe ich auf Karpfen und dann fange ich Boris.« Irgendwie war es Peter eine Genugtuung, seinem Freund das so zu sagen und eine kurze Pause zu machen, bevor er mit der Angel in der Hand weiter erklärte: »Die Fahndung nach unserem V-Mann erfolgt nun unter Hochdruck. Da Boris der Chef war und nun nicht aufzufinden ist, lautet die Arbeitshypothese, dass er Konkurrenten, die ihm zu dicht auf die Pelle gerückt waren, erschossen und danach das Gebäude angesteckt hat, um die Spuren zu verwischen. Wegen des Doppelmordes ist er nun auf der Flucht. Gegebenenfalls waren es auch keine Konkurrenten, sondern Blomovs Leute, die ihn unter Druck gesetzt hatten. Er selbst hatte dir doch mitgeteilt, dass er sie erwartete. Da wird sein V-Mann-Bericht ihm selbst zum Strick.«

»Die erste These ergibt wenig Sinn«, protestierte Frank Fechner, der seine Angel an einer Halterung am Kahn befestigte, Behrend ein Bier reichte und sich selbst eine Flasche griff. »Für Boris war das ein halbwegs einträgliches Geschäft, welches er nicht ohne Weiteres aufgegeben hätte. Und wieso soll er sich mit Konkurrenten anlegen? Auch die andere These überzeugt nicht. Blomov hat überall seine Hände mit drin. Ohne eine entsprechende Organisation in der Hinterhand würde Boris sich nicht mit Iwan dem Schrecklichen anlegen … Was habt ihr zur Tatwaffe festgestellt?«

»Leider nicht allzu viel. Der Brand hat die meisten Spuren vernichtet, was damit sicher beabsichtigt war. Wir haben nur eine Kugel gefunden. Der Ballistiker meint eine Neun-Millimeter-Kugel, die von einer Makarov abgefeuert wurde. Die Russen lieben ihre Makarov. Das ist wie mit der AK-47. Aber davon gibt es hier und nach Umrüstung der Armeen des früheren Ostblocks so viel, dass man damit wieder neue Armeen ausrüsten könnte.«

»Das ist doch meist in die Krisenherde dieser Welt verscheuert.«

»Wird wohl so sein. Die zu unserer Kugel passende Waffe ist jedenfalls nicht registriert.«

»Und von der anderen Waffe oder Kugel keine Spur?«

»So ist es.«

»Dann bringt uns die Waffe vorerst nicht weiter? Wenn wir von zwei Waffen ausgehen müssten, spräche das gegen eure Thesen … Was ist mit den Toten?«

»Ordentlich verkohlt. Da werden wir für die Identifizierung noch einige Zeit benötigen.«

»Was meint Doktor Merker dazu?«

»Der hat da auch so seine Probleme. Erst die üblichen Sachen: DNA und Zahnstatus. Dann will er Proben für Spezialuntersuchungen einreichen. Irgendwelche oberflächenchemischen und oberflächenphysikalischen Untersuchungen. Wenn er so weit ist, rufe ich dich an.«

»Danke … Wir stehen also noch ganz am Anfang.«

Peter bestätigte mit einem »Hm«.

Sein Freund hörte sich ein wenig resigniert an, als er sagte: »Könnte praktisch jeder gewesen sein.«

»Nein. Du nicht und ich nicht. Und eine Waffe hat hierzulande auch nicht jeder griffbereit«, erwiderte Peter abgeklärt. Dann wurde er hellwach. »Beißt da was?«

Sofort richtete Frank Fechner seinen Blick auf die Pose seiner Angel, die leicht wippte. »Noch nicht. Der knabbert erst einmal.« Die Sonne ging über dem Großen Müllroser See auf, die Vögel zwitscherten und die Entenmutter zog weitere Übungskreise mit ihren Küken. »Boris als Täter ist für mich nicht plausibel.«

»Dass Blomovs Leute einfach einen eigenen Mann abknallen, ist auch nicht gerade gut nachvollziehbar.«

»Und was habt ihr zum Brand herausbekommen?«

»Die klassische Methode. Benzin als Brandbeschleuniger. Super. Bei den Mengen mindestens zwei Zwanzig-Liter-Kanister.«

»Die hat man auch nicht gerade einfach so dabei. Das war doch geplant. Wieso sollte Boris sich seine Einnahmequelle abgraben? Das passt alles vorne und hinten nicht zusammen.«

»Und wenn Boris das Geschäft selber an sich reißen wollte und für den Fall des Misslingens vorgesorgt hat?«

»Dafür fängt niemand einen Krieg mit Blomov an.«

»Vielleicht wollte er alle drei von Blomovs Leuten, wenn sie nicht einverstanden gewesen wären, und dann ist etwas dazwischengekommen. Der eine soll ja im Fahrzeug sitzen geblieben sein.«

»Ganz schön gewagt … Jetzt hat er den Köder sicher abgefressen.« Frank holte die Angel ein. Vom See aus begann Nebel aufzusteigen.

»Kannst du dich noch an die Akte mit der Körperverletzung gegen den Geschäftsführer der Agrargesellschaft durch den Privatdetektiv Rübel erinnern, die eigentlich du hättest bearbeiten sollen?«

»Gerne erinnere ich mich daran, wie du meine Arbeit erledigt hast, während du dich darüber aufregtest, dass wir zu viel Arbeit hätten.«

»Nach dieser Akte wurde gefahndet. Offensichtlich hatten sie gedacht, dass sie sich nach der Beschlagnahme deiner Akten anlässlich der Suspendierung schon in der Verwaltung befand. Aber sie lag weiter auf meinem Tisch, wenn auch mit deinem Aktenzeichen. Nachdem ich mit den Brandspezialisten vom Tatort zurück ins Büro gekommen war, sollte ich zur Hyäne, die nach dieser Akte gefragt hatte. Ich sollte sie sofort herausgeben.«

»Und was ist an dieser Geschichte Besonderes dran?«

»Der Wagen des Privatdetektivs soll entweder kurz vor dem Brand oder kurz danach am Bordell von einem unbeteiligten Zeugen gesehen worden sein. Ist aber keine heiße Spur und wird derzeit deshalb nicht weiter verfolgt. Passt zu keiner der Arbeitshypothesen … Also, wie gesagt, als ich vom Tatort kam, sollte ich mich gleich bei der Hyäne melden.«

»Was du sicher gleich gemacht hast?«, fragte Fechner mit einem Schmunzeln auf dem Gesicht.

»Selbstredend. Aber erst nachdem ich einige andere Sachen erledigt hatte. Darüber hatte ich dann leider auch die Meldung vergessen. Keine 20 Minuten, nachdem ich wieder in der Dienststelle war, kam die Hyäne zu mir und forderte unter Vorlage der entsprechenden Verfügung die Herausgabe der Akte in der KV-Sache.«

»Du hast die Akte einfach so rausgerückt?«

»Was blieb mir übrig? Meinen Einwand, dass ich einen Termin bei der Agrargesellschaft hätte, wollte er nicht hören. Der kam mir noch damit, dass ich doch entlastet werden wollte und so. Letztendlich musste ich. Offiziell habe ich nichts mehr damit zu tun. Da wird jetzt durch die Verwaltung ermittelt.«

»Was soll denn das? Das ist doch gegen die Geschäftsverteilung.«

»Nee, nee. Da gibt's so 'ne Sonderregelung, dass die Verwaltung in bestimmten Fällen die Ermittlung an sich ziehen kann.«

»Und ein solcher Fall liegt hier vor?«

Behrend zuckte mit den Achseln: »Keine Ahnung.«

»Und weshalb hast du vorhin betont, dass du ›offiziell‹ nichts mehr mit dem Fall zu tun hast?«

»Weil ich gerade vorhatte, den Privatdetektiv Rübel aufzusuchen. Diese Sache hat sich für mich nun erledigt. Die Sache mit dem Bordell bleibt in meinen Händen. Wie gesagt, da besteht zurzeit noch keine Veranlassung zur weiteren Ermittlung in Richtung Rübel. Da wurden in unmittelbarer Nähe des Puffs die Fahrzeuge noch ganz anderer Honoratioren ermittelt. Das kann sich dann wieder hinziehen. Die Akte habe ich vor der Abgabe eingescannt.« Mit den Worten »Hier, ein Exemplar« überreichte er Fechner einen Computerstick mit den Daten und auch zum jetzigen Fall. »Brauchst du vielleicht zu deiner Verteidigung.«

»Male nicht den Teufel an die Wand.«

»Die Hyäne lässt nicht locker. Da braut sich ordentlich was gegen dich zusammen. Sei vorsichtig! Ich meine das ganz im Ernst. Und für den Fall einer Durchsuchung verstecke es richtig. Du weißt ja, wie die Kollegen da vorgehen.«

»So ernst?«, wollte Fechner wissen.

»Ja. Auch die Kopie von Boris' Bericht sollte in eines der Verstecke.«

»In Ordnung. Für den Fall, dass was Unvorhergesehenes passiert, ich werde die Sachen wo verstecken?«, überlegte Fechner laut.

Behrend protestierte: »Will ich gar nicht wissen.«

»Doch, musst du. Für die schlimmsten Fälle. Wo soll ich das Zeug verstecken?«

»Wie gesagt: Du weißt doch, wie die Kollegen arbeiten.«

»Okay. Ich werde es in das hohle Tischbein des kleinen runden Tisches stecken. Da ist von unten ein Filzgleiter gegen das Loch geklebt.«

»Gute Idee.«

»Dieser Privatdetektiv, der Rübel, was ist das für einer?«

»Scheint sauber zu sein. Vater Deutscher, Mutter Polin. Nach der Scheidung der Eltern mal dort, mal hier gelebt. War in Polen Berufssoldat. Wegen Dienstunfähigkeit schon nach ein paar Jahren entlassen. Soll mit keiner der Banden drüben zusammenarbeiten, ist nicht im Zusammenhang mit abgekarteten Entführungen aufgetreten und so. Alles in allem wohl sauber.«

»Und er kann von seiner Detektei leben?«

»Wohl eher schlecht als recht.«

»Ich werd mit ihm sprechen.«

»Mach keinen Quatsch. Jetzt, wo du suspendiert bist. Wenn da was rauskommt, bist du den Job los«, warnte Peter. »Andererseits war mir klar, dass du da nicht lockerlässt.«

»Und wenn in den Sachen, in denen er eine Rolle spielt, nicht die Wahrheit rauskommt, dann kostet das vielleicht Boris den Kopf, wenn er nicht schon einer der beiden Toten ist. Boris hat ihm vertraut. Vielleicht kann er uns schneller helfen, als wir denken.«

»Mann, da beißt einer an.« Schnell holte er die Angel ein. »Ist das ein Brocken. Ein Karpfen. Den Kescher, los!«

Frank holte den Kescher. »Zieh ihn ran!«

»Los, den Kescher runter!«

»Mann, jetzt ist er weg! Die Sehne abgerissen.« Enttäuscht hielt Peter die Angel mit einem herunterhängenden Rest Sehne in der Hand. »Mensch, war das ein Brocken. Mindestens drei Kilo, wenn nicht fünf.«

»Tut mir leid.«

»Tut mir leid, tut mir leid. Davon kommt der auch nicht wieder. Wäre der größte Fang in diesem Jahr gewesen.«

Mich zog es zu Katharina Arndt. Sie lud mich freundlich auf eine weitere Tasse Kaffee ein, als ich mich ankündigte. Es war immer wieder schön, Klienten mitteilen zu können, dass vermisste Personen aufgetaucht waren, und das auch noch lebend. Vielleicht war es auch einfach der Umstand, dass ich sie mochte, der mein Motorrad immer weiter beschleunigen ließ. Ich hatte meine alte Java mit den mir ans Herz gewachsenen rundlichen Formen mal wieder gewaschen und führte sie jetzt aus. Kurz hinter dem Klinikum war plötzlich der helle Strahl des Blitzers zu sehen. Der hatte einen erwischt. Mir gebot er, hier doch nur 60 Stundenkilometer zu fahren. Ich war froh, das Motorrad genommen zu haben, und bremste ab. Kurz darauf bog ich nach links in die Siedlung, in der mich Katharina und eine gute Tasse Kaffee erwarteten. Ein älterer Herr hob kopfschüttelnd einen Gegenstand vom Rasen und ich erinnerte mich an Katharinas Erzählung von ihren ordnungsliebenden Nachbarn.

»Ich habe bei Frau Vogel angerufen, nachdem Sie dort gewesen waren. Stand im Telefonbuch. So wusste ich bei Ihrem Telefonat auch schon, dass Sie meinen Vater gefunden haben.« Ihre braunen Augen leuchteten. »Vielen Dank … Hier der Umschlag mit Ihrem Geld … Den Kaffee wie immer?«

Ich nahm den Umschlag, ohne nachzuzählen. »So viel Aufwand war es ja nicht«, redete ich meinen Beitrag klein und gab noch etwas ironisch hinzu: »Und ein paar neue Freunde habe ich auch gefunden.«

»Und eine neue Freundin.«

Hatte ich richtig gehört? Mein Herz schlug höher.

»Frau Vogel …«, begann sie und mein Puls normalisierte sich abrupt, »hat mir von Ihren beeindruckenden Heldentaten erzählt und davon, was für ein junger hübscher Mann Sie doch seien. In ihr haben Sie ja eine neue Freundin.«

Ein »Nur in ihr?« war jetzt zu schmalzig, weshalb ich locker einwarf: »Bezüglich ihrer Einrichtung lässt sich sicher über Geschmack streiten, aber in Bezug auf Männer hat sie einen ausgesucht guten Geschmack.«

Sie lächelte müde. »Solche Sprüche hatte mein Ex-Mann auch immer drauf.«

»Autsch!«

Jetzt lachte sie sogar.

»Als ich hierherfuhr, da stand so ein älterer Herr an der Zufahrt zur Siedlung. Sah mir sehr ordnungsbewusst aus … Hob gerade verständnislos mit dem Kopf schüttelnd ein Stück Papier oder so auf.«

»Das war sicher unser Blockwart. So nennen wir den hier. Ein ganz unangenehmer Mensch. Über meinen Jungen regt er sich oft auf. Eigentlich über alle Kinder.«

»Soll ich Ihren Jungen mal mit zum Angeln nehmen? Am Wochenende, wenn es passt.«

»Ich werde Lucas fragen. Er ist übers Wochenende bei den Großeltern.« Sie setzte erläuternd hinzu: »Den Eltern meines Ex-Mannes.«

»Kinder brauchen Großeltern«, gab ich meinen Senf dazu, auch auf die Gefahr hin, in ein Fettnäpfchen zu treten.

»Diese eher nicht.« In der Küche bereitete sie einen duftenden Kaffee. »Ich glaube, dass es für Sie mit Ihrer deutsch-polnisch gemischten Verwandtschaft auch nicht immer einfach war.«

»Das können Sie laut sagen.«

»Haben Sie Geschwister?«

»Einen Bruder«, antwortete ich. Aber über den wollte ich mich jetzt nicht unterhalten, weshalb ich meinerseits fragte: »Haben Sie welche?«

»Nein. Einzelkind.« Offenbar wollte sie sich nicht weiter über dieses Thema unterhalten und erkundigte sich bei mir: »Kennen Sie Deutschenwitze?«

»Bitte?«

»Deutsche erzählen sich doch Polenwitze. Da muss es doch auch Deutschenwitze geben.«

»Richtig. Die sind aber nicht sehr schmeichelhaft. Früher waren das meist Naziwitze, von denen man sich immer noch einige erzählt, auch modifiziert, auf unsere Zeit gemünzt.«

»Von denen haben Sie mir damals auf meine Bitte hin schon ein paar erzählt.«

»Wirklich?«, fragte ich ungläubig, konnte mich aber noch genau erinnern. So viele Deutsche gab es nicht, die Witze über sich hören konnten.

»Sie kennen wohl keine weiteren?«, frotzelte sie.

»Ich könnte hier übernachten und wäre noch nicht am Ende mit meinem Repertoire. Ich bin nur nicht sicher, ob Sie die alle vertragen.«

»Hab ich mich damals nicht gut gehalten?«

»Weiß ich nicht mehr so genau. Aber in schlechter Erinnerung ist mir nichts geblieben. Habe ich entweder verdrängt oder Sie haben sich ganz tapfer gehalten.«

»Na also.«

»Ein 90 Jahre alter Pole kommt in eine Warschauer Sprachenschule, um Hebräisch zu lernen. ›Finden Sie nicht, dass Sie dafür zu alt sind?‹ ›Wenn ich meinem Schöpfer gegenübertrete, möchte ich mich mit ihm in seiner Sprache unterhalten können.‹ ›Und wenn Sie in die Hölle kommen?‹ ›Ein wenig Deutsch kann doch jeder.‹«

Sie lachte. »Und davon gibt's noch mehr?«

»Bis es dunkel wird …«

Am nächsten Morgen verließ ich das Haus.

»Kannst du das mitnehmen?« Katharina reichte mir einen Pappkarton mit etwas Papier darin. »Die Papiercontainer sind am Ausgang der Siedlung.«

»Kein Problem.« Ich befestigte das Papier am Seitengepäckträger. »Da wacht wohl schon der Blockwart.«

»Der weiß sicher schon, dass du bei mir übernachtet hast.«

»Kommt das hier an irgendeinen Anschlag? Gibt es da eine schriftliche Warnung an alle Nachbarn?«

»Das ist sicher schon in der Siedlung rum, dass hier ein Motorrad stand, welches hier nicht hergehört.«

Der ältere Herr stand wirklich in der Nähe der Papiercontainer. Ich hielt neben den großen blauen Containern und steckte die zusammengedrückte Pappe in einen der Schlitze.

Neben mir ertönte es: »Wir benehmen uns doch wie erwachsene Menschen und trennen Pappe und Papier.«

Meine erste Regung war: »Den stopfe ich gleich hinterher«, gab ihr aber nicht sofort nach.

Er wertete mein Zögern anders und tippte seinen Zeigefinger mit der Bemerkung auf ein Schild: »Hier Pappe«, wechselte dann zum anderen Container und blökte: »Hier Papier.«

Endlich kamen mir meine Polnischkenntnisse mal zugute. Ich spielte den ahnungslosen Polen. »Ah, Papirosy, verstehen.« Ich überlegte kurz, in welcher Tasche ich meine polnischen Zigaretten hatte, holte die Popularne heraus, bot ihm eine an und steckte mir, nun wieder auf meinem Motorrad sitzend, selbst eine an.

»Nein, keine Zigaretten. Sie sollen hier das Papier und hier die Pappe reinwerfen. Da war doch Papier mit dabei. Das habe ich genau gesehen. Leugnen Sie es nicht.«

Ich zuckte mit den Schultern, schüttelte verständnislos den Kopf, warf ihm meine Zigarette vor die Füße und fuhr los.

14. KAPITEL: THERAPEUTISCHES GRUNZEN

Kriminalhauptkommissar Behrend fuhr in das Klinikum Markendorf, um einen Termin mit Dr. Torsten Merker wahrzunehmen. Hierzu wurde er wegen der Eigenwilligkeit des Doktors auch von den Kollegen auserkoren, zu deren Ermittlungen Behrend kaum einen Bezug hatte. Einige Kollegen mieden das persönliche Gespräch mit dem Arzt und warteten lieber auf seine schriftlichen Gutachten. Wie in den meisten Kliniken, so musste er den Rechtsmediziner auch dort im Kellergeschoss aufsuchen. Die Sekretärin war nicht die vom letzten Termin, weshalb er sich wieder umständlich vorstellen musste, bis er zu Dr. Merker gelangte, mit dem er bald im weiß gefliesten Sektionsraum, vor den metallenen Tischen mit den beiden Brandleichen, im Gespräch stand. Der kleine Mann mit piepsiger Stimme reichte Behrend gerade einmal bis zur Schulter.

»Und, konnten Sie zu den Todesursachen und zur Identität etwas feststellen?«

Dr. Merker wollte seine Leistung auch gewürdigt wissen und stellte voran: »War nicht einfach bei diesen stark verkohlten Leichen. Mit Fingerabdrücken war da nichts. Steht aber alles ausführlich im Bericht. Kommt Ihr Partner heute nicht?«

»Wir wollten uns hier treffen. Er scheint sich etwas verspätet zu haben.«

»Ja, scheint so«, bestätigte Doktor Merker in einem Ton, in dem ein Professor sein Missfallen über unpünktliche Studenten zum Ausdruck bringen würde.

Behrend sah zu den beiden Leichen. »Die liegen merkwürdig zueinander.«

»Schön, dass Sie das auch merken, mein Lieber«, merkte der Arzt gerührt an. »Ich wusste, dass Sie ein Gefühl dafür haben … Als ob sie miteinander flüsterten, nicht? Ihr letztes Gespräch. Was sie sich wohl zu sagen hatten?«

»Nur über meine Leiche«, gab Behrend zum Besten.

Merker blieb ernst. »Machen Sie sich nicht lustig«, forderte gerade der, der so oft Sarkasmus und schwarzen Humor an den Tag legte. »Die bei mir hier unten haben noch was zu sagen. Sie sind meist mitten aus dem Leben gerissen. Haben ihr Leben noch nicht gelebt.«

»Der Tod kommt doch nie passend und sehr häufig überraschend. Wenn ich hier unten bin«, räumte der Kriminalhauptkommissar ein, »bin ich schon erleichtert darüber, dass ich hier nicht liege.«

»Das glaube ich gerne. Aber wenn man eines unnatürlichen Todes stirbt, mit Gewalt aus dem Leben gerissen wird, hatte man häufig nicht die Chance … seine Träume zu leben. Als Arzt begegnet man sehr häufig dem Tod. Meine Erfahrung ist, dass es für die, die in Todeserwartung sind, leichter ist, Abschied zu nehmen, wenn sie ein aus ihrer Sicht erfülltes Leben gelebt haben, als diejenigen, denen es nicht gegeben ist. Die hier«, er wies auf die beiden Brandleichen, »und auch der da hinten«, nun zeigte er auf einen dritten, etwas weiter entfernt stehenden Seziertisch, »hatten noch viel vor sich.«

Behrend wusste, dass beider Verhältnis wesentlich darauf beruhte, dass er ein guter Zuhörer war. Nicht, dass es Dr. Merker hier unten an Zuhörern fehlte, aber ab und zu verlangte er schon ein Zeichen der Aufmerksamkeit. Behrends älteste Tochter studierte Medizin. In der Wartezeit vor dem Studium hatte sie eine Krankenschwesterausbildung an der Charité in Berlin absolviert. Von einer Ausbilderin dort hatte sie den Begriff des »therapeutischen Grunzens« mitgebracht, erinnerte sich Behrend. Als Arzt oder Schwester hatte man danach dem Patienten, der einem auch alles Belanglose mitteilen möchte, Aufmerksamkeit zu signalisieren, was gut durch ein »Hm« realisierbar wäre. Eingedenk dieses Rats ließ er ein »Hm« verlauten.

»Sehr deutlich wird das, wenn Sie sich Rosalia Lombardo betrachten.«

»Wen?«

»Waren Sie nie in den Katakomben unter Palermo?«

»Nein. Was gibt es da?«

»Mehrere Tausend Mumien aus über vierhundert Jahren. Darunter ein kleines Mädchen: Rosalia Lombardo. Ihre Mumie ist sehr gut erhalten. Sie sieht aus, als ob sie schliefe. Nur der Betrachter weiß, dass sie tot ist. Man möchte es nicht wahrhaben. Das ist auch etwas, was meine Arbeit sehr schwer macht: Die Obduktion von Kindern.«

Behrend schluckte und verzieh Dr. Merker manche Eigentümlichkeit. Oder manipulierte er ihn jetzt wieder? Behrend ließ wieder ein verständiges »Hm« verlauten.

»Wenn Sie das kleine Mädchen sehen, dann denken Sie auf Anhieb, dass ihr Tod nicht gerecht war. Das Mädchen hatte sein ganzes Leben noch vor sich. Die Beziehungen zwischen den Lebenden und den Toten gehen keineswegs nur von den Lebenden aus, mein Lieber.«

»Mag sein«, variierte Behrend sein therapeutisches Grunzen.

»Sie haben die Gabe des Zuhörens, mein Lieber. Unsere Gespräche machen mir immer wieder Freude.«

»Gehört dazu nicht auch, dass Sie mich zu Wort kommen ließen?«, erinnerte sich Behrend an einen der letzten Vorträge des Doktors über irgendwelche Kommunikationstheorien.

Der Arzt begann zu zitieren:

»Auf jedem Tische zwei. Männer und Weiber
kreuzweis. Nah, nackt, und dennoch ohne Qual.

Den Schädel auf. Die Brust entzwei. Die Leiber
gebären nun ihr allerletztes Mal.«

»Hört sich ja eklig an«, kommentierte Behrend.

Dr. Merker protestierte: »Ist aus einem der Leichengedichte von Gottfried Benn, Pflichtlektüre für jeden Rechtsmediziner. Das ist hohe Kunst.«

»Wer entscheidet das?«

»Die Zeit. Und über das meiste wächst Gras ... Und wieso eklig? Kennen Sie nicht das Lied, das wir als Kinder gesungen haben?« Und er fing nach seinem Rezitationsversuch auch noch an zu singen:

»In den Teichen schwimmen Leichen
mit aufgeschlitzten Bäuchen.
In den Bäuchen stecken Messer
mit der Aufschrift Menschenfresser.«

»Kenn ich nicht«, bekannte er.

»Ach? So was gab's bei den freien Pionieren wohl nicht?«

»Bei den Jungen Pionieren oder der Freien Deutschen Jugend, meinen Sie. Nein, da wurde so was nicht gesungen. Aber ich erinnere mich an meine Oma, die mir das Lied von dem Serienmörder Haarmann vorsang.«

»Kenn ich, kenn ich«, begeisterte sich Merker und stimmte wieder an:

»Warte, warte nur ein Weilchen«, bis Behrend mit der zweiten Zeile einstimmte. Nach der ersten Strophe ging ihnen der Text aus.

»Haarmanns Schädel habe ich bei einem Besuch der Rechtsmedizin in Göttingen gesehen.«

»Was Besonderes?«

»Der Schädel? Nein. Da soll es aber eine Gehirnhautentzündung gegeben haben, deren Auswirkungen bei der Begutachtung der Schuldfähigkeit nicht ausreichend Aufmerksamkeit gewidmet worden sein soll.«

»Mhm … Und wenn die sich hier unten bei Ihnen noch unterhalten oder gebären oder sonst was tun, haben die Ihnen was zu ihrer Identität gesagt?«

»Was ist schon Identität?«, begann er seine alte Leier.

Jetzt bin ich ihm aber wieder auf den Leim gegangen, erschrak Behrend, *und muss mir etwas über Identität, das eigene Ich und so 'n Zeug anhören.* Behrend lag damit richtig.

»Wir wissen doch oft nicht einmal selbst, wer wir sind.«

»Mir würde der Name als Identitätsmerkmal im ermittlungstechnischen Sinne schon völlig ausreichen.«

»Ist doch auch beliebig austauschbar. Sie bleiben in Ihrer Arbeit ganz schön an der Oberfläche und dringen nicht in die Tiefe des Menschen vor.«

»Das machen Sie ja schon, und bis zum Ellenbogen. Meinen Sie nicht, lieber Doktor«, imitierte Behrend des Doktors Duktus, »dass das ganz schön arrogant klingt, wenn man seinen Stand so über den anderer erhebt?«

»Niveau sieht von unten häufig aus wie Arroganz, mein Lieber.«

»Es wäre sehr schön, wenn Sie noch einige weitere Merkmale hätten, die helfen würden, dass wir uns ein Bild von den Toten machen können.«

»Nun ja, bei einem scheint mir dies gelungen.«

Merkers Telefon klingelte und er drückte mit kurzem Blick auf die Annahmetaste. »Wollte ich gestört werden? Wer? Natürlich ist mir Kriminalkommissar Fechner bestens bekannt. Lassen Sie ihn schon rein. Denken Sie denn, meine Teuerste, dass uns hier jemand unsere Patienten stehlen möchte?« Nachdem er das Gespräch beendet hatte, kündigte er an, dass er sich die neue Arztsekretärin schon noch hinbiegen würde.

Fechner platzte herein. »Schönen guten Tag, Herr Doktor.«

»›Schön‹ und ›gut‹, das ist ganz schön dick aufgetragen, vermag aber Ihre Verspätung ein wenig zu entschuldigen.«

Fechner entgegnete nichts. Nicht, dass der Doktor sich noch über sein Verhalten beschwerte und herauskäme, dass Behrend ihn trotz der Suspendierung mit hierhergenommen hatte.

Behrend wusste, dass Merker zur Offenbarung seiner Erkenntnisse nur noch ein klein wenig gebeten werden wollte. »Inwiefern meinten Sie, dass es Ihnen gelungen wäre, etwas zur Identität eines der Opfer festzustellen?«

»Bei dem einen konnte ich durch Ihre Informationen klären, dass es sich mit hinreichender Wahrscheinlichkeit um Boris Gonscharov handeln wird.«

Frank Fechner schluckte. Waren Stefanies Vorwürfe berechtigt? Wer hatte alles seine Berichte gelesen? Hatten Blomovs Leute mitbekommen, dass Boris für uns gearbeitet hatte, und ihn deshalb umgebracht?

Der Arzt fuhr fort: »Der Zahnstatus war relativ eindeutig anhand der Behandlungsunterlagen festzustellen. Röntgenbilder lagen leider nicht vor. Aber …«

»Ja?«, ermunterte Behrend in gewohnter Weise den Arzt, während es Fechner noch die Sprache verschlagen hatte.

»Etwas stimmt nicht mit ihm.«

»Und was?«

»Der Brand sollte offensichtlich die Identifizierung erschweren. Ich hatte bei Ihren Brandspezialisten angerufen. Beide Körper wurden mit extrem viel Brandbeschleuniger übergossen. Der Brand war geplant, so viel Treibstoff schleppt keiner zufällig mit sich herum. Beide wurden zuvor erschossen. Ich habe weder in der Lunge noch im Magen Rußpartikel in der Größe feststellen können, die auf ein Einatmen oder Herunterschlucken schließen lassen könnten.«

»Das war trotz des Verbrennungsgrades feststellbar?«

»Sie sehen das ja«, wies Dr. Merker auf eine der Leichen. »Es sind hauptsächlich die oberen Hautschichten verbrannt. Also nicht mal medium, eher englisch.«

»Und was ist mit Boris?«

»Fällt Ihnen beim Vergleich der beiden Körper nichts auf?«

»Beide tot?«

»Mitten ins Schwarze. Aber schauen Sie sich so etwas Unwichtiges wie die Beinstellung an.« Der Doktor zeigte auf die unbekannte Leiche. »Hier haben wir die für Brandleichen typische Fechterstellung. Die entsteht durch die hitzebedingte Muskelschrumpfung. Die Beuger überwiegen die Strecker. Die Folge ist das hier.« Wieder wies er auf die Beine des nicht identifizierten Toten. »Bei dem hingegen«, und nun ging seine Hand in Richtung Boris, »ist sie nur sehr leicht ausgeprägt.«

»Kann das damit im Zusammenhang stehen, dass er vor dem Brand getötet worden ist?«

»Vom Grundsatz her schon, aber dann müsste er schon so lange tot gewesen sein, dass die Sehnen und das Muskelgewebe angegriffen worden wären. Natürlich ist der Grad der Ausprägung der Fechterstellung vielen Faktoren unterworfen. Aber da arbeite ich noch dran. Meinen Bericht habe ich deshalb auch nur als ›vorläufig‹ tituliert. Kollegen haben das völlige Fehlen dieser Erscheinung schon mal bei einer anderen Brandleiche festgestellt. Die Fälle sind aber nicht vergleichbar.«

»Warum nicht?«

»In jenem Fall waren die Sehnen und Muskeln zuvor mit einer Art Machete durchtrennt worden.«

Behrend schluckte. »Ist ja grausam.«

»So sind die Menschen.«

»Aber dass es Boris ist, das steht fest?«

»Wie gesagt, mit hinreichender Wahrscheinlichkeit. Neben dem Zahnstatus haben wir ja die Aussagen der Zeugen zur Bekleidung. Ich hatte doch die Stoffreste an der Auflagefläche so rekonstruieren können, dass die Zeuginnen seine Bekleidung erkannten.«

»Stimmt«, bestätigte Behrend. »Und der andere?«

»Da habe ich zwar auch den Zahnstatus und die DNA, aber kein Vergleichsmaterial. Deshalb habe ich bisher auch von den angekündigten molekulargenetischen Untersuchungen Abstand genommen. Die DNA ist in den Datenbanken nicht vorhanden. Da müssen Sie mir schon etwas Vergleichsmaterial beschaffen, damit ich weiterkommen kann.«

»Verstehe. Da arbeiten wir noch dran. Und die Todesursache?«

»Beide wurden erschossen. Aber da haben Sie ja schon die Berichte des Ballistikers. Beides großkalibrige Waffen. Herr Gonscharov ist mit einer Neun-Millimeter-Kugel aus einer Entfernung von circa vier bis fünf Metern in den Kopf geschossen worden, was sofort zum Tod geführt haben muss. Der unbekannte Tote wurde aus unmittelbarer Nähe erschossen und war auch sofort tot. Das Eintritts- und Austrittsloch weisen wegen der Nähe der Waffe am Schädel Ähnlichkeiten mit einem Suizid oder einer Exekution auf. Die Waffe muss direkt an die Schläfe gehalten worden sein. Den Abmessungen zufolge ein Fünfundvierziger-Kaliber. Da fehlen Kugel und Patrone. Sicher schließen Sie da auf eine Tötung an einem anderen Ort.«

»So ist es. Wir haben da mittlerweile eine Zeugenaussage, dass auch in diesem Fall womöglich ein Russe von einem Landsmann umgebracht worden sein könnte. Sobald wir da etwas zur Identifizierung haben, sind Sie der Erste, der es erfährt.«

»Weil du sagst ›auch‹«, meldete sich Fechner wieder zu Wort, »Boris war kein Russe mehr«, korrigierte er den Kollegen.

»Gut. Russlanddeutscher.«

»Nein! Deutscher.«

»Die hatten wohl noch einen deutschen Schäferhund in der Familie, damit sie eingebürgert werden konnten«, gab Merker seinen Senf dazu. »Es wär befriedigend, so eine grausame Sache klären zu können. Wie geht es denn mit den Ermittlungen vorwärts?«

»Wir arbeiten mit Hochdruck dran. Von dem oder den Tätern aber noch keine Spur. Viel klarer wird der Fall aber auch nicht dadurch, dass wir hier zwei Tote haben, die an unterschiedlichen Orten mit unterschiedlichen Waffen erschossen wurden.«

»Der andere war auch ein Russe, meinen Sie?«, fragte Merker etwas skeptisch.

»Wir haben Hinweise darauf. Weshalb fragen Sie?«

»Da gibt es eine merkwürdige Übereinstimmung bei den Zähnen. Jahrelange Vernachlässigung derselben und in letzter Zeit eine Verbesserung der Versorgung. Wissen Sie, die stomatologische Behandlung in russischen Gefängnissen ist nicht gerade ein Vorzeigemodell. Bessergestellte Russen und die, die länger in Westeuropa leben, sind von den übrigen Landsleuten leicht zu unterscheiden.«

»Das klingt ja wieder arrogant.«

»Sie liegen völlig falsch, mich des Dünkels zu bezichtigen. Dafür gibt es nicht den kleinsten Anlass. Ich habe nur die von mir festgestellten Fakten benannt. Schauen Sie sich meine Patienten an. Bei mir kommen gesellschaftliche Veränderungen immer mit ein paar Jahren Verzögerung an. Die hier scheinen sich zuletzt etwas aufwendiger um ihre Zähne bemüht zu haben.«

»Und wer ist der da?«, deutete Behrend auf eine dritte Leiche, die etwas abseits lag.

»Auch einer Ihrer Kunden. Da arbeite ich für Ihre Kollegen dran. Wohl ein Metalldieb.«

»Und woran ist der gestorben?«

»Sieht so aus, als ob er eine Kettensäge an eine Hochspannungsleitung der Deutschen Bahn gehalten hat, als die noch unter Strom stand.«

»Autsch.«

Nach dem Besuch der Rechtsmedizin hatte Frank Fechner einen Besuch bei seinem Freund Norbert nötig. Erst am darauffolgenden Morgen kam er übermüdet und angetrunken aus Norberts Bar. Sein Leben hatte sich seiner Vorstellung zufolge allein schon durch die Suspendierung drastisch geändert. Wie es sich in allernächster Zukunft tatsächlich weiter ändern würde, das ahnte er nur. Seinen Briefkastenschlüssel mit ungenauer Hand nach mehrfachen Versuchen endlich in das Schloss führend, sollte sich seine unbestimmt dunkle Vorahnung für ihn alsbald offenbaren.

»Werbung«, erkannte er und warf den Umschlag des Möbelhauses mit der VIP-Einladung unbeachtet auf den Boden des Flures. Ein Brief vom Vermieter aus Köln, der zur Geldanlage die zuvor im Eigentum des Bundesvermögensamtes stehenden Wohnhäuser erworben hatte. »Hauptsache keine Mieterhöhung. In meiner Situation. Den öffne ich später. Das kann ich nur nüchtern verstehen.« Zwei Umschläge vom Polizeipräsidium. Einen riss er sogleich auf. Eine Verfügung in dem gegen ihn geführten Disziplinarverfahren. Das Verfahren sollte nun ruhen. »Warum das denn?« Fechner fühlte sich blitzartig nüchtern, beschloss, die Briefe der Polizei genauer zu lesen, und nahm die paar Stufen zu seiner Wohnung in einem Satz.

»Hallo, Peter?«

»Was?«, kam es völlig verschlafen aus dem Lautsprecher des Smartphones. »Wer spricht da?«

»Ich bin's.«

»So hat sich der letzte Anrufer auch gemeldet, den ich weggedrückt habe. Ich bin auch ich.«

»Ich auch. Hier Frank. Bist du wach?« Frank hörte Sabrinas Murren im Hintergrund.

Peter Behrend begab sich aus seinem Bett, um Sabrina nicht vollends zu wecken. »Jetzt schon. Du weißt, wie früh es ist? Hast du was getrunken?«

»Klar habe ich getrunken. Wozu sollte ich sonst bei Norbert gewesen sein? Du, ich habe hier zwei Briefe.«

»Hatte ich gestern auch«, wurde Behrend munter. »Einen vom ADAC, ich soll irgendeine Versicherung abschließen, und einen für spezielle Fernsehkanäle, Sport und Porno. Habe ich beide weggeschmissen.«

»Hätte ich mit dem ersten Umschlag auch gemacht. Ich habe zwei vom Präsidium bekommen. Ich soll mich zu einer Zeugen- und Beschuldigtenvernehmung einfinden. Da wird ein Ermittlungsverfahren gegen mich wegen angeblicher Vorteilsnahme im Amt und Bestechlichkeit geführt, die Sachen, die Gegenstand des Disziplinarverfahrens sind. Das Disziplinarverfahren soll für den Zeitraum der Ermittlungen und eines möglichen Strafverfahrens ruhen«, fasste Frank Fechner für seinen Alkoholpegel erstaunlich genau zusammen.

»Oh.«

»Was soll ich nun machen?«

»Warte, jetzt muss ich mich erst mal setzen.«

»Hast du sitzend eine Idee?«

»Ich glaube nicht, dass du da jetzt was machen könntest. Das Ruhen im Diszi schadet ja nicht weiter. Und ob Ermittlungen geführt werden, das kannst du nicht beeinflussen. Ich wollte dich sowieso sprechen, aber nicht am Telefon.«

»Komm doch rum, ich bin wach.«

»Jetzt nicht. Hab nur noch ein paar Stunden und muss dann zum Dienst. Beratung beim Chef. War lange auf den Beinen, waren wieder Metalldieben auf der Spur.«

»Wieder ein paar Oberleitungen der Bahn und morgen fährt kein Zug?«

»So was in der Richtung.«

»Wir sehen uns dann?«

»Melde mich, sobald ich Luft habe.«

»Okay und vielen Dank.«

»Bis dann.«

»Gute Nacht.«

15. KAPITEL: ANGRY DOG

»250 Euro für jeden?«, vergewisserte sich einer der Kumpane, die Anatols Schwager für seinen Rachefeldzug gegen mich in einer Kneipe im polnischen Słubice gewonnen hatte.

»Versprochen«, sagte Kamil zu und bagatellisierte den Job für die beiden Schlitzohren: »Ihr braucht nur danebenzustehen, als Verstärkung. Ich schieße ihm die Kniescheibe weg und wir hauen ab. Alles andere kann euch egal sein. Er kennt euch nicht und wird euch nie wiedersehen. Meine Schwester ist gerächt.« Er hob das Glas und leerte es in einem Zug.

»Solltest du nicht zur Polizei gehen?«, wagte einer der neuen Kumpel eine vorsichtige Frage, hob das Bierglas, trank und wischte sich abschließend mit dem Handrücken die Lippen.

»Was hat meine Schwester davon? Das Schwein hat sie vergewaltigt. Das müsste sie alles noch mal bei der Polizei und vor Gericht erzählen. Nein! Das klären wir in der Familie«, log er, um seine Komplizen neben dem versprochenen Geld weiter zu motivieren.

»Und wirklich auf ihn ballern? Muss das sein?«, zweifelte der eine.

Der andere gab zu bedenken: »Damit können wir uns richtig Ärger einhandeln.«

Kamil gab auf: »Und was würdet ihr vorschlagen?«

»Eins auf die Fresse hau’n.«

Das reichte Kamil nicht. »Nur auf die Fresse. Für ’ne Vergewaltigung?«

»Na dann eben mit ’nem Baseballschläger. Da haben wir noch welche da.«

»Baseballschläger«, sinnierte Kamil, »hört sich gut an.«

»In Ordnung, wir holen die Schläger.«

Der andere war von dem Enthusiasmus seines Kumpels noch nicht angesteckt. »250 für jeden war ja fürs Danebenstehen gedacht. Nun sollen wir ja selber Hand anlegen.«

»Dafür ist das Risiko nicht mehr so hoch. Die Waffe ist nur noch zum Einschüchtern da. Mehr Geld gibt's nicht«, blieb Kamil hart. »Und das hier«, zeigte er mit einer kreisenden Handbewegung auf die leeren Biergläser, »geht auf mich.«

»Aber die Arbeit haben wir.«

»Und die Baseballschläger müssen wir hinterher wieder sauber machen. Is 'ne ganz schöne Sauerei, wenn Blut angetrocknet ist, sag ich dir.«

Kamil sah die länger werdenden Gesichter seiner nicht mehr ganz so treuen Gehilfen und seinen Racheplan schwinden. »Heute Abend spendiere ich noch eine ordentliche Runde.«

»Das ist doch ein Wort.«

»Gebongt«, bestätigte der andere.

Kamil schloss das Gespräch: »In einer halben Stunde drüben in Frankfurt vor der Detektei.«

Von den neuerlichen Besuchsplänen meiner Widersacher ahnte ich nichts. Vor mir lagen die Unterlagen, die ich mir für die Abgabe der Steuererklärung herausgesucht hatte. Um Mitternacht würde der Abgabetermin ablaufen. Wenn ich das hier nicht schaffte, würde die Steuerbehörde eine Zwangsveranlagung vornehmen und Strafgelder fordern. Ich goss mir einen Schluck Wodka in mein Gläschen, steckte mir eine Zigarette an und bewunderte das Stillleben, das Vanessa hinterlassen hatte, bevor sie mit den Worten »Ich muss nur mal schnell in den Baumarkt huschen« verschwunden war. Die Wand über der Tür sah mit ihrem Riss schlimmer aus als zuvor.

Sie hatte noch etwas Tapete abgerissen und war nun zur Überzeugung gelangt, schnell auch noch ein Stückchen Tapete über den Riss kleben zu müssen. Auf der mitten im Durchgang platzierten Leiter standen eine viel zu große offene Tüte Dübelmasse, die ausreichte, um den Türdurchbruch zu schließen, und eine Schale, in der ich Wasser vermutete. Auch einiges Werkzeug war zu sehen. Die Idee, die Leiter zur Seite zu stellen, war ihr nicht in den Sinn gekommen. Vanessa würde sich sowohl an der Leiter vorbei- als auch durch die Leiter hindurchbewegen können, ohne dass ein Malheur passierte. Anders dagegen Yvonne: Ich sah sie schon frisch gegipst vor mir und hätte nicht schlecht Lust gehabt, sie in die Detektei zu bitten.

»Herein«, rief ich, nachdem an die Bürotür geklopft worden war. Nichts, dann wieder ein Klopfen. »Kommen Sie schon hereinspaziert. Ich bin verletzt und komme schlecht zur Tür«, röhrte ich, meine Faulheit begründend, durch Zimmer und Flur. Mittlerweile konnte ich mich schon wieder recht gut bewegen; nur am Morgen, kurz nach dem Aufstehen, und bei größerer Belastung schmerzten die Beine, und dies nun abwechselnd. Mein Freund Robert, der mich anlässlich verschiedener Verletzungen zusammengeflickt hatte, begründete dies mit der höheren Belastung des bisher gesunden Beins. Wieder das Klopfen.

»Öffnen Sie doch die Tür, sie ist offen.« Ich stellte die Schnapsflasche nicht weg. Ich redete mir ein, dass der Alkohol die Schmerzen im Bein lindere, auch wenn es gerade jetzt nicht schmerzte. Und es klopfte wieder. Einer Eingebung folgend, rief ich aus voller Kehle: »Komm schon, Katharina.« Mit meiner Vermutung lag ich völlig verkehrt. Die Tür öffnete sich. Es waren aber schwere Männerschritte. Ich griff instinktiv zu meiner großkalibrigen Glock 37, entsicherte sie mit einem hörbaren Klicken, zog das Verschlussstück so leise wie möglich bis zum Anschlag durch, ließ den Schlitten fast geräuschlos nach vorne gleiten, hielt die Pistole auf meinem Oberschenkel, sodass sie von dem Besucher nicht gesehen werden konnte, und war beruhigt, eine Kugel im Lauf zu wissen.

Frank Fechner zuckte zurück. Er kannte das unheilvolle metallische Klicken und das Geräusch, wenn eine Pistole mit Masseverschluss durchgeladen wurde, auch wenn dies sehr leise geschah. Wer so oft wie er auf dem Schießstand war, wusste, wie sich die metallenen Klänge einer echten Waffe anhörten. Was wartete da auf ihn? Sich sofort die Gefährlichkeit der Situation vergegenwärtigend, rief Fechner: »Ich bin nicht Katharina«, und stellte die Situation klar, bereit, sofort den Rückzug durch die unverschlossene Bürotür anzutreten.

»Da wär ich jetzt nicht draufgekommen«, antwortete ich, jetzt schon ein wenig erleichtert.

Noch im Flur und ohne Sichtkontakt zu mir antwortete mein Besucher: »Es wäre sehr rücksichtsvoll und geradezu gastfreundlich, wenn Sie die Waffe sicherten.«

»Lässt sich machen«, antwortete ich und tat wie geheißen. Im Notfall würde ich dennoch sehr schnell schießen können. Dann schaute mein Besucher, der nicht unbedingt wie ein neuer Klient aussah, aber auch nicht den Eindruck eines kaltblütigen Killers hinterließ, vom Flur aus um die Ecke. Er zwängte sich an der Leiter vorbei und guckte nach oben, so, als ob von dort Unheil zu erwarten wäre, was angesichts des hinterlassenen Stilllebens nicht ganz von der Hand zu weisen war.

»Hallo, Fechner mein Name«, stellte er sich vorsichtig vor und hatte leichte Schwierigkeiten, sich gegen die in mein Fenster fließende Sonne zu orientieren.

»Rübel, setzen Sie sich bitte.« Der Junge machte einen unsicheren Eindruck, der mich provozierte anzubieten: »Möchten Sie auch einen?«, während ich mir ein Gläschen Absolut eingoss. Außerdem hatte ich klargestellt, dass das hier mein Büro war und ich den Ton angab.

»Nein, danke.«

»War ja zu erwarten. Prost!« Ich nippte aber nur am Glas. Könnte ja sein, dass das Gespräch noch interessant würde. »Womit kann ich helfen?«

»Mit ein paar Auskünften zu Ihrer Tat gegen den Geschäftsführer Dorint in der Agrargesellschaft bei Neu-Sophienhof.«

»Eigentlich bin ich der, der solche Fragen stellt. Wer sind Sie und weshalb interessiert Sie das?«

»Sie räumen die Tat also ein?«

»Nichts da. Also wer sind Sie oder soll ich die Waffe wieder entsichern?«

»Ich glaube, das jetzt ist zumindest eine Nötigung oder Bedrohung.«

»Nicht, wenn es in den eigenen vier Wänden passiert und ich Sie zuvor eindringlich aufgefordert habe zu gehen … Also los, heraus damit: Wer sind Sie?«

»Ich bin von einer Versicherung. Es wurden Ansprüche von dem Geschäftsführer einer Gesellschaft wegen einer Körperverletzung geltend gemacht. Da gibt es nur noch ein paar kleine Details, die wir vorher geklärt haben möchten.«

»Was haben Sie mit der angeblichen Körperverletzung zu tun?«

»Wir sind der Versicherer, bei dem die Agrargesellschaft eine Sachversicherung hat. Bei Ihrem Auftritt ist da ja einiges zu Bruch gegangen. Und der Geschäftsführer, Herr Dorint, hat bei uns eine private Krankenversicherung, aus der Regressansprüche Ihnen gegenüber bestehen dürften.«

»Und wieso sollte ich Ihnen dabei helfen? Sie wollen doch dann Ansprüche gegen mich geltend machen.«

»Vielleicht müssen wir für die Schäden gar nicht eintreten

und Sie dann auch nicht in Regress nehmen. Ich habe da so meine Probleme mit den Angaben in den Schadenmeldungen des Herrn Dorint. Wieso sollten Sie ihn einfach grundlos schlagen und sein Büro verwüsten? Möglicherweise ergeben sich aus Dorints eigenem Verhalten Ausschlussgründe oder er hat uns auch einfach nur unvollständig informiert, was ebenfalls zu einem Ausschluss unserer Leistungspflicht führen könnte.«

Das klang plausibel. Nur warfen die Mitarbeiter der Versicherungen und deren Bevollmächtigte immer gleich mit ihren Visitenkarten herum, sofern es keine beauftragten Privatdetektive waren. Außerdem würden die sich auch zuvor telefonisch anmelden. Irgendwas stimmte hier nicht. Die Situation erforderte dennoch nicht, dass ich weiter mit der Waffe hantierte. »Können Sie sich ausweisen?«

»Klar«, und er holte seinen Personalausweis hervor, zeigte ihn mir und ich konnte tatsächlich den Namen Fechner lesen.

»Und eine Legitimation von der Versicherung, für die Sie vorgeben zu arbeiten.«

»Habe ich gerade nicht dabei.«

»Aber Sie werden doch eine Visitenkarte oder einen schriftlichen Auftrag von der Versicherung haben«, blieb ich hartnäckig. Würde der jetzt weiter lügen und ich ihn rausschmeißen, würde er mir eine neue Lüge auftischen oder käme er dann mit der Wahrheit rüber?

»Okay, ich bin nicht von der Versicherung. Ich bin von der Polizei.«

»Ich entsichere gleich wieder die Pistole und schieße Ihnen in Ihren verlogenen Arsch«, fluchte ich ärgerlich. »Sie sind so ein Stümper, dass es eine Beleidigung ist anzunehmen, dass ich Ihnen das abnehme.« Ich nahm meine Waffe zur Hand. Die Situation war für mich unklar. Dass einige Leute wegen meines Auftritts in den Räumen der Agrargesellschaft beunruhigt waren, war mir inzwischen klar geworden. Aber was der hier wollte, konnte ich noch nicht einordnen.

»Jetzt nehme ich doch einen.«

»Bitte?«

»Na, das Angebot von vorhin, das mit dem Schnaps. Steht das noch?«

»Wenn Sie zum Saufen hergekommen sind, um die Ecke ist eine Kneipe.«

»Nein, ist eher ein Versuch eines Neubeginns. Stellen Sie sich vor, ich bin gerade reingekommen, Sie bieten mir einen Schnaps an und wir stoßen an.«

»Na gut«, spielte ich mit, goss ihm ein und mir nach. Der hatte seine Probleme, mir zu sagen, warum er hier war. Was hatte er denn erwartet? Dass ich hellsehen konnte? Oder ihm den Mist mit der Versicherung abnahm? Wenn etwas an der Geschichte mit der Polizei dran war, dann wäre er nicht offiziell hier. Dann könnte er mir aber seinen Dienstausweis zeigen.

Fechner setzte erneut zu einer Erklärung an: »Es gibt in der Tat Probleme mit der Körperverletzungssache. Wichtiger ist aber, was Sie am Abend des Brandes vor dem Gebäude ›Nummer zwei‹ in Frankfurt zu suchen hatten.«

Ich war ja nicht so schnell aus der Reserve zu locken. Aber diese Frage hatte ich jetzt nicht erwartet. Ich musste mich kurz sammeln und begann: »Jedenfalls wecken Sie mit Ihrer Frage mein Interesse.« Der wollte doch was von mir. Weshalb sollte ich hier in die Defensive gehen? »Aber wenn Sie von der Polizei wären, dann wäre es ähnlich wie bei Ihrer Versicherungsnummer: Wenn Sie mich hören wollen würden, hätten Sie mir eine Ladung zu einer Beschuldigtenvernehmung gesandt. Hausbesuche machen die Polizisten in solchen Angelegenheiten nur im Fernsehen.«

Er stierte auf sein Schnapsglas wie ein begossener Pudel. »Also gut …«

»Nichts ist gut«, feuerte ich dazwischen. »Wenn jetzt die dritte Abwandlung Ihrer Geschichte kommt, wird es langsam langweilig.«

»Nein, nicht, wie Sie denken. Es ist einfach schwer, es Ihnen zu erklären.«

»Versuchen Sie es mit der Wahrheit.«

Er nahm das Glas, prostete mir zu und trank; sollte ja manchmal helfen. »Ich … ich bin … suspendiert.«

»Warten Sie! … Vielleicht bekomme ich nicht alles mit … Sie meinen, Sie sind vom Dienst suspendiert und dann kreuzen Sie hier auf? Sie ermitteln in einer Sache auf eigene Faust, obwohl Sie suspendiert sind?« Schon wieder trieb ich ihn in die Enge. Ihm war nicht wohl in seiner Haut. Das wollte ich in dieser Situation aber nicht ausnutzen. Deshalb schob ich mal ganz locker hinterher: »Dann bringen demnächst wohl die Mitarbeiter des Ordnungsamtes die Bußgeldbescheide selbst im Urlaub persönlich her, wenn ich mal ein wenig zu schnell gefahren bin?« Wieso riskierte da ein Polizist bei unerlaubten Ermittlungen im Zusammenhang mit einem Brand seinen Job? Er spürte, dass ich ihm auch jetzt nicht glauben konnte.

»Sie sind aber ganz schön vorsichtig. Wieso denn so skeptisch?«

»Als Privatdetektiv lebe ich nicht ganz ungefährlich. Habe wegen meinen Ermittlungen gegen die Agrargesellschaft erst vor Kurzem einen Drohbrief erhalten. Und die haben hier alles auf den Kopf gestellt.«

Fechner blickte sich um und bestätigte: »Sieht man.«

»Quatsch, das ist jetzt wieder aufgeräumt«, wollte ich klarstellen.

»Ach so?«

»Jedenfalls stand im Drohbrief, dass ich die Finger von der Sache lassen solle, sonst würde Schlimmeres passieren.«

»Sie sind doch zu den Kollegen gegangen und haben das zur Anzeige gebracht?«

»Was sollte das nutzen?«

»Dass jemand zur Verantwortung gezogen wird.« Dann schränkte er selbst ein: »Vielleicht.«

»Ich glaube nicht, dass selbst Sie wegen so einer Sache ermitteln würden.« Sein Schweigen gab mir recht. Ich beobachtete genau, dass er sich nicht erst in die Rolle des Polizisten denken musste; es war seine Rolle.

»Und was stand nun in dem Brief?«

»Dass ich nicht weiter wegen der Biber ermitteln solle.«

»Was für Biber?«

»Ich dachte, das wüssten Sie längst. Sehr weit können Sie noch nicht mit Ihren Ermittlungen sein.«

»Und was ist das nun für eine Sache mit den Bibern?«

»Da werden häufig Biberdämme im Oderbruch zerstört und zuletzt auf den Ländereien meines Mandanten. Das scheint aber eher Mittel zum Zweck der Gesellschaft des feinen Herrn Dorint zu sein, die Interesse an den Grundstücken meines Mandanten hat. Und da habe ich in seinem Büro nur mal nachgestellt, was er mit den Biberburgen macht.«

»Auge um Auge, was? Und das mit der Körperverletzung?«

»Eher so eine Art Betriebsunfall. Das ist ein echt mieser Typ, der Dorint. Der hatte es verdient.«

»Und wofür genau?«

»Weiß ich jetzt nicht mehr«, schwindelte ich und wich mit meiner Antwort seiner Frage aus: »Ist ja auch egal. Das ist so ein Typ, dem Sie ungesehen eins in die Fresse hauen können und es dafür mindestens 100 gute Gründe gibt. Können Sie mir glauben.«

Zu meinem Erstaunen gab er mir recht: »Da könnten Sie durchaus richtig liegen. Aber deshalb dessen Büro verwüsten und ihn bedrohen? Das ist doch völlig unverhältnismäßig.«

»Sehe ich auch so. Also muss mit der Gesellschaft noch viel mehr im Argen liegen. War auch erst kürzlich draußen. Das war ganz merkwürdig. In bester Arbeitszeit und zu dieser Jahreszeit war da einfach alles geschlossen. Nur die Sekretärin war noch da und hat was von einem Verletzten oder Toten gesagt.«

»Hm. Sie haben ihr geraten, die Polizei zu rufen. So haben es mir jedenfalls die Kollegen berichtet.«

»Ah, daher weht der Wind. Sie glauben, ich bin als Privatdetektiv so ein Polizistenfreund und deshalb können Sie mal ganz schnell inoffiziell hier vorbeischneien und bekommen Informationen.«

»Mit den Informationen habe ich mir das wirklich so gedacht«, gab er unumwunden zu. »Aber ehrlich gesagt halte ich sonst nicht viel von Privatdetektiven. Sie scheinen eine Ausnahme unter Ihren Kollegen zu sein. Meine Meinung war immer, dass die Hälfte von ihnen selbst Verbrecher sind.«

»Sehen Sie, da geht es uns beiden gleich. Ich bin im Umgang mit Polizisten vorsichtig, weil ich genau das Gleiche von ihnen glaube«, gab ich mit einem Schmunzeln zurück.

Offensichtlich hatte auch er nun mehr Vertrauen gefasst und fragte noch mal nach meinem Aufenthalt in der Nähe des Frankfurter Puffs.

Der ließ ja nicht locker, aber inzwischen hatte ich auch etwas Zeit gehabt, mir eine Begründung zurechtzulegen, von der ich hoffte, dass sie halbwegs plausibel erschien; Yvonne würde mir hoffentlich verzeihen. Für mich war nur eins wichtig: um keinen Preis Boris erwähnen. Ihn hatte ich ja auch nicht wiedergesehen und wusste nicht, was aus ihm geworden war.

»Ich war in eigener Sache auf der Suche nach einer Person, die dort arbeiten könnte. Von dem Brand und den Toten habe ich erst später erfahren«, schwindelte ich.

»Weshalb in eigener Sache?«

»Das möchte ich eigentlich nicht erzählen«, druckste ich gespielt herum.

»Du wolltest etwas von einer Frau dort?«

»Meine Sekretärin, Yvonne, ist morgens immer so unkonzentriert und abends nie zu erreichen. Auch zwischendurch meint sie, einfach mal so freimachen zu müssen, ohne dass es dafür plausible Gründe gäbe.«

»Sie hatten die Vermutung, dass Ihre Sekretärin in einem Puff anschaffen geht?«, formulierte er geradeheraus.

»Nein, sie nicht mehr selbst. Sie hat ihre besten Zeiten hinter sich, aber so was wie 'ne Puffmutter könnte sie gut spielen. Sie macht gegenüber Klienten auch manchmal so einen Resoluten, besonders wenn es um die Bezahlung geht … Vielleicht auch als Domina.«

»Klingt ja komisch«, zweifelte Fechner laut. »Kennen Sie Boris, den Chef?«

Wenn der so direkt fragte, dann wusste er etwas, schoss es mir durch den Kopf. »Mit dem hab ich schon in der einen oder anderen Kneipe einen getrunken.«

»Weshalb haben Sie ihn dann nicht direkt gefragt?«

»Mit solchen Fragen muss ich als Privatdetektiv vorsichtig sein, sonst trinkt bald niemand mehr mit mir. Über den Puff und die Mädchen haben wir nicht gesprochen. Das Thema haben wir beide völlig außen vor gelassen.«

»Wissen Sie, ob er noch einen anderen Privatdetektiv kannte?«

»Keine Ahnung, die gibt es doch wie Sand am Meer«, blieb ich sehr allgemein und interessierte mich selbst für die Sache: »Wissen Sie denn schon, wer die Toten waren und wie sie gestorben sind?«

»Der eine war wohl Boris.«

»Nein!«, spielte ich erschrocken.

»Weshalb sind Sie da so überrascht?«

»Na ja … Wie gesagt … Ich habe gelegentlich einen mit ihm getrunken. Und nun, da soll er tot sein. Und Sie selbst sprachen vorhin in der Gegenwart und nicht der Vergangenheit von ihm.«

»Das gehört zum Beruf.«

Das wiederum konnte ich mit einem »Stimmt« bestätigen. »Und der andere?«

»Woher wissen Sie, dass es zwei Tote waren?«

»Das wird hier so erzählt und soll sogar in der Zeitung gestanden haben. Ich selbst habe es auf der Internetseite der Märkischen Oderzeitung gelesen … Und, was ist nun mit dem zweiten Toten?«

»Das haben wir Ihnen zu verdanken. Da gibt es ein Phantombild, welches wir mithilfe der Sekretärin der Agrargesellschaft fertigen konnten.«

»Und der Geschäftsführer, was sagt dieser Gangster dazu?«

»Nichts, der ist seit jenem Tage verschwunden. Wir suchen da mit Hochdruck.«

»Haben Sie das Phantombild dabei?«, wollte ich wissen.

»Ich habe es auf einem Stick dabei. Haben Sie einen Computer?«, schaute er sich in meiner Unordnung um.

Ich stieß mit dem Fuß gegen das Ungetüm, das unter meinem Schreibtisch darauf lauerte, aus dem Schlaf geweckt zu werden. »Wenn ich das Teil jetzt anschalte«, was ich sogleich gekonnt mit meinem großen Zeh vollzog, »können wir uns die Bilder in etwa fünf Minuten anschauen.« Er merkte noch nicht, dass ich keine Schuhe trug.

Während mein alter Computer, immer einem Absturz nahe, sich quälend hochfuhr, fragte ich mich, ob ich meinen neuen Kumpel nicht bei der Suche nach Horst Arndt um Hilfe bitten könnte, wenn er trotz seiner telefonischen Meldung bei Charlotte ausblieb. Sicher würde sich Katharina dann auch wieder bei mir melden. »Können Sie mir bei der Suche nach einem deutschen Mann aus Frankfurt behilflich sein?«

Fechner zögerte. »Die Suche nach Vermissten fällt nicht so recht in mein Aufgabengebiet und ich komme derzeit auch an keine Informationen«, wehrte er mein Ansinnen ab, um dann doch zu fragen: »Weshalb suchen Sie ihn?«

»Der wird von ein paar Killern gesucht und ich soll da nachhelfen. Auftrag ist eben Auftrag«, versuchte ich, ihn auf den Arm zu nehmen.

»Und wollen Sie den Job dann nicht gleich ganz übernehmen? Sie machen mir nicht den Eindruck, halbe Sachen zu machen.« Meine Ahnung, dass er Spaß verstünde, bestätigte sich immer mehr.

So rückte nun auch ich mit der Wahrheit heraus. »Es ist ein deutscher Obdachloser. Mit dem hatte ich früher schon einmal zu tun. Nun suche ich ihn für die sich sorgende Tochter. Er hat sich zwar telefonisch bei einer Bekannten gemeldet, aber das unter eher mysteriösen Umständen. Gesehen wurde er nicht mehr. Hier ein Foto.« Ich reichte ihm das Foto und ergänzte: »Jetzt sieht er nicht so schön rasiert aus, die Gesichtshaut ist gerötet und die Haare ungepflegt.«

Fechner kam das Bild bekannt vor, war sich aber nicht völlig sicher. »Wie heißt er?«

»Horst Arndt.«

»Dass ich da nicht gleich drauf gekommen bin.«

»Worauf?«

»Dass mir das Gesicht auf dem Phantombild bekannt vorkommt. Ich hatte kurz vor meiner Suspendierung die Vermisstensache Arndt auf dem Tisch. Und als ich das Phantombild gesehen habe, kam es mir irgendwie bekannt vor, aber ich erkannte noch nicht den Zusammenhang … Ist der Computer hochgefahren?«

»Das braucht noch einen Moment.«

Fechner schüttelte den Kopf: »Horst Arndt. Ein Deutscher.«

»Ist doch ein typisch deutscher Name.«

»Schon. Aber wir haben aufgrund verschiedener Zeugenaussagen nach einem Russen gesucht.«

»Verstehe. Aber weshalb sollte Arndt sozusagen als Russe getarnt in einem deutschen Bordell umgelegt worden sein? Arndts Freundin hatte mir erst erzählt, dass sich Arndt bei ihr aus Berlin gemeldet hätte. Er kann es nicht sein.«

»Aus Berlin?«

»Ja. Da soll er Geschäftspartner gefunden haben.«

Fechner wurde nachdenklich: »Oder sie ihn … Weshalb sträuben Sie sich so vor der Annahme, dass es Arndt sein könnte?«

»Da deutete bisher nichts darauf hin. Mit dem hatte ich früher schon einmal zu tun. Er ist Trinker. Alles, was der auf dem Kerbholz hat, sind Milieutaten. Seine Tochter erfuhr, dass er vor einigen Tagen von unbekannten, gut gekleideten Männern mitten in Frankfurt in deren Wagen mitgenommen wurde. Auf Gewalt schloss nichts«, erläuterte ich etwas ausführlicher. Immerhin schien es, als ob mein Vermisstenfall Arndt eine traurige Wendung nahm.

»Doch«, widersprach er. »Sein Tod.«

»Sein Tod?«, wiederholte ich; damit hatte ich nicht gerechnet. In meinem ganzen Leben hatte ich viel mit toten Menschen zu tun gehabt. Eine weitere Erfahrung, die mich in meinen Träumen begleitete und auf die ich nicht viel Wert legte. Wut kam in mir hoch. »Sich an Obdachlosen zu vergreifen, an so leicht zu manipulierenden Menschen, das ist doch feige.«

»Aber vielleicht fand er gerade deshalb seinen Tod«, mutmaßte Fechner weiter.

Nachdem mein Computer eine halbe Ewigkeit gebraucht hatte, um hochzufahren, fanden wir Gewissheit: Der Mann auf dem Phantombild war Horst Arndt. Der Mann, dessen Leichnam beim Brand im Bordell bis zur Unkenntlichkeit entstellt worden war.

Die Tür der Detektei explodierte förmlich, so, wie sie unvermittelt eingetreten wurde. Ich zog sofort meine Waffe und warf mich, meine Schmerzen im Bein vergessend, zu Boden, sodass ich ein wenig Deckung durch den Schreibtisch hatte. Frank Fechner, hier eine solche Situation nicht erwartend, zögerte ein wenig, weshalb ich ihn anbrüllte: »Runter«, bevor der Türrahmen zu meinem Zimmer von einem Kerl mit einer Pistole ausgefüllt wurde, dem ein zweiter gewaltiger Schatten folgte.

Die Situation war gefährlich. Dennoch konnte ich nicht einfach drauflosfeuern. Vielleicht war es eine Spezialeinheit der Polizei oder des Militärs. Diese hätten sich aber spätestens jetzt durch Zuruf zu erkennen geben müssen. Intuitiv gab ich eine kurze Salve von zwei Schüssen auf die auf der Leiter stehende große Tüte Dübelmasse ab, die von den .45-G.A.P.-Patronen meiner großkalibrigen Waffe so zerfetzt wurde, dass sich eine gewaltige Staubwolke auf den im Türrahmen stehenden Fleischkloß senkte und ihn für kurze Zeit unsichtbar machte. Einen dritten Schuss brauchte ich nicht abzugeben, weil ich mein Trefferbild genau kannte und wusste, dass bei der Pistole der dritte Schuss nicht mehr so dicht neben den ersten beiden Einschüssen liegen würde und ein vierter gar Gefahr lief, außerhalb der Scheibe zu landen. Niemand möchte gern einen Menschen verletzen, weshalb ich, ohne groß zu überlegen, die Tüte mit der Dübelmasse zum Ziel gewählt hatte. Beim Schießen musste ich mich immer zwingen, diesen Vorgang so technisch wie möglich zu sehen, obwohl mir schon bewusst war, dass es in dieser Konsequenz nicht immer möglich sein würde.

Noch war mir nicht klar, wie sich das Geschehen entwickeln würde. Mein Adrenalinspiegel schoss durch die Decke. Meine Sinne waren geschärft und auf alles vorbereitet. Der Koloss feuerte inmitten der Staubwolke ungezielt zurück und es geschah, womit niemand rechnen konnte: Ich sah im Mehlstaubnebel erst das Mündungsfeuer seiner Waffe kurz aufblitzen, welchem jedoch eine ungeahnt kräftige Explosion folgte. Ich war einen Augenblick irritiert; mir schossen in Bruchteilen von Sekunden Bilder von Blendgranaten, explodierenden Waffen und Ähnlichem durch den Kopf. In einem Buch, welches ich während meiner Dienstzeit lesen musste, sah ich ein Foto, das sich mir eingebrannt hatte: Einem deutschen Scharfschützen hatte die Fehlfunktion seines Scharfschützengewehrs die rechte Gesichtshälfte weggefetzt. Die Abenteuerlust und Sorglosigkeit der Jugend waren so während meiner Armeezeit schnell den Zweifeln und Bedenken des Alters gewichen. Bei den Kampfeinsätzen im Ausland wurde mir schnell bewusst, welche Macht der Überlebenstrieb über uns hat. Mein Kommandeur hatte mir einmal über einen älteren Rekruten für unsere Einheit der GROM anvertraut, dass dieser allein wegen seines Alters nicht mehr für die Truppe taugte. Er war körperlich fit und selbstbewusst, aber es fehlte ihm das Quäntchen Risikobereitschaft, das wir zur Ausübung des Dienstes brauchten.

Ich hoffte nur, dass das Draufgängertum meiner ungebetenen Besucher durch die ungeahnte Explosion ein wenig gedämpft worden war. Da, wo eben noch eine Wolke Gipsstaub zu erkennen war, senkte sich laut krachend ein Feuerball auf den zu Boden geschleuderten Fleischberg, der wie eine Fackel brannte; wie ich jetzt erkannte, eine glatzköpfige Fackel. Mir schoss nun der Begriff »Mehlstaubexplosion« durch den Kopf, während sich der zweite Fleischberg, in unsere Richtung feuernd, auf die am Boden liegende Fackel warf, sie rollte und so löschte, während er zwischendurch immer wieder, in russischer Sprache fluchend, in unsere Richtung feuerte.

Auch meine Steuerunterlagen hatten Feuer gefangen. Ich wusste nicht, was schlimmer war: Die augenblickliche Attacke dieser Kolosse oder mein bevorstehender Ärger mit dem Finanzamt. Die würden hier zwar nicht mit Waffen hereinstürmen und mir meine Detektei kurz und klein schießen, aber das Ergebnis könnte ganz ähnlich aussehen.

Meine gegenwärtigen Besucher waren keine Amateure, die sich von der ersten Explosion und einer Schussverletzung erschüttern ließen. Was hier passierte, das erinnerte mich an frühere Kampfeinsätze.

Jetzt war das Überraschungsmoment verflogen. Die Bestimmtheit ihres Auftritts, ihr sich schnell orientierender Blick trotz der durch den Sonnenschein wieder hereintretenden Helligkeit im Zimmer und das Heben der Waffe signalisierten mir, dass ich keinen Augenblick mehr zögern durfte, das Leben meines Gastes und das meine zu schützen. Meine Hoffnung, dass sich die Typen durch die Explosion beeindrucken ließen, wurde durch einen Schuss des zweiten Angreifers jäh zerstört.

Ich feuerte gezielt, soweit man in einer solchen Situation, habe man sie auch Hunderte Male geübt, gezielt schießen konnte, auf die Beine des noch stehenden Angreifers zwei weitere Patronen ab. Die Lage brannte sich mir ein und ich erlebte alles wie in Zeitlupe. Der getroffene Fleischberg sackte schreiend zusammen, verlor seine Pistole und fasste sich an den linken Oberschenkel, während der zweite Fleischberg, der gerade noch gebrannt hatte, sich taumelnd erhob. Wegen der Sonne, die ihn durch das Fenster blendete, feuerte er zunächst wieder ungezielt in meine Richtung. Er strauchelte und fiel über den anderen Brocken. Vielleicht hatte ihm die Explosion doch mehr zugesetzt, als ich erwartet hatte.

Ich hatte es durch meine Schüsse wenigstens geschafft, die Aufmerksamkeit der Eindringlinge auf mich zu ziehen und den sich ruhig verhaltenden suspendierten Polizisten zu retten, der hinter einem Sessel Platz gefunden hatte, welcher keinen geeigneten Widerstand gegen eine Kugel aus dieser Entfernung bieten konnte. Für einen Wechsel meiner Stellung bot mir mein Raum weder die Gelegenheit noch ausreichend Schutz. Ich musste versuchen, die schon etwas mitgenommenen Angreifer endgültig in die Flucht zu schlagen.

Ich gab nun ungezielt zwei weitere Schüsse in Richtung Tür ab und wünschte mir, die Kerle damit endlich zu beeindrucken. Ich wusste nicht, wie viel Schuss ich noch brauchen und ob ich ausreichend Zeit zum Wechseln des Magazins haben würde; das Magazin meiner Glock fasste zehn Patronen. Ich hatte zuvor keine Kugel im Lauf gehabt, sodass mir jetzt noch vier Schuss blieben.

Ein weiterer Schuss peitschte direkt über meinen Kopf hinweg und musste irgendwo hinter mir in die Wand eingedrungen sein. Eine Kugel, die der nun im Aufstehen begriffene Koloss abgefeuert hatte, traf mich am linken Oberarm, dicht am Schultergelenk und wie in einem Todeskampf feuerte ich nochmals in seine Richtung zwei Kugeln ab, während er wieder irgendetwas in russischer Sprache fluchte und versuchte, den anderen Fleischberg aus der Schusslinie zu ziehen. Mir blieben noch zwei Kugeln. Noch konnten die Angreifer nicht davon ausgehen, dass ich verletzt war. Sie entschieden sich angesichts ihrer Verletzungen, meiner Gegenwehr und der Dauer der Aktion zum Rückzug. Beide schwankten in Richtung Ausgang. Ich wechselte nun doch meine Stellung und konnte sie im Flur beobachten. Irgendetwas bewog mich, nochmals meine Waffe zu heben. Vielleicht wollte ich ihnen meine Entschlossenheit demonstrieren, wahrscheinlicher war es jedoch, dass sich einfach nur meine Wut darüber entlud, dass ich in meiner Detektei überfallen worden war. So schickte ich ihnen zum Abschied noch einen krachenden Gruß hinterher. Die vorletzte Kugel meines Magazins landete oberhalb des Türrahmens der Ausgangstür und bescherte den Besuchern noch ein paar Putzbrocken auf ihren Glatzen, bevor sie die Tür zuschlugen. Ich ging etwas zögerlich hinterher und riss die Tür, selbst dicht an der Wand stehend, wieder auf, um sie gleich danach wieder zuzuschlagen, nachdem die Kerle abgehauen waren. Sofort, nachdem die Gefahr gebannt schien, spürte ich aus meiner Wunde einen heftigen Schmerz im linken Oberarm. Draußen hörte ich noch einen Schuss.

Kamil zog die neu erstandene Militärpistole aus dem Zweiten Weltkrieg aus der Tasche und ging in Richtung Hauseingang, gefolgt von seinen mit Baseballschlägern bewaffneten neuen Kumpanen, um seinen gegen mich gerichteten Rachefeldzug zu führen.

»Ihr bleibt dicht hinter mir. Der muss erst die Pistole sehen, damit er weiß, wo der Hammer hängt. Der wird sich einpissen vor Schreck, dieses Großmaul. Dann übernehmt ihr ihn. Ein paar Knochen sollten schon dran glauben. Für jeden Schrei, den ich höre, bekommt ihr einen Wodka.«

»Das ist doch ein Angebot«, rieb einer der Typen seinen Baseballschläger und gab ihm einen Kuss.

Der andere ergänzte: »Da werden wir heute Abend aber ziemlich voll sein.«

Kamil war es wichtig, die beiden noch darüber zu informieren, dass eines meiner Knie verletzt sei, welches, wüsste er nicht mehr, und sie deshalb besonders auf die Knie prügeln sollten.

Wie in einem schlechten Film sicherten die beiden Galgenvögel die Eingangstür und Kamil wollte eintreten, als nebenan die Tür des Ladens aufging.

Sebastian hielt eine abgesägte Schrotflinte in der Hand und bluffte: »Die Polizei habe ich schon angerufen, ihr Westentaschenganoven. Ich zahle nichts, keinen Euro bekommt ihr Halunken von mir.«

»Halt Schnauze!«, zischte Kamil und richtete seine Pistole auf Sebastian, »und verpissen du wieder in Laden.«

»Das hast du wohl aus einem schlechten Film.« Sebastian hatte nicht schlecht Lust, die Schrotflinte auszuprobieren. Aber da der Angriff nicht ihm galt, verzog er sich in seinen Laden und wollte mich per Telefon warnen.

Als Kamil, immer noch den Frontmann mimend, in das Haus stürzte, stürmten ihm zwei große Kerle mit Glatze entgegen; einer davon mit einer Pistole in der Hand. Kamil dachte, dass ich sie geschickt hätte, und lud seine Waffe durch. Der massige Kerl mit der Pistole war schneller. Der wiederum glaubte, dass dies eine von mir ausgeklügelte Falle sei, und feuerte, ohne zu zögern, auf Kamils Bein. Kamil brach schreiend zusammen. Seine Gefährten drehten sich um und liefen um ihr Leben.

Mein Telefon läutete und ich taumelte hin. »Was?«, stöhnte ich böse in den Apparat.

»Basti hier. Du wirst gleich überfallen.«

»Da waren die aber schneller. Wenn du immer so langsam bist, dann kannst du bald verkünden, dass die Eiszeit von vor 10.000 Jahren gleich zu Ende sein wird.«

»Halt, halt, die kommen wieder rausgestürmt … Nein, das sind andere. Doch nicht. Aber jetzt …«, berichtete Basti wie in einer Live-Reportage.

»Beruhig dich wieder und vielen Dank. Hier ist alles in

Ordnung.« Ich legte auf. »Bring mir den Wodka«, stöhnte ich heiser zu Frank in meiner Detektei.

»In Ordnung«, meinte der noch ein wenig verstört, sah mich genauer an und stellte endlich fest: »Du bist verletzt.«

»Was denkst du, wozu ich den Wodka brauche?«

»Ganz schön was los in deiner Detektei.«

»Da müsstest du mal hier sein, wenn ich gefährliche Fälle zu lösen habe.«

Noch waren alle meine Sinne geschärft. Ein Geräusch im Flur ließ mich wieder die Waffe mit dem gesunden Arm heben, als ich Vanessas Stimme vernahm: »Bitte nicht schießen.« Sie hatte es halb im Scherz, halb in der Ahnung gesagt, dass die Typen, die ihr im Hausflur entgegengestürzt waren, gerade eine Begegnung mit mir gehabt hatten.

»Dein Auftritt kommt keine Minute zu früh. Du kannst doch nicht reinkommen, wenn hier geschossen wird!«

»Du bist ja verletzt!«, ignorierte sie tapfer meine Ermahnung und half mir, mein blutiges Hemd auszuziehen. »Das sieht aber schlimm aus. Du brauchst dringend einen Arzt.« Sie strich mit ihrer feingliedrigen Hand zärtlich über meinen verletzten Arm und half mir, das Hemd auszuziehen. Ich spürte, wie sie meinen muskulösen Oberkörper musterte. Frank reichte mir die Flasche Absolut.

Ich sagte »Danke«, war mir aber nicht sicher, ob ich damit mehr Frank für den Wodka gemeint hatte oder Vanessa, die wieder meinen Arm hielt. Ich setzte den Schnaps an und nahm ein paar kräftige Züge aus der Flasche.

Ich sah mich auf dem Schlachtfeld um, das vor Kurzem noch meine Detektei gewesen war, und wollte ganz cool sein, was misslang, als meine Stimme ein »Da kannst du gleich noch eine große Tüte Dübelmasse kaufen« in das verwüstete Büro zitterte.

Ohne sie zu schließen, kippte ich mir den Rest der Flasche über die linke Schulter und den Oberarm, wobei ich mit gepressten Lippen einen nur laut gestöhnten Schrei von mir gab. Ich wurde nicht bewusstlos und erinnerte mich für den Bruchteil einer Sekunde an eine Szene aus einem der Indianer-Jones-Filme, in der Harrison Ford seinem angeschossenen Vater Wasser aus dem Heiligen Gral auf eine Schusswunde goss, welches darin kurz brodelte und sich die Wunde dann schloss. Das mit dem Brodeln fühlte ich nun auch, nur dass sich meine Wunde davon nicht schloss. Dessen ungeachtet hatte ich hoffentlich dafür gesorgt, dass all das, was sich an der Kugel befand und sie mit sich gerissen hatte, nicht zu einer Entzündung führen würde. Vanessa nahm ein Taschentuch aus der Packung und tupfte behutsam das Blut-Wodka-Gemisch von meinem Körper.

»Wodka-Orange«, assoziierte ich bei dem Anblick.

»Nein«, widersprach Vanessa. »Angry Dog.«

»Hä?«, stieß ich einen Laut des Unverständnisses hervor.

»Ich habe in einem Hotel in Szczecin an der Bar vor Kurzem so ein Partygetränk bekommen«, klärte mich Vanessa auf. »Wodka, Tabasco und Himbeersirup. Das sah auch so aus.« Sie blickte in das Tuch. »Das hieß und schmeckte wie Angry Dog.«

»Passt«, kommentierte Frank.

»Muss ich mal probieren«, konnte ich schon wieder in die Zukunft blicken.

Ich schaute mir das Schlachtfeld an. Diverse Einschüsse in den Wänden und im Mobiliar, Brandspuren im Büro und Flur, überall herumfliegende Papiere und Möbel. Das Feuer hatte sich allein gelegt. Meine Steuerunterlagen waren ihm zum Opfer gefallen. Wie sollte ich, oder besser gefragt, konnte ich überhaupt diese Situation einem Beamten erklären, der den lieben langen Tag nur den Staub seiner Akten schluckte?

Der würde mich doch für verrückt erklären. Mit etwas mehr Humor würde er die Begründung meines x-ten Verlängerungsantrags als die beste Lüge werten, die er in seiner Laufbahn je gelesen hätte.

Ich bat Vanessa: »Gib mir das Telefon. Ich werde Robert anrufen und fragen, ob er mich zusammenflicken kann.« Robert ging sogleich ans Telefon. »Hallo, Robert, komm mal bitte gleich rum. Ich habe eine Schussverletzung.«

»Da meldest du dich ein paar Wochen lang nicht und dann so eine Botschaft«, warf Robert mir nicht ganz zu Unrecht vor. »Wo hat man dich denn verletzt?«

»In meinem Büro.«

»Oh, da soll es besonders schmerzhaft sein.«

Beide konnten wir über diesen alten Witz wieder lachen.

»Es ist am Oberarm.«

»Da muss doch sicher ein Chirurg ran.«

»Wie ich erkennen kann, nur ein Streifschuss. Steckt keine Kugel drin.«

»Dann musst du trotzdem den Rettungswagen anrufen.«

»Das geht aus mehreren Gründen nicht. Dann würde die Polizei informiert werden.«

Robert verstand und machte sich auf den Weg.

»Jetzt kommt die Polizei?«, erkundigte sich Frank.

»Nein, was sollte die hier?«

»Na, die Spurensicherung könnte …«

Vanessa stellte mit einer Pistole in der Hand fest: »Da hat einer seine Pistole verloren.«

Frank erschrak: »Keine falsche Bewegung. Leg die sofort hin!«

Vanessa schaute mich fragend an. »Wer ist der?«

»Er ist auf unserer Seite und liegt völlig richtig. Gib mir die Waffe mit dem Lauf zum Boden gerichtet her! Der Typ, dem die Waffe gehört, ist eher von der schlampigen Sorte. Da ist mit Sicherheit eine Kugel im Lauf der entsicherten Waffe.«

»Meinst du nicht, dass die Polizei nach der Schießerei hier gleich aufkreuzen wird?«, meldete sich Frank wieder zu Wort.

»Gut möglich. Deshalb solltest du jetzt verschwinden.« Ich nahm das Magazin aus der Pistole, zog den Schlitten kräftig zu mir und die im Lauf befindliche Patrone flog im hohen Bogen heraus.

»Das geht nicht so einfach. Ich bin Zeuge«, insistierte mein polizeilicher Bedenkenträger.

»Genau. Ein suspendierter Zeuge«, erinnerte ich ihn an seine Lage. »Wenn dich hier deine Kollegen finden, buchten die dich doch gleich ein … Vielleicht kommt auch keiner vorbei.«

»Dann muss ich aber schnell das Blut von dem einen deiner Besucher auf der Treppe wischen. Der hat geblutet wie ein Schwein.«

»Das ist ganz lieb. Erwähne ich auch als Extraleistung in deinem Zeugnis.«

»Ich denke, das soll ich mir selber schreiben.« Vanessa holte sich tatsächlich Eimer und Lappen und machte sich an die Arbeit. »Und die Löcher in der Wand mit Gips zuschmieren wie immer?«, erinnerte sie sich an ihr Bewerbungsgespräch.

»Das wird ja immer schlimmer«, tobte Yvonne keifend in die Detektei. »Die Schlampe vergießt dein Blut und wischt es in aller Seelenruhe wieder auf. Und wie es hier wieder aussieht! Wenn das deine Mutter wüsste.«

»Das ist ja nun nicht mehr zu verhindern«, schlussfolgerte ich und forderte: »Und du beschimpfst Vanessa nicht so unflätig.«

»Junge, du bist ja verletzt«, wurde sie ganz versöhnlich im Ton. Noch nie hatte ich bei ihr eine echte Regung gespürt, aber das hier ging ihr doch irgendwie an die Nieren.

Mit wieder angehobener Stimme wollte sie all ihre Vorurteile bestätigt wissen. »Hat die etwas damit zu tun?«, und ihr Kopf ging wieder in Richtung Vanessa, die sie immer noch nicht beim Namen nennen mochte.

Ich staunte, dass sie da überhaupt noch fragte, wollte aber Vanessa in Schutz nehmen, als ich erklärte: »Das waren Russen.«

»Russen?«

»Ja, Russen«, bestätigte Frank Fechner.

Yvonne erschrak bei Franks Bemerkung, als ob sie den Leibhaftigen vor sich hätte. »Und wer sind Sie? … Junge, was ist bloß aus dir geworden … Und mit Russen, mit denen lässt man sich überhaupt nicht ein.«

»Als ich mit den Ermittlungen begann, hatte ich noch keine Ahnung, dass Russen den Weg kreuzen würden.«

»Dein Umgang bekommt dir nicht«, verschloss sie sich jeglichen Argumenten. »Wenn du wieder bei Sinnen bist, kannst du dich bei mir melden. Vielleicht fang ich hier wieder an zu arbeiten.«

Als sie raus war, sandte ich einen Stoßseufzer zum Himmel: »Lass das bitte nicht geschehen.«

Frank stand verwundert daneben, als Robert kam, der sich die Wunde ansah und eine sterile Verpackung hervorholte, in der sich Nadeln schon mit Fäden befanden.

»Praktisch«, meinte ich. »Ich dachte schon, du wirst mit Großmutters Nähkästchen aufkreuzen.«

»Wird aber eine ordentliche Narbe bleiben.«

Ein wenig ungläubig fragte ich: »Wann hast du zum letzten Mal genäht?«

»Das ist wie Sockenstopfen. So etwas verlernt man nie.«

»Wer ist er hier?« Robert nickte beim Nähen mit seinem Kopf in Franks Richtung.

»Ein Polizist …«

Robert stach mit voller Wucht zu.

»Au!«, schrie ich.

»Bist du noch bei Sinnen? Soll ich deinetwegen meine Zulassung verlieren?«

»Der hier scheint in Ordnung. Diesmal ist die Polizei auf meiner Seite.«

Robert schüttelte den Kopf. »Manchmal überlege ich ernsthaft, ob ich dich ob deines Realitätsverlustes nicht zu einem Kollegen überweisen sollte, der dich ein paar Wochen in sehr, sehr ruhiger Umgebung behandeln kann … Glaubst an eine fruchtbare Zusammenarbeit zwischen Privatdetektiven und Polizisten, nötigst mich, eine Schussverletzung ohne Meldung bei der Polizei zu nähen …«

Indes machte Frank sich daran, an den Einschusslöchern herumzuwerkeln.

»Du hast keine Ruhe, wenn nicht alles picobello ist, was? Schade, dass du nicht gleich den Putz dabeihast, um alles in Ordnung zu bringen«, witzelte ich in der Ahnung, was er vorhatte.

»Ich möchte die Kugeln gerne untersuchen lassen«, bestätigte er meine Vermutung.

»Gute Idee. Ich habe gerade niemanden an der Hand, der so etwas machen könnte … Vanessa wischt gerade Blut im Hausflur.«

Kurz nachdem Robert seinen letzten Stich gesetzt hatte, klingelte seine Praxis ihn an.

»Dann muss ich gleich wieder los. Sven, du behältst den Arm in der Schlinge, kommst morgen in die Praxis und wir schauen nach.« Dann ging er an sein Handy.

»Hallo, Doc«, grüßte eine seiner Sprechstundengehilfinnen mit seltsamer Stimme. »Ich bin hier mit zwei Russen im

Behandlungszimmer. Der eine hat eine Pistole und bedroht mich. Der sieht nach Brandverletzung aus. Der andere liegt mit einer Schussverletzung am linken Oberschenkel auf dem Behandlungstisch. Der klappt mir gleich ab. Ich darf die Polizei nicht rufen, sonst erschießt er mich. Die verlangen, dass Sie gleich kommen und ihn operieren.« Dann ließ sie noch wissen, dass die andere Helferin vorn am Tresen sei und die Patienten nur bemerkt hätten, dass ein Notfall hereingekommen sei.

»Was für eine Wunde?«

»Schusswunde, habe ich doch gesagt.«

»Kann ich die behandeln oder muss er ins Krankenhaus? Der muss viel Blut verloren haben.«

»So, wie ich es sehe, nur eine oberflächliche Fleischwunde. Keine größere Gefäßverletzung. Aber ich bin kein Arzt.«

»Versuch, dass ihr die Patienten nach Hause schicken könnt oder zu einem Kollegen. Wegen mehrerer Notfälle kann ich nicht weiterbehandeln.«

Einer der Russen zog das Telefon an sich und sprach in schlechtem Deutsch: »Jetzt komm, sonst Frau tot.«

Robert berichtete beim Einpacken vom Gespräch mit seiner Sprechstundenhilfe.

»Ich komm gleich mit«, bestimmte ich.

»Das lässt du sein«, bestimmte Robert ernsthaft. »Niemand von meinen Patienten oder Schwestern wird gefährdet.«

Ich beruhigte ihn: »Das werde ich nicht. Ich bin doch kein Cowboy.«

»Das hier sieht aber anders aus«, wies Robert mit der Hand erst auf meine frische Narbe und dann auf das, was vom Büro, der Einrichtung und den Papieren übrig geblieben war.

Ich erklärte in wenigen Hauptsätzen: »Du fahr los und behandle. Ich bringe einen GPS-Sender an ihrem Fahrzeug an. Die beiden Typen interessieren mich wenig. Ich möchte an die Hintermänner … Du hast doch eine Handy-Flatrate?«

»Ja. Weshalb?«

»Rufe mich an! Ich nehme ab und wir lassen das so. Ich werde Klebeband auf mein Mikro kleben, so hört niemand, was auf meiner Seite geschieht, aber wir können dich hören.« Ich schloss Frank Fechner bei meinem Vorhaben gleich mit ein. »So können wir im äußersten Notfall eingreifen.«

Robert überlegte kurz. »Einverstanden! Aber wirklich nur im äußersten Notfall. Niemanden gefährden!« Robert wählte meine Nummer und ich nahm ab.

»Oh«, spielte ich. »Der Akku ist gleich leer.«

»Bitte?«, fragte Robert entsetzt.

»Nur ein Scherz. Ist alles aufgeladen.«

»Beim nächsten Mal nähe ich deine Wunde mit einer Stricknadel. Kein Scherz.«

Ich verabschiedete mich herzlich von Robert und fing betont teilnahmslos an, den Sender zu suchen, obwohl ich nicht wusste, ob und unter welchen Umständen ich Robert wiedersehen würde.

»Und was soll ich machen?«, fragte Vanessa mit dem Eimer Wasser-Blut-Gemisch in der Hand auf dem Treppenabsatz.

»Schnell weg hier und untertauchen. Ich melde mich bei dir.«

»Was für einen Krach machen Sie denn heute schon wieder?«, ertönte Kuno Knesebecks Stimme von oben aus dem Treppenhaus. Der Alte kam behäbig heruntergelaufen.

Ich meinte schnell: »Wir renovieren.«

Vanessa ergänzte: »Und reinigen die Treppen.«

Frank sagte zum Glück nichts; das hätte Kuno sicher überfordert.

»Eine Putzfrau, so, so.« Die Situation erschien ihm nicht ganz geheuer. »Was zahlt er denn?« Der alte Fuchs, das hätte ich ihm nicht zugetraut, der prüfte das gleich nach, oder wollte er nur Small Talk mit Vanessa halten?

Vanessa parierte: »Nichts. Das ist ein Praktikum.«

»Nichts. Das hätte ich mir auch denken können.« Der alte Lustmolch musterte Vanessa. »Das hätten Sie bei mir auch haben können.«

»Voraussetzung für die Teilnahme an diesem Förderprogramm ist aber, dass der Arbeitgeber aktiv ein Gewerbe ausübt«, sprang ich ihr zur Seite. Ich sah Knesebeck schon in seiner Wohnung, sabbernd mit einem Buch über Existenzgründung in der Hand verzweifelt hin- und herlaufen.

Sein Blick verriet, dass er sich noch an etwas anderes zu erinnern versuchte, was ihm aber nicht gleich gelang, weshalb er dahinsagte: »Renovieren, ja, ja, das wurde auch mal Zeit«, und machte sich schon auf zu gehen. Als er schon wieder nach oben stiefelte, drehte er sich noch einmal um, nun war es ihm eingefallen und ich befürchtete, vor den anderen wieder wegen der ausstehenden Miete angesprochen zu werden. »Vorhin, das waren doch Schüsse?«

»Ja.«

Vanessa und Frank sahen mich ob dieses Geständnisses verständnislos an und ich erklärte: »Von einem Nagelschussgerät … Wir renovieren.«

»Beim letzten Mal sollten es platzende Luftballons gewesen sein, bevor die Polizei hier einritt. Das hat meine Mieter verunsichert.«

Jetzt musste ich grinsen. Weder die über mir wohnenden russischen und litauischen Studenten noch der Schnaps- und Tabakhändler unter mir ließen sich so leicht von Polizei verunsichern. »Polizei?«, fragte ich scheinheilig. »Das sind meine Freunde. Mit denen arbeite ich zusammen.« Am liebsten hätte ich Frank zur Bestätigung meiner Aussage angeführt, was ich angesichts seiner Suspendierung doch lieber ließ.

»Von wegen Freunde. Die haben sich bei mir nach dir

erkundigt und nach deinem Bruder«, zweifelte er mit vielsagendem Blick.

»Die müssen sich nach mir erkundigen, wegen der Lizenz als Privatdetektiv. Da ist ein guter Leumund wichtig.« Irgendwie hatte ich den Eindruck, dass alle auf der Treppe Stehenden feixten.

Kuno ging noch ein paar Stufen höher und drehte sich wieder fragend um. »Yvonne, die habe ich schon lange nicht mehr gesehen.«

»Die haben Sie verpasst. Die ist gerade raus«, beruhigte ich ihn wahrheitsgemäß.

Als wir eilends das Haus verließen, hörten wir Einsatzfahrzeuge der Polizei näher kommen.

Der GPS-Sender haftete mit einem starken Magneten am Radkasten des linken Hinterrades am Fahrzeug meiner beiden Besucher mit dem breiten Scheitel. Ich hatte mich für ein deutsches Fabrikat entschieden, ein Topmodell der Firma Gmyrek, welches auch die Profis der deutschen Polizei in den speziellen Teams zur Fahndung, Aufklärung und Observation verwendeten. Da brauchte ich keine extra Antenne oder Stromversorgung und konnte wie auf einem Navidisplay am Empfänger genau ablesen, wo sie gerade waren. Frank drängte mich immer wieder zur Erstattung einer Anzeige gegen die ungebetenen Besucher. Wir saßen in meinem alten VW ohne Klimaanlage und entschieden uns schnell wieder, das Fahrzeug zu verlassen. Robert verarztete unterdessen die Wunden der beiden Russen. Das schwarze Motorrad auf dem schräg hinter uns liegenden Parkplatz hatte ich diesmal nicht wahrgenommen.

»Du kannst das doch nicht auf sich beruhen lassen.«

»Habe ich auch nicht vor«, versicherte ich ihm.

»Nein, nicht in Selbstjustiz, sondern durch eine Anzeige.«

»Anzeige, Anzeige ... ist doch Quatsch! Dann fragen sich deine Kollegen doch zuerst, welches Motiv die beiden hatten, und buddeln in meinen Fällen, statt sich an deren Fersen zu heften.«

»Da liegst du wohl richtig«, gestand Frank ein, »ein Motiv führt häufig zum Täter.«

»Und wir bleiben gleich an den Tätern dran. Weit werden sie nicht fahren.«

»Woher willst du denn wissen, dass sie hier in der Nähe ihr Quartier haben?«

»Die sind mir auf den Fersen, seit ich in der Bibersache ermittle. Die kommen so schnell und auch der Rückzug ist so, dass ich nur auf kurze Wege schließe. Vielleicht sind die sogar in einem der abgeschiedenen Höfe im Oderbruch.«

»Und wenn deren Auftauchen nichts mit dem Biberfall, sondern mit dem toten Trinker zu tun hat?«

Ich überlegte kurz. »Da könnte was dran sein. Auf die Typen passt die Beschreibung derer, die Horst Arndt mitgenommen haben.«

Fechner ergänzte: »Und derjenigen, die im Bordell aufgetaucht sind«, nicht ohne zu bemerken: »Nachdem du dort in der Nähe gesehen worden warst.«

»Aber ihre Wege müssten auch dann recht kurz sein.«

Nun kam der Polizist in Fechner durch: »Wenn es Arndts Mörder sind, dann müssen wir die Kollegen informieren, damit die sie verhaften.«

»Die wollten mich umbringen. Mit denen bin ich noch nicht fertig.«

»Du kannst dich nicht allein mit ihnen anlegen, du weißt doch gar nicht, wer hinter ihnen steht.«

»Das möchte ich ja herausbekommen. Was schlägst du vor?«

»Wir fahren zu meinem Kollegen Behrend. Dein Freund

benötigt doch sicher noch etwas, um deine Opfer wieder zusammenzuflicken. Wenn deren Fahrzeug sich in Bewegung setzt, haben wir noch ausreichend Zeit. Du hast keinen normalen Sender angebracht, sondern sie werden über GPS geortet. Wir müssen nicht gleich hinterherfahren und können uns mit Behrend beraten. Ich kann Peter über den neuesten Stand der Sache informieren, über mögliche Hilfe nachdenken und die Kugeln zur Untersuchung geben.«

»Vielleicht habe ich nicht alles mitbekommen. Du bist vom Dienst suspendiert, hast auf eigene Faust ermittelt und bist mal gleich in eine Schießerei geraten. Danach fährst du zu einem Kollegen und drückst ihm ein paar Kugeln in die Hand, die du kurz nach der Schießerei einfach selbst aus den Wänden meines Büros gepopelt hast? Kann es sein, dass dir die Konsequenzen einer Suspendierung und deines Handelns nicht ganz klar sind?«

»Das ist in erster Linie ein Freund und dann erst Kollege.«

»Meinetwegen. Wir fahren aber nicht, bevor wir uns vergewissert haben, dass hier nichts passiert.«

Robert informierte uns, dass sie jetzt die Praxis verlassen hatten. Es war ihm nicht möglich gewesen, überhaupt nur ein Beruhigungsmittel zu spritzen. Die hätten alles ganz genau beobachtet.

»Wie, auch ohne Narkose?« Irgendwie erweckte das meine Achtung.

»Ja, ganz harte Hunde. Sei vorsichtig.«

»Okay, sie kommen.«

»Schauen Sie«, freute sich Dr. Hans-Hubertus von Hangelsberg in den Räumen des Berliner Landeskriminalamtes diebisch, »wir haben es geschafft. Die Brandenburger Kollegen wünschen uns viel Erfolg für die Maßnahme.«

»Herr Doktor«, förmelte Kriminalhauptkommissar Lichterfeld, »Gratulation.«

»Sind die Kollegen vom SEK informiert?«

»In einer halben Stunde ist dort Lagebesprechung. Die detaillierten Schaubilder des Mobilen Einsatzkommandos zur Observation können übernommen werden. Die Kollegen vom MEK sind im Schlosshotel dran. Deren Räume zur Besprechung und zum Aufenthalt während der Ruhephase können wir vor Ort nutzen.«

»Hört sich gut an. Auch wenn sich die Kollegen vom SEK da etwas anstellen werden, ich möchte, dass Sie den Einsatz leiten. Wir sind zu lange hinter Blomov her, als dass da etwas schiefgehen sollte. Da werden selbst die Kollegen vom FBI neidisch werden.«

»Weshalb sind die an Blomov dran? Drogen oder Waffen?«, riet Lichterfeld.

»Nein, nein. Das ist noch die alte Sache mit der Beeinflussung der Medaillenvergabe bei den Olympischen Winterspielen«, gab Dr. von Hangelsberg gewichtig sein Wissen preis.

Lichterfeld bemerkte: »Ist schon erstaunlich, über was für Kleinigkeiten selbst die größten Ganoven stolpern.«

»Kleinigkeiten? Wir reden hierbei über Wettbetrügereien in Millionenhöhe … Wenn Sie vor Ort sind, bestellen Sie dem Direktor Schönwetter oder so ähnlich herzliche Grüße von mir. Wir feiern dort gerne im Kreise der Familie. Eine sehr beschauliche Anlage. Achten Sie darauf, dass die Kollegen vom SEK etwas davon übrig lassen.«

»Selbstverständlich, Herr Doktor von Hangelsberg«, verabschiedete sich Lichterfeld ehrerbietig und dachte: Bornierter Affe.

16. KAPITEL: ZUGRIFF IM SCHLOSSHOTEL

Das Fahrzeug meiner ungebetenen Besucher bewegte sich nach Roberts Notbehandlung in Richtung Stadtmitte. Robert versicherte uns noch einmal über das Handy, dass in seiner Praxis alles in Ordnung sei. Die Schwester hatte Robert schon nach Hause geschickt und wollte die Praxis für heute schließen, als die Polizei dort eintraf. Die Russen fuhren westlich in Richtung der nach Berlin führenden Bundesstraße, während wir die Bundesstraße in Richtung Lebus wählten, um Behrend einen Besuch abzustatten.

In Neu-Sophienhof fuhr ich auf Franks Hinweis rechts ab in Richtung einer Siedlung, vor der ein größerer Hof lag, der Hof, der dem Dörfchen seinen Namen gab.

Einer der dicken Polizisten, die mich kürzlich kontrolliert hatten, sprang auf die Straße und zwang mich so zum Halten. Eine Hand hielt er gewichtig am Griff seiner Dienstwaffe.

»Wen haben wir denn da?«, schrie er. »Horst, schau mal, das ist doch der Raser von neulich. Silberner VW Passat mit Frankfurter Kennzeichen.«

»Schulze und Schultze«, sagte ich leise zu Frank, während der das Fenster herunterkurbelte. »Die haben mich neulich mit dem Motorrad kontrolliert, da habe ich den Polen gemimt. Nicht gerade echte Polenfreunde. Mit dem hier bin ich dann recht schnell an ihnen vorbeigefahren«, tippte ich auf das Armaturenbrett.

»Das erledige ich«, bestimmte Frank nun und stieg aus.

Schulze erkannte ihn. »Ah, der Kollege«, klang es schon freundlicher.

»Hallo, Kollege«, meinte Frank Fechner versöhnlich. »Wir sind im Dienst und müssen zu Kollege Behrend.«

»Der ist da«, bestätigte Schulze. »Hat vorhin ein Gläschen Wein auf der Terrasse getrunken. Rotwein. Die Kinder machen so 'n Krach, da sind wir schnell wieder weg.« In so einem Dorf blieb nichts geheim.

»Da habt ihr aber seltsame Dienstfahrzeuge«, gab Krause seinen Senf dazu.

Ich blieb im Fahrzeug sitzen. Noch hatten die Dicken mich nicht wiedererkannt.

Frank parierte gekonnt. »Er ist von der deutsch-polnischen Sondereinheit zur Bekämpfung des Fahrzeugdiebstahls.«

Schulze winkte mir zu und rief: »Da könnten die euch auch besser motorisieren.« Zu Frank sprach er leiser: »Wir haben beim Kollegen Behrend unsere Bewerbungen zur Kriminalpolizei eingereicht. Legen Sie mal 'n gutes Wort für uns ein.«

»Wird gemacht«, log Fechner und stieg wieder ein.

Nur einige Augenblicke später schlängelten wir uns weiter durch Neu-Sophienhof.

»Die Gegend kenn ich. Hier habe ich vor Kurzem einen Klienten besucht.«

»In was für einer Sache?«, erkundigte sich Fechner erstaunt, hier plötzlich den Hort der internationalen Kriminalität lokalisierend.

Ich zögerte. »Berufsgeheimnis.«

Fechner überlegte nur kurz, um dann zu dem Schluss zu kommen: »Logisch. Heribert hat dich wegen der Biber beauftragt. Er hatte gedroht, dass er sich professionelle Hilfe holen würde, wenn wir oder die örtlich zuständigen Kollegen nicht helfen.«

»Wer ›wir‹?«, wollte ich wissen.

»Mein Freund Peter Behrend, der Kriminalhauptkommissar, und ich. Wir hatten Heribert gesagt, dass er das mit den zerstörten Biberburgen gefälligst der Behörde überlassen solle. Das wollte der alte Sturkopf aber nicht hören.«

Das Fahren mit dem frisch genähten Arm fiel mir nicht so leicht, wie ich es erhofft hatte. Vor dem Gehöft der Familie Behrend bremste ich ab. »Hier muss ich langsamer fahren. Die Leute rennen hier raus und tun so, als ob sie Vögel wären.«

»Da bin ich mir sicher, dass dir das hier passieren kann«, freute sich Frank.

Peter Behrend schritt auf uns zu und stellte, über die Hecke redend, skeptisch fest: »Du solltest nur mal kurz mit ihm sprechen«, und mit Blick auf meinen linken Arm und mein Gesicht: »Und dich nicht gleich zur Behandlung herschleppen.«

»Werden hier kleine Operationen gleich selbst gemacht?«, wollte ich das Eis im lockeren Tonfall brechen, weil ich Vorbehalte spürte, die ich hoffte, ausräumen zu können.

»Wieso nur kleine?«, nahm Behrend die gereichte Hand entgegen.

»Ah, der Storchenmann«, erkannte ich ihn wieder.

»Bitte?«

Frank erklärte: »Er ist der Detektiv, den Heribert beauftragt hat. Er hat euch bei seinem letzten Besuch hier rumflattern sehen.«

»Heribert treibt sich hier auch irgendwo rum. Den habe ich gesehen.« Dann wandte Behrend sich mir direkt zu: »Er hat mir von Ihrem Erfolg bei der Gesellschaft erzählt. Hoffen wir, dass die jetzt Ruhe geben. In der Sache wird aber gegen Sie ermittelt. Sie können da doch nicht einfach rein wie ein Cowboy.« Das klang jedoch nicht vorwurfsvoll. »Hast du meinen Fisch dabei?«, fragte Behrend dann im ernsten Ton zu Frank Fechner, der sich nicht darüber im Klaren war, was diese Frage sollte.

»Was für einen Fisch?«

»Den du mir schuldest. Den du schwimmen lassen hast. Meinen Karpfen.«

»Ihr seid auch Angler?«, konnte ich mich ins Gespräch einklinken.

»Ich ja«, bestätigte Peter Behrend, wobei er das »ich« in Abgrenzung zu Frank extra in die Länge zog und betonte.

Als wir wenig später auf der mit einem weinumrankten Spalier eingefassten Terrasse saßen und Peter von mir und Frank zu hören bekam, was geschehen und wer der zweite Tote im abgebrannten Bordell war, spürte ich sein wachsendes Interesse. Er räumte unumwunden ein, dass die wichtige Information zur Identität des Toten die Ermittlungen spürbar voranbringen würde.

»Die Kugeln werde ich untersuchen lassen«, meinte Behrend, nachdem wir unseren Bericht beendet hatten.

Obwohl es sonst gang und gäbe sei, bei nicht identifizierten Leichen diese mit den Personen aus Vermisstenanzeigen abzugleichen, war dies hier nicht geschehen. Wer sollte denn ahnen, dass ein als vermisst gemeldeter heruntergekommener Obdachloser kurze Zeit später gepflegt und gut gekleidet in Begleitung von Russen auftauchte und den Eindruck hinterließ, einer von ihnen zu sein?

Wie Frank kam auch Peter Behrend im Gespräch immer wieder darauf zurück, dass die Kollegen über den neuen Stand der Ermittlungen zu informieren wären. Er selbst müsste jetzt die Verhaftung der Russen veranlassen, gegen die ein hinreichender Tatverdacht wegen der Tötung der zwei Opfer im Puff vorliegen würde und die Polizei Gefahr liefe, dass die beiden abtauchten.

»Andererseits«, überlegte er laut, »werden sie im Auftrag

gehandelt haben und es wäre nicht schlecht, die Hintermänner zu bekommen.«

»Genau das sollten wir abwägen«, bestätigte Fechner. »Wenn die aber in Moskau sitzen, dann können wir die beiden Dicken lange beobachten.«

Ich präzisierte den Gedanken. »Noch wissen wir, wo die beiden sind. Wir beobachten sie ja nicht, sondern wissen nur, wo der Sender sich derzeit befindet. Wie lange noch?« Über mein externes Display, welches mit zur Überwachungstechnik geliefert worden war, konnte ich sie gut orten. Sie waren jetzt auf dem Weg nach Berlin.

»Da müssen wir sie aber noch vor der Landesgrenze bekommen, sonst sind die Berliner Kollegen zuständig«, schaltete Behrend schnell. »Ich geh mal rein und telefoniere mit dem Diensthabenden.«

Ein paar Minuten und Telefonate später musste ich erfahren, dass ein Kollege mit dem seltsamen Namen »Hyäne« Dienst habe und dieser die Auffassung vertrete, dass die Russen schon nicht weglaufen würden. Wenn es Blomovs Leute gewesen seien, dann sollten wir ganz ruhig bleiben. Da seien schon die Berliner Kollegen dran und planten einen Zugriff.

An Fechner gewandt bemerkte Behrend eindringlich: »Der war mächtig ungehalten, dass du in die Schießerei verwickelt warst. Faselte wieder was von Untersuchungshaft und so. Da solltest du wirklich vorsichtig sein. Reize ihn nicht noch!«

»Das hast du ihm gesagt?«, war Fechner erstaunt.

»Was sollte ich in der Situation jetzt machen? In Frankfurt stehen wegen der Schießerei und der Aktion bei dem Arzt alle Kopf, wie mir die Hyäne berichtete.«

Ich schaute immer wieder auf das Display, um festzustellen, wo die Russen sich nun befanden.

»Was denn«, meinte ich enttäuscht, »wollen wir die einfach fahren lassen?«

Behrend entschied: »Sieht wohl so aus.«

»Da häng ich mich aber ran und schau, ob das auch wirklich klappt. Das sind ausgebuffte Profis.«

»Die Berliner Kollegen auch«, verteidigte Behrend seine Gilde.

Selbst Fechner opponierte: »Nur mal hinterherfahren und schauen schadet wohl nichts. Wir sollten schon sicherstellen, dass da nichts anbrennt.«

»Finger weg, Frank!«, warnte Behrend den Kollegen nochmals eindringlich. »Das ist kein Spaß und keine Freizeitangelegenheit. Du riskierst deinen Job endgültig.«

Plötzlich steckte ein alter Herr mit schlohweißem Haar sein sonnengebräuntes Haupt am Spalier vorbei, gefolgt von einem mir bekannten Dackel. »Hallo, Peter! Ich habe gerufen, aber niemand hat gehört.« Wir mussten wegen der abrupten Unterbrechung ziemlich verstört ausgesehen haben, weshalb er gleich nachbohrte: »Was für eine Verschwörung ist denn hier im Gange?«

»Dein Ruf war wohl nicht ganz so laut, Heribert?«, mutmaßte der Hausherr. Auch ich hatte ihn nicht gehört.

Der alte Herr ging darauf nicht ein, sondern begrüßte Frank Fechner wie einen alten Freund. »Hallo, Frank, auch mal wieder im Lande?« Erst jetzt schien Heribert mich zu erkennen. Er hatte mich bei meinem letzten Besuch nur auf meinem Motorrad gesehen, mein VW war ihm unbekannt. »Herr Rübel«, freute er sich ehrlich, mich wiederzusehen. »Kümmert sich jetzt doch die Kripo um meinen Fall?«

»Heribert, wir sitzen hier in anderer Sache zusammen«, stellte Behrend klar, ohne den Alten zum Sitzen aufzufordern, was diesen aber nicht daran hinderte, sich den letzten freien Platz zu nehmen. Jonathan schnüffelte an unseren Beinen, machte bei mir halt und ließ sich kraulen.

»Dann wegen der Bürgerwehr?«, ließ Heribert nicht locker.

Peter Behrend nahm dies als Gelegenheit zu einer erweiterten Vorstellung: »Gestatten, Heribert Karotner, alteingesessener Oderbruchler und Vorsitzender der selbst ernannten Bürgerwehr. Ansonsten Rentner.«

»Ich muss doch hier nur Patrouille laufen, weil ihr eure Arbeit nicht macht«, konterte der Alte.

»Wir sind von der Kriminalpolizei und haben nichts mit dem Streifendienst zu tun.«

»In Ordnung, dann klärt eben die Einbrüche in der Siedlung und der Grenzregion auf.«

»Da sind schon Schulze und Krause am Werk.«

»Gut zu wissen«, meinte Heribert.

»Lass dich von Detektiv Rübel nur nicht aushorchen, Heribert. Er arbeitet jetzt im Auftrag des Zolls und ist international agierenden Schwarzbrennerbanden auf der Spur«, lästerte Peter.

»So ein Quatsch. Das können nur Zugezogene herumerzählen«, protestierte Heribert und versuchte, sich direkt an mich gerichtet zu rechtfertigen: »Das ist so, musst du wissen …«

»Och, Heribert, komm uns doch nicht mit der Litanei vom königlichen Dekret«, wiegelte Peter ab.

Heribert schaute mir genauer in die Augen und unterbrach jäh seinen Erklärungsversuch. »Sie sehen aber schlecht aus, junger Mann. Das meine ich im Ernst. Ich erkenne das. Altes Militär, verstehen Sie? Ich kenne mich da aus. Sie klappen uns gleich ab.« Und an Peter gewandt: »Holst du Sabrina oder soll ich was aus Griseldas Giftküche holen?«

»Ist das eine Drohung?«, wollte Peter Behrend klargestellt wissen, um dann das geringere Übel für mich zu wählen und zu entscheiden: »Ich hole Sabrina.«

Ich kannte meine Grenzen und wusste, dass ich noch eine Menge aushalten konnte, bevor ich das Bewusstsein verlieren würde. Ich hatte aber das unbestimmte Gefühl, von der Hautfarbe her Ähnlichkeit mit dem Putz des hellen Hauses der Familie Behrend zu haben.

Sabrina Behrend, Krankenschwester ihres Zeichens, hatte zur Begrüßung ein »Sind Sie verrückt?« für mich übrig und forderte bestimmt, dass ihr Chef sich das ansehen müsste.

»Schönen guten Tag«, entgegnete ich betont höflich.

»Auch guten Tag, wirklich. Und damit es so bleibt, rufe ich den Arzt an, bei dem ich arbeite.« Sie schaute ein zweites Mal. »Sie sind doch der junge Mann von neulich, bei Griselda und Heribert?«

»Einen Arzt habe ich schon. Der hat vor gut einer Stunde eine oberflächliche Fleischwunde hier genäht«, dabei zeigte ich auf meinen linken Oberarm, »und morgen muss ich zur Kontrolle.«

»Dann brauchen Sie jetzt aber unbedingt Ruhe. Wie soll der Körper das schaffen, wenn Sie hier herumturnen?« Dann wurde sie noch fester und entschlossener in der Stimme. »Marsch, nach Hause und ab ins Bett mit Ihnen.«

Jetzt fühlte sich auch Heribert herausgefordert, seinen Beitrag zu leisten. »Der Mann hat jetzt was Besseres zu tun, als zu Hause herumzusitzen«, schätzte Heribert die Situation und mich zutreffend ein. Der gefiel mir immer besser, bis er ergänzte: »Da sollte er besser was von Griseldas Mittelchen nehmen.«

»Ach, die alte Hexe«, wehrte Peter Behrend für mich ab. »Am besten noch bei Vollmond ein totes Tier auf die Wunde legen.«

»Doch, doch. Wenn da was entzündet ist, hilft zerkautes Vollkornbrot mit Zwiebeln oder ein in Kamillenblütensud getauchtes steriles Tuch oder eines mit Lavendelöl. Griselda kennt da noch zig weitere Mittelchen.«

»Das Vollkornbrot hilft aber nur, wenn Griselda selbst zuvor darauf herumgekaut hat mit ihren dritten Zähnen«, machte sich Frank über die Idee lustig und sprach damit einen Gedanken aus, der mir bei Heriberts Erzählung auch durch den Kopf geschossen war.

Das entlockte Sabrina nur ein »Igitt!«.

»Du Geck glaubst wohl, dass nur Antibiotika und euer chemisches Gift helfen, hä? Wenn ihr dann nach einem Unfall und Notoperation wegen einer Antibiotikaresistenz am Abnibbeln seid, werdet ihr an Griseldas Heilmittel denken.«

»Geck ist gut, habe ich ewig nicht mehr gehört. Meine Großmutter sprach so. Und Stutzer«, wusste Peter.

»Eine weise Frau. Da lag deine Großmutter aber richtig, mein Junge.« Aus Heriberts Sicht waren hier nur Jungen.

»Ich meine das nur abstrakt und nicht auf mich bezogen.«

»Ja, ja, red dich mal raus, Jungchen.«

Ich schaute immer mal wieder auf mein Display. Als sich das Fahrzeug Müncheberg näherte, stand ich auf und sagte kurz: »Jetzt sind die auf halbem Wege nach Berlin. Also ich fahre da jetzt auch hin.«

Sabrina protestierte: »Sie können nicht fahren. Sie brauchen Ruhe.«

»Wenn ich jetzt nicht fahre, sorgen die hier«, dabei klopfte ich auf mein Display, »womöglich dafür, dass ich für immer Ruhe gebe. Von denen habe ich auch das hier.« Nun beging ich den Fehler und versuchte im Gespräch, den linken Arm zu heben. Ein heftiger Schmerz durchzog meine linke Körperhälfte und ich musste mich wieder setzen.

Verständnislos begehrte Sabrina auf: »Dafür gibt es doch die Polizei.«

»Bitte nicht schon wieder«, flehte ich; deren Staatsgläubigkeit hier war wohl unerschütterlich.

Frank rettete mich aus dieser Situation, indem er mir wieder auf die Beine half und festlegte: »Ich fahre!«

»Sie können hier doch nicht einfach reinschneien und alles auf den Kopf stellen«, wehrte sich Hoteldirektor Schönherr gegen den geplanten Polizeieinsatz. »Dass sich die anderen Polizisten hier einquartiert haben, das ging gerade noch, aber was Sie jetzt vorhaben …«

»Erstens könnten wir und zweitens haben wir gar nicht die Absicht, Ihr beschauliches Hotelschlösschen durcheinanderzubringen«, versuchte Kriminalhauptkommissar in der Besoldungsstufe A 12 Lichterfeld, dem Hoteldirektor den Wind aus den Segeln zu nehmen. Die Grüße seines Chefs, der so vertraulich getan, sich aber nicht einmal den Namen des Hoteldirektors richtig gemerkt hatte, bestellte Lichterfeld noch nicht.

»Wir sind ein erstklassiges Hotel mit äußerst hohem Anspruch. Unsere Gäste sind hochgestellte Persönlichkeiten aus aller Herren Länder. Wenn hier ein Gast wegen Ihres Einsatzes abreisen oder nicht mehr herkommen wird, dann werden wir Sie dafür haftbar machen.«

»Es sind gerade wir, die selbst ein höchsteigenes Interesse daran haben, dass wir so wenig wie möglich auffallen«, meinte der Einsatzleiter des SEK. Diese ganze Aktion missfiel ihm. Die Leiter der anderen Abteilungen sollten sich lieber fernhalten und taten dies auch in den meisten Fällen. Ihre Einheit musste immer die Kohlen aus dem Feuer holen und die anderen ernteten den Erfolg. Es war erst Sommer und sie hatten schon fast 200 Einsätze in diesem Jahr gehabt.

Der Hoteldirektor echauffierte sich weiter. »Nicht auffallen, von wegen. Wenn Sie hier den gesamten Strom abschalten, dann auch noch dafür sorgen wollen, dass das Notstromaggregat nicht automatisch anspringt, und mit einer halben Armee eindringen, dann werden es die Hotelgäste doch mitbekommen. Selbst wenn man nicht Sie dahinter vermutet, dann geht dies zulasten unseres Hauses. Und dann noch die Gefahren für Gäste, die sich im Wellnessbereich befinden. Die Gefriertruhen brauchen auch Strom. In unseren klimatisierten Weinschränken sind Weine, von denen eine Flasche so viel kostet, wie Sie …«, hier stockte Herr Schönherr. Sicher waren es mehrere Monatsgehälter des Polizisten, aber so genau wusste er es nicht und fuhr deshalb allgemein fort: »Die sind jedenfalls sehr teuer. Wenn Sie später noch einmal vorbeikommen, dann kann ich alles diskret vorbereiten lassen.« Er war ziemlich hartnäckig und flehte dann förmlich: »Ich möchte doch nur helfen. Lassen Sie uns etwas Zeit.«

»Wir diskutieren hier beide nicht darüber, ob und wann unser Einsatz stattfindet. Wir informieren Sie hiermit über unsere Aktion und Sie veranlassen unverzüglich, dass uns der Schlüssel für den Raum mit dem Stromanschluss ausgehändigt wird, sonst müssen wir uns eben ohne Ihre Hilfe Zugang verschaffen.«

»Ja, ja. Der Raum ist …«

»Das wissen wir. Der zuständige Meister des Stromversorgers wartet bereits im Kellergang.«

»Ich komme mit. Wir müssen den Schlüssel vom Hausmeister holen.«

»Warum nicht gleich so.« Lichterfeld konnte es sich nicht verkneifen.

Es war dunkel geworden. Von der Brandenburger Polizei war inzwischen ein Hinweis gekommen, dass möglicherweise zwei weitere bewaffnete Mittäter eintreffen würden, die in Frankfurt an der Oder an einer Schießerei beteiligt gewesen waren. Deshalb wurde schnell ein weiterer Sicherheitsring geplant und die Einsatzgruppen an allen Zufahrtswegen postiert. Mögliche Fluchtwege wurden gesichert.

Die kleine Gruppe stand im Versorgungsraum und der Meister des Stromversorgers begann, ein Kabel abzuklemmen.

»Jetzt wird's gleich dunkel.«

Die Einheit der Sondereinsatzkräfte der Polizei des Landes Berlin rückte vor die Hotelsuite. Sie waren für den Zugriff bereit. Lichterfeld bekam eine Meldung von draußen, dass in der Suite immer noch Licht brannte und sich die Zielperson darin befand. Es konnte so ausgeschlossen werden, dass sich die Zielperson dem Zugriff durch Flucht entziehen konnte. Oberste Priorität hatte die Sicherheit der eigenen Leute; jedenfalls war dies die Einstellung bei derlei Aktionen auf Landesebene. Nun schaltete sich auch der Leiter der Abteilung OK, Dr. Hans-Hubertus von Hangelsberg, in den digitalen Sprechfunk ein.

Lichterfeld mutmaßte, dass es sich der Herr Doktor nicht nehmen lassen würde, das Signal zum Zugriff selbst zu geben, meldete deshalb die Bereitschaft und fragte: »Wollen Sie den Befehl geben?«

»Nein, nein«, hörte Lichterfeld zu seinem Erstaunen. »Sie sind näher am Geschehen dran und können besser agieren.«

»In Ordnung.«

Lichterfeld erkundigte sich bei den Beobachtern nach dem Stand der Dinge. Die konnten melden, dass in Blomovs Suite nach wie vor Licht brannte und sie über die Richtmikros Fernsehergeräusche hörten.

Der Leiter der Sondereinsatzkräfte gab das Zeichen zum Aufsetzen der Nachtsichtgeräte und die Beamten mit dem Rammbock liefen nach vorn zur Zimmertür. Einige Beamte schlossen kurz die Augen, damit diese sich schneller von der Helligkeit an die Dunkelheit gewöhnen konnten. Lichterfeld gab im Anschlussraum das Zeichen zur Unterbrechung des Stromflusses, das nur einen kleinen Moment vor dem Signal zum Zugriff erfolgen sollte.

Es war nur dem Zufall geschuldet, dass der Meister des Stromversorgers, entgegen der Absprache, etwas vorschnell war und das Kabel früher löste, als es geboten war.

»Was ist denn das?«, schrie der Elektromeister auf. »Die Stromversorgung geht nicht zu unterbrechen.« Er hatte das Kabel von der Hauptleitung abgetrennt und dennoch leuchtete das Licht im Keller.

»Wie bitte?«, fragte Lichterfeld und entschied sich sofort: »Abbruch! Abbruch! Ich wiederhole: Abbruch! Alle Kräfte ziehen sich sofort zurück!«

Nahezu lautlos räumten die Sondereinsatzkräfte, die sich direkt vor der Hotelsuite befanden, den Einsatzort.

Dr. von Hangelsberg wurde in seinem Berliner Büro ganz aufgeregt, versuchte aber über das Funkgerät, ruhig zu bleiben. »Was ist los?«

»Das Kabel wurde gelöst, aber es ist nicht dunkel geworden, deshalb habe ich den Zugriff abgebrochen.«

»Das ist unmöglich«, kommentierte der Meister.

Der Hoteldirektor schwieg.

»Ich habe da so einen Verdacht«, gab Lichterfeld durch. »Ich kümmere mich drum und melde mich gleich wieder.« Die Beobachter draußen befragte er, ob sie während des Abbruchs irgendeine Reaktion in Blomovs Suite festgestellt hätten, was diese verneinten.

An den Meister gewandt, fragte Lichterfeld: »Das ist die Hauptleitung?«

»Ja. Da ist der Zähler. Ich habe die Leitung davor unterbrochen. Jetzt müsste hier alles dunkel sein.«

Lichterfeld drehte sich zu Hoteldirektor Schönherr: »Wollten Sie uns deshalb nicht helfen?«

Der Hoteldirektor, der sonst immer die Form bewahrt und vorgegeben hatte, nur um das Wohl des Hauses und der Hotelgäste bemüht zu sein, verlor die Contenance: »So 'ne Scheiße aber auch. Hätten Sie nicht am helllichten Tage kommen können?«

Jetzt ging auch dem Elektromeister ein Licht auf: »Ach

so! Sie klauen Strom. Und wir haben uns immer über Ihren geringen Verbrauch gewundert. Von wegen geringe Auslastung und so. Sie haben sich irgendwo an die Hauptleitung gebuddelt und uns angezapft. Das ist ja die Höhe.« Und von Lichterfeld forderte er: »Verhaften Sie das Subjekt! Das ist ein Stromdieb. Ein ganz gemeiner Dieb.«

»Wie soll man Strom denn klauen? Habe ich mir den in die Tasche gesteckt, oder wie?«, höhnte der Direktor.

Lichterfeld gebot ihm Einhalt. »An Ihrer Stelle würde ich jetzt mal ganz schnell kleine Brötchen backen.«

Erregt trat der Meister noch ein Stück vor und packte Schönherr am Kragen.

»Bleiben Sie ruhig«, beschwichtigte Lichterfeld den Meister und erlöste den Direktor von dessen Griff. Der Leiter des SEK schüttelte den Kopf. Er hatte schon viel erlebt, sehr viel. Aber das hier war schon etwas Besonderes.

»Selbstverständlich wird es da Ermittlungen geben. Aber das steht nicht jetzt und hier auf dem Plan.«

»Ich sage nichts mehr«, meinte der Hoteldirektor.

»Das ist auch besser so. Sie gehen in Ihr Büro und bleiben ganz ruhig. Wir besprechen die Sache später. Ich denke, das ist ein Fall für die örtliche Polizeiwache.« An die Polizisten gewandt, befahl er: »Leute, wir ziehen uns zur Lagebesprechung zurück.«

20 Minuten später standen die Einsatzkräfte wieder vor Blomovs Tür und hörten Lichterfelds Befehl: »Zugriff!« Unmittelbar darauf platzte die Tür der Hotelsuite unter der Wucht der Ramme krachend aus dem Rahmen.

Iwan Sergejewitsch Blomov öffnete trunken seine Augen, im Fernseher lief ein russischer Sender und er überlegte, wo er war. Sein Blick richtete sich zur Decke, einem reich verzierten Stuckhimmel einer Luxussuite eines Hotels, bis er dann den brummenden Schädel zur Seite rollte und sein Blick auf der neben ihm liegenden Schönheit haften blieb, die er schon mehrmals bei geschäftlichen Aufenthalten im Ausland hatte. Die Frau war aus Amerika, England oder Deutschland. Wie hieß die noch mal? Egal. Sie steckte sich eine Zigarette an, stieß genussvoll den Rauch aus und lächelte ihn an. Er mochte sie sehr, gestand sich aber nicht ein, diese Frau zu lieben. Sie war auch in die Jahre gekommen. Er musste nach dem Sex kurz weggenickt sein. Jetzt brummte sein Schädel. Er brummte fürchterlich. Es war schlimm, wenn man in die Jahre kam und das Saufen nicht mehr so vertrug. Wie spät war es? Es war inzwischen dunkel geworden. Auf dem Tisch standen noch eine Flasche Champagner, eine Flasche russischer Wodka und ein paar Schälchen Beluga-Kaviar; viele von den kleinen feinen Eiern lagen verteilt und verschmiert auf dem Tisch am Ende des Bettes. Da stand auch ein Glas Kaviar. Er erinnerte sich langsam. Er hatte ungeöffnete Gläser bestellt. Dann musste er in Europa sein, dann war das die deutsche Nutte Yvette, die eigentlich Yvonne hieß, die er immer in Deutschland hatte. Die Amerikaner hatten die Gläser Beluga-Kaviar verboten. Da waren nur die Konserven erlaubt. Angeblich irgendeine toxische Wirkung des Salzes, das für den Kaviar in den Gläsern verwendet wurde. Aber das war nur die offizielle Version für den Pöbel. Dahinter steckte einer seiner Feinde, sein Konkurrent Nikolai Rodov. Wenn der so weitermachte, würde er an einer Konserve Kaviar verrecken. Der hatte sein Geld in amerikanischen Pharmaaktien angelegt. Die Amis fraßen eigentlich Russenpillen, ohne es zu wissen. Wladimir wusste, dass Iwan den Kaviar aus den Gläsern liebte. Auch in seinem Haus in Miami, das Iwan Blomov dem auf der Krim haargenau nachbilden ließ, liebte er es, Wodka zu trinken und den Beluga-Kaviar direkt aus den Gläsern zu schlürfen. Da hatte Wladimir ihm aber einen Strich durch die

Rechnung gemacht; der hatte der FDA, der amerikanischen Food and Drug Administration, ein Gutachten zuspielen lassen, aus dem etwas zu einer angeblich toxischen Wirkung des Salzes in den Kaviar-Gläsern hervorging. Und das bei den Amerikanern, die doch allen Mist in sich hineinstopften und sich krankfraßen. Das Haus in Miami hatte er länger nicht besucht. Die Amis suchten ihn noch wegen so einer Scheiße bei den Olympischen Winterspielen. Als ob er die Medaillenvergabe besser planen könnte als die Pharmaindustrie. Die blöden Amis. Sie, die Russen, sie waren dagegen ein Volk von Naturburschen, echten Männern. Iwan der Schreckliche, wie er sich gern nennen ließ, wurde in seinen Gedanken von grässlichen Kopfschmerzen unterbrochen und kämpfte sich aus dem Bett, wankte bis zum Tisch und schmiss in dem Versuch, sich zu halten, eine halb volle Champagnerflasche um, die neben einer offenen Wodkaflasche stand.

Yvonne schreckte hoch: »Was ist?«

Iwan setzte ohne zu antworten die Wodkaflasche an, nahm einen ordentlichen Zug in der Hoffnung, dass es ihm gleich besser gehen würde, und befahl, ohne die Frau anzusehen: »Mach, dass du rauskommst. Ich hab zu tun.« Er rief nach Alexej, der sofort erschien. Yvonne nahm schnell die Decke vor die Brust, aber Alexej schenkte der Frau genauso wenig Aufmerksamkeit wie nun Iwan.

»Ja?«

»Bring mir Aspirin.«

»Okay«, sprach Alexej und dachte sich: *Ich bin nicht dein Lakai.*

Blomov ging noch eine Weile im Zimmer hin und her, während Yvonne ihre Sachen nahm und in eines der Bäder ging. Alexej kam mit Aspirin und einem Glas Wasser. Blomov überlegte kurz, was wäre, wenn Alexej ihm mal etwas anderes gäbe als die rettenden Tabletten aus der Reiseapotheke, und steckte sich eine direkt in den Mund, statt es in das Glas zu werfen. Er spuckte die sofort mit seinem Speichel reagierende und aufschäumende Tablette auf den Boden, führte das Glas zum Mund, spülte ihn aus und spie seine Mischung wieder auf den Boden und trank das Wasserglas aus, während sich Alexej das Schauspiel ansah und nur dachte, dass der große Blomov eigentlich ein Idiot sei, der im bisherigen Leben nur Glück gehabt hätte. Aber das würde sich bald ändern.

»Komm, Alexej, wir gehen in die Sauna und danach sollen sich diese beiden Trottel hier melden, du weißt schon.«

»Die haben sich gerade gemeldet. Die haben wieder Scheiße gebaut.« Mehr durfte er hier in der Hotelsuite nicht sagen, ohne dass Blomov misstrauisch werden würde.

»Schon wieder?« Blomov war außer sich. »Die hetzen uns noch Tod und Teufel auf die Spur.«

Yvonne fragte sich im Bad selbst, weshalb Blomov sie immer wieder engagierte. Sie wusste, dass der Russe in seinen Bordellen Mädchen beschäftigte, die ihre Töchter sein könnten, und er neben seiner aktuellen Ehefrau zumindest eine festere Freundin laufen hatte. Wenn er etwas für sie empfand, weshalb ignorierte er sie nun, weshalb strafte er sie mit derart verletzender Nichtachtung? Ihre anderen Stammkunden taten wenigstens so, als ob sie neben ihrer Ehefrau eine Art Beziehung auch zu ihr unterhielten. Aber vielleicht war dieser fette alte Russe nur der Ehrlichste von allen. Unter der Dusche nahm sie wieder den Gedankenfaden auf und überlegte, dass viele ihrer Kunden sich erstaunlich ähnelten: Es waren machtgierige, menschenverachtende Kreaturen, die an der Spitze von Unternehmen oder Organisationen standen, ob nun aus der Politik oder dem Verbrechen, meist emotionale Wracks, die nicht in der Lage waren, eine tief gehende Beziehung zu bewahren.

Plötzlich hörte sie aus der Richtung der Eingangstür zur Hotelsuite Lärm.

Im fernen idyllischen Brandenburger Schlosshotel erfolgte der Zugriff, bei dem einige der wertvolleren Einrichtungsgegenstände zu Bruch gingen. Die dort wohnenden Russen wurden auf den Boden geworfen und ihnen Hand- und Fußfesseln angelegt. Die Entschädigung ihrer anlässlich der Verhaftung und des Transports in das Gebäude des Berliner LKA erlittenen multiplen Verletzungen wurde ihnen Stunden später zugesichert, nachdem die Dolmetscher die Aussagen der vorläufig in Gewahrsam Genommenen ziemlich übereinstimmend so übersetzt hatten, dass keiner von ihnen wirklich Iwan Blomov sei, nur einer von ihnen, der Blomov wirklich ähnlich war, unter seinem Künstlernamen Iwan Blomov gebucht habe. Den Künstlernamen habe er sich in Dankbarkeit gegenüber dem großen Mäzen Blomov gewählt. Eingeladen habe eine Blomov-Stiftung, zur Förderung des kulturellen Erbes Russlands. Es kämen auch in unregelmäßigen Abständen Anrufe von Blomovs Sekretär Alexej.

Im Berliner Adler-Hotel hingegen riss Juri nach lautem Klopfen die Tür der Suite auf, stürmte in den Flur und ließ den hinkenden, bleichgesichtigen Igor hinter sich. Ohne eine Einleitung forderte Juri, im großen Empfangsraum angekommen: »Das Faschistenschwein braucht einen richtigen Denkzettel.«

Igor legte noch eins drauf: »Ich will seinen Kopf!«

Alexej hatte auf diese Vorlage des Ex-Polizisten nur gewartet. »Moment«, ließ er seinen Gesprächspartner am Telefon warten und blickte zu Igor, »wieso, tut es der eigene nicht mehr?«

Trotz seiner Schmerzen konnte Juri wieder lachen.

»Ruhe!«, befahl Alexej, wieder mit dem Telefonhörer am Ohr, »Ruhe!«, und beendete sein Gespräch mit »Alles bleibt wie abgesprochen«. An die beiden gerichtet, forderte er: »Ihr müsst hier nicht laut herumtönen. Die Nutte ist noch beim Boss. Die muss nicht alles mitbekommen.« Er schaute Juri genauer an. »Was hast du mit deinen Augenbrauen gemacht?« Alexej ging noch dichter heran. »Und deine Wimpern. Hast dich wie ein Homo enthaart? Siehst ja aus wie nach 'ner Chemotherapie.«

»Brandverletzung. Schau hier«, zeigte Juri seinen verletzten Handrücken, ohne auf die boshafte Beleidigung einzugehen. Das brauchte er nicht. Der Boss hatte ihnen gesagt, dass sie gegenüber Alexej unverändert bleiben sollten. Der sollte im Glauben bleiben, dass der Chef nicht mitbekäme, dass Alexej gegen ihn intrigierte.

»Sieht scheußlich aus … Wir haben jetzt ganz andere Probleme. Die Leute im Schloss gehen nicht mehr ans Telefon. Da muss etwas passiert sein.« Als er den hinterdreintrottenden Igor mit schmerzverzerrtem Gesicht sah, erkundigte er sich: »Bist du unter einen Zug geraten?«

»Das war der deutsche Schnüffler, der hat gleich sein Büro gesprengt und losgeballert. Der ist nicht bei Verstand. Als wir raus sind, war da noch ein bewaffneter Trupp. Der hat 'ne halbe Armee mobilgemacht.«

»Verstehe. Ihr wolltet nur mal vernünftig mit ihm reden und der hat gleich TNT gezündet und geschossen. Alles klar.«

»Wenn wir nur mit ihm hätten reden sollen, dann wär ein Pope der richtige Mann. Wir sind die Männer für die schwierigen Fälle. Hol mir lieber einen Arzt.«

»Wusste der, dass ihr kommt?«

»Sah so aus«, meldete sich jetzt auch Igor zu Wort. »Als wir da raus sind, kamen uns schon die nächsten Bewaffneten entgegen«, bestätigte er Juris Angaben.

»Sieht aus wie eine Falle.«

»Genau«, bestätigte Igor.

»Ihr bleibt hier und sichert die Tür. Wenn es sein muss, mit eurem Leben. Ich hol Iwan. Das und die Sache im Schlosshotel, das können nicht alles Zufälle sein. Nicht, dass unser Mann bei der Polizei ein doppeltes Spiel treibt. So etwas würde nicht zum ersten Mal geschehen. Uns ausschalten, damit er am Ende mit reiner Weste dasteht.«

»Dann hätte doch einer unserer Männer hier in Berlin Bescheid gegeben«, war Igor skeptisch, der schließlich etwas von Polizeiarbeit verstand.

»Wie es da mit den Zuständigkeiten und dem Informationsfluss ist, das ist nicht immer durchschaubar. Da will sich doch einer nicht vom anderen in die Karten gucken lassen. Zu unserem Glück.« Alexej grinste.

Yvonne kam aus einem der Badezimmer, ging zu Iwan, gab ihm einen Kuss auf die Wange und wollte gerade gehen, als Alexej die Tür aufriss und beinahe mir ihr zusammenstieß. Alexej wich schnell aus und Yvonne schlüpfte an ihm vorbei. Für Igor und Iwan hatte sie noch ein »Tschüss, ihr Schnuckelchen« übrig und freute sich, als sie auf dem Flur stand, der immer angespannter werdenden Atmosphäre entronnen zu sein.

»Iwan, wir müssen hier raus«, schlug Alexej vor. »Die Jungs im Schlosshotel melden sich nicht mehr. Da muss was passiert sein. Und Igor und Juri sind bei dem Privatbullen in Frankfurt in einen Hinterhalt geraten.«

»Wir haben morgen weitere Verhandlungen zur Übernahme der Anteile der Versicherung und noch einen weiteren Notartermin. Um das Grundstück bei Frankfurt wollte ich mich auch noch persönlich kümmern. So lange müssen wir in Deutschland bleiben.«

Alexej sah seine Felle davonschwimmen. Er musste den alten Sack unbedingt in den Flieger bekommen. Der würde

Moskau nicht erreichen. Dafür hatte er gesorgt. »Iwan, hier wird es zu gefährlich für dich. Denke doch an den Haftbefehl der Amerikaner. Und wenn sie dir das, was Igor und Juri angerichtet haben, auch noch anhängen, dann gute Nacht.«

»Nicht hier drinnen«, wurde Blomov vorsichtig. »Komm!« Er zog Alexej auf den Balkon.

Alexej überlegte einen Augenblick, ob er den Alten nicht einfach über die Brüstung schmeißen sollte. Aber so einfach würde es bei dessen Masse nicht gehen.

»Oder ich bevollmächtige dich und mach mich aus dem Staub.« Es war noch unklar, ob Blomov sich schon entschieden oder nur laut gedacht hatte. Dann gab er seinen Entschluss kund: »Pack meine Koffer, ruf den Kapitän an, er soll eine Starterlaubnis einholen und den Flieger fertig machen. Ich lass meinen Notar holen, der uns eine Vollmacht für dich fertigt, damit du morgen für meine deutsche Investmentgesellschaft die Sache mit der Versicherung zum Abschluss bringen kannst.«

Der ahnt nichts und bevollmächtigt mich noch umfassend. Das ist besser als vom Balkon stoßen, freute sich Alexej.

Plötzlich entschied sich Blomov anders. »Alles Quatsch. Ich bleibe doch hier. Ein Iwan Sergejewitsch Blomov lässt sich nicht so einfach vertreiben. Wenn es wirklich ernst wird, werden wir gewarnt. Unsere Leute wissen genau, was sie erwartet, wenn sie mich auffliegen lassen.«

»Mutig bist du ja«, meinte Alexej, diesmal ehrlich.

Mehrere Stockwerke unter ihnen saß ich mit Frank in einer der Bars im Adler-Hotel, nachdem wir den Sender im Parkhaus des Hotels geortet hatten, und beobachteten das Foyer am Haupteingang. Den Kellner hatten wir beim ersten Versuch, uns zu einer Bestellung zu bewegen, noch enttäuschen müssen, was bei mir eher im Hinblick auf meine finanzielle Lage als wegen des Angebotes geschehen war. Als der Typ in seiner gespielt vornehmen Art nochmals Anlauf in unsere Richtung nahm, schien Frank eines meiner Probleme zu erkennen und lud mich ein.

»Die Herren wünschen?«

»Ein Wasser, medium, bitte«, bestellte Frank.

Einen Wodka wollte ich hier nicht bestellen. »Einen Cognac vielleicht?«, überlegte ich laut, auch um dem Kellner die Möglichkeit zu geben, uns zu zeigen, wie gut er seine Karte gelernt hatte. Mir war Hennessy immer in guter Erinnerung. Mein Vater hatte einmal vor Bekannten von einem ausgezeichneten Hennessy geschwärmt, ohne dass ich mich heute noch an den genauen Namen des Schnapses erinnern konnte. Ich selbst hatte bei Essen mit Klienten nach der erfolgreichen Beendigung eines Falles schon das eine oder andere Mal einen Hennessy Paradis genossen; trotz seiner Prozente war er so weich beim Trinken und angenehm im Geschmack, dass ich meinen Gedanken auch gleich laut ergänzte: »Einen Hennessy.« Da ich mich nun eingeladen fühlte, schaute ich fragend zu Frank.

»Dann soll es so sein«, meinte der und bestellte beim Kellner.

In zwar wiederum gespielt unterwürfiger Art, die aber keinen Zweifel daran ließ, dass er der Meinung war, dass wir nicht hierher gehörten, fragte er mehr belehrend als zur Erkundigung nach meinem Wunsch notwendig: »Einen Hennessy XO oder besser einen Paradis, vielleicht auch einen Paradis Impérial oder für den besonderen Anlass vielleicht einen Richard?«

Mir fiel bei Paradis wieder Horst Arndts Schlüssel zum selbigen ein und ich sah darin ein mir gewogenes Zeichen, einen Cognac mit demselben Namen bestellen zu sollen. Der Preis lag so, als ob man dafür gleich Anteile des Hotels erwerben würde.

Nachdem der Kellner mit unserer Wasser- und Cognac-Bestellung im Gepäck von dannen gezogen war, erwähnte ich gegenüber Frank, was mir die Trinker über Horsts Schlüssel zum Paradies erzählt hatten.

Ich bestellte mir im Verlauf der Zeit auf Franks Ermutigung und Rechnung noch ein Glas. Der ganze Stress des Tages fiel langsam von mir ab. Zum dritten Glas musste mich Frank nicht mehr besonders überreden. Ich trank, während Frank lieblos an seinem dritten Glas Wasser nippte.

Frank stellte sein Wasserglas ab. »Wie lange wollen wir hier eigentlich noch warten?«

Ich konnte nicht glauben, dass er als Polizist eine solche Frage gestellt hatte, und wollte deshalb auch nicht ernsthaft antworten. »Vielleicht probieren wir aus, wie viele Gläser Wasser du trinken kannst, ohne auf Toilette gehen zu müssen.«

»Im Ernst jetzt. Ich bin seit dem frühen Morgen auf den Beinen. Dass mein Tag sich so entwickeln würde, wie er sich entwickelt hat, das konnte ich nicht ahnen.«

»Wir können die doch nicht aus den Augen lassen«, erklärte ich ihm etwas von meinem Selbstverständnis als Detektiv. »Weißt du, während meiner Armeezeit, da haben wir bei der Aufklärung feindlicher Stützpunkte und der Scharfschützenausbildung oft tagelang im Dreck gelegen und uns kaum gerührt. Das ist nicht alles so, wie es im Fernsehen gezeigt wird, so mit Satelliten, Drohnen und Technik. Wenn man sich nur auf die Technik verlässt, dann passieren solche Katastrophen wie uns Deutschen mit dem Tankwagen in Afghanistan, bei der Dutzende Zivilisten umgekommen sind.«

»Das sehe ich ganz genau so. Ich hab an Hunderten Observationen teilgenommen. Aber die hatten meist irgendeinen Sinn. Wir hier sind zu wenige Leute, haben zu wenig Informationen über die Zielpersonen. Wenn die beiden wieder herauswollen, einmal unterstellt, sie sind hier im Hotel, was überhaupt nicht sicher ist, dann haben wir doch in diesem Riesengebäude kaum eine Chance, sie zu sehen. Oder was ist, wenn die sich in aller Seelenruhe schlafen gelegt haben?«

»Ich bezweifle, dass die eine Seelenruhe haben. Auch deren Seele wird bewegt sein. Oder meinst du, die werden jeden Tag angeschossen?« Ich schaute auf das Display meines Ortungsgeräts und stellte fest, dass sich immer noch nichts bewegte.

Der Kellner kam. »Herr Fechner? Da ist ein Telefonat für Sie.«

Ich musste grinsen. »Im Krimi gehst du zum Telefon und wirst niedergeschlagen.« Wir lachten beide. »Wer weiß, dass wir hier sind?«

»Peter, und dem vertrau ich … Was grinst du denn da so komisch?«

»Dass er der Hyäne alles mitteilte, das musste doch nicht sein, oder?«

Der Kellner blieb noch freundlich und erinnerte Frank: »Das Telefonat.«

»Na toll. Du pfeifst dir hier einen ein und ich soll den Überblick behalten … Das war schon vorschriftsmäßig, dass Peter die Hyäne informierte … Vielleicht bekommen wir doch Unterstützung von den Berliner Kollegen.«

»Wird dein Telefon abgehört?«, erkundigte ich mich, langsam misstrauischer werdend.

»Das weiß man doch zum Glück nicht, wenn so was geschieht. Aber warum sollte denn …?«

Der Kellner stand immer noch neben dem Tischlein und fragte: »Das Telefonat?«

Frank trottete hinter ihm her in sein Verderben. Am Telefon wurde Fechner blitzschnell von Kollegen des Berliner Sondereinsatzkommandos in Zivil auf den Boden geworfen und fachgerecht verschnürt, während ich wegen der Russen doch unruhig wurde und nachschauen wollte, als ich sah, dass Beamte in Zivil Frank in einen grauen Transporter schleiften.

Der Kellner grinste mich blöd an. »Ihr Freund hatte einen Termin mit der Polizei.«

»Der Freund wollte auch bezahlen«, grinste ich zurück. Ich war offensichtlich nicht das Ziel der Polizeiaktion. Frank war in das grausame Getriebe gegeneinanderarbeitender Behörden geraten.

Ich hatte schon mein letztes Geld auf den Tisch gelegt, meinen beim Personal des Adler-Hotels nicht so viel Vertrauen erweckenden Ausweis vorgelegt und etwas von Betrugsanzeige vernommen, da glaubte ich meinen Augen nicht zu trauen: Was hatte Yvonne hier zu schaffen? Sie wollte gerade die Hotelhalle verlassen. Ich grölte durch die Hotelhalle: »Yvonne!« Sie kam mir zum ersten Mal wie ein Engel vor. Sie lächelte sogar, bezahlte ohne zu zögern die mehrere Hundert Euro betragende Rechnung und fuhr mich mit meinem Auto zurück nach Frankfurt. Wir sprachen die gesamte Fahrt über kein Wort, sie warf mir meinen Umgang mit dem Polizisten und meinen Alkoholkonsum nicht vor, fragte auch nicht, wann sie das Geld wiederbekäme, und genauso wenig stellte ich irgendeine Frage.

17. KAPITEL: BITTE KOMME NICHT WIEDER!

Eigentlich war jetzt Wochenende und das hatte ich mir redlich verdient. Dennoch war der nächste Morgen fürchterlich. Nicht nur wegen der Kopfschmerzen. Ich dachte, von so einem guten Cognac bekäme man keine Kopfschmerzen. Nur mein Kopf schien das nicht zu wissen. Dann auch noch die SMS von Katharina: »Bitte komme nicht wieder!« Vielleicht hatte ich ihr doch zu viele Deutschenwitze erzählt. Dabei musste ich ihr doch noch die traurige Nachricht wegen ihres Vaters überbringen. Ich fuhr gleich los. Verdammt, ich hatte noch meine teure Ortungsanlage am Fahrzeug der Russen gelassen. Vielleicht könnte das auch noch helfen. Sonst müsste ich jetzt noch nach Berlin und würde vielleicht als Autodieb vom Hoteldetektiv festgenommen, der gestern meine Personalien aufgenommen hatte.

»Was ist an ›Bitte komme nicht wieder!‹ so schwer zu verstehen?«, blaffte Katharina mich an. Sie ließ mich vor der Tür warten, trat noch einen Schritt nach draußen und zog die Tür hinter sich fast zu.

Wäre die Angelegenheit nicht so ernst gewesen, hätte ich ihr gesagt, dass ich ihr wirklich nichts verkaufen wollte. »Es geht noch einmal um deinen Vater.« Ich sprach sehr ernst, damit sie mitbekam, dass ich nicht wegen ihrer SMS hier war. Jedenfalls nicht vordergründig.

Sie musste sich aber in irgendetwas hineingesteigert haben oder war sich über ihre eigenen Gefühle zu mir nicht im Klaren. Deshalb war es ihr wichtig zu erklären: »Ich möchte nicht, dass du noch einmal hierherkommst«, bevor sie fragte: »Was ist mit meinem Vater?«

»Eine traurige Nachricht.«

Sie stutzte.

»Die traurigste Nachricht, die man überhaupt überbringen kann.«

»Nein!« Ihr wurde schwindelig und sie sackte in sich zusammen.

Zum Glück konnte ich sie halten, bevor sie auf den Boden fiel. Ich glaubte immer, so etwas gab es nur in Büchern aus den letzten Jahrhunderten.

Ich trug sie ins Haus und hörte mit piepsiger Stimme ein: »Haben Sie nicht gehört? Sie sollen nicht hereinkommen.« Erst dachte ich, es handle sich um ihren Sohn. Aber es war ein kleiner Mann, der mir gleich vorwarf: »Was haben Sie ihr angetan?« Er nahm mit professionellem Griff ihr Handgelenk, zog ihr Augenlied nach oben und rief sie an: »Katharina, Katharina, Schatz. Komm zu dir!«

Sie kam auch zu sich. »Er ist tot.«

»Dein Vater?« Der Arzt musste unser Gespräch, wenn man das zu den paar Worten sagen konnte, mitgehört haben.

Sie stellte mir ihren neuen Freund als Dr. Torsten Merker vor, den Leiter der Rechtsmedizin des Krankenhauses am Rande der Stadt. Das Leben war manchmal so paradox. Er hatte ihren Vater seit einigen Tagen in seinem Verlies, ohne auch nur zu ahnen, seinem Schwiegervater begegnet zu sein.

Beim Gehen sagte ich nur: »Ich hoffe, der kann angeln.«

Der Arzt sagte nichts, was mich wiederum beeindruckte. Eigentlich hätte ich ihm gern eins in die Fresse gehauen. Aber er gab mir keinen Anlass. Er schwieg nicht aus Feigheit. Er wusste offensichtlich nicht, was es mit dem Angeln für eine Bewandtnis hatte. Dann war es klug, einfach zu schweigen. Der Mann machte nicht den Eindruck, als ob Schweigen eine seiner Stärken wäre. Umso höher rechnete ich es ihm an. Ich fühlte mich verletzt. Ein Detektiv, das passte nicht zu einer Ärztin. Da musste schon einer von ihrem Stande her. Der Tag konnte nur noch besser werden.

Mit meinem Passat fuhr ich dann in der Hoffnung zu Behrend, dass ein Kriminalist auch Wochenende machen müsste; wenigstens ab und zu. Auf dem Weg dorthin grüßten mich Schulze und Krause als Kollegen zuvorkommend. Ich wagte das Spiel, hielt und stieg aus. Ich hatte nicht den Eindruck, dass sie in mir als Kriminalisten auch den Polen mit dem alten Motorrad sahen. Auf mein »Guten Morgen, Kollegen« kam ein freundliches »Morgen« und ein »Heute allein unterwegs?«. Vielleicht waren die beiden ja gar nicht so übel, wie ich bisher gedacht hatte.

»Wollen Sie sich nicht für eine der gemeinsamen Ermittlungsgruppen bewerben? Da müssten Sie nur noch die Nachbarsprache lernen, das ist Voraussetzung für den Einsatz da drüben.« Ich warf meinen Kopf in Richtung Oder.

Die Antworten waren »Ach nö« und »Nix für uns, wir bleiben lieber hier«.

Ich wollte die neuen Kollegen nicht brüskieren und erkundigte mich nach ihrer Arbeit.

»Nicht viel los heute.«

»Sie wollen zu Kollege Behrend?«

»Genau. Wichtige Ermittlungen.«

»Klar doch. Der ist zu Hause. Hat gerade auf der Terrasse mit der Familie gefrühstückt«, wusste Schulze.

Krause konnte präzisieren: »Hat sich nach dem Brötchen noch eine zweite Tasse Kaffee gegönnt.«

Da konnte man nicht meckern, über die wirklich wichtigen Dinge wussten die beiden Bescheid.

»Sagen Sie mal«, wurde Schulze wieder vorsichtiger, »der,

der immer mit dem schwarzen Motorrad hinter Ihnen herfährt, mit dem polnischen Kennzeichen, ist das auch ein Kollege?«

Meine Ahnung hatte sich bestätigt, ich schaltete schnell: »Natürlich! Wir müssen ja mobil bleiben. Wenn wir schon nur solche untermotorisierten Pkws bekommen.«

»Der hat uns ganz schön gefoppt, als wir ihn verfolgen wollten«, bemerkte Krause spitz.

»Arrogante Kollegen in Zivil. Denken, sie wären was Besseres.« Ich sprach den beiden wieder aus der Seele. Sie nickten. Aber ich konnte nichts auf meinen Kollegen kommen lassen, zumal ich da eine konkrete Vermutung hatte. »Der ist aber in Ordnung. Macht nur immer so einen auf ganz wichtig und geheim. Wenn man ein Bierchen mit ihm trinkt, wird der ganz locker und ist voll in Ordnung.«

Irgendwie konnten meine deutschen Kollegen das gut nachempfinden und nickten. Mit einem »Wenn Sie im Dienst sind, dann drücken Sie ruhig auf die Tube« verabschiedeten sie sich in ihre zweite Frühstückspause, nicht ohne zuvor den sich wundernden Motorradfahrer auf dem schwarzen Motorrad in schwarzer Montur nach mir durchzuwinken und mit Handbewegungen zu mehr Tempo anzufeuern.

Bei den paar Metern zu Behrend wurde mir etwas mulmig. Schuld daran war nicht nur der Restalkohol. Schließlich war Frank festgenommen worden, nachdem Behrend seine Kollegen informiert hatte.

Die Kinder tobten im Garten. Die beiden Mädchen schaukelten um die Wette.

Saskia, die Kleinste, quietschte vergnügt: »Wer als Erster im Himmel ist«, als sie mit Alexa um die Wette schaukelte und die Beine in die Höhe warf, sodass sie aus ihrer Perspektive den Himmel berührten.

»Damit habt ihr aber noch etwas Zeit«, wollte ich sie missverstehen.

Ben lief mit einem Kescher durch den Garten und fing Bienen, die er sich anschaute und nach eingehender Untersuchung wieder fliegen ließ.

»Mami ist arbeiten«, klärte mich Saskia auf.

Peter Behrend holte ein aufgeblasenes Planschbecken aus dem Gartenhäuschen, zog es zu einem schon sonnendurchfluteten Flecken des Rasens und begann, es mit Wasser zu befüllen. Diese familiäre Idylle konnte meine Zweifel gegenüber Peter Behrend nicht zum Schweigen bringen. Wir tranken beide noch eine Tasse Kaffee. Behrend meinte dann auch, dass wir für Frank jetzt nichts unternehmen könnten. Da bekämen wir jetzt nicht einmal eine Besuchserlaubnis. Wenn gerade wir eine solche beantragen würden, würden wir ihm damit auch keinen Gefallen tun. Ich pflichtete nicht bei. Wer einmal gesessen hatte, der wusste, wie sehr man auf eine vertraute Stimme von draußen hoffte.

Frank saß auf einem Stahlrohrstuhl in der im schlichten Weiß gehaltenen Zelle der JVA in Frankfurt an der Oder. Die verhältnismäßig kleine Vollzugsanstalt war noch recht neu und deshalb auch sehr sauber und machte insgesamt einen ordentlichen, hellen, ja fast würde man meinen freundlichen Eindruck, wenn man nicht gerade hier drinnen säße. Trotz seiner jungen Jahre sollte der Knast nun bald wieder geschlossen werden, weshalb hier kaum mehr einer einsaß. Die Justizvollzugsbeamten hatten gegenüber Frank, den sie als Kriminalpolizisten kannten, in den wenigen Stunden seiner Haft schon ein ordentliches Maß ihrer Verärgerung Luft gemacht. Solche Schließungen waren meist politische Entscheidungen, deren Notwendigkeit in der einen Legislaturperiode vermeintlich vernünftig klingend begründet wurde; genauso, wie diese

Entscheidungen mit den hinlänglich bekannten Gegenargumenten Jahre später wieder rückgängig gemacht wurden. Am Ende wurde viel Papier bewegt, Menschen verärgert und verunsichert, Nerven gelassen und in der Sache dennoch nichts geändert. Frank hielt ungläubig ein Exemplar des gegen ihn gerichteten Haftbefehls in den Händen und schüttelte beim Lesen den Kopf. Jetzt war nicht mehr nur von Vorteilsnahme und Bestechlichkeit die Rede, sondern er sollte Boris zur Verdeckung seiner Dienstvergehen erschossen haben. Wer hatte sich an welchem Schreibtisch so einen Unsinn ausgedacht?

Ein Schlüssel wurde in die schwere Tür gesteckt, gedreht und wieder abgezogen. Der schon in die Jahre gekommene Justizvollzugsbeamte Mohl öffnete die Tür und grüßte im väterlichen Ton mit einem »Hallo«.

»Hallo, Herr Mohl.«

»Ist ganz seltsam, Sie hier drinnen allein zu sehen. Sonst waren Sie in unserem Haus zur Vernehmung von Beschuldigten.«

»Ganz ehrlich, mir ist auch seltsam zumute. Und noch seltsamer wird es sein, wenn Sie gehen und ich bleibe.«

»Ist nun mal nicht zu ändern.«

Frank hingegen haderte mit seinem Schicksal. »Ist doch ein abgekartetes Spiel. Dabei wurde ich von Freunden gewarnt, dass da was gegen mich im Busche ist.«

Mohl lächelte. »Jetzt hören Sie sich aber wie die an, die hier während der U-Haft versichern, unschuldig festgenommen worden zu sein, und dass alles nur ein Irrtum oder ein Komplott von Polizei, Staatsanwaltschaft und Gericht sei.«

»Langsam beginne ich das aber in meinem Fall zu glauben.«

»Mag sein«, ging Mohl darauf ein, strich sich sein schon ergrautes Haar nach hinten und setzte hinzu: »Würde aber auch nichts ändern.«

»Vielleicht auch alles nur ein blöder Zufall.«

Mohl nahm das nicht an und erwiderte zu Fechner: »Mag sein, mag auch nicht sein. Sie haben es doch amtlich, dass da was dran ist.« Er wies auf den Haftbefehl.

»Na ja, wie das läuft, weiß ich nur zu gut. Natürlich brauchen Sie einen Beamten, der wirklich von ihrer Schuld ausgeht. Aber wenn Sie das so argumentieren, dass da unbedingt was dran sein muss, und so einen Staatsanwalt überzeugen können, der das auch noch richtig aufbläht, da kann doch der Richter nicht mehr anders. Die sehen doch auch nur noch schwarz-weiß. Mir hat mal eine Strafrichterin zur Rechtfertigung von Justizirrtümern im Vertrauen gesagt, dass doch viel mehr Schuldige draußen sind als Unschuldige im Knast.«

»Ist ja eine seltsame Rechtfertigung«, stimmte Mohl seinem Gesprächspartner zu.

»Das Schlimme ist«, gestand Fechner, »dass ich die Ansicht gar nicht so schlecht fand.«

»Verstehe.«

»Wenn man aber hier im Knast sitzt, merkt man, dass es nicht hinnehmbar ist, auch nur einen einzigen Menschen länger als … sagen wir einen Tag unschuldig hier reinzubringen.«

»Sehe ich auch so. Aber selbst wenn ich so meine Zweifel habe, muss ich schon darauf vertrauen, dass alle anderen ihren Job ordentlich gemacht haben.«

Erfüllt von Selbstmitleid, ließ Frank seinen Gedanken freien Lauf. »Das persönlich erfahrene Leid ist ein harter Lehrmeister.«

Mohl wusste nicht genau warum, aber er ahnte, dass er da gegensteuern und nicht bloß zuhören sollte. »Herr Fechner, Sie sind jetzt den ersten Tag hier. Wenn sich das alles als falsch herausstellt, dann sind Sie doch auch bald wieder draußen. Ich dagegen habe noch zwei Jahre.«

»Ist das so schlimm hier?«

»Richtig glücklich ist hier keiner. Und diese Stimmung, die sich von den Insassen auf uns Bedienstete überträgt, schleppt man mit nach Hause. Ich habe immer gedacht, mit 50 ruhiger zu treten und mit 60 in den Vorruhestand. Aber wer weiß denn wirklich, ob er das noch erlebt.«

»Und in zwei Jahren ist dann Vorruhestand?«

»Jo. Aber zuerst kommt der Umzug. Hier wird dichtgemacht und dann werden wir versetzt. Zumindest eine Stunde Fahrt für jede Tour zur Arbeit kommt dann hinzu.«

»Sie wollten mich nur mal aufmuntern?«

»Das auch. Aber eigentlich wollte ich nur Staatsanwalt Gründig ankündigen. Der möchte Sie nachher mal sprechen.«

»Mein Anwalt sagt, dass ich besser nichts sagen sollte«, dachte Frank laut nach.

»Sie haben einen Anwalt?«

»Einen Kollegen, einen Freund, mit dem ich mich beraten kann.«

»Es ist wichtig, solche Freunde zu haben. Ich würde an Ihrer Stelle aber erst mal hören, was der Staatsanwalt möchte.«

»Wird wohl nicht das Schlechteste sein. Sagen Sie, dass ich ihn empfange. Ich werde versuchen, ihn zwischen meinen anderen Terminen hier noch irgendwie unterzubringen«, konnte Fechner wieder scherzen.

Im Gehen warf Mohl dem Untersuchungsgefangenen Fechner noch ein »Dafür werde ich schon sorgen« zu.

Ich freute mich über Vanessas und Tobias' Hilfe beim Renovieren der Detektei, zumal Vanessa ihre letzten Praktikumstage bei mir dafür nutzte. Die Polizei, die nach der letzten Schießerei ungebeten erschienen war, hatte mit ihrer Spurensicherung meiner Detektei den Rest gegeben. Tobias übernahm mit einem alten Transporter, den er weiß Gott woher hatte, die Tour zum Baumarkt. Wir luden Farbe, Mörtel und allerlei Kleinzeug ein. Pinsel, einen Tapeziertisch und Eimer fanden wir bei Tobias. Dafür, dass er in den letzten Jahren so wenig Zeit in seiner Wohnung und meist auf Kosten des deutschen Steuerzahlers auswärts verbracht hatte, fand sich erstaunlich viel Malerzeug in seinem Keller. Wozu brauchte er das? Einen frisch renovierten Eindruck machte seine Wohnung auch nicht. Vielleicht stammte das von einem Bruch bei einem Malerbedarf oder er wollte sich bei einem seiner nächsten Streifzüge als Anstreicher verkleiden. Ich fand beim Herumstöbern in seinem Keller sogar einen Metalldetektor. Ich passte einen Moment ab, in dem Vanessa gerade am Fahrzeug war.

»Funktioniert das Teil noch?«

Tobias war sich sicher: »Wie neu.« Er spürte mein Interesse. Sein Geschäftssinn war erwacht und er erkundigte sich: »Möchtest du den kaufen? Der ist hochsensibel und mit Dreitontechnik ausgestattet. Damit spürst du selbst kleinste Goldmengen auf.«

»Wo?«

»Im Wald natürlich, bei der Schatzsuche. Da läufst du ein- oder zweimal durch den Wald und hast das Geld für den Detektor wieder rein. Das ist so eine Art Gelddruckmaschine«, wollte er mir den Mund wässrig machen und wischte den Staub vom Gerät. Er hatte in der letzten Zeit wohl kein Geld gebraucht.

Ich wurde skeptisch. »Weshalb machst du das dann nicht selbst?«

»Ach, immer das ganze Im-Wald-hin-und-Hergelaufe. Das kann doch nicht gesund sein. Wie die irren Jogger. Im Wald, da triffst du heute nur noch die Bekloppten. Da stolperst du doch nur über Militariahändler, Schatzsucher und solche Typen. Nichts mehr mit Beeren- oder Pilzesammeln.«

»Und wenn ich Eisen- und Buntmetalle suche, reicht der da aus?«

»Logisch.«

»Warum glaub ich dir bloß nicht?«

»Weil du ein ewiger Skeptiker bist. Ich bin doch dein Freund.«

»Wenn du ein Geschäft witterst, lieber Tobias, dann verkaufst du deine ganze Familie.«

Er widersprach nicht. »Suchst du was Bestimmtes?«

»Einen Metalldetektor eben.«

»Ich meine, ein bestimmtes Objekt. Wie hoch ist die Konzentration?«

»Ich schätze mal ganz viel Eisen auf einem Haufen.«

»Vergrabene Panzersperren also?«

»So in etwa.«

»Die sind selten. Haben sie alle eingeschmolzen. Da ist auch heute der Schrottwert noch relativ hoch. Musst nur die Transportkosten und die Arbeitsleistung gegenrechnen.«

»So was könnte dein Teil hier finden?«

»In der Konzentration. Klar doch. Sogar ohne Batterie … Deine Detektei läuft doch, oder?«

»Wenn wieder frisch renoviert ist.«

Vanessa kam um die Ecke: »Macht ihr Pause, oder was? Nun mal vorwärts, Männer!«

Am Morgen nach der Renovierung saß Yvonne wieder an ihrem angestammten Platz. Als Vanessa mit ihrem Zeugnis vorbeischaute, verdrehte Yvonne die Augen.

»Tolles Zeugnis«, lobte ich sie.

»Habe viel gelernt bei dir«, lächelte sie mich an.

Ich lächelte zurück: »Du bist für die Ermittlungsarbeit ja auch so etwas wie ein Naturtalent.« Deutlicher wollte ich nicht werden.

»Das macht der Lehrer«, blieb sie mit ihrer Antwort cool. »Wenn ich noch ein paar Praktikumsstunden brauche, bist du dann da für mich?«

»Immer.«

Eileen, Dorints Sekretärin, rief mich an, als ich auf der Toilette war. Als ich an Yvonnes Büro vorbeikam, schaute sie mich so vorwurfsvoll an, als ob ich das Spülen vergessen hätte. Oder für sie noch schlimmer: das Händewaschen. Ich blieb stehen. Ich war mir keiner Schuld bewusst; ich hatte gespült und mir die Hände gewaschen. Beides machte ich seit längerer Zeit selbstständig. Außer während der Armeezeit, im Feldlager, wenn wir unser Geschäft in selbst erbauten Latrinen verrichteten und es kein fließendes Wasser gab. Aber davon erzählte ich Yvonne besser nichts. Wir schauten uns immer noch an. Nun setzte sie einen mitleidsvollen Blick auf.

»Was?«

»Junge!«, klang es vorwurfsvoll.

Ich ahnte Unheilvolles: »Eine neue Praktikantin?«

Sie wagte es nicht auszusprechen und nickte nur mit der Trägersubstanz ihres frisch blondierten Haares.

Ich stutzte: »Wirklich?«

»So ähnlich. So ein junges Ding. Eine Sekretärin angeblich … Du immer mit deinen Frauengeschichten, die werden dir noch einmal das Genick brechen.«

Als ich einige Minuten später zurückrief, berichtete Eileen, um meine Hilfe bittend, etwas von ihrem verschwundenen Chef und einem Notarvertrag, den ihr Chef mit den Russen geschlossen haben sollte.

»Da müssten Sie schon mal zur Polizei. Das bringt nichts, wenn ich jetzt zu Ihnen komme. Da müssen Sie schon offizielle Wege gehen.«

»Die wissen doch längst Bescheid. Der Chef ist verschwunden. Kein Wunder, nachdem die Russen hier getötet haben. Und das mit dem Notarvertrag, daran kann doch die Polizei auch nichts ändern.«

»Und Dorints Geschäftspartner?«

»Was denn? Die neuen, die ihn umbringen wollten, oder der alte, der kein Interesse mehr an der Gesellschaft hat, außer seinen Anteil meistbietend zu verhökern? Der Einfaltspinsel glaubt doch, dass die Russen ihn fürstlich ausbezahlen.«

Die Russen, stimmt. Eileen hatte recht. Vielleicht meine letzte Chance, sie noch zu bekommen. Die müsste ich nach Neu-Sophienhof locken. Vielleicht war das Ganze hier aber auch nur eine Falle, in die mich Eileen locken sollte. »Die Gesellschaft hat doch einen Anwalt, oder?«, wollte ich ihr meine Idee noch nicht sofort offenbaren.

»Ja, der sitzt in Frankfurt. Weshalb?«

»Der kann doch ein Schreiben an den Notar in Berlin aufsetzen, wonach Dorint bei der Unterzeichnung des Anteilskaufvertrages unter Druck gesetzt worden war und es diesbezüglich sogar polizeiliche Ermittlungen gibt.«

»Und was soll das jetzt bringen?«

»Erst einmal kann der Vertrag so rückgängig gemacht werden und dann wird der Notar sich doch auch an die Russen wenden. Der wird schon wissen, wo er sie findet. Die wollen doch unbedingt das Grundstück. Da kommt ihnen so ein Anwaltsschreiben doch in die Quere.«

»Möglich«, wog Eileen noch ab.

»So können Sie die Russen als Partner wieder loswerden und über den Notar können wir die Russen zur Agrargesellschaft locken.«

»Die will ich aber nicht noch einmal hier haben. Außerdem … Ich bin mir nicht ganz sicher, ob der Chef das so möchte … Der hat doch jetzt schon die Hosen gestrichen voll. Sonst wäre er doch nicht untergetaucht.«

»Na ja, dass er seine Anteile zurückbekommt, dagegen hat er sicher nichts. Und dass er die Russen ein für allemal loswird, dagegen hat er sicher auch nichts. Ich schlage vor, dass wir uns treffen und das alles besprechen. Kennen Sie in Frankfurt an der Oder das Grenzcafé?«

»Ja, wunderschöner Ausblick auf die Oder und super Kaffee.«

Yvonne war dem Verzweifeln nahe, als dann noch Frank Fechner anrief. Sie kündigte das Telefonat wie etwas besonders Ekelerregendes an. Frank teilte mir mit, dass er nach einem kurzfristig angesetzten Haftprüfungstermin gegen Auflagen wieder raus wäre. Wir verabredeten uns auf ein Gläschen in Freiheit in der Bar seines Kumpels Norbert.

In dem Blumenladen vor dem städtischen Friedhof kaufte ich einen kleinen Kranz. Die Verkäuferin beriet mich: »Violett mit Weiß ist in diesem Jahr der Trend.«

»Es soll doch kein Popstar beerdigt werden. Ich denke, Kalla ist eine typische Grabblume … Ja, ich möchte Kallas darauf haben.«

»Na gut. Wie Sie wünschen. Sieht aber nicht so chic aus.«

»Ich möchte keinen Preis damit gewinnen.«

Ich freute mich, als ich den Laden endlich mit meinem Gebinde verlassen konnte. Ich wusste, dass ich in solchen Situationen etwas anstrengend war. Beerdigungen waren nie meine Sache gewesen. Ich verstand Menschen gut, die um solche Ereignisse einen großen Bogen machten; irgendwann konnte man es schließlich nicht mehr. Ich kannte Menschen, die zur Entspannung auf Friedhöfe gingen, was ich ein wenig seltsam fand. Mir ging es nicht darum, einfach einen traurigen Teil des Lebens auszublenden. Ich musste während meiner Militärzeit bei Auslandseinsätzen mehrfach Beerdigungen von jungen Kameraden beiwohnen, die auf Minen gefahren, in einen Hinterhalt geraten oder nur einem selbst ernannten Märtyrer bei einer öffentlichen Veranstaltung zu nahe gekommen waren. Einmal hatte sich ein junger Soldat erschossen; kurz zuvor hatte er einen Brief seiner Freundin bekommen, die genau dann erklären musste, dass sie die dauernden Trennungen nicht mehr aushalte und deshalb Schluss mache, als er auf Wache zog. Allesamt waren sie zu jung zum Sterben gewesen. Ich hatte damals gespürt, wie Traurigkeit körperlichen Schmerz auslösen konnte. Wurden die Erinnerungen zu lebhaft, gönnte ich mir den einen oder anderen Schluck. Wenn ich die Möglichkeit hatte, drückte ich mich vor solchen Veranstaltungen. Seltsamerweise hatte ich dann und wann das Bedürfnis, jemandem Lebewohl zu sagen. Das war aber nach so einer Zeremonie, mehr für mich und den, der gegangen war. Da ging ich dann hin und unterhielt mich mit demjenigen.

Ich hatte im Blumenladen zu viel Zeit verloren. Eine Tafel am Haupteingang des Friedhofs erinnerte mich daran, dass ich spät dran war: ›Beerdigung Arndt 11.00 Uhr.‹ Zuvor hatte es die Beerdigung Trittmeyer gegeben und vor dem war Baksch dran gewesen. Nach Horst Arndt war sicher Mittagspause, weil Neider erst um 13.30 Uhr unter die Erde gebracht werden sollte. Die Tafel erinnerte mich an eine ähnliche Anzeigentafel in einem Autohaus, an der stand, wer wann für sein Fahrzeug einen Termin zur Durchsicht hatte. Ich jedenfalls hatte nur noch drei Minuten bis zu meinem Termin und begann zu rennen.

Vor der Friedhofshalle sprach eine alte Dame zu einer anderen, von der letzten Beerdigung übrig gebliebenen, mit Blick auf mein Grünzeug so laut, dass ich es hören sollte: »Wir haben auf Kränze verzichtet. Die Gäste sollten stattdessen lieber dem Hospiz eine Spende zukommen lassen, in dem Werner verstorben ist.«

Die Idee fand ich eigentlich vernünftig, aber mir dies in dieser Situation unter die Nase zu reiben, fand ich ziemlich ungehörig. Deshalb fragte ich: »Ist hier die Beerdigung Trittmeyer?«

Erstaunt belehrte mich die alte Dame: »Die war vor einer Stunde«, und ergänzte nach einer kleinen Pause: »Aber ohne Kränze.«

»In Ordnung. Dann gehe ich eben zur nächsten Beisetzung.« Ich nahm die Klinke in die Hand und ging über einen Flur in die Friedhofshalle.

Ich glaube, dass Katharina Arndt mich auch hier nicht unbedingt vermisst hätte. Geladen war ich jedenfalls nicht. Vielleicht hatte ich auch nur das Bedürfnis, sie wiederzusehen. Dass die Beerdigung hier nicht so groß sein würde, dass sie mich hätte übersehen können, war mir klar. Dass dort nur eine Handvoll Menschen sitzen würde, damit hatte ich hingegen nicht gerechnet. Neben Katharina saß dieser Doktor Merker. Und schon wieder beschlich mich das Gefühl, dass eigentlich nichts dagegenspräche, ihm eins in die Fresse zu hauen. Man sollte doch nicht immer seine Gefühle unterdrücken und sie einfach herauslassen. Wer weiß, welche Narben meiner Seele zugefügt würden, wenn ich meine ablehnende Haltung weiter unterdrückte? Vielleicht war es auch nur, dass ich mich über mich selbst ärgerte, weil ich mir mehr Hoffnungen gemacht hatte, als die Situation es zuließ. Dann müsste ich mir konsequenterweise selbst eine runterhauen. Mit mir selbst ging ich aber nicht so hart ins Gericht, weshalb ich diese Idee flugs verwarf. Die Beerdigungshalle war wie viele solcher Hallen sehr schlicht und zweckmäßig eingerichtet; Räume, die nicht unbedingt zum Verweilen einluden. Die Trauerrede hatte der Redner in ähnlichen Varianten sicher schon dutzendfach gehalten. Dennoch bemühte er sich redlich, mit sonorer, tiefer Stimme und ernster Mimik Anteilnahme zu bezeugen.

Auf dem Weg von der Friedhofshalle zur Grabstelle schloss sich uns eine ältere Frau an, die ich erst auf den zweiten Blick als Horst Arndts Lebensgefährtin Charlotte Vogel erkannte.

Am offenen Grab bekundete ich Katharina Arndt mein Beileid und nahm sie noch einmal in die Arme. Sie ließ es geschehen. Vielleicht würde ich sie in meinem Leben nie wiedersehen. Es musste der Ort sein, der mich so melancholisch stimmte. Ich war eigentlich nie so sehr darauf versessen gewesen, meine Verflossenen unbedingt wiederzusehen. Es reichte ja auch, ab und zu wieder mit ihnen zu schlafen.

Auf dem Rückweg hatte ich es nicht so eilig und schlenderte den mit Granit-, Marmor- und anderen Grabsteinen gesäumten Pfad zum Ausgang, wobei ich immer wieder einen Blick auf die Steine warf. Namen und Jahreszahlen in kaum enden wollender Folge. Ich rechnete immer kurz nach, auf wie viele Jahre es die Menschen gebracht hatten, die den Grabsteinen ihren Namen gegeben hatten, dachte bei einigen stattliches Alter, bei anderen viel zu früh, als ob es ein Maß für Werden und Vergehen gäbe. Ich hatte aus einem unbestimmten Grund das Gefühl, dass Katharina Arndt mir nachlaufen würde. Es blieb bei dem Gefühl.

18. KAPITEL: HINTERHALT

Frank und ich zogen unsere Skimasken auf, die den Sturmhauben des SEK sehr ähnlich sahen, entsicherten unsere Waffen und luden die Maschinenpistolen durch.

Ich meinte lakonisch: »Sieht nicht gerade danach aus, dass du die Auflagen aus dem Termin zur Haftprüfung erfüllst.«

Frank interessierte sich für die Herkunft der Waffen. »Wo hast du die denn her?«

»Weshalb, meinst du, sind die Russen so scharf auf das Stück Land der Agrargesellschaft?«

»Es ging um Waffen?«

»Die ganze Zeit.«

»Und wie hast du sie gefunden?«

»Unsere Wälder sind voll von Schatzsuchern mit Metalldetektoren. Als ich ahnte, worum es hier ging, habe ich mich auf dem Grundstück der Firma am See, da, wo das Restaurant der Gesellschaft steht, mit so einem Gerät auf die Suche gemacht. Bei der Menge wurde ich bald fündig.«

»Meinst du wirklich, dass Russen so früh aufstehen?«, zweifelte Frank. »Wenn Peter wieder umsonst so früh aufgestanden ist, wird er mich lynchen.«

»Wenn ihr Auto nicht gerade von kleinen grünen Männchen gefahren wird, dann sind sie im Augenblick hierher unterwegs.« Ich tippte wichtig auf das Display der GPS-Ortungsanlage, der Krönung meiner technischen Ausrüstung.

»Die sind nicht grün, sondern grau«, nahm er mich auf den Arm.

»Soll ich jetzt fragen weshalb?«, ging ich darauf ein.

»Weiß ich doch nicht. Ich bin noch keinem begegnet. Ich kann mir vorstellen, dass es da oben wenig Chlorophyll gibt.«

»Was ist denn das für eine Scheiße?«, entfuhr es mir, als ich im Morgengrauen die Lichter eines Fahrzeugs sah, die noch nicht die des von uns erwarteten Fahrzeugs sein konnten. »Wir sollten in Stellung gehen. Du da drüben und ich dort. Dann kreuzen sich unsere Schussbahnen am Gebäude und wir haben zu ihnen eine Distanz, bei der ihre Pistolen uns nicht mehr gefährlich werden können. Ein, zwei kurze Feuerstöße und die beiden sollten begreifen, dass sie sich besser ergeben sollten. Wenn sie zurück in Richtung Wagen laufen, hältst du die Waffe aufs Auto und verschießt dein komplettes Magazin. Das sollte sie letztlich überzeugen, und wenn nicht, dann wird sich das Fahrzeug danach auch nicht mehr bewegen.«

»Toll, dann haben die im Bürogebäude eine schöne Deckung.«

»Es ist abgeschlossen.«

»Das wird die nicht wirklich aufhalten.«

Ich konnte guten Gewissens widersprechen: »Doch.« Ich fuhr in meine Hosentasche und holte eine von Tobias' Handgranaten heraus. »So eine habe ich am Türrahmen innen befestigt und an der Tür eine Sehne, die im Falle des Öffnens den Splint herauszieht.«

»Sind die echt?«

»Sonst würde es wenig bringen. Aber hier«, ich zog eine aus der linken Hosentasche, »sind Attrappen. Rechts die echten, links die Attrappen.«

»Dann bring mal nichts durcheinander.«

Ich schaute auf das Fahrzeug, welches auf das Gelände der Agrargesellschaft fuhr. »Keine kleinen grünen Männchen, sondern blaue.«

Frank war entsetzt. »Was machen denn Schulze und Schultze hier? Bist du wieder zu schnell gefahren?«

Mir war sofort klar, dass sich die beiden in Gefahr befinden würden, sobald die Russen hier aufkreuzten; zumindest würden sie im Wege herumstehen. Ich warf einen Stein in Richtung des neben dem Bürogebäude stehenden Schuppens und traf. Es war das Häuschen, von dem ich gedacht hatte, dass es auch gut als etwas größeres Plumpsklo dienen könnte. Die beiden Uniformierten bewegten sich zielgerichtet in Richtung Schuppen und waren so clever, dass einer von rechts- und der andere von linksherum ging. Als sie sich wieder vor der Tür trafen, kam ich mit heruntergezogener Skimaske und Waffe im Anschlag auf sie zu und forderte: »Rece do gory!« Für Schulze und Schultze übersetzte ich im gebrochenen Deutsch: »Hände hoch!«

Krause fasste instinktiv zu seiner Dienstwaffe.

Genauso schnell entsicherte ich mit der rechten Hand die AK-47 und ballerte einen Schuss vor ihnen in den Sand, der im Morgen widerhallte. »Nicht mal dran denken! Legt eure Waffen auf den Boden, aber schnell.«

Schulze legte sich auf den Boden, sein Kollege die Waffe.

»Die Pistole auf den Boden, nicht du. Ihr geht jetzt in den Schuppen.«

»D…d…d…der ist verschlossen«, stammelte Krause.

Ich ging auf sie zu, rief »Weg da!«, erhob die Waffe und ließ den Kolben der Maschinenpistole auf das Vorhängeschloss krachen, sodass die ganze Halterung aus dem Holz brach, kommentierte es mit »Offen« und befahl: »Rein da mit euch!«

Als sie reingingen, hob ich eine Handgranate hoch, die ich aus der linken Hosentasche gezogen hatte. Schulze schrie: »Nein, nicht!« War links richtig?

»Quatsch. Ist mein Sicherheitsschloss. Die hänge ich vor die Tür. Wenn ihr versucht, hier rauszukommen, fliegt sie euch um die Ohren. Eure Pistolen findet ihr im Handschuhfach des Streifenwagens. Her mit den Schlüsseln und euren Smartphones!« Ihren Wagen fuhr ich in der Hoffnung hinter das Bürogebäude, dass ihn unsere Gäste nicht sehen würden.

Ich schaute auf mein Handy und wusste: »Sie werden gleich eintreffen.«

»Beziehen wir Stellung.«

Jenseits der Oder erhob sich die Morgensonne.

Wenig später stiegen aus der schwarzen Limousine der Russen vier Leute. Mit solch einem Andrang hatte ich nicht gerechnet. Noch weniger mit Frank, der die Waffe im Versteck liegen ließ, auf die vier zuschritt und rief: »Alle Achtung, Chef, dass Sie diese Gauner dingfest gemacht haben. Wir hatten schon gedacht, dass wir das allein übernehmen müssten.«

»Ach«, schaltete Dezernatsleiter Aschmann, »Sie wollten Blomovs Leuten eine Falle stellen? Da waren wir aber schneller. Ist Ihr neuer Freund, der Privatdetektiv, auch hier?«

Frank stutzte: »Warum legen Sie ihnen keine Handschellen an?«

Die Hyäne wusste zu berichten: »Weil sie welche von uns sind, Trottel. Wie Ihr Boris.«

»Das sind Verbrecher«, widersprach Fechner.

»Wie Ihr Boris. Gott hab ihn selig. Aber auch Sie arbeiten mit uns zusammen.«

Frank machte den Fehler und näherte sich ihnen weiter.

Aschmann bohrte: »Wo ist Rübel?«

Frank drehte sich gehend zu mir um und rief: »Sven, alles in Ordnung. Kannst kommen.« Er war nun bei den anderen.

Ich rührte mich nicht. Presste mich an den Boden, der meinen Herzschlag hörte.

»Ruki wwerch«, dröhnte Igor, der seine Waffe zog und auf Frank richtete. »Hands up or I'll shoot.«

»Na los, Hände hoch, sonst knallt's!«, brüllte Dezernatsleiter Aschmann fordernd zu Frank.

Die Hyäne verzog zum äußeren Zeichen der Überforderung die Stirn.

Aschmann hielt Frank die Pistole an die Schläfe. »Kommen Sie raus, sonst ist Ihr Freund der Nächste!«

Der Hyäne dämmerte es kurz mit einem »Was ist das denn? Ich denke ...«, bevor es durch einen gekonnten Schlag mit dem Griff von Igors Pistole in den Nacken dunkel um sie wurde.

»Kommen Sie raus! Ich zähle bis drei. Eins ...«

Was sollte ich unternehmen? Sie würden uns beide erschießen und es aussehen lassen, als ob wir sie angegriffen und den anderen Kollegen erschossen hätten.

Ich musste Frank retten. Also ließ ich wie Frank meine Maschinenpistole liegen, stand auf und ging in Richtung der Gruppe.

»Kollegen! Kollegen! Hilfe! Wir sind hier im Schuppen.«

Aschmann schaute kurz in Richtung Schuppen, auf Frank die Waffe in Richtung des Bauches gehalten.

Ein dumpfes »Plopp« und Igor sackte zusammen. Noch ein »Plopp« und Juri taumelte zu Boden. Verwirrt schaute der Dezernatsleiter in die Richtung, aus der er die Geräusche zu hören glaubte. Bevor er sich hinter Frank verstecken konnte, glitt auch Aschmann nach dem dritten »Plopp« auf den Boden. Ich ließ mich fallen und suchte hinter den slawischen Fleischbergen Deckung.

Frank erwachte aus seiner Lähmung, ergriff die Waffe seines Chefs, versuchte, sich hinter diesen zu legen, und harrte der Dinge, die da kommen würden.

Da kam einer, dessen Schritt ich von frühesten Tagen her

kannte. Niemand ging wie er. So ein schlaksiger Kerl mit Sonnenbrille, der, lässig ein Scharfschützengewehr über die Schulter haltend, auf uns zuschritt.

Frank konnte wieder dämliche Witze machen. »Clint Eastwood?«

Ich stand auf und forderte Frank auf, es mir gleich zu tun und die Waffe zu senken, da jetzt wirklich alles in Ordnung war. Die Sonne stieg hinter unserem Retter auf und ließ ihn eine ganze Weile wie einen Schatten wirken, bevor er deutlich sichtbar wurde.

Nach dem gerade erlebten Reinfall mit seinem Chef zögerte Frank: »Und wenn er doch schießt?«

»Wenn er uns hätte töten wollen, lägen wir längst neben ihnen. Der da ist mein Bruder.«

»Irgendwie hatte ich immer geahnt, dass Clint Eastwood polnische Wurzeln hatte. War doch bei Charles Bronson auch so. Der hieß doch eigentlich Bronkowski.«

»Nein, Buchinsky. Und er war kein Pole, sondern Litauer mit tatarischer Abstammung.« Weshalb hatte ich den Eindruck, dass Frank jetzt gerne »Ist doch alles das Gleiche« sagen wollte? Mein Bruder kam näher.

Frank sagte nichts dergleichen. »Tataren? Das waren doch die mit Dschingis Khan … Hey, Reiter, ho, Reiter … Da fehlt deinem Bruder nur noch ein Pferd.«

»Da soll noch mal einer sagen, dass deutsche Unterhaltungsmusik nicht bildet«, gab ich zu erkennen, dass selbst ich diesen Titel kannte.

»Buddeln wir die jetzt alle ein?« Frank schaute auf die drei vor uns liegenden reglosen Körper. »Dass er die gleich allemachen musste. Du bist ja auch so schnell mit deinem Colt. Feine Familie.«

Franek musste Franks Bemerkung verstanden haben. »Besser so eine als gar keine.« Er trat auf uns zu und Igor mit der

Schuhspitze in die Seite. »Den Dreck räumst du aber auf. Die wollte ich eigentlich nur sedieren. Hab wegen der Dicken die Menge für ein Zebra genommen, sodass es als Narkose wirkt. Verpack sie ordentlich und liefer sie ab.«

Mir blieb nur ein »Danke«.

»Nicht nötig. Ich hab mir ein paar von deinen neuen Spielzeugen ausgeliehen … Mach dir die Nase sauber, Schnäuzelchen. Auf kleine Brüder muss man wohl sein ganzes Leben lang aufpassen.«

»Sag nie wieder ›Schnäuzelchen‹, sonst …«

»Sonst?« Er lief schon weiter in Richtung des kleinen Wäldchens neben dem Parkplatz, als er sich noch einmal umschaute: »Deiner neuen Praktikantin würde ich nichts zahlen. Die bekommt ihre Kohle schon von der Polizei.«

»Weiß ich«, versetzte ich ihn in Erstaunen. »Solange ich sie bei mir hatte, wussten die wenigstens, dass ich keinerlei Kontakte zu dir unterhalte.«

Einen Moment später hörten wir, wie ein Motorrad gestartet wurde. Das satte Geräusch einer schweren Maschine ertönte. Kurz darauf sahen wir eine schwarze Yamaha vom Gelände fahren.

Frank rief Peter an, von dem er wusste, dass er jetzt Kriminalbeamter vom Dienst war, und teilte ihm nicht ganz unvorbereitet mit, dass die Täter in den beiden Mordsachen gerade vor ihm lägen. Die Hyäne hatte von dem Auftritt meines Bruders nichts mitbekommen, sodass wir bis zum Eintreffen der Polizei genügend Zeit hatten, uns eine abgewandelte Variante des Geschehens auszudenken. Frank Fechner meldete sich bei Staatsanwalt Gründig und bestätigte diesem, dass sich dessen Verdacht gegen einen Mitarbeiter der Dienststelle bestätigt habe, es aber ein anderer sei als vermutet. Während ich sorgfältig meine Sprengfallen an den Türen abbaute, unterließ ich es bewusst, Schulze und Schultze im Schuppen davon zu unterrichten. Als Peter Behrend mit den Einsatzkräften erschien, wurden sie endlich befreit.

Peter erkannte Schulze und Krause und überließ es gerne Doreen Siebert, mit ihnen zu sprechen.

»Wir haben schon mit Ihrem Chef gesprochen wegen unserer Bewerbung zur Kriminalpolizei.«

Doreen klang noch erfreut, als sie laut meinte: »Schön, zwei Kollegen als Augenzeugen, da gibt es wenigstens mal eine ordentliche Täterbeschreibung«, als sie schon von Schulze korrigiert wurde.

»Ohrenzeugen.«

Ein wenig verwirrt fragte die Polizistin zurück: »Wie bitte?«

»Wir haben doch so gut wie nichts gesehen, bis auf einen fremdländischen, bis an die Zähne bewaffneten Typen, der eine Maske trug. Wir waren die ganze Zeit im Schuppen und haben nur gehört, was geschehen ist, also sind wir Ohren- und nicht Augenzeugen.«

»Selbstverständlich meine ich Zeugen im ermittlungstechnischen Sinn, auf die konkrete Art ihrer Sinneswahrnehmung kommt es da wenig an, also ob sie was gesehen, gehört oder gerochen haben«, blieb die Kollegin noch sachlich.

Krause bekundete schnell: »Gerochen haben wir aber nichts.«

Schulze kicherte: »Doch, als du im Schuppen …«

»Das will hier doch keiner wissen«, belehrte Krause Schulze zutreffend.

»Zur Sache«, versuchte die Polizistin, das Gespräch auf eine sachliche Ebene zurückzuführen, »was haben Sie denn gehört?«

»Nichts Genaues«, lavierte Krause herum.

»Haben die sich mit Namen gerufen?«

»Da war was mit Dschingis Khan«, berichtete Schulze wahrheitsgemäß.

»Und Clint Eastwood«, ergänzte Krause.

Als Schulze dann noch Charles Bronson anführte, schüttelte Behrend, der bis dahin noch mit einem Ohr dem Gespräch gefolgt war, den Kopf und wandte sich gänzlich ab.

»Doppel-Emil?«, fragte Siebert zu Behrend.

Wenigstens das verstand Schulze. »Wieso schon Einsatzende? Wir müssen doch den Fall aufklären.«

Alexej stürmte in Blomovs Zimmer. »Igor und Juri sind zusammen mit einem unserer Leute verhaftet, den wir bei der Polizei hatten. Die wollen ihnen den Mord an dem Penner und dem Polizeispitzel anhängen. Beim Kampfmittelräumdienst ist ein anonymer Anruf eingegangen. Auf dem von dir erworbenen Gelände der Agrargesellschaft soll ein Waffenlager gefunden worden sein.«

Blomov fragte nur: »War er es, der dich informiert hat?«

Alexej nickte stumm.

»Ruf unsere Anwälte an, die sollen sich um die drei kümmern.«

»Wird erledigt.«

»Und dann Rückzug«, befahl Blomov.

Nur wenige Minuten später standen sie an dem von Alexej angemieteten Wagen in der Nähe des Hotels.

Eine Berliner Politesse winkte das Fahrzeug des Abschleppunternehmers zu dem Fahrzeug der Mietwagenfirma.

Blomov schaute verdutzt. »Was soll das?«, fuhr er die Politesse an.

»Nach wat sieht es denn aus?«, fragte die Berliner Politesse zurück. »Sie parken schon seit über drei Stunden auf dem Kurzzeitparkplatz.«

Der Unternehmer fuhr seinen Kranwagen langsam neben

den von Blomov angemieteten Wagen, sodass sie alle einige Schritte weiter vorgehen mussten.

Alexej mahnte Blomov halbherzig: »Lass sein! Wir nehmen uns ein Taxi.«

Blomov wollte sich von dieser Deutschen in Uniform nichts sagen lassen und zischte: »Hau ab, du Nutte. Ich steig in den Wagen und fahre jetzt los.«

Die Politesse griff zum Handy und drückte eine Kurzwahltaste: »Politesse Gräber. Bitte sofort die Polizei Unter den Linden, schräg vor das Adler-Hotel. Ich werde gegenwärtig von Betroffenen beleidigt und bedrängt.«

Der Abschleppunternehmer mischte sich ein: »Wass'n, uffladen oder nich?«

Alexej mischte sich vermittelnd ein: »Tut uns leid. Das haben wir nicht gesehen. Können wir nicht die Strafe zahlen und fahren? Wir haben es wirklich eilig. Gleich geht unser Flieger.« Insgeheim hoffte er, dass die Politesse hartnäckig bleiben würde. Gegen ihn selbst gab es keinen Haftbefehl in Deutschland. Das war seine Chance, seine Stunde war gekommen.

Und Alexej wurde erhört.

»Bis eben war das kein Problem«, erklärte die Politesse, »aber die Beleidigung, die zählt. Die Polizei wird gleich hier sein.«

Wenn sie denn nun endlich käme, dachte Alexej.

Blomov erkannte die drohende Gefahr und besann sich. »In Ordnung, dann gehen wir eben. Schreiben Sie sich doch die Autonummer auf.«

»So einfach nicht. Bitte Ihre Personalausweise.«

Alexej protestierte gespielt: »Warum denn das? Dürfen Sie das denn?«

»Zur Identitätsfeststellung, ja«, blieb sie förmlich. »Er als Täter. Sie als Zeuge.«

Ein Polizeifahrzeug bog in die Straße.

Die Politesse ergänzte: »Ich möchte auch nicht länger mit Ihnen über meine Kompetenzen diskutieren.«

Wir trafen uns in meiner Stammkneipe, die einen separaten Raum für die Raucher hatte. In dieser Dunstglocke erklärte mir Frank mit schwerer Zunge, dass er plane, nun auch Privatdetektiv zu werden.

»Hm«, blieb ich kurz angebunden. »Ich dachte, dass jetzt, wo bekannt ist, dass einer eurer Chefs ein Maulwurf war, die Sachen gegen dich erledigt wären.«

Fechner pustete hörbar aus. »Wenn es wenigstens so wäre. Nein! Die prüfen dennoch akribisch, ob ich nicht irgendwelche Dienstvergehen begangen habe. Das ist völlig unabhängig von der durch uns ermöglichten Festnahme zu sehen.«

»Ist es das?«, brachte ich mein Unverständnis zum Ausdruck.

»Aschmann. Hätte ich nie geglaubt. Jeder Chef ist mal seltsam. Aber ein Verräter?«

Ich hörte mich mächtig weise verkünden: »Man kann nicht in die Menschen hineinblicken.«

»Der war sogar bei meiner Hochzeit«, formulierte Frank in vorwurfsvollem Tonfall, als ob dies ein Grund wäre, nicht zu töten.

»Du bist verheiratet?«

»War. Hat nicht lange gehalten. Nicht jede Frau bringt das Verständnis für diesen Beruf auf. Aber trotzdem. Der lässt sich einladen und will mir später ans Leder.«

Ich stellte Franks Missverständnis klar: »Das schließt sich keineswegs aus. Sonst gäbe es kaum Morde. Die meisten Mordopfer weltweit sind junge Männer, aber auch die meisten Täter gehören dieser Gruppe an. Da kommt dann Alkohol ins Spiel. Übrigens: Prost!« Wir tranken unsere Gläser aus und bestellten erneut. »Und dann geht es häufig um Leidenschaft und Geld. Nimmt man das alles zusammen, ist es nahezu zwangsläufig, dass du deinem Mörder auf deiner Hochzeit begegnest.«

Unser Alkoholspiegel beeinträchtigte unser Denken. Frank schloss messerscharf: »Dann sollte man besser nicht heiraten. Dann lebt man länger.«

»Richtig«, stimmte ich zu, als der nächste Wodka serviert wurde. »Rate mal, weshalb ich unverheiratet bin?«

»Clever«, bewunderte Frank meine Weitsicht. »Und jetzt muss ich mich nach einem neuen Broterwerb umsehen.«

Ich war als erste Reaktion nur zu einem »Oh, Mann« fähig.

Frank blieb optimistisch. »Ist doch 'ne tolle Idee.«

»Was?«

»Privatdetektiv zu werden.«

»Wenn du meinst.«

»Du bist ja wenig begeistert. Ich hatte gedacht, du als Privatdetektiv würdest mich ermutigen, mir zusprechen.«

An den Nebentisch setzte sich ein bärtiger Typ mit dem Rücken zu uns und bestellte einen Wodka, während er sich eine anzündete.

Ich blieb zögerlich. »Wirklich? Das ist so, als ob du deinem Vater sagen würdest, du wolltest Hartz-Vierer werden.«

Ernüchtert räumte Frank ein: »Vielleicht hast du recht.«

»Ganz sicher habe ich das«, verkündete ich großspurig, steckte mir eine Zigarette an und baute Frank gleich wieder auf: »Aber wenn einer das Zeug für diesen Job hat, dann du.«

Vom Nebentisch klang es mit uns bekannter Stimme in deutscher Sprache: »So ist das.«

Ich fand den Auftritt unseres Nachbarn etwas melodramatisch. Unberechtigt war seine Vorsicht nicht.

Frank klang verunsichert. »Boris?«

Er drehte sich zu uns und lächelte. »Nein, Maxim. Maxim Romanowitsch Volodin. Wer denn sonst?«

»Junge, du lebst«, freute sich Frank aus tiefem Herzen. Die Erleichterung war der Stimme anzuhören. Frank stand auf und beide umarmten sich.

»Weshalb hast du mir nichts gesagt?«, warf Frank mir vor.

Maxim alias Boris sprang ein. »Weil ich es so wollte. Ich wollte nicht, dass du wegen deines Jobs Ärger bekommst. Du hättest es melden müssen. Du hättest doch deine Kollegen auf meine Spur schicken müssen.«

»Stimmt. Aber das muss ich doch jetzt auch.«

Maxim war überrascht: »Bitte?«

»So hängen sie doch Juri und Igor den Mord an dir auch noch an.«

»Du wirst nichts sagen. Sonst bin ich nämlich wirklich tot. Die beiden hätten euch, ohne mit einer Wimper zu zucken, kaltgemacht. Weißt du, wie viele auf ihr Konto gehen, ohne dass sie zur Rechenschaft gezogen wurden?«, konterte Maxim zutreffend.

»Aber das sind Fragen, die sich ein Polizist so nicht zu stellen hat. Man kann da nicht lieber Gott spielen und den einen so behandeln und den anderen so«, beharrte Frank. »Dann funktioniert das ganze System nicht mehr.«

Ich gab zu bedenken: »Ich denke, du bist bald Privatdetektiv. Und außerdem, ist es denn gesagt, dass sie wegen des Mordes an der zweiten Leiche angeklagt werden? Da wurde doch bei den beiden keine Tatwaffe gefunden.«

Damit hatte ich für Frank das Stichwort gegeben. »Aber die Leiche? Ich habe doch deine Leiche gesehen.«

»Na gut, dann bin ich eben tot. Das hat schon seine Richtigkeit. Das soll dann auch so bleiben. Das sind Verbrecher von dem Schlag, dass man entweder selbst getötet wird oder sie töten muss. Da gibt es kein Zwischending.«

»Das klingt so nach einem Western Mann gegen Mann. Die Polizei …«

»Kann da nichts machen. Dazu fehlen einfach die Möglichkeiten. Was denkst du, wo die zuerst suchen, wenn sie auf einen scharf sind, der mit der Polizei zusammenarbeitet?«, wurde Maxim direkt.

»Na, na …«

»In euren Computerprogrammen. Da steht doch alles drin.«

»Da kommt keiner rein. Die sind mehrfach gesichert. Da gibt es sichere Passwörter und Zugangsberechtigungen.«

»Sei nicht wieder so gläubig. Hätte ich auf dich gehört, wäre ich heute tot.« Das war von Maxim nicht so sehr als Vorwurf gemeint, wie es klang. »Was denkst du, von wo aus werden die meisten Cyberangriffe auf Bundesbehörden gestartet? Gibt es dahin vielleicht Verbindungen aufgrund alter Kameradschaften oder einfach nur durch Geld? Wer entwirft die Computerprogramme? Haben die nicht auch Konkurrenten, die gegebenenfalls nicht nur auf legale Weise bekämpft werden? Meinst du, es gibt bei solchen Unternehmen oder nur einzelnen Mitarbeitern keine Schwachstellen?«

In Frank blieb der Polizist wach. »Aber die Leiche«, wiederholte er. »Wer war dann der Tote und warum wurde er als Boris Gonscharov identifiziert?«

»Es bleibt unter uns, okay?«

Alle nickten.

Maxim wusste, dass es keine Geheimnisse gab, dass alles früher oder später herauskam, dass jeder einen Menschen hat, dem er sich anvertrauen möchte, spätestens auf dem Sterbebett, oder die Last des Geheimnisses einer allein nicht mehr zu tragen vermag. Es war eine Erkenntnis, die ihn bei all dem, was er in seinem Leben schon erlebt hatte, ängstigte, hing doch sein Leben davon ab, dass das Geheimnis um dasselbe bewahrt bliebe. Dennoch verriet er: »Den Zahnstatus hat meine Freundin dem Spender verpasst und dem meinigen angeglichen. Die Leiche selbst ist von einem Spender für medizinische Zwecke. Da hätten sonst Medizinstudenten dran herumgeschnippelt.«

Das war für Frank neu. »Wie, die schneiden an richtigen Leichen rum?«

Das wusste selbst ich von meinem Freund Robert: »Ja. So ein Präparationskurs soll wichtiger sein als jedes Anatomielehrbuch.«

Frank entfleuchte ein »Ist ja bizarr«.

Maxim nahm meine Schilderung auf und formulierte es noch plastischer: »Oder wäre es dir lieber, dass dein Arzt bei deiner Behandlung zum ersten Mal an einem Menschen herumschneidet?«

»Nö«, kam von Frank die ehrliche Antwort. »Und wo warst du die ganze Zeit?«

Die Antwort war genial und simpel zugleich; sie lag die ganze Zeit auf der Hand. Ich hatte mein Ehrenwort gegeben. Das Geheimnis würde ich nicht verraten.

Nun fuhr ich unter guten Vorzeichen, die uns auch Griselda vorhergesagt hatte, zusammen mit Heribert und seinem Dackel Jonathan auf das Grundstück der Agrargesellschaft. Jonathan sprang aus dem Auto, rannte zum Wäldchen und machte sein Geschäft. Achim, seinen rechten Arm in einer Schlaufe tragend, schlurfte auf uns zu. Je näher er kam, desto höher stieg mein Adrenalinspiegel.

»Hör mal, Herbert«, begann er langsam, wobei ich mir nicht sicher war, ob die Sprechgeschwindigkeit auf seiner Verlegenheit oder darauf beruhte, dass sich die nächsten Worte erst langsam im Kopfe formen mussten.

Dazu ließ es Heribert aber gar nicht erst kommen. »Heribert. Für dich aber Herr Karotner.«

»Ach so, ja, Heribert«, musste Achim die erste Information verarbeiten.

»Nein. Herr Karotner.«

»Ja, dann so. 'schuldigung. Mit den Biberdämmen und so. Aber das war der da.« Achim wies mit dem gesunden Arm in Richtung Dorints Büro.

Heribert blieb hart. »Hätte der nicht solche wie der da«, dabei bohrte er seinen Zeigefinger in Achims Magen, »könnte so etwas nicht geschehen.«

»Dann hätten es andere gemacht und ich wäre meinen Job losgeworden.«

»Dann ist ja alles in Ordnung. Du hast deinen Job behalten und bist nur deine Ehre losgeworden.«

Achim schaute, als ob er die Welt nicht mehr verstünde, was aber im Vergleich zu seiner sonstigen Auffassungsgabe keinen großen Unterschied machte.

Dorint entschuldigte sich förmlich bei Heribert und beide einigten sich schnell darauf, dass die Firma die Kosten für meine Inanspruchnahme übernehmen würde. Beim Hinausgehen bat Dorint, die Tür offen zu lassen, weil er Frau Gerlach noch etwas zu diktieren hätte. Heribert und ich verabschiedeten uns gerade von Eileen, als deren Telefon klingelte. Als wir schon im Begriff waren zu gehen, winkte sie uns zurück und drückte die Mithörtaste.

»Kann ich Herrn Dorint persönlich sprechen?«

»Mit wem spreche ich denn überhaupt?«, erkundigte sich Eileen Gerlach und schmunzelte.

»Na, mit wem schon? Privatdetektiv Kevin Petruschke.«

Nun kam auch Dorint aus seinem Büro und lauschte zusammen mit uns dem Dialog.

»Hab den Auftrag erfüllt.«

Eileen gab sich unwissend: »Wie bitte? Welchen Auftrag?«

»Na den mit dem Privatdetektiv hier aus Frankfurt.«

»Da waren Sie aber wirklich schnell«, machte sich Eileen über Petruschke lustig.

»Der Detektiv heißt Sven Rübel. Hat seine Detektei in so einem Haus, das mal etwas renoviert werden müsste. Seine Abreibung hat der Arsch bekommen, von mir persönlich. Aber ordentlich, sag ich Ihnen. Hat nach Mama gewinselt, dieser Schisser. Der hat richtig Schmerzen. Ich schicke dann meine Rechnung.«

»Warten Sie mal kurz«, forderte Eileen. »Wir haben gerade unseren neuen Privatdetektiv hier.«

»Einen neuen? Was soll das?«, empörte sich Petruschke.

Eileen wollte mir gerade den Hörer reichen, aber Dorint war schneller.

»Dorint hier. Wir haben einen neuen Detektiv, stimmt's, Herr Rübel?«

»So sieht es aus«, antwortete ich.

Petruschke konnte seinen Zorn nicht unterdrücken. »Den? Und dann noch den Typ, der mich verarscht hat? Da wird es aber bald bergab mit Ihrer Firma gehen, wenn Sie sich nur noch die zweite, ach was sage ich, die dritte oder vierte Garnitur leisten. Sie werden sehen.«

Nun ließ Dorint Dampf ab: »Und der vor mir stehende Privatdetektiv sieht gut aus. Da haben Sie wohl nicht so sehr hingelangt, wie Sie es uns in Rechnung stellen wollten, was? Das Einzige, Petruschke, was Schmerzen verursacht, sind Sie und Ihre gottverdammten Lügen.«

Aus dem Telefon war nur noch ein Piepen als Zeichen für die Beendigung des Gesprächs zu vernehmen.

Alexej fuhr einige Kilometer vor Frankfurt an der Oder die schmale Straße von Petershagen nach Falkenhagen und war sich sicher, dass er die FAO-Teams, die Gruppen für Fahndung, Aufklärung und Observation, des Berliner Landeskriminalamtes abgehängt hatte. Hier draußen wäre es für sie auch schwer gewesen, ihn weiter zu verfolgen. In Frankfurt an der Oder hatte er bei der Firma Sixt am Zehmeplatz das letzte Fahrzeug gewechselt und fuhr jetzt seiner Auffassung zufolge standesgemäß einen 7er-BMW. Nun würde er gleich an der Gaststätte »Schweizerhaus« in Falkenhagen vorbeifahren, an der er mit Boris verabredet war. Boris, von dem er noch nicht wusste, dass dieser nun Maxim hieß, würde grußlos am Parkplatz stehen und beobachten, ob ein verdächtiges Fahrzeug folgte. Er würde wiederholt auf offener Strecke unvermittelt wenden und es Verfolgern schwer machen, ihn weiter zu beobachten. Würde Boris mit dem Rücken zur Straße stehen, wäre dies eines der Zeichen, dass sie beobachtet würden.

Alexej nahm Boris, der mit der Körperfront zur Straße gestanden hatte, in den Arm. »Schön, dass wir uns hier wiedersehen können. Wie kommt die Schweiz so dicht an die Oder?«

»Die Frau des Schlossherrn, der auf der gegenüberliegenden Seite des Sees lebte, stammte aus der Schweiz. Da hat er ihr ein Haus im schweizerischen Stil gebaut.«

»Schade, dass sie nicht aus dem Winterpalais in Sankt Petersburg stammte, dann hätten wir jetzt ein Stück Heimat hier.« Beide lachten.

Alexej fuhr fort: »Der alte Fettsack sitzt. Den sind wir los. Wer weiß, was dem im deutschen Knast so alles widerfährt.«

Maxim, wie er sich jetzt nannte, registrierte erfreut, dass Alexej ihn mit als Verbündeten bei der Verwirklichung seiner Übernahmepläne sah.

»Aber auch das Geschäft mit den alten Waffen«, spann Maxim den Faden weiter.

Alexej wirkte erstaunt. »Das weißt du auch schon?«

»Habe wieder Kontakt zu dem Polizisten aufgenommen, der von mir geglaubt hatte, dass ich für die Polizei arbeiten würde. Der und sein Kumpel, der Privatdetektiv, haben mir das mit den Waffen bestätigt.«

»Die haben uns ein Gutteil unserer Arbeit abgenommen«, lächelte Alexej. »Aber weshalb hast du dich dem Bullen offenbart? Sollte der nicht besser denken, dass du tot bist?«

»Sonst wäre ich nicht an die Informationen gekommen. Wollte doch schauen, ob da mit den Waffen noch was zu retten ist. Hatte schon eine Planung für eine Abschussvorrichtung einzelner Katjuschas im Visier. Ganz einfach zu handhaben. Die wären dann wie Stingers zu gebrauchen und hätten ordentlich Kohle gebracht. Und der Bulle, der scheint nur noch ein Ex-Bulle zu sein. Das habe ich ihm eingebrockt.«

»Nicht verkehrt. Je weniger von denen, desto besser.« Er legte eine kurze Pause ein. »Oder soll ich veranlassen, dass er wieder in den Dienst kommt? Nützen würde er uns jedoch wenig.«

»Der kann auch schlecht verkaufen, dass ich noch am Leben bin. Hab ihm beigebracht, dass du und alle anderen Ex-Blomov-Leute hinter mir her sein werdet und ich nun als Russe namens Maxim untertauchen werde. Deshalb habe ich mir einen neuen Pass besorgt. Bin jetzt wieder Russe.« Maxim griff in seine Tasche. »Hier ist der Pass, um den du mich für dich gebeten hast.«

»Gute Arbeit«, lobte Alexej.

»Der junge Bulle geht mir noch nicht ganz aus dem Kopf«, meinte Maxim. »Einerseits müssen wir aufpassen, da der mit der Staatsanwaltschaft gemeinsame Sache gegen Iwans Mann bei der Polizei gemacht hat. Andererseits kann ein junger Polizist, der noch viel Erfolg haben kann, möglicherweise durch unsere Hilfe später noch nützlich sein. Sei es bei einer Bundesbehörde, beim LKA in Brandenburg oder nach einer Länderfusion auch in Berlin. Wir sollten da offen für künftige Entwicklungen bleiben.«

»Deine Weitsicht habe ich immer geschätzt, Maxim«, lobte Alexej und nannte Boris beim neuen Namen.

In Moskau wurde Hauptmann Vladimir Scedrin alias Boris Gonscharov alias Maxim Volodin in Abwesenheit zum Major befördert. Konstantin Michailowitsch Iwanov, der stellvertretende Leiter der Spezialeinheit zur Bekämpfung der Organisierten Kriminalität und Korruption beim Innenministerium der Russischen Föderation, steckte den alten, schweren Schlüssel in das Schloss des massigen Panzerschranks und drehte ihn, um auch diese Urkunde darin aufzubewahren. Er selbst würde sich für Blomovs Verhaftung keinen Orden an die Brust heften lassen. Seinen Beitrag in dieser Sache musste hier keiner einordnen können. Es war für seine Arbeit wesentlich vorteilhafter, wenn man weiter von einer zufälligen Festnahme Blomovs ausging. Er hoffte, dass es den deutschen Behörden gelingen würde, Iwan dem Schrecklichen wenigstens einen Bruchteil seiner Taten nachweisen zu können. Einem Auslieferungsersuchen seiner Anwälte in eines der russischen Gefängnisse sah er gelassen entgegen. Auch hier hatte der schreckliche Iwan nicht nur Freunde. Als der Sog der hineinströmenden Luft beim Öffnen der schweren Stahltür ein zischendes Geräusch erzeugte, zeichnete sich ein Lächeln auf Konstantin Michailowitschs Gesicht ab. »Es ist gefährlich, in Deutschland kein Parkticket zu lösen.«